事先界

쟁선계 8

2017년 5월 12일 초판 1쇄 인쇄
2017년 5월 17일 초판 1쇄 발행

지은이 이재일
발행인 이종주

기획 팀 이기헌 송윤성 왕소현
책임 편집 백승미

발행처 (주)로크미디어
출판등록 2003년 3월 24일
주소 서울시 마포구 성암로 330 DMC첨단산업센터 3층 314호
Tel (02)3273-5135 **Fax** (02)3273-5134
홈페이지 rokmedia.com **E-mail** rokmedia@empas.com

ⓒ 이재일, 2013

값 11,000원

ISBN 979-11-6048-608-7 (8권)
ISBN 978-89-257-3094-3 04810 (세트)

爭先界 쟁선계 8

| 이재일 장편소설 |

ROK
MEDIA
로크미디어

차례

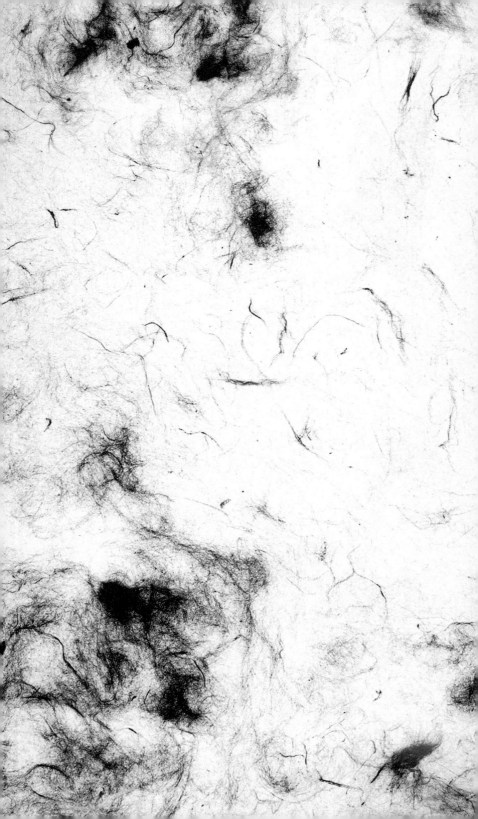

비인비검 悲人悲劍 (一)

(1)

금부도 북단에서 해안선을 따라 두어 리 동쪽으로 가다 보면 바다가 육지를 슬쩍 베어 문 듯한 물굽이가 나온다. 이 물굽이의 안쪽은 좁고 가파른 골짜기로 이어지는데, 수구산에서 흘러내린 물이 바다로 들어가는 관문이기도 한 그 골짜기는 지세가 험하고 숲이 우거져 주위의 이목으로부터 몸을 숨기기엔 그만이었다. 동틀 무렵 금부도에 잠입한 무양문도들은 바로 그 골짜기에 주둔하고 있었다.

해시亥時(오후 열 시 전후)도 끝나 가는 늦은 시각.

서쪽 바다로부터 밀려온 먹장구름이 금부도의 밤하늘을 휩쓸고 있었다. 해안을 두드리는 파도 소리가 골짜기 안쪽까지 울려왔고, 시간이 갈수록 더해 가는 습기는 숫제 물방울이 둥둥

떠다니는 듯했다. 노련한 방랑자라도 고개를 절레절레 흔들 불쾌한 밤이었다.

"황사년입니다. 들어가겠습니다."

바위 사이에 쳐 둔 두꺼운 포장 너머에서 굵은 목소리가 울렸다. 숯불 몇 토막의 미광을 빌어 섬의 지형도를 만들던 몇 사람이 재빨리 화로를 등지고 앉았다. 불빛이 새어 나가는 것을 막기 위함이었다.

잠시 후 양 팔뚝에 검은 투수를 찬 멀끔한 중년인이 포장을 젖히고 안으로 들어왔다. 이군의 부군장 황사년이었다.

황사년은 꼼꼼한 손길로 포장을 여민 뒤 숯불 건너편에 있는 좌응에게 다가갔다. 좌응은 애검 망음望陰을 무릎에 얹어 놓은 채 선정禪定에 든 고승처럼 눈을 감고 있었다.

"잠시 나가 보셔야 할 것 같습니다."

황사년의 말에 좌응은 눈을 천천히 떴다.

"무슨 일인가?"

"조금 전 십군의 호연 아우가 정찰을 마치고 돌아왔습니다. 그런데 약간의 문제가……."

황사년의 보고가 채 끝나기도 전, 안쪽 바위에 등을 기대고 꾸벅꾸벅 졸던 마석산이 자리를 박차고 일어섰다.

"내 그럴 줄 알았지. 호연육, 그 빙충맞은 놈이 기어코 말썽을 일으켰군. 내 이놈을 당장!"

두 주먹을 불끈 쥐고 입구 쪽으로 내닫는 품이 그냥 놔뒀다간 멀쩡한 사람 하나 병신 되는 꼴을 보게 될 것 같았다. 황사년은 장소의 협소함을 무릅쓰고 고절한 보법을 발휘, 마석산의 앞을 가로막았다.

"어쭈, 너 지금 뭐 하자는 거니?"

마석산은 불량기 가득한 눈으로 황사년을 훑어보았다. 그가 패악을 부림에 있어 내 사람 남의 사람을 가리지 않는 위인임을 잘 아는 황사년으로선 입이 급해질 수밖에 없었다.

"군장님께서 오해하신 듯하여 조금 더 설명을 드리려고 이렇게 나선 겁니다. 제가 방금 말씀드린 문제란 무슨 말썽 같은 것이 아니요, 무슨 사고 같은 것도 아닌, 오히려 큰 공적으로 볼 수도 있는 것입니다. 보다 상세히 말씀드리자면 호연 아우는 정찰 임무 도중 뇌문도 둘을 생포하는 쾌거를 거두었지요. 그들을 밖에 끌어다 놓았기에 나와 보시라고 한 겁니다."

공적이니 쾌거니 하는 식의 말들은 모두 과장에 불과했지만 다행히 마석산에겐 효과가 있었다. 마석산은 눈을 끔뻑이다가 한참 만에 물었다.

"그러니까 그 뭐냐, 호연육이 사람 둘을 잡아 왔다 이거니?"

"바로 그겁니다."

마석산은 그제야 움켜쥔 주먹을 풀었다. 그래도 마음만은 여전히 탐탁찮은 듯 한마디를 잊지 않았다.

"누가 저더러 사람 잡아 오랬나? 그놈은 왜 시키지도 않은 짓을 하고 지랄이람."

잠자코 있던 좌응이 몸을 일으키며 말했다.

"호연육이라면 일 처리가 다소 감정적이긴 해도 큰 문제를 일으킬 사람은 아니지. 나가 보도록 하세."

"내 말이 그거유. 그놈은 감정적이라 글러 먹었다니까."

호연육이 아무리 감정적이라 한들 어찌 마석산에 견줄 수 있을까. 그것을 아는지 모르는지, 마석산은 꼬투리 잡은 시어미처럼 수하 흉보기에 침을 아끼지 않았다.

직속상관보다는 다른 사람들로부터 오히려 정당한 평가를 받는 호연육은 지금 꽤나 불쌍한 몰골을 하고 있었다. 아랫입술이 터진 데다 상의 앞자락은 넝마처럼 너덜거렸고 오른쪽 허벅지엔 아직도 핏물이 흘러나오는 커다란 상처까지 달고 있었던 것이다. 그에 비해 같은 조를 이루었던 함세용은 가게에 진열된 도자기처럼 말짱해 보였다. 두 사람의 실력 차이를 잘 아는 좌응으로선 의구심이 이는 것도 무리는 아니었다.

　　마석산의 눈에는 이마저도 꼴사납게 비쳤나 보다.

　　"창피한 줄 알아라! 명색이 간부씩이나 돼 가지고 애들 앞에서 쥐어 터지고나 다니고."

　　상처를 치료받던 호연육이 얼굴을 붉히자 함세용이 얼른 변론하고 나섰다.

　　"부끄럽지만 소인은 한 일이 아무것도 없었습니다. 호연 나리께서 어찌나 빠르신지……. 상대도 생판 수수깡은 아니었지요. 양손을 갈퀴질하듯 휘두르며 반격해 오는데 그 기세가 여간 사나운 게 아니었습니다. 하지만 호연 나리의 성두철편 앞에는 어림도 없었죠. 그 과정에서 약간의 부상은 입으셨지만, 그것 또한 실력이 달려서가 아니라 한시바삐 제압할 요량으로 공격 일변도로만 나가셨기 때문입니다. 그러니 이 모든 공은 오로지 호연 나리의 몫일 겁니다."

　　함세용의 장황한 변론을 들으며 좌응은 호연육이 잡아 왔다는 포로들을 바라보았다. 땅바닥에 엎어진 두 포로는 발목 아래를 제외한 몸뚱이 전체가 커다란 천으로 덮여, 그 모습이 마치 시체를 늘어놓은 것 같았다.

　　"생포했다면서 왜 저렇게 덮어 놓았나?"

　　좌응이 묻자 황사년이 난색을 띠며 더듬거렸다.

"그것이…… 하나는 남자고 하나는 여잔데……."

"그런데?"

"몸에 걸친 게 거의 없는 탓에……."

"음?"

"호연 아우가 덮쳤을 때 이들은…… 에…… 그 짓을 하던 중이었다고 하더군요."

좌응은 비록 검도에 일로매진한 엄숙한 무인이지만, 그렇다고 남녀가 야밤에 벌거벗고 벌이는 짓이 무슨 짓인지도 모르는 숙맥은 아니었다.

'방사를 치르던 중에 반격하여 호연육에게 상처를 입혔다면 하류는 절대 아니겠군.'

어쨌거나 저 천 밑엔 벌거벗은 여자도 있다는 얘기였다. 고매한 좌응으로선 그 처리가 곤혹스러울 수밖에 없는데, 고매함과는 거리가 먼 마석산이 일을 수월히 만들어 주었다.

"에그, 얼마나 답답할꼬?"

이 말과 함께 아랫도리만 벌거벗은 사내와 실오라기 하나 걸치지 않은 여인이 중인환시리에 활짝 드러났다. 둘러선 이들이 하나같이 사내인 탓에 그 눈길이 한쪽으로 몰리는 건 당연한 일. 이런 경우 득을 보는 건 뻔뻔한 놈이다.

"우리 애가 몸 버리며 잡아 온 포로를 허투루 죽게 놔두면 안 되겠지. 어디……."

호연육이 몸 버리며 잡아 온 건 남자 쪽인데 더듬기는 왜 여자 쪽을 더듬는 것일까? 마석산의 수작을 지켜보던 좌응은 실소를 금치 못했다. 흉물스러운 놈이었다. 의원 흉내를 내려거든 침이나 닦고 할 것이지.

"신문을 할 수 있는지 알아보시오."

좌응은 당 노인을 돌아보며 말했다.

십군 중 가장 연장자이자 점혈 공부에 일가를 이룬 당 노인은 대나무 조각으로 만든 점혈궐點穴橛을 던지는 재주 못지않게 의술 방면으로도 해박했다. 하지만 마석산이 비켜 주려 하지 않은 탓에 어쩔 수 없이 사내 쪽부터 살펴야만 했다.

엎어져 있던 사내가 당 노인의 손에 의해 뒤집혔다. 안면에 선혈이 낭자하고 가슴팍이 움푹 함몰된 것이 일견하기에도 이승보다 저승이 가까운 것 같았다.

둘러선 이들 중 누군가의 입에서 "엇!" 하는 탄성이 튀어나왔다. 좌응이 돌아보니 이군의 간부 중 하나인 노보계魯寶桂였다.

"왜 그러는가?"

노보계가 사내를 가리키며 말했다.

"저자가 누군지 알 것 같습니다."

"그래?"

"남산쌍흉의 둘째인 손경입니다. 제 고향이 종남산 아래라 저자에 대해선 조금 알고 있지요. 친형인 손공孫公과 함께 종남산 일대에서 못된 짓을 일삼다가 섬서 강호의 공분을 사 쫓기는 몸이 되었다고 합니다. 그 뒤로 종적이 묘연했는데 이 섬에 숨어 있었다니…….

종남산의 두 흉적, 손씨 형제에 대해서는 좌응 또한 들은풍월이 있었다.

이름은 공公, 경卿이건만 천품은 삼공구경三公九卿과 전혀 어울리지 않아, 큰놈은 돈 냄새에 환장한 지독한 욕심쟁이요, 작은놈은 계집질에 눈이 뒤집힌 희대의 색마라고 했다.

좌응이 미간을 좁히는데 여태껏 잠자코 있던 호연육이 맞장구치고 나섰다.

"노 형의 말이 틀림없을 겁니다. 제가 놈을 덮친 가장 큰 이유는 놈이 음욕을 채우고도 모자라 여인의 목을 졸랐기 때문입니다. 참, 그리고 현장에는 젊은 사내의 시신이 하나 더 있었습니다. 속하의 판단으로는 그 젊은 사내와 저 여인이 밀회하는 장소에 놈이 들이닥쳐, 사내는 먼저 죽이고 여인은 강간한 뒤 죽이려 한 것 같습니다."

손경으로선 억울한 일이지만, 자세한 속내를 모르는 호연육으로선 그렇게 판단할 수밖에 없었을 것이다. 호연육의 진술이 끝나기가 무섭게, "죽일 놈 같으니라고!" 혹은, "저런 놈은 양물을 확 뽑아 버려야 해!" 등의 성토가 분분히 터져 나왔다.

그들의 바람이 통한 것일까? 손경을 살피던 당 노인은 좌응을 돌아보며 고개를 흔들었다.

"숨은 간신히 붙어 있습니다만 살리긴 어렵겠습니다."

"말을 붙이기도 어렵겠소?"

"부러진 갈비뼈로 허파가 엉망이 되었습니다. 말은커녕 제대로 숨을 내쉬기도 어려울 겁니다."

좌응은 조금 실망했다. 손경이 이 섬을 도피처로 삼았다면 그 햇수가 결코 짧지 않을 터. 그냥 죽어 버리기엔 아까운 포로였다. 그는 아쉬운 표정으로 호연육에게 말했다.

"손 속이 과했나 보군. 생포할 작정이었다면 신문은 할 수 있게 만들었어야지."

"면목이 없습니다. 놈의 반격이 예사롭지 않았던지라……."

좌응은 더 이상 호연육을 탓하지 않았다. 남산쌍흉은 자자한 악명만큼이나 실력도 괜찮은 위인들이었다. 상대함에 있어서 봐주고 말고 할 여유가 없었을 것이다.

바로 그때, 여인의 몸뚱이를 주무르기에 여념이 없던 마석산이 갑자기 호들갑을 떨며 엉덩방아를 찧었다.

"으헉! 이년이 사람을 문다!"

강피공이 경지에 올랐으니 사람의 이빨 따위가 어찌 두려우랴마는, 죽은 듯 엎어져 있던 여인이 갑자기 이빨을 드러내며 덤벼들었으니 아무리 뱃심 좋은 무쇠소라도 기겁할 만한 일이었을 것이다.

마석산이 엉덩방아를 찧는 바람에 그 뒤에 쭈그려 앉아 있던 당 노인도 덩달아 앞으로 고꾸라졌고, 여인은 이러한 틈새를 놓치지 않고 쏜살같이 몸을 날려 손경의 가슴에 올라탔다.

놀란 사람들의 입에서 경호성이 터져 나올 시점에는, 여인은 이미 손경의 얼굴을 향해 양손을 미친 듯이 내리찍고 있었다. 언제 주워 든 것일까? 그녀의 손에는 어린아이 머리통만 한 돌멩이가 들려 있었다.

칵! 쩍!

살과 뼈가 으스러지는 섬뜩한 소리가 연속적으로 울려 나왔다. 붉은 핏방울이 땅바닥에도, 여인의 몸뚱이에도, 몇 걸음 떨어져 있던 좌응의 발치에도 점점이 뿌려졌다. 실로 처참한 광경이었으나 여인은 돌멩이를 휘두르는 손길을 멈추려 하지 않았다. 알아들을 수 없는 말을 부르짖으며 흰자위를 희번덕거리는 그녀에게선 보는 이를 오싹하게 만드는 광기가 뿜어 나왔다.

정신을 차린 마석산이 여인의 머리채를 잡아챘을 때엔 이미 모든 것이 끝난 뒤였다.

"요 발칙한 년, 개같이 무는 버릇을 이 어른이 고쳐 주마!"

마석산은 여인을 돌려세우기가 무섭게 따귀를 올려붙였다. 하지만 그의 손바닥이 후려친 건 허공에 불과했다. 손바닥이 이르기도 전에 여인이 눈을 까뒤집으며 풀썩 주저앉아 버린 것이다.

"무슨 짓인가? 하나 남은 포로마저 죽일 셈인가?"

좌웅이 질책하자, 마석산은 자신의 손바닥과 쓰러진 여인을 번갈아 바라보더니 투덜거렸다.

"때리지도 않았는데 혼자서 괜히 쓰러지고 지랄이네. 정말이우. 난 아무 짓도 안 했수. 젠장, 아이고, 아파라."

물린 손을 과장스럽게 흔들어 대는 마석산은 본체만체, 좌웅은 당 노인으로 하여금 여인의 상태를 살피도록 지시했다.

제법 긴 시간을 들여 여인을 살핀 당 노인은 자못 괴이하다는 표정으로 말했다.

"사지를 통틀어 온전한 관절을 찾기 어려울 뿐만 아니라 여덟 개의 대맥大脈 대부분이 기이한 한독寒毒에 침범당한 상태입니다. 이런 몸으로 날뛰다니 정말 기사奇事로군요."

그때 한 사람이 말했다.

"원한이 그만큼 컸기 때문이겠지요."

좌웅이 반색을 하며 그 사람에게 물었다.

"저 여인이 한 말을 알아들었나?"

"발음이 또렷하지는 않았지만, '너희들을 죽일 거야.'라고 반복해 외치는 것 같았습니다. 우리를 가리키는 것 같지는 않고……뭔가 사연이 있는 듯합니다."

그는 이군의 간부인 오계악이었다. 요동 지휘사사에서 오랜 세월 근무한 경력이 있으니 여진어에 능한 것도 그리 신기한 일은 아니었다.

좌웅은 여인의 얼굴을 유심히 살펴보았다. 나이는 스물 안팎. 오밀조밀한 이목구비가 제법 귀염성 있는 얼굴이었다. 저런 얼굴로 돌멩이를 내리찍어 사람을 짓이겨 죽이다니 직접 보지 않았다면 믿기 힘든 일일 것이다.

"살릴 수 있겠소?"

좌응의 물음에 당 노인은 고개를 끄덕였다.

"약으로 양기를 보하고 침으로 악혈을 제거하면 생명엔 지장이 없을 것 같습니다."

"그렇다면 일단 살리고 봅시다."

손경이 쓸모없게 돼 버린 것은 아쉬운 일이지만, 입은 아직 하나 더 남아 있었다. 좌응은 이번 작전의 실마리가 기대하지도 않은 곳에서부터 풀릴지도 모른다는 생각이 문득 들었다.

(2)

후우우!

석대원은 긴 숨을 토해 내며 운기행공을 마쳤다. 눈을 뜬 그의 얼굴은 그리 밝지 못했다. 내기를 불순하게 만들던 탁한 기운의 대부분이 여전히 체내에 남아 있었기 때문이다.

"지독하군."

푸념이 절로 흘러나왔다. 반와합궁액. 엄밀히 말해, '칠낭선생 천용에 의해 조제된 반와합궁액과 유사한 증상을 지닌 독'은 결코 만만하지 않았다. 해독에 탁월한 공능이 있는 천선기를 한 시진이나 운용했음에도 몸 상태는 크게 나아지지 않은 듯했다. 왕풍호 같은 철한이 반 각을 버티지 못하고 절명한 것도 무리는 아니었다.

석대원은 행공의 자세를 풀고 다리를 길게 뻗었다. 침대는 엉덩이뼈를 녹여 버릴 것처럼 푹신했지만 종아리를 따라 번져

가는 저릿저릿한 느낌은 풀리지 않았다. 살갗 밑으로 지렁이가 기어 다니는 느낌이었다.

"정말 지독하군."

석대원은 다시 한 번 투덜거리며 종아리를 두드리기 시작했다. 그러면서 현재 자신이 처한 상황을 찬찬히 돌아보았다.

왕풍호를 제물로 한 고육계는 성공을 거뒀다. 하지만 그렇다고 해서 상황이 눈에 띄게 좋아진 것은 아니었다. 첫째, 여독이 아직 풀리지 않은 데다, 둘째, 무양문에서 파견한 별동대와 접선할 길은 여전히 요원했고, 셋째, 그의 정체를 아는 진금영이 어떻게 행동할지는 도무지 예측할 수 없었다. 이런 상황이라면 섣부르게 움직이기보다 푹신한 침대에 누워 상황이 호전되기를 기다리는 편이 순리였다.

그러나 일모도원日暮途遠이면 도행역시倒行逆施라고, 석대원에 겐 순리를 따를 시간이 없었다. 오늘 오후 화왕성으로 올라간 사람들의 비장한 기색으로 미루어 볼 때, 거사 시기는 이미 목전에 도달해 있었다. 거동조차 할 수 없는 상태라면 모르되, 움직일 수 있다면 비각이 국면을 주도하도록 방치할 수는 없는 노릇이었다. 이는 육건의 계획에 앞서 석대원 본인의 확고부동한 의지였다.

석대원은 불안 요소들을 하나씩 되짚어 나갔다. 첫째, 여독이 가시지 않았다고는 하나 내공을 운전하는 데에는 큰 문제가 없으니 감당하기 힘든 강적과 마주치는 상황만 피한다면 어떻게든 견뎌 낼 수 있을 것 같았다. 둘째, 별동대와의 접선 또한 크게 신경 쓰지 않아도 좋을 것 같았다. 별동대를 이끄는 이군 장 좌응은 제갈휘에 비견될 만한 인물이었다. 상륙에 실패하지만 않았다면 나름대로 활동을 개시했을 것이 분명했다. 각자 움직이다 보면 어딘가에서 만날 수 있을 터. 접선의 시기는 바로 그때라 여기면 그만이었다. 마지막으로 셋째, 진금영에 대해서는……

"으음."

여기까지 생각하던 석대원은 자신도 모르게 무거운 신음을 토하고 말았다. 진금영에 대한 문제는 아무리 생각해도 풀리지 않는 수수께끼요, 한 치 앞을 내다볼 수 없는 안개 속의 미로였다. 그녀는 서로의 길을 걷자고 말했다. 그 말의 의미는 대체 무엇일까? 스스로를 아둔하다 여긴 적은 없는 그이나 그녀를 떠올릴 때만큼은 뇌를 어디다 빼놓은 듯 아무 생각도 떠오르지 않았다.

'결국 몸뚱이로 부딪쳐 해결해야 할 문제다 이거군.'

석대원은 고소를 머금었다. 고민한다고 해결될 문제가 아닌 바에야 의식하지 않는 편이 나은 것이다.

머릿속이 대충 정리된 이상 남은 것은 행동으로 옮기는 일뿐이었다. 석대원은 침상의 기둥 옆으로 늘어진 줄을 잡아당겼다. 짤랑거리는 방울 소리가 울리더니 잠시 후, 둥근 모자를 쓴 통통한 사내 하나가 선실로 들어왔다.

"무슨 일이오?"

사내가 물었다. 낭숙의 문도라면 마태상과 전비의 관계가 어떠한지 모를 리 없을 터. 말투가 퉁명스러운 건 당연한 일이다.

"주방에 내려가 숙수를 불러 주게."

"숙수는 불러 뭐 하시게?"

"자네더러 밥상까지 차려 오랄 수는 없는 일 아닌가."

제아무리 인두주락파삼도라도 독에 당한 이상 종이호랑이에 불과하다고 여겼는지, 사내는 인상을 험상궂게 찌부러뜨리며 석대원에게 쏘아붙였다.

"때를 넘겼으면 그만이지 이제 와서 밥상을 받겠다는 거요? 어디서 배워 먹은 버릇인지는 몰라도 이 천표선에 그런 법은 없소."

이 무례한 언동에 대한 석대원의 대답은 말이 아니었다. 석대원은 피식 웃으며 탁자를 향해 손을 뻗었다. 다음 순간, 탁자에 놓여 있던 약사발이 무서운 기세로 허공을 갈랐다.

퍽!

사내가 쓰고 있던 둥근 모자가 날아갔다. 모자 속으로 틀어넣은 머리카락이 흘러내리며, 사내의 얼굴에선 핏기가 가셨다. 석대원은 남해를 주름잡는 살성답게 눈을 부라리며 엄포를 놓았다.

"겨냥이 빗나갔다고 생각한다면 거기서 계속 주절거려도 좋다."

사내는 그러고도 잠시 머뭇거렸다. 하지만 석대원이 재차 탁자 쪽으로 손을 뻗자, "흐억!" 하고 바람 빠지는 소리를 지르며 문밖으로 나는 듯이 달려갔다. 석대원이 그 모습을 보며 중얼거렸다.

"손을 써야 귓구멍이 트이는 것을 보니 그 주인에 그 종놈이로다."

사내가 늙은 숙수 하나를 끌고 다시 나타난 것은 그로부터 반각도 지나기 전의 일이었다. 모멸감 때문일까? 사내의 얼굴은 붉게 달아올라 있었다.

"수고했다."

석대원이 말하자, 사내는 입술을 잘근잘근 씹다가 외쳤다.

"내가 당신이 무서워 이러는 줄 알면 오산이오! 진 비영께서 당신을 잘 보살피라는 지시만 내리지 않았다면, 목에 칼이 들어와도 당신의 말 따위는 들어주지 않았을 것이오!"

이미 구겨질 대로 구겨진 자존심을 몇 마디 말로써 펴 보려 애 쓰는 꼴마저도 주종主從이 동색同色이었다.

"누가 뭐라더냐? 알았으니 나가 봐라."

"흥!"

사내는 콧구멍으로 뇌수가 빠져나오지 않을까 염려스러울 정도로 세차게 콧방귀를 뀐 뒤, 문소리도 요란하게 선실을 나갔다.

석대원은 사내가 데려다 놓은 숙수를 바라보았다. 후텁지근한 날씨에도 불구하고 전신을 부들부들 떠는 것을 보면, 적어도 이 배에선 전비라는 이름이 제법 널리 알려진 모양이었다.

"부탁할 것이 있소."

숙수의 머리가 바닥과 맞닿을 듯 숙여졌다.

"아이고, 부탁이라니요! 분부만 내리십시오. 소인이 할 수 있는 일이라면 무엇이든지 하겠습니다."

"배가 무척 고프니 요기할 것을 가져다주시오."

숙수는 고개를 들고 조심스럽게 물었다.

"그것뿐인가요?"

"그렇소."

이 말에 숙수의 얼굴이 믿을 수 없을 만치 환해졌다.

"지금 당장 차려 오겠습니다!"

눈치를 보아하니 쓸개라도 빼 달랄 줄 안 모양이었다. 석대원은 실소를 참으며 덧붙였다.

"나는 밥을 먹은 뒤 물이 아닌 식초로 입가심하는 습관이 있소."

숙수의 얼굴이 식초로 입가심한 사람처럼 괴상하게 변했다.

"왜? 이상하오?"

석대원이 눈살을 슬쩍 찌푸리자 숙수의 얼굴은 단박에 원래대로 되돌아왔다.

"아, 아닙니다! 나리 같은 영웅은 뭐가 달라도 다른 게 있는 법이지요. 마침 주방에 좋은 식초가 한 동이 있으니 그걸로 가져다 드리겠습니다."

숙수는 또 한 번 고개를 조아린 뒤 오랜 영어囹圄에서 풀려난 죄수처럼 가벼운 걸음걸이로 선실을 나갔다.

그러고 반 식경이나 지났을까? 숙수는 구부정한 허리가 걱정될 만큼 엄청난 양의 음식이 놓인 쟁반을 양손에 받쳐 들고 선실로 들어왔다. 매콤한 향기가 코를 찌르는 것으로 미루어 진금영이 말한 바 있던 사천 출신 숙수가 바로 그인 듯싶었다.

"수고했소."

석대원이 짧게 치하하자, 숙수는 헤벌쭉이 웃었다.

"밤참을 준비하라는 지시가 내려온 터라 조금 번거롭기는 했습죠. 뭐 그렇다고 해도 허구한 날 하는 일인데 수고랄 것까지야 있겠습니까."

매운 양념으로 쪄 낸 닭다리를 입으로 가져가던 석대원의 손길이 멈췄다.

"밤참을 매일 짓소?"

"그럴 리가 있겠습니까. 기껏해야 보초 몇 사람이 먹는데 남은 음식으로도 충분하지요. 그런데 오늘은 무슨 영문인지 승선자 전원이 먹을 밤참을 만들어 내라고 저 난리지 뭡니까."

석대원은 닭다리를 한입 크게 베어 물며 생각에 잠겼다. 승선자 전원을 위한 밤참이라면 잘 자라고 지어 먹이는 것은 아님이 분명했다. 그렇다면?

"닭찜이 아주 맛있구려. 바쁠 텐데 그만 가 보시오."

칭찬을 들은 숙수는 기쁜 낯으로 머리를 조아린 뒤 선실을 나갔다. 문이 닫히는 소리가 울리기가 무섭게 석대원은 걸신들린 사람처럼 탁자에 차려진 접시들을 비워 나갔다. 숙수가 가져온 요리는 사천 본토에서도 맛보기 힘들 만큼 훌륭했지만, 아쉽게도 천천히 음미할 여유가 없었다. 움직일 시간이 임박한 것이다. 비각도, 그도.

순식간에 식사를 마친 석대원은 침상 옆의 방울 줄을 잡아당겼다. 문지기 사내의 통통한 얼굴이 다시 선실 안으로 들이밀어졌다.

"또 무슨 일이오?"

석대원은 부러뜨린 젓가락으로 잇새를 쑤시며 느긋하게 말했다.

"배를 채웠으니 이제 한숨 잘까 하네."

"그래서 어쩌라고? 자장가라도 불러 달라 이거요?"

사내는 짜증이 덕지덕지 묻은 얼굴로 물었다. 석대원은 고개를 저으며 조용히 말했다.

"나는 잘 때 누가 곁에 다가오면 무의식중에 살수를 쓴다네. 어린 시절 하도 자주 도둑맞다 보니 나도 모르게 그런 고약한 버릇이 생겼지. 그 뒤로 제법 많은 도둑들이 내 손에 죽었네. 잠결에 사람을 죽인다는 것이 처음엔 썩 개운치 않았는데, 여러 번 반복하다 보니 무덤덤해지더군. 노파심에서 하는 말이네만 그 도둑들처럼 되지 않도록 조심하게."

"쳇, 괜한 걱정하시네! 앞으론 방울이 아니라 악을 쓰고 불러도 안 들어올 테니 그리 아시오!"

그래도 얼굴이 창백해지는 것을 보면 자는 놈에게 맞아 죽고 싶지는 않은 모양이었다.

사내가 나가자 석대원은 문에 빗장을 건 뒤, 숙수가 음식과 함께 가져온 식초 동이를 탁자에 올려놓았다. 이어 크기가 붕어 부레만 한 주석 병 하나를 품에서 꺼내더니, 그 안에 든 청색 액체를 식초 동이 안에 부었다.

식초로 세수하는 기분은 해 보지 않은 사람은 결코 알 수 없다. 이빨이 절로 갈리는 그 시큼한 냄새라니. 그러나 도리가 없었다. 백변귀서생 모금의 역용액은 비바람에 씻겨도 바래거나 떨어지지 않는 신통한 물건이었다. 그것을 지울 수 있는 방도는 오직 하나, 모금이 제작한 세용비약洗容秘藥을 식초에 타열심히 문지르는 일뿐이었다. 석대원의 넓은 얼굴에 철썩거리는 소리가 울릴 때마다 매미 날개처럼 얇은 피막이 비늘처럼 떨어져 내렸다.

세수를 마친 석대원은 따끔거리는 눈가를 조심스럽게 눌러 매일 아침 눈을 거북살스럽게 만들던 괴상한 이름의 인조 각막마저 빼내 버렸다.

"한 달 만에 보는 얼굴이군."

석대원은 벽에 걸린 동경에 얼굴을 비춰 보며 혼잣말을 중얼거렸다. 역용액에 오랫동안 덮여 있던 얼굴이지만 특별히 상한 부분은 없는 듯했다. 조금 어색하다면 살갗에 찰싹 달라붙어 빗도 안 들어가게 굳어 버린 수염 정도랄까.

반가운 마음에 볼을 한두 번 두드린 석대원은 방 한쪽 벽을 온통 채운 커다란 검가劍架를 향해 걸어갔다. 이 방의 원주인인 마태상은 귀품貴品에 대한 수집벽이 대단한 사람이었다. 그 사실을 입증이라도 하듯 검가에는 호화찬란한 장식을 단 도검들이 주렁주렁 걸려 있었다.

그중 하나를 꺼내 검집에서 빼 본 석대원은 코웃음을 쳤다.

"껍데기는 제후인데 알맹이는 개백정이구나."

수수깡이나 베면 딱 좋을 조악한 검신에 석대원은 조금 실망했지만, 그래도 없는 것보단 나을 것 같아 가져가기로 마음먹었다.

지금 석대원이 있는 곳은 천표선 선수부에 우뚝 선 누대의 사층. 마태상이 진금영에게 내준 선실이었다. 벽면에 난 창문은 수려한 해경海景을 마음껏 감상할 수 있도록 커다랗게 뚫려 있었다. 그것은 석대원에게 있어서 매우 다행스러운 일이었다. 안 그랬다면 벽을 뚫는 수고를 피할 수 없었을 것이기에.

석대원은 등불을 끈 뒤 창문을 활짝 열었다. 세찬 바람과 함께 몇 알의 빗방울이 얼굴을 때렸다. 칠흑 같은 시계 속으로 빗줄기는 빠른 속도로 굵어지고 있었다. 파도마저도 음산하게 울부짖고 있으니, 저 어둠 어딘가에 반역의 독버섯이 움트고 있다 한들 그리 이상할 게 없었다.

석대원은 숨을 길게 들이마셨다. 얼굴에 달라붙은 시큼한 냄새가 기다렸다는 듯이 콧속으로 밀려들어 왔다. 하지만 그것도 오래가지는 않을 것이다. 차가운 바닷물이 금방 씻어 줄 테니까.

석대원은 창문 너머로 몸을 날렸다.

(3)

뇌파패는, 그저 캄캄하다는 말만으로는 설명할 수 없는 불안하고 불쾌하고 불길한 어둠 저편에 자리 잡고 있을 천장을 초점이 맺히지 않는 눈으로 올려다보았다.

망막에 맺혀 있던 물방울이 양쪽 귓바퀴 위로 또르륵 흘러내렸다.

억겁처럼 길게만 여겨지던 불면에 시달릴 대로 시달리다가 간신히, 정말로 간신히 몸담을 수 있었던 몽계夢界는 이 가련한 방문객을 너무도 쉽게 추방해 버렸다. 몽계가 그녀에게 보낸 추방령은 하나의 영상이었다. 그 영상 속에서 그녀는 정체를 알 수 없는 힘에 의해 결박당해 있었다. 그런 상태로 한 남자가 귀신으로 변하는 광경을 지켜볼 수밖에 없었다. 그 남자는 늠름한 얼굴을 지닌 청년이었다. 그러나 한 자루 칼이 그 늠름한 얼굴에 길고 깊은 상처를 새겨 놓은 순간, 그 남자는 인간의 껍질을 벗고 귀신이 되었다.

칼을 휘두른 사람은 누구일까? 영상이 보여 준 그 사람은 촛불에 일렁이는 그림자처럼 모호하기만 했다. 하지만 뇌파패의 기억 속에 남아 있는 그 사람은, 그 사람은…….

"으음."

낮고 굵은 신음이 뇌파패의 영혼을 어둠이 들어찬 그녀의 방으로 끌어당겼다. 철봉처럼 단단한 누군가의 팔이 그녀의 가슴에 얹혔다. 숨소리, 숙면의 축복을 누리는 사람에게만 허락되는 평화로운 숨소리가 그녀의 귓전에서 울렸다.

뇌파패는 가슴에 얹힌 사내의 팔을 들어 이불 속으로 살며시 넣어 주었다. 이불을 들출 때 그녀는 진한 살 냄새를 맡을 수 있었다. 지난 십 년을 하루도 빠짐없이 그녀의 옆자리를 지켜 주는 사람의 냄새. 바로 남편의 냄새였다. 그런데 그 순간 믿을 수 없는 일이 벌어졌다. 그 청년의 냄새가, 꿈속에서 등장한 그 늠름하게 생긴 청년의 냄새가 십 년이라는 세월을 훌쩍 뛰어넘어 마치 손에 잡힐 듯이 생생하게 그녀의 머릿속에 떠오른 것이다.

이빨들이 딱딱 맞부딪쳤다. 목덜미엔 소름도 돋은 것 같았다. 처음 잠에서 깨었을 때 그녀의 얼굴에 도사리고 있던 어둠, 그 불안하고 불쾌하고 불길한 어둠이 그녀의 가녀린 몸뚱이를 짓눌러 오기 시작했다. 한없이 떨어지는 기분. 푹신한 침대를 뚫고, 단단한 바닥마저도 뚫고, 암흑만이 가득한 무저갱으로 추락하는 기분이 그녀로 하여금 작은 주먹을 꼭 말아 쥐게 만들고 있었다.

더 이상 누워 있을 수 없었다. 이대로 누워 있다간 그 추락이 현실로 벌어질 것 같았다. 침대에서 내려선 그녀는 신발도 신지 않은 채로 창가로 다가갔다. 밤공기라도 쐬지 않으면 이 끔찍한 기분을 도저히 떨쳐 버릴 수 없을 것만 같았다.

그러나 그녀는 그러지 않는 편이 더 나았다. 창문을 열기 위해 두꺼운 휘장을 젖힌 순간, 그녀는 하마터면 비명을 지를 뻔했다. 창밖으로부터 폭발한 강렬한 백색 섬광 때문이었다. 그녀가 비틀거리며 한두 걸음 물러설 때, 무시무시한 굉음이 머리 위에서 터져 나왔다.

꽈르릉!

탁자의 찻잔들이 지진을 만난 듯 달그락거렸다. 이어 또 한 번의 백색 섬광, 그리고 앞서보다 훨씬 짧은 시차를 두고 뒤따른 굉음.

"허! 그놈의 천둥소리 한번 요란하구려."

겁에 질려 떨고 있는 뇌파패의 등 뒤에서 졸음기가 완전히 가시지 않은 굵은 목소리가 울렸다. 민파대릉이 잠에서 깬 것이다. 그녀는 민파대릉을 향해 돌아섰다. 그때 벼락이 다시 야공을 찢으며 내리꽂혔다.

꽝!

전광의 극명한 명암에 드러난 그녀의 얼굴은 분명 시체처럼 굳어 있었을 것이다.

"당신…… 얼굴이 왜 그렇소?"

사그라지는 잔광에 비친 민파대릉의 얼굴엔 걱정의 기색이 떠올라 있었다. 뇌파패는 아무 대답도 할 수 없었다. 그저 덜덜 떨리는 자신의 몸뚱이를 두 팔로 힘껏 끌어안기만 했을 뿐이다.

그때 방 안이 밝아졌다. 침대에서 내려온 민파대릉이 등불을 밝힌 것이다. 민파대릉은 잠시 뇌파패를 바라보다가 이내 미소를 지으며 다가왔다.

"뭐야, 천둥 벼락이 무서워 이러는 거요?"

뇌파패는 민파대릉을 올려다보았다. 미간이 유난히 넓은 그의 두 눈엔 이루 말할 수 없는 포근한 빛이 담겨 있었다.

"나는 당신이 어른인 줄 알았소. 그런데 이제 보니 아직 어린 소녀였구려."

민파대릉은 왼팔로 뇌파패를 살며시 끌어안더니 오른손으로 그녀의 얼굴을 부드럽게 쓰다듬었다.

"원, 식은땀을 이렇게 흘리다니! 분위기가 어수선해 당신 마음이 편치 않은 모양이오."

뇌파패는 입술을 떨다가 민파대릉의 가슴에 얼굴을 와락 파묻었다.

"저는, 저는 두려워요."

민파대릉은 뇌파패의 등을 가만히 두드려 주었다. 얇은 침의 寢衣 위를 오가는 남편의 손길은 그녀에 대한 애정으로 충만했다. 떨림이 조금 가라앉는 것 같았다.

민파대릉은 뇌파패의 머리카락에서 풍기는 체향을 음미하듯 잠시 숨을 들이마셨다가 조용히 속삭였다.

"자, 눈을 감아 보시오."

뇌파패는 눈을 감았다. 그녀의 귓전에 민파대릉의 속삭임이 차분하게 이어졌다.

"내 말을 마음속으로 따라 해 보시오. 비바람이 곧 그치듯, 천둥 벼락이 곧 멈추듯, 내 마음에 도사린 두려움도 곧 가실 거라고."

뇌파패는 마음속으로 되뇌었다.

'그래. 비바람이 곧 그치듯, 천둥 벼락이 곧 멈추듯, 두려움도 곧 가실 거야. 그저 악몽일 뿐이야. 어수선한 분위기 때문에 악몽을 꾼 것에 불과해. 모든 것이 잘될 거야. 이제는 두렵지 않아.'

그러나 이런 자기 최면은 바로 다음 순간에 떨어진 벼락에 의해 너무도 허망하게 부서져 버렸다. 그 자리에 차오른 것은 나쁜 예감이었다. 비바람이 영원히 그치지 않을지도 모른다는 예감, 천둥 벼락이 영원히 멈추지 않을지도 모른다는 예감, 악몽이 현실로 찾아올 거라는 예감.

"어떻소? 마음이 훨씬 편안해지는 것 같지 않소?"

민파대릉이 뇌파패의 몸을 살며시 밀어내며 물었다. 그런 그에게 불안하고 불쾌하고 불길한 그 예감을 말할 수는 없었다. 뇌파패는 억지로 웃음을 지으며 고개를 끄덕였다.

연기가 그런 대로 쓸 만했던 것일까? 민파대릉은 활짝 웃었다.

"내가 장담하리다. 시원한 차를 한 잔 마시면 기분이 훨씬 좋아질 거요."

민파대릉은 탁자 쪽으로 걸어가더니 양손에 찻잔을 들고 돌아왔다. 뇌파패는 찻잔을 받는 손이 떨리지 않기 위해 이를 악물어야 했다.

"고마워요. 당신 말대로 기분이 훨씬 좋아지는군요."

차를 한 모금 마신 뇌파패가 짐짓 밝은 목소리로 말했다. 민파대릉은 상이라도 받은 아이처럼 기뻐하다가 무슨 생각이 떠오른 듯 창문을 바라보며 중얼거렸다.

"밖에 나가 있는 사람들, 고생이 이만저만이 아니겠소. 그런데도 명색이 문주란 사람은 미녀와 마주앉아 차나 마시고 앉았으니, 무슨 원망을 들어도 할 수 없는 일이지."

뇌파패도 창문을 바라보았다. 창문을 두드리는 요란한 소리로 미루어 천둥 번개만이 아니라 비바람 또한 예사롭지 않은 듯했다. 이런 날씨에 노천에서 번을 선다는 것은 결코 즐거운 일이 될 수 없으리라.

민파대릉의 말처럼 밖에서 번을 서는 사람들의 고생은 이만저만이 아니었다. 특히 빗방울이 떨어지기 직전에 교대된 사람들의 경우는, "내 재수에⋯⋯."라는 식의 팔자타령까지 나올 만했다. 본디 번이란 낮 시간보다 밤 시간이 길게 느껴지는 법인데, 거기에다 비바람에 천둥 벼락까지 견디려니 심사가 편할 턱이 없는 것이다. 반 시진 전, 이십 명의 번초들을 통솔하여 포구를 향한 서쪽 관문에 교대되어 내려온 광마대 부대주 피륜皮侖이 바로 그런 심사였다.

게다가 더욱 불편한 것은 그런 심사를 노골적으로 드러낼 수도 없다는 점. 이는 퍼붓는 빗발에도 아랑곳하지 않고 관문 입구에 석상처럼 버티고 선 직속상관이 있었기 때문이다.

본래 관문을 지키는 임무는 뇌문삼대의 부대주급에게 맡겨 있었다. 그러니 피륜의 직속상관이라면 지금쯤 화왕성 안에서 곤한 잠에 빠져 있어야 마땅했다. 하지만 고생하는 수하들에게 솔선수범을 보여야 한다고 생각한 것인지, 이 지독한 날씨에도 관문 밖까지 나와 저렇게 서 있는 것이다. 마흔두 근이나 나가는 철추鐵椎를 떡하니 짚은 채 말이다.

이런 유형의 상관은 한편으로 수하들의 마음을 든든하게 만들어 주기도 하지만, 다른 한편으로는 수하들의 육신을 피곤하게 만들기도 한다. 지치고 고단하면 잠깐이라도 쉬고 싶은 것이 인지상정일진대, 상관이 저러고 있는 데야 감히 딴마음을 품을 수는 없는 노릇이기 때문이다.

"이봐, 부대주. 도마뱀처럼 벽에 달라붙어 뭐 하는 건가! 설마 계집애처럼 옷이 젖는 것을 두려워하는 것은 아니겠지?"

든든하고도 피곤한 문제의 직속상관 지마한이 피륜을 돌아보며 물었다. 애써 소리친 것도 아니건만 그 목소리가 귓가에 우렁우렁 울렸다. 용맹을 논하자면 금부도 내의 그 누구에게도 윗자리를 양보하지 않는다는 맹장 지마한. 천지를 가득 메운 빗소리도 그의 혈기 방장함 앞에서는 위세를 뽐내지 못하는 것이다.

맙소사! 저 나이에 혈기 방장이라니!

피륜은 사병射兵 공격에 대비해 마련해 둔 판자 하나를 찾아 들고는 지마한에게로 달려갔다.

"경계령이 언제까지 이어질지 모르는 판국에 첫날부터 이렇게 무리하실 필요는 없지 않겠습니까? 여기는 제게 맡겨 두시고 그만 성으로 올라가십시오."

판자를 지마한의 머리 위에 우산처럼 받쳐 든 피륜이 간곡한 목소리로 돌아가기를 권했다. 지마한은 픽 웃더니 두꺼비가 거미줄 걷어 내듯 머리 위의 판자를 밀쳐 냈다.

"자네 말처럼 이번 경계령이 언제까지 이어질는지는 나도 모르네. 내가 매일 내려올 수 있는 것도 아니야. 하지만 첫날만큼은 반드시 내가 있어야 하네. 내 신조가 뭔지는 자네도 알겠지?"

피륜의 얼굴이 조금 일그러졌다. 지마한의 신조가 등장한 이상 이 대화가 어떻게 끝나리라는 것을 진하게 예감했기 때문이다. 그래도 포기하지 않은 것은 온몸을 두드리는 빗발이 너무 드세기 때문인데…….

"하지만 날씨가 워낙 궂은지라……."

"알면 말해 보게."

지마한이 엄한 눈으로 재촉했다. 피륜은 우물쭈물하다가 기어들어 가는 목소리로 대답했다.

"줄기가 허한 나무는 가지의 부실함을 탓할 수 없다."

"괌마대라는 나무에 있어서 줄기는 바로 나와 자네 같은 간부들이지. 날씨가 궂은 것은 이유가 되지 못해. 바람 소리는 기척을 감춰 주고 비는 봉화를 올리지 못하게 만들지. 이런 날씨일수록 우리 같은 사람들이 더욱 앞에 나서야 하는 거야. 그래야 가지들도 실해지는 법이지. 알겠나?"

철추로 땅을 쿵 찍으며 내뱉은 마지막 "알겠나?"란 물음엔 지마한 특유의 고지식한 위엄이 실려 있었다. 피륜은 자신도 모르게 자세를 바로 하며 크게 대답했다.

"예!"

지마한은 만족한 듯 씩 웃었다.

"좋아. 여기는 내가 지킬 테니까 자네는 안쪽을 한번 둘러보도록 하게."

말을 마친 지마한은 다시금 관문 아래를 향해 돌아섰다. 휘몰아치는 비바람도, 간단없이 떨어지는 천둥 벼락도 저 단단한 뒷모습을 무너뜨리지 못할 것 같았다.

피륜은 복잡한 심경이 담긴 눈길로 이 벽창호 같은 상관의 등을 노려보았지만, 결국 지시에 따를 수밖에 없었다. 그러니 관문 앞에 서 있다가, "자세가 그게 뭐야! 똑바로 서 있지 못해!"라며 한소리 얻어들은 두 명의 광마대원은 그저 운이 없다고 봐도 무방할 것이다.

통나무를 엮어 만든 육중한 문을 밀고 관 안으로 들어선 피륜이 가장 먼저 한 행동은 오만상을 찡그리는 것이었다.

본디 그가 관문 안쪽에 배치한 인원은 모두 여섯이었다. 그 중요함이 아무래도 바깥쪽에 비해선 떨어지는지라, 데려온 인원의 삼분의 일만 배치한 것이다. 그런데 그 여섯이 코빼기도 비치지 않고 있었다. 우막雨幕이 자욱한 관문 안쪽은 말 그대로 무인지경. 지키는 누군가가 있다는 흔적은 어디에서도 찾아볼 수 없었다.

"이 튀겨 죽일 놈들이……."

피륜의 눈에 가래톳이 돋았다. 하늘같은 대주가 물에 빠진 생쥐 꼴을 마다하지 않는 판국에, 감히 땅강아지 같은 아랫것들이 규율 무서운 줄 모르고 요령을 부린다고 생각한 것이다. 그것도 여섯 놈 모두가.

피륜은 씩씩거리며 걸음을 옮겼다. 비를 그을 만한 어딘가에 숨어 있을 여섯 놈을 구슬 꿰듯 줄줄이 끌어내, 빗속에 먼지 나도록 맞는다는 것이 무엇인지를 확실히 가르쳐 줄 작정이었다. 그런 그의 눈에, 변변한 지붕 하나 없는 이 일대에서 비를 긋기에는 더할 나위 없이 적당해 보이는 나무와 그 나무 옆으로 삐죽 튀어나온 누군가의 뒤통수가 들어왔다.

피륜은 주먹을 불끈 움켜쥔 채 그 나무를 향해 성큼성큼 걸음을 옮겼다. 그러고는 "요 발칙한 놈!" 하고 소리치며, 나무 옆으로 삐죽 튀어나온 누군가의 뒤통수를 야무지게 후려쳤다.

딱!

비명도 없었다. 피륜의 주먹에 맞은 뒤통수는 나무토막처럼 뻣뻣하게 앞으로 넘어갔다.

"네놈들이 호랑이 간이라도 삶아 먹은 게 분명하구나! 그렇지 않고서야 지금이 어느 땐데 감히……."

한바탕 호통을 늘어놓으려던 피륜에게 괴이한 기분이 엄습했다. 그리 심하게 때린 것도 아니건만, 흡사 송장처럼 자빠져 있는 품이 엄살처럼 보이지는 않았던 것이다.

피륜은 나무 옆으로 고개를 빠끔 내밀었다. 다음 순간, 그의 눈이 부릅떠졌다. 자빠진 사내, 자신이 관문 안쪽에 배치시킨 여섯 명의 대원 중 하나가 분명한 그 사내의 목이 비상식적인 각도로 꺾여 있는 것을 목격했기 때문이다.

피륜의 오른손이 반사적으로 허리춤에 매단 낭아곤狼牙棍을 더듬어 갔다. 사신死神의 손길이 그를 덮친 것은 바로 그때였다.

"컥!"

한 번도 경험해 보지 못한 무시무시한 힘이 목덜미를 조여 왔다. 피륜은 그 무시무시한 힘에 의해 허공으로 번쩍 들리게 되었다.

"끄으!"

피륜은 두 다리를 버둥거리며 필사적으로 몸부림쳤지만, 어둠과 비바람에 스스로를 감춘 채 이때만을 기다리고 있던 사신의 손길은 그런 몸부림을 일축할 만큼 완강했다.

콩 볶듯 요란하던 빗소리가 의식 저편으로 서서히 멀어졌다. 그러던 어느 순간, 피륜의 고막에 섬뜩한 소리가 울렸다. 자신의 목뼈가 부러지는 소리. 그가 최후로 들은 소리이기도 했다.

피륜의 몸뚱이에 남아 있던 마지막 경련마저도 완전히 가셨다. 그의 목을 감고 있던 억센 올가미가 스르르 풀렸다. 지지할 데를 잃은 시신이 바닥에 떨어지기 직전, 어둠 속에서 나타난 붉은 두건의 사내 하나가 그것을 소리 없이 받아 내렸다.

그 사내의 뒷전으로 십여 개의 인영이 모습을 드러냈다. 마치 처음부터 거기에 있었던 것처럼 기척 없는 운신이었다. 때마침 떨어진 벼락에 그들의 모습이 언뜻 드러났다. 단 한 사람을 제외하곤 모두 피륜의 시신을 받아 내린 사내처럼 붉은 두건을 두르고 있었다.

잠시 후, 올가미가 걸렸던 나무 위로부터 한 사람이 스르르 미끄러져 내려왔다. 도마뱀처럼 배를 나무에 붙인 채 거꾸로 기어 내려온 그 사람은 매부리코를 지닌 말라깽이 중년인데, 붉은 두건은 그의 이마에도 어김없이 둘려 있었다.

그의 이름은 조마공곤旱麻工昆. 뇌문삼대의 대주에 버금가는 뛰어난 재주를 지녔음에도 편벽한 성정으로 인해 중용되지 못한 뇌문의 이단자 격인 인물이었다. 그가 아리수의 포섭에 선뜻 고개를 끄덕인 이유는 오직 하나, 자신을 찬밥 취급한 현 수뇌부에 대한 복수심 때문이었다. 사용하는 병기는 고래 힘줄을 꼬아 만든 다섯 자 길이의 올가미인데, 이를 부리는 솜씨가 실로 놀라워 일단 한번 걸리는 날엔 누구도 목숨을 부지하기 어렵다고 한다.

조마공곤은 흙탕물에 버려진 피륜의 시신을 바라보며 말했다.

"광마대의 부대주 중 하나요. 낭아곤을 쓰는 솜씨가 제법이라더니만, 뒈지는 모습은 다른 놈들과 다를 게 없구려."

억양이 엉망인 한어였지만, 붉은 두건을 두르지 않은 유일한 사람이자 이 무리의 통솔자이기도 한 금청위가 알아듣는 데엔 큰 지장이 없었다.

"수고하셨소."

"벌레 한 마리 잡아 죽이는데 수고는 무슨. 프흐흐."

조마공곤은 음산히 웃었다. 동족을 교살하고서도 조금의 거리낌도 비치지 않는 것이, 천성적으로 살기가 승한 자가 분명했다.

금청위는 곁에 있던 건장한 대머리 사내를 돌아보았다.

"시간은?"

이 대머리 사내는 낭숙의 당두堂頭 중 하나인 철과鐵鍋라는 자로서, 며칠 전 사해포에서 석대원에게 달려들었다가 수모를 당한 바 있는 위인이기도 했다. 철과는 품에서 작은 모래시계를 꺼냈다. 반 시진을 계측하게 만들어진 그 모래시계의 상단에는 모래가 절반가량 남아 있었다.

"이 각 남았습니다."

자시子時(자정 전후, 오후 열한 시부터 오전 한 시)의 시작과 함께 뒤집어진 모래시계였으니, 모래가 하나도 남지 않는 시각은 곧 자정을 의미한다. 그러니 자정까지 남은 시간은 반 시진의 절반, 즉 이 각인 셈이었다.

금청위는 고개를 끄덕인 뒤 적건인들을 둘러보며 말했다.

"주변 초소를 정리했다고는 하나 어떤 변수가 발생할지 모르는 상황이다. 신호가 떨어지면 관문 바깥쪽에 있는 자들을 최대한 신속하게 처치하고 포구로 내려간다."

철과를 제외한 열여섯 명의 적건인들은 아리수에게 충성을 맹세한 여진인들 중 추리고 추린 정예들이었다. 조마공곤이 금청위의 말을 간략히 통역하자 그들의 눈가에 불그죽죽한 살기가 떠올랐다.

조마공곤이 금청위에게 물었다.

"관문 바깥쪽에 누가 있는지 아시오?"

금청위는 대답 대신 고개를 무겁게 끄덕였다.

"솔직히 말해 나는 그를 상대할 자신이 없소."

금청위는 아주 잠깐 눈가를 일그러뜨렸지만, 곧 결연한 목소리로 말했다.

"그는 내가 맡겠소. 당신은 다른 자들을 처리하도록 하시오."

조마공곤은 성마른 느낌을 주는 입술을 묘하게 뒤틀었다.

"프흐흐, 하기야 대륙에서 날고뛰던 어른이시니 오랑캐의 쇠방망이가 눈에 찰 리 없으시겠지."

언중유골. 일면식도 없는 이방인을 통솔자로 모시는 것에 배알이 뒤틀린 탓이리라. 금청위는 시시콜콜 따지지 않았다. 지금 그가 절실히 필요로 하는 것은 사사로운 정의情誼를 끊기 위한 냉혹함이었다.

금청위로부터 아무런 대꾸도 나오지 않자 조마공곤은 시시하다는 듯 어깨를 으쓱거렸다.

"객쩍은 소리 말고 네 일이나 하라 이건가? 좋소, 좋아."

조마공곤은 관문 쪽으로 다가가더니 아까 나무에서 내려오는 것과 동일한 방법으로 목책을 기어 올라갔다. 잠시 후 다시 땅으로 내려온 그가 말했다.

"지마한은 전방 칠팔 장 떨어진 곳에 홀로 서 있고 조무래기들은 관문 바로 앞에 둘, 거마창 주위에 여섯이 배치되어 있소. 나머지는 아마도 양 둔덕에 몸을 숨기고 있는 듯하오."

금청위는 잠시 생각하더니 허리에 차고 있던 뇌정검을 뽑아 들었다.

"바로 앞에 둘이 있다면 소리 없이 돌파하기는 애당초 틀린 셈이군. 담당 구역을 나누시오. 관문을 부수는 것을 신호로 각자 맡은 구역을 치는 것으로 합시다."

조마공곤이 낮고 빠른 여진어로 뭐라 지시하자 적건인들은 몇 무리로 갈라서며 저마다 병기를 꺼내 들었다. 소리 없이 들끓는 살기가 드센 빗발을 뚫고 관문 쪽으로 밀려가기 시작했다.

금청위는 뇌정검을 상단으로 치켜세우고 잠시 호흡을 고른 뒤, 직도황룡直屠黃龍의 일 초로 관문을 내리찍었다.

꽝!

폭음과 함께 관문이 대포에라도 맞은 양 산산조각 났다. 부서진 목편이 분분히 날리는 가운데, 금청위는 땅을 박차고 달려 나갔다. 관문 바로 너머에는 번초 둘이 서 있었지만 그들에겐 눈길조차 돌리지 않았다. 그의 목표는 오직 하나, 칠팔 장 떨어진 곳에 우뚝 서 있는 지마한의 넓고 단단한 등이었다.

번초들이 내지른 경호성이 귓전을 스치는 것과 거의 동시에 사오 장 거리로 가까워진 지마한이 뒤를 돌아보는 것이 보였다. 금청위는 질풍처럼 달려드는 상태 그대로 검을 들지 않은 좌수를 휘둘렀다.

촤악!

커다란 장막처럼 일어난 흙탕물이 그보다 한 발 앞서 지마한을 덮쳐 갔다.

"헛?"

지마한은 대경실색할 수밖에 없었다. 등 뒤에서 울린 난데없는 폭음에 고개를 돌렸더니, 엄청난 흙탕물의 장막이 그물처럼 덮쳐 오고 있었던 것이다.

하지만 그 또한 강철처럼 단련된 무인이었다. 신형을 빠르게 반전시킴과 동시에 왼 주먹을 곧게 내지르는 광판첩운光判疊雲의 수법은 실로 적절한 대응이라 아니할 수 없었다.

광판첩운의 세찬 경풍에 흙탕물의 장막 한가운데가 쫙 갈라졌다. 그 순간 지마한은 두 눈을 부릅떴다. 갈라진 장막 저편으로부터 새파란 섬광 하나가 송곳처럼 튀어나왔기 때문이다. 뇌전처럼 화려하거나 웅장하지는 않지만, 그러나 훨씬 위험한 존재임에는 틀림없는 섬광! 피하기엔 이미 늦었으니 남은 것은 막아 내는 것뿐인데…….

"이얍!"

지마한은 우렁찬 기합을 터뜨리며 오른손에 들고 있던 철추로 섬광의 측면을 힘껏 후려쳤다. 직선 공격을 방어하는 데 적합하다는 횡운단산橫雲斷山의 수법이었다. 그의 철추는 비록 마흔두 근이나 나가는 중병重兵이지만, 이 순간만큼은 회초리보다도 날렵하게 움직이고 있었다. 그것에 부딪치는 날엔 제아무리 위험한 섬광이라 한들 격퇴당하지 않을 도리가 없는 것이다.

그러나 지마한의 목숨을 노리는 섬광은 비단 위험할 뿐만 아니라 상대의 강건함을 피할 줄 아는 영악함까지 지니고 있었다.

한 치.

철추와 부딪치기 직전 궤도를 꼭 한 치만큼 아래로 틀어 횡운단산의 방어를 무산시킨 섬광은, 지마한이 가슴에 차고 있던 강철 호심경護心鏡과, 지마한이 평소 자랑으로 여기던 우람한 가슴근육과, 지마한에게 청년의 활력을 공급해 주던 건강한 심장을 동시에 꿰뚫어 버렸다.

고통? 그런 것은 없었다. 북쪽 해안의 백사장에서 친구들과 수영을 하고 놀던 아스라한 어린 시절, 머리 위로 내리꽂히던 햇살을 올려다보았을 때처럼 아찔한 느낌만이 있을 뿐이었다. 지마한 같은 맹장도 속절없이 당할 수밖에 없는, 당한 뒤에도 감탄하고 싶은 마음부터 드는 깔끔한 수법이었다.

"멋지군."

지마한은 자신의 가슴에 박힌 섬광을 내려다보며 중얼거렸다. 섬광의 정체는 푸른 신기神氣를 교교히 흘리는 한 자루 장검이었다. 비바람이 몰아치는 야밤에도 저런 신기를 뿜어내고 있으니 필시 보검 소리깨나 들었으리라.

누굴까? 이 깔끔한 수법, 이 훌륭한 검의 주인은?

그러나 지마한은 그 주인의 얼굴을 끝내 확인할 수 없었다. 검봉으로부터 흘러나온 한 줄기 부드러운 파동이 그의 모든 심맥을 한순간에 끊어 버렸기 때문이다.

미안하오.

문득 이런 말을 들은 것 같았다. 물론 확인할 길은 없었다.

쿵!

지마한이 흙탕물 위로 쓰러지며 둔중한 소리가 울려 나왔다. 그것은 광마대가 지키는 서쪽 관문이 무너지는 소리이기도 했다.

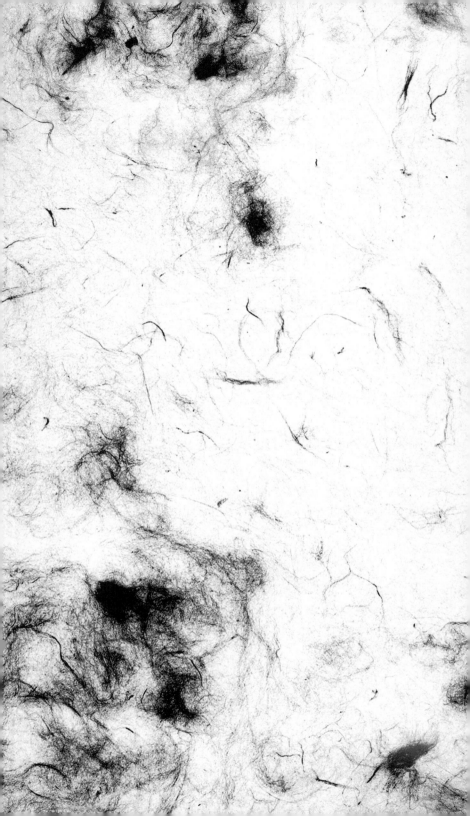

비인비검悲人悲劍 (二)

(1)

지마한이 폭우 속으로 육신을 길게 눕히던 그 시각.

뇌문의 장로 중 하나인 포포아투布浦阿投는 지마한과는 사뭇 다른 이유로 길게 누워 고희의 나이에 걸맞지 않은 분홍빛 호사를 누리고 있었다.

"으음, 좋구나!"

달뜬 쾌재가 절로 흘러나왔다. 그럴 만도 했다. 궂은 날이면 하루도 빠짐없이 찾아오는, 어떠한 신공 절기로도 치료할 수 없던 지긋지긋한 관절통을 꿀물처럼 달콤하고 물고기처럼 싱싱한 한 쌍의 손이 시원스럽게 풀어 주고 있었기 때문이다.

포포아투는 실눈을 뜨고 손의 임자를 훔쳐보았다. 여인이라고 부르기엔 귓바퀴에 송송한 솜털이 애처로워 보이는 방년의 소녀. 하지만 햇볕에 그을린 까무잡잡한 피부와 구름처럼 틀어 올려 금잠金簪으로 고정시킨 머리카락, 살짝 말려 올라간 눈초리에 어린 간드러진 눈웃음과 사내의 색감을 아슬아슬하게 자극하는 교묘한 손놀림은, 그녀가 이미 소녀라는 명칭에 어울리지 않을 만큼 성숙해 있음을 내비치고 있었다.

대저 사내란 모든 소녀를 요부로 만들지 못해 안달이 난 엉큼한 동물이었고, 그런 점에 있어서는 고희의 포포아투도 크게 벗어나지 않았다.

"이름이 하로河露라고 했느냐?"

포포아투의 물음에 소녀는 짐짓 수줍은 체 눈초리를 살짝 내리깔면서 대답했다.

"그렇사옵니다."

"약선당주가 보냈다고?"

"예."

"날이 밝는 대로 목목태에게 비단이라도 몇 필 보내든지 해야지, 어른 된 입장에서 항상 받기만 하니 면목이 영 안 서는구나."

면목 안 선다는 늙은이가 저렇게 헤벌쭉거릴 수도 있는 것인지, 포포아투는 말과는 딴판인 표정을 하고 있었다. 소녀는 가지런한 눈썹을 살짝 찡그리며 고개를 흔들었다.

"당주께서 소녀를 장로님께 보낸 것은, 문을 위해 평생을 노심초사하며 살아오신 장로님께 표하는 작은 성의에 불과한 줄로 압니다. 만일 답례품을 보내신다면 소녀는 장로님의 심기를 불편하게 해 드린 죄로 꾸지람을 얻을지도 모르오니, 청컨대 그런 말씀을 거둬 주십시오."

"허! 얼굴만 고운 줄 알았더니 하는 말도 하나같이 꽃봉오리 같기만 하구나."

포포아투는 턱이 빠진 사람처럼 함박웃음을 머금었다.

여인으로만 구성된 금남의 집단 약선당은 주지하다시피 뇌문 내의 약리를 관장하고 있었다. 하지만 그녀들의 업무가 그게 전부는 아니었다. 그중 얼굴이 반반하고 몸매가 잘 빠진 몇몇은 금부도 최고 수뇌부의 성적 노리개 역할을 마다하지 않았으니, 본업은 의원이되 부업은 고급 창녀인 셈이었다.

이런 제도를 처음 만든 사람은 민파대릉의 부친인 전대 문주였다. 색탐이 유난히 강한 그는 암호랑이 같은 정실의 눈치를 보느라 변변한 첩실 하나 들이지 못한 것이 못내 아쉬웠는지 여인으로만 구성된 약선당을 창설, 시도 때도 없이 고개를 치켜드는 왕성한 성욕을 은밀한 경로를 통해 달래곤 했던 것이다.

그런 의미에서 볼 때, 현 문주인 민파대릉과 현 약선당주인 목목태가 내연의 관계라는 소문이 민파대릉의 각별한 애처심에도 불구하고 끊임없이 나도는 것도 무리는 아니었다. 전대 문주와 전대 약선당주의 관계가 바로 그러했기 때문이다. 그 숨길 수 없는 증거가 바로 아리수였다. 아리수는 그들 둘 사이에서 태어난, 중원식으로 말하면 서출인 것이다.

각설하고, 포포아투는 지금 기분이 몹시 좋았다. 약선당으로부터 육덕공양肉德供養을 받을 수 있다는 사실은 그가 여전히 권력의 핵심에 있음을 의미했다. 그러니 그것만으로도 충분히 우쭐해할 만한 일인데, 오늘처럼 사지가 저릿저릿한 날 여태 받아본 공양물 중에 최고라 할 수 있는 기막힌 계집이 바람만 혹 불면 벗겨질 것 같은 얇은 나삼 하나만 달랑 걸친 채 침소로 찾아왔으니 이 어찌 즐거운 일이 아니겠는가!

포포아투는 자꾸 풀어지려는 얼굴 근육을 억지로 조이며 짐짓 근엄한 목소리로 말했다.

"이제 어깨는 그만 주물러도 되겠구나."

"하오시면……?"

"험! 괴이하게도 오늘따라 하지下肢 쪽이 유난히 쑤시는구나. 험! 수고스럽더라도 하로, 네가 좀…… 험! 어흠!"

손녀뻘 되는 계집애에게 한 요구치고는 조금 뻔뻔하다 여겼는지 포포아투는 헛기침으로 말을 얼버무리곤 눈을 지그시 감았다.

기대했던 일은 곧바로 벌어지지 않았다. 소녀의 수줍음을 아직 잃어버리지 않은 탓일까? 눈을 감고 있던 포포아투는 슬그머니 조바심이 일었다. 하지만 그것도 잠시. 그는 곧 걸치고 있던 침의 앞자락이 부드러운 손길에 의해 조심스레 열리는 것을 느낄 수 있었다.

궁촉의 불빛에 활짝 드러난 포포아투의 아랫도리는 놀랍게도 이십 대 청년의 그것과 견주어도 조금의 손색이 없었다. 아니, 살갗에 흐르는 뽀얀 윤기는 어떤 청년에게서도 찾아보기 힘든 기이한 매력을 지니고 있었다. 이는 옥인철령기玉人鐵靈氣라는 외문기공에서 비롯된 현상이었다. 뇌문 제화사의 수반이기도 한 포포아투는 제화사들 사이에서 전해 내려오는 옥인철령기를 오랫동안 수련해 왔는데, 그 화후가 이미 극성에 달해 백옥처럼 빛나고 귀갑처럼 단단한 외피를 지니게 된 것이다.

"어쩜!"

포포아투는 눈을 감은 채 귓전으로 흘러들어 오는 하로의 탄성을 즐겼다. 대장로인 음뢰격은 마누라를 다섯씩이나 거느리고 날마다 황음을 즐긴다는데, 장로 중 이 인자임을 자부하는 그에겐 쭈글쭈글한 할망구 하나가 전부였다. 하기야 음뢰격만을 탓할 문제는 아니었다. 뇌신을 섬기는 뇌족에 있어서 제화사는 제관만큼이나 성결聖潔을 강요당하는 존재였고, 그 또한 휘하의 제화사들에게 여체를 멀리할 것을 심심찮게 설파했으니 말이다. 그러니 허물이 있다면, 고희의 노구에도 불구하고 아침마다 이불을 뚫을 듯 솟구치는 청년 뺨치는 양기에서 찾아야 마땅할 것이다.

눈을 감고 기다리노라니 발목에 나긋나긋한 손길이 와 닿는 것이 느껴졌다.

'옳거니, 무엇이 사내를 기쁘게 하는지 알고 있는 계집이로고.'

포포아투의 입가에 흡족한 미소가 어렸다. 복사뼈나 무릎처럼 단단한 부위는 부드럽게 어루만지고 장딴지나 허벅지처럼 근육이 많은 부위는 꽉꽉 눌러 풀어 주니, 오금이 슬금슬금 저리는 게 혼백이 아찔해질 지경이었다.

"잘하는구나. 으음, 아주 잘해."

포포아투의 칭찬에 고무된 듯 하로의 손길이 조금씩 아랫배 쪽으로 올라왔다. 이윽고 그녀의 손길이 어떤 부위를 정확히 움켜쥐더니, 미묘하게 움직이기 시작했다. 그 감칠맛 나는 느낌이라니!

포포아투는 몸뚱이 전체가 두둥실 떠오르는 느낌에 정신을 차릴 수 없었다. 눈을 감고 있는 탓에 볼 수는 없었지만, 그의 양물은 이미 발정 난 수말의 그것처럼 거대하게 부풀어 있을 것이다. 음탕한 웃음이 절로 흘러나왔다. 흐흐, 네년도 색기가 예사롭지 않으니 지금쯤이면 아마도 사타구니가 근질거려 견디기 힘들 테지. 이제 슬슬…….

바로 그 순간이었다. 실처럼 접혀 있던 그의 두 눈이 번쩍 뜨였다. 음탕한 웃음이 감돌던 입술도 주먹이 들락거릴 만큼 쩍 벌어졌다. 고환과 항문 사이 은밀한 부위에 작렬한 무시무시한 고통 때문이었다.

"으아악!"

포포아투는 비명을 지르며 다리를 세차게 휘저었다. 그의 다리 사이에 무릎 꿇고 있던 하로가 미처 피하지 못하고 발길에 채어 날아갔다. 입으로 핏물을 쏟아 내며 침상 밖으로 날아가는 그녀의 머리채는 말미잘의 촉수처럼 흩날리고 있었다. 조금 전까지만 해도 금잠으로 고정시켰던 머리카락인데? 그 순간, 포포아투는 자신의 은밀한 부위에 틀어박힌 물건이 무엇인지 깨닫게 되었다.

"네년이 감히…… 크윽!"

호통을 내지르며 몸을 일으키려던 포포아투는 회음會陰에서 솟구쳐 오른 무시무시한 고통에 다시 눕지도 못하고 벌렁 엎어지고 말았다. 하필이면 회음이라니! 옥인철령기를 대성해 도검이 침범하지 못하는 강철 같은 외피의 유일한 약점, 회음이라니!

포포아투는 엉거주춤 엎드린 자세로 밑을 더듬었다. 고환 아래로 툭 튀어나온 금잠의 머리가 손가락 끝에 걸렸다. 단지 건드리는 것만으로도 머리털이 곤두서는 고통이 일어났지만, 포포아투는 이를 악물고 금잠을 뽑아냈다. 그런 것을 엉덩이 아래에 박은 상태론 싸움은커녕 거동조차 제대로 할 수 없으리라 판단한 것이다.

포포아투의 판단은 매우 옳은 것이었다. 그가 몸을 일으킨 순간, 얼굴에 핏물을 처바른 하로가 나찰처럼 이빨을 드러내며 덮쳐 온 것이다. 얇디얇은 나삼 어느 구석에다 숨겨 들어온 것일까? 그녀의 양손엔 섬뜩한 광망을 뿜어내는 비수 두 자루가 들려 있었다.

"요망한 것!"

포포아투는 노갈을 터뜨리며 달려오는 하로를 향해 일 권을 내질렀다. 조문罩門이 파괴당한 탓에 외피를 보호해 주던 옥인철령기는 흩어졌지만, 수십 년간 조석으로 단련해 온 착실한 내공만큼은 그의 단전에 온전히 남아 있었다. 그러니 그의 일 권에 담긴 막강한 역도를 하로 같은 어린 계집이 감당할 리 없었다. 권세에 휘말린 하로는 비명조차 지르지 못하고 가랑잎처럼 날아갔다.

"이 발칙한 년, 감히 노부의 신공을 훼손시키다니……"

포포아투는 고통을 참으며 침대에서 내려왔다.

한 주먹에 격퇴당한 하로는 벽 아래에 휴지처럼 처박혀 있었다. 팔다리가 이상한 각도로 꺾인 것이 일견하기에도 위중한 상태인데, 목숨만은 아직 붙어 있는 것 같았다. 방금 쳐 낸 일 권에 전력을 실었다면 그녀가 살아남을 리 없겠지만, 포포아투가 끌어 올린 공력은 단지 삼 할에 지나지 않았다. 약선당 따위의 천한 창녀들이 설마 자의로 이런 엄청난 일을 계획했다고는 생각할 수 없었다. 배후를 캐려면 계집을 산 채로 잡아야 했고, 그래서 힘을 조절했던 것이다.

그런데 포포아투가 하로가 처박힌 벽 쪽으로 힘겨운 걸음을 막 내디디려는 순간, 어디선가 괴이한 방울 소리가 울렸다.

딸랑!

소리가 시작된 곳은 제법 먼 듯한데 그 여운은 가슴에 남아 있었다. 포포아투가 내려다보니 과연 가슴 위에 두 개의 방울이 달라붙어 있었다. 기억 속에 있는 방울. 아주 불쾌한 기억 속에 있는 방울이었다.

포포아투의 시선이 방울 뒤로 길게 이어진 은삭을 따라 이동

했다. 그 시선이 멈춘 곳엔 푸른 절각건을 쓰고 같은 색깔의 장
포를 차려입은 장년인이 정물처럼 단정히 서 있었다. 포포아투
의 입술이 가늘게 떨렸다.

"너였구나."

푸른 절각건의 장년인, 아리수가 빙긋 웃었다.

"그렇소. 바로 나요."

포포아투는 비틀거리다가 그 자리에 털썩 주저앉았다. 금잠
에 꿰뚫린 회음을 생각하면 절대로 이렇게 주저앉고 싶지 않지
만 어쩔 도리가 없었다. 그의 가슴에 달라붙은 두 개의 방울은
본디 한 대의 수리전 뒤에 달린 물건이었다. 그러므로 그 수리
전은 지금 그의 가슴 속에 꽂혀 있는 것이다. 그것은 단순한 수
리전이 아니었다. 금부도에서만 생산되는 극독, 반와합궁액이
발린 수리전이었다. 반와합궁액의 독성은 혈액에 직접 작용할
경우, 호흡기나 소화기에 작용할 경우와는 비교되지 않을 만큼
빠르게 전신으로 퍼진다. 바로 지금처럼 말이다.

아리수는 안타깝다는 듯이 말했다.

"외문기공이란 게 참 허망하지 않소이까? 오랜 세월 고생하
며 완성해 봤자 작은 구멍 하나에 와르르 무너지고 마니."

막 실내로 들어온 한 사람이 아리수의 말을 받았다.

"하지만 그 대가로 차기 약선당주로 점찍어 두었던 꽃 한 송
이가 폐물로 변해 버렸으니 우리의 피해도 결코 작다고는 할 수
없겠죠."

나른한 염기艶氣를 구름처럼 몰고 다니는 약선당주 목목태
였다.

"바깥에 있던 아이들은……?"

포포아투의 물음에 목목태가 방긋 웃으며 대답했다.

"그들의 충성심은 실로 하늘도 감복할 정도더군요. 상전이 납시실 곳에 미리 자리를 잡아 놓겠다며 그토록 앞다퉈 떠난 것을 보면."

아리수가 담담히 웃으며 목목태의 말을 부연했다.

"금번에 중원에서 오신 분들의 신위는 정말로 감탄스럽더이다. 소생은 끼어들 여지도 없었지요."

"중원인들까지!"

포포아투는 전신을 부르르 떨었다. 아리수와 중원인을 경계하라고 거듭 당부하던 음뢰격의 말이 뇌리를 두드리고 있었다. 나는 왜 그의 말을 귀담아 듣지 않았던 것일까! 그러나 때는 이미 늦었다. 오랜 벗의 충고를 흘려들은 대가로 그는 죽음이라는 극단적인 상황을 맞이하고 만 것이다.

"네 승냥이 같은 심성은 익히 알고 있었다만 이방인까지 끌어들여 모반을 꾀할 줄은 몰랐다. 게다가 내, 냄새나는 계집년 따위를 이용해 아, 암습을 하다니…… 이 비, 비, 비열한……."

배반을 질타하고픈 마음과는 달리 포포아투의 혀는 그 기능을 빠르게 잃어 가고 있었다. 양손을 내밀어 은삭을 움켜쥔 것은 삶에 대한 마지막 집착일지도 모른다.

아리수는 억울하다는 표정으로 말했다.

"정식으로 대결하면 나를 이길 수 있다고 믿으시는 모양이구려. 내가 약선당주의 힘을 빌린 것은 아직 소란을 일으킬 단계가 아니어서지, 장로의 옥인철령기를 두려워해서가 아니오. 믿지 못하신다면 저승에서 잘 내려다보고 계시오."

목목태가 품에서 모래시계를 꺼내 보더니 아리수에게 말했다.

"얼마 남지 않았어요. 서둘러야 해요."

아리수는 포포아투를 향해 어깨를 으쓱거렸다.

"그녀가 서둘러야 한다는구려. 서운히 여기진 마시오. 날이 새기 전까지 많은 지인들이 장로를 따라갈 테니까."

아리수는 은삭과 이어진 오른손을 가볍게 잡아챘다. 상쾌한 방울 소리와 함께, 포포아투의 가슴에 박혀 있던 수리전이 한 줄기 은빛 호선을 그리며 허공으로 튀어 올랐다. 은삭을 악착스럽게 움켜쥐고 있던 손가락들이 후드득 잘려 나가며, 그것에 지탱해 간신히 버티고 있던 포포아투의 몸뚱이가 뒤로 넘어갔다.

방바닥에 누운 채 반와합궁액 특유의 반점에 빠른 속도로 먹혀 들어가는 포포아투의 모습에서, 불과 반 각 전에 누리던 호사를 찾아보기란 불가능한 일이었다. 그는 곧 기지개를 켜는 아이처럼 사지를 쭉 뻗었고, 그렇게 명줄을 놓았다. 우스운 일이지만 그의 양물은 주인의 죽음에도 아랑곳하지 않고 천장을 향해 빳빳하게 곤두선 상태였다.

목목태는 쌍령수리전을 소매 속에 회수하는 아리수의 옆구리를 쿡 찌르며 키득거렸다.

"저 나이에 대단하네요. 당신도 저럴 수 있어요?"

아리수는 목목태를 향해 천천히 얼굴을 돌렸다. 그 순간 그녀는 흠칫 어깨를 떨고 말았다. 아리수의 얼굴은 포포아투를 대할 때와는 비교되지 않을 만큼 가라앉아 있었다. 나무토막이나 돌처럼 변해 버린 그에게선 음탕한 농담이 파고들어 갈 여지란 눈곱만큼도 엿볼 수 없었다.

"당신의 말대로 우리는 서둘러야 하오. 열쇠를 가져오시오."

아리수가 건조한 목소리로 말했다.

목목태의 눈에 원망의 기운이 떠올랐고, 그것은 곧 질투로 바뀌었다. 아리수는 거사 시간이 가까워질수록 그녀를 냉정하게 대했다. 그녀는 그 이유를 알고 있었다. 여자로서의 본능이 그녀로 하여금 그것을 알게 해 주었다. 지금 아리수의 머릿속에는 한 여자, 이 밤이 지나면 그의 것이 될 그녀 아닌 다른 여자에 관한 생각밖에 들어 있지 않았다. 그래서 그녀를 안중에도 두지 않는 것이다. 모든 사람들에게 탕부라고 손가락질을 당하면서도 오직 아리수 하나만을 해바라기하며 묵묵히 정조를 지켜 온 그녀를 말이다.

'결코 당신 뜻대로는 되지 않을 거예요!'

목목태는 입술을 잘근잘근 씹으며 침대 쪽으로 걸어갔다.

열쇠는 침대 옆에 떨어져 있는 포포아투의 요대에 달려 있었다. 청동빛이 감도는 그 열쇠는 매우 크고 뭉툭해, 모르는 사람이 보았다면 짤막한 곤봉으로 착각하기 십상이었다. 목목태는 열쇠를 아리수에게 건네며 말했다.

"이제부터 혼자 움직이겠어요."

"이유는?"

그 사무적인 질문에 또 한 번 입술을 짓씹은 목목태는 준비했던 대답을 꺼냈다.

"눈치를 보아하니 공을 세우지 못한 상태로 거사가 끝나면 꼼짝없이 가을 부채 신세가 될 것 같군요. 당신은 아마도 중원에서 오신 쟁쟁한 친구분들과 함께 움직이시겠죠. 그 틈바구니에 끼어 있으면 제게 돌아올 공이 있을 리 없으니, 아예 독자적으로 움직이겠다는 거예요."

아리수의 눈빛이 강렬해졌다. 하지만 목목태는 그 시선을 피하려 하지 않았다.

잠시 후, 아리수가 눈빛을 부드럽게 풀며 물었다.

"당신, 토라진 건가?"

"저 같은 천한 계집이 토라진다고 해서 달라질 게 있을까요?"

"하하, 정말로 토라졌군. 미안하오. 신경이 날카롭다 보니 본의 아니게 당신에게 소홀했던 것 같소."

아리수가 사과했지만 목목태의 표정은 풀리지 않았다. 아리수는 난처한 표정을 짓다가 할 수 없다는 듯이 한숨을 내쉬었다.

"굳이 그렇게 하겠다면 말리지 않겠소. 적아를 구분할 수 없는 난전이 벌어질지도 모르니 아무쪼록 조심하도록 하시오."

"당신과 당신이 믿어 마지않는 중원 친구들이나 챙기세요."

목목태는 뾰족하게 쏘아붙인 뒤, 찬 바람이 일도록 몸을 돌렸다.

"나중에 봅시다."

방을 나가는 그녀의 등에 대고 아리수가 소리쳤지만 돌아온 것은 싸늘한 콧방귀뿐이었다. 아리수는 미소를 지으며 중얼거렸다.

"마누라 대접을 안 해 줘서 불쾌하다 이건가?"

하지만 마음에 담아 두지는 않았다. 어차피 목목태의 존재는 아리수가 지닌 여러 도구 중 하나에 불과했다. 거사 뒤에 온전히 남아 있으면 그나마 다행이지만, 설령 망가진다 한들 크게 아까울 것은 없었다. 마음을 주지 않은 여자에게 살을 몇 번 섞었다는 이유로 특별한 대접을 해 주는 것은 감정의 사치였고, 감정에 관한 한 아리수는 어떤 수전노보다도 야박한 사람이었다.

아리수마저 떠난 방, 남은 사람이라곤 이미 숨이 끊어진 늙은 남자와 곧 숨이 끊어질 어린 소녀가 전부였다.

(2)

일신엔 검은 야행복, 머리엔 같은 빛깔의 두건, 등엔 도신이 둥글게 휘어진 만도彎刀, 그리고 허리엔 분수아미자分水蛾眉刺와 암기 주머니.

이것이 대륙의 강물 위를 지배하는 낭숙의 전투 복장이었다. 그런데 오늘은 약간 달랐다. 검은 두건 대신 피처럼 새빨간 빛깔의 두건을 두른 것이다.

금청위가 십여 명의 적건인들을 이끌고 포구에 당도했을 때, 일백이십에 달하는 낭숙 문도들은 쏟아지는 빗줄기에도 아랑곳하지 않고 천표선 갑판에 질서 있게 도열한 채 인도자가 내려오기만을 묵묵히 기다리고 있었다. 거사가 자정에 시작한다는 것은 그들 또한 이미 알고 있었다. 마태상과 함께 화왕성에 올라간 간부 중 하나가 병을 핑계로 천표선에 돌아와 거사 계획을 통보한 것이다.

마태상의 전신이 수적 두목이듯, 낭숙의 전신은 수적들의 집단이었다. 습격과 약탈은 그들이 가장 즐기는 종목. 밤참을 든든히 지어 먹고 대기 상태에 들어간 그들은 과거 거칠고 탐욕스러운 모습으로 되돌아간 듯했다.

뇌문에서 파견되어 내려온 세 명의 보초들은 간단히 처리되었다. 어구漁具를 보관하는 창고의 처마 밑에서 비를 피하고 있던 보초들은, 창고 지붕으로부터 소리 없이 떨어져 내린 세 명의 적건인에 의해 맥없이 쓰러지고 말았다. 그 손 속이 어찌나 빠르고 악랄한지, 저들이 정말로 동족인가 의심스러울 정도였다.

보초가 쓰러지자 금청위는 포구로 달려 나가 손을 크게 흔들었다. 이 수신호가 떨어지기가 무섭게 천표선 난간으로부터 굵은 밧줄 십여 가닥이 떨어져 내렸다. 이어, 거미줄에 매달린 이슬방울처럼 밧줄을 타고 줄줄이 하선하는 검은 그림자들.

금청위는 가장 먼저 포구에 발을 디딘 초로인에게 다가갔다. 그 초로인의 이름은 양비梁飛. 낭숙의 이 인자이자 물속에서라면 마태상조차도 적수가 되지 못한다는 수공의 달인이기도 했다.

양비가 금청위를 향해 고개를 정중히 숙였다.

"조금 늦으셨군요. 무슨 일이 생기신 줄 알고 걱정하던 참이었습니다."

양비는 십여 살 연하인 금청위에게 깍듯한 경어를 썼다. 수중군자水中君子라는 별호에 걸맞게 수적 중에는 보기 드문 예도라 아니할 수 없었다.

"성곽의 경비가 예상보다 삼엄해 출발이 지연되었소. 제 시간을 맞출 수 있을지 걱정이외다."

금청위의 대답에 양비는 빙긋 웃었다.

"염려 마십시오. 하나같이 건각들이니 이 각 안에 화왕성에 당도할 수 있을 겁니다."

폭우로 나빠진 길 사정을 감안할 때, 다리 힘이 웬만큼 좋은 사람이라도 수구산 정상까지 이 각에 당도하기는 힘든 일이었다. 양비의 장담은 낭숙의 저력이 세인의 예상을 뛰어넘고 있음을 말해 주고 있었다.

금청위는 조마공곤을 불러 양비에게 소개시켰다.

"선두는 이분이 맡을 테니 양 당두께선 이분과 함께 앞길을 열어 주시오."

"하면 금 비영께선?"

금청위는 화왕성에서 함께 내려온 대머리 장한, 철과를 돌아보며 말했다.

"나는 철 당두와 함께 후미에서 대열을 정비하겠소. 시간을 지키는 것이 최우선이니 서두르도록 합시다."

이들이 대화를 나누는 사이 낭숙 문도들의 하선이 모두 끝났다. 양비는 포구에 도열한 문도들을 둘러보며 말했다.

"우리에게 주어진 시간은 이 각뿐이다! 임의로 대열을 이탈하는 자, 소리를 내어 적의 이목을 경동하는 자, 그리고 낙오자는 형규刑規에 따라 즉결 처리할 것이다!"

사전에 함구의 지시가 있었던지, 돌아온 대답은 일백이십여 쌍의 번쩍이는 안광뿐이었다. 양비는 조마공곤을 돌아보며 말했다.

"선두를 부탁드리겠소."

조마공곤이 입술 꼬리를 비틀며 답했다.

"프흐흐, 뒤처지지 않도록 유의하시오."

어째 여운이 묘했지만 양비는 점잖은 웃음으로 답할 따름이었다.

조마공곤이 적건인들을 모아 출발하자 양비를 우두머리로 하는 낭숙의 문도 일백이십여 명이 그 뒤를 따랐다. 살기와 투지를 갈무리한 철벅거리는 발소리가 줄지어 포구를 빠져나가고 있었다.

그 모습을 지켜보던 철과가 금청위에게 말했다.

"가시죠."

금청위는 고개를 끄덕이고 일행을 좇아 발길을 떼어 놓으려 했다. 그러다가 흠칫 동작을 멈추고는 고개를 돌렸다.

"왜 그러십니까?"

철과가 이상하다는 듯이 물었다. 금청위는 대답 대신 가늘게 뜬 눈으로 주위를 둘러보았다. 참으로 괴이한 기분이었다. 누군가로부터 주시당하는 듯한 불쾌한 기분. 그러나 그것이 단지 기분만이 아니라는 것을 입증해 줄 그 무엇도 보이지 않았다. 울부짖는 바다와 텅 빈 포구엔 빗줄기만 어지러이 흩날릴 뿐이었다.

"무슨 문제라도?"

금청위는 고개를 흔들었다.

"아닐세. 내가 조금 예민해진 것 같군. 우리도 출발하세."

금청위와 철과는 무리의 후미를 따르기 시작했다.

여진족과 한족의 연합으로 구성된 일백수십 명의 살기 충만한 침략자들은 온몸을 두드려 대는 빗줄기와 발목까지 푹푹 빠지는 진창길을 뚫고 질풍 같은 기세로 산길을 달려 올라갔다. 그 형국이 흡사 먹이를 덮쳐 가는 커다란 구렁이 같았다.

'마태상이 큰소리칠 법도 하군.'

질서 정연한 대오를 유지한 가운데도 속도를 떨어뜨리지 않는 낭숙 문도들의 뒷모습을 바라보며 금청위는 내심 감탄하지 않을 수 없었다.

비각이 강호 도모의 대계를 실행함에 있어서 일찍부터 마태상에게 눈독을 들인 까닭은, 마태상 개인의 능력보다는 낭숙이라는 단체가 탐났기 때문이다. 칠성노조가 산적들의 큰 어른이라면, 마태상은 수적들의 대형 격이었다. 칠성노조의 칠성채가 뭇 녹림 산채 중에서 최강의 전력을 자랑한다면, 마태상의 낭숙은 뭇 강호 수채 중에서 발군의 기동력을 보유하고 있었다. 비록 절정에 오른 고수의 수는 그리 많지 않지만, 피와 살점이 난

무하는 실전을 수없이 경험한 문도 개개인은 명문의 제자와 비교해도 그리 뒤질 것이 없는 백절불굴의 정예였던 것이다.

포구를 출발한 뒤 일 각을 조금 넘길 무렵, 무리의 선두는 어느새 광마대가 지키던 관문에 이르러 있었다. 관문이 설치된 지점이 칠 부 능선쯤이니 벌써 절반 이상을 오른 것이다. 이후로 산길이 더욱 가팔라지기는 하지만, 이런 추세라면 양비의 장담대로 약속 시간에 맞춰 도착할 수 있을 것 같았다.

그런데 무리의 중간이 관문을 통과할 무렵, 금청위는 아까 출발 직전에 받은 불쾌한 기분을 또다시 느낄 수 있었다. 지마한을 죽인 일로 마음이 언짢아진 탓이겠거니 생각했는데, 그게 아니었다. 한 번으로 그쳤다면 모르되 이처럼 거듭된다면 이는 절대로 기분에 그칠 수 없는 것이다.

금청위는 바로 옆을 달리는 철과에게 전음을 보냈다.

─듣기만 하게. 누군가 따라오고 있네.

철과의 발길이 멈칫거렸지만, 금청위의 지시대로 특별한 기색을 드러내지는 않았다.

관문을 통과하기 직전, 금청위가 다시 전음을 보냈다.

─나는 여기 남아 그자를 처리하겠네. 자네는 그대로 일행을 따라가도록 하게. 만일 내가 시간을 맞추지 못한다 해도 계획에는 변함이 없네. 자정에 서쪽 성문이 열릴 터이니 그리로 들어가 마 사주와 합류하도록 하게.

철과는 고개라도 끄덕여 줄 생각으로 시선을 돌리다가 그만 어리둥절해지고 말았다. 관문까지 어깨를 나란히 하고 달리던 금청위가 허깨비처럼 꺼져 버렸기 때문이다. 그가 발놀림을 멈추고 금청위의 종적을 찾으려 하는데 귓전에 다급한 전음이 날아와 꽂혔다.

―산통을 깰 작정인가? 계속 달리라니까!

철과는 금청위의 귀신같은 재주에 혀를 내두르며 허둥지둥 일행을 따라갔다.

물론 금청위는 꺼진 것이 아니었다. 관문을 통과하기 직전, 그는 우측으로 방향을 틀며 목책을 번갈아 세 번 차는 청정삼점 수蜻虹三點水의 재주로 달리던 속도를 완화시킨 뒤, 세 가지 고명한 신법을 연달아 발휘, 미지의 추격자를 맞이할 채비에 들어간 것이다. 허공에서 몸을 뒤집은 것은 비룡번신飛龍翻身이요, 땅에 내려서기가 무섭게 물방울 하나 튕기지 않고 우측으로 미끄러진 것은 초상비草上飛, 그리고 배를 바닥에 대듯 자세를 낮추어 전방으로 스며든 것은 영사횡림靈蛇橫林인데, 세 동작의 연결이 물 흐르듯 자연스러웠으니, 검에 능하려면 먼저 신법에 능해야 한다는 요결을 행동으로 보인 셈이었다.

금청위는 관문을 방어하기 위해 쌓아 올린 통나무 더미 뒤에 몸을 바짝 붙인 채 호흡을 멈췄다. 추격해 오는 자가 누구인지는 알 수 없었다. 하지만 누구라도 상관없었다. 지금 이 섬 안에 존재하는 인간들은 오직 두 부류. 동료, 아니면 적이었다. 일단 적으로 분류된 대상에 대해선 사정을 둘 필요가 없었다. 마음의 친교를 나누던 지마한마저도 단호히 베어 버린 그가 아니던가.

'오라!'

금청위는 뇌정검의 손잡이를 움켜쥔 채 마음속으로 외쳤다.

잠시 후, 과연 누군가 굵은 빗발을 뚫고 나타났다.

추격자의 몸놀림은 남다른 구석이 있었다. 미끄럽고 가파른 비탈길이 평지라도 되는 양, 추격자는 거침없는 도약으로 거리를 쭉쭉 좁혀 오고 있었다.

추격자가 관문 앞에 이르렀을 때, 금청위는 통나무 더미 뒤에서 모습을 드러냈다. 이유가 무엇이건 간에 기습이란 부끄러운 짓이라 생각하는 그였다. 부끄러운 짓은 한 번으로 족했다.

"어디를 그리 바삐 가시나?"

추격자가 신형을 세웠다. 아마도 전서입혈田鼠入穴의 착지에 천근추千斤墜의 공력을 더한 듯한데, 군더더기 하나 없는 깔끔한 동작이 보는 이의 감탄을 자아내게 했다. 그러나 정작 금청위를 놀라게 한 것은 경신술의 고명함이 아니었다. 먼 거리에 있을 때엔 미처 알아차리지 못했는데 막상 이렇게 마주하고 보니, '도대체 이 물건도 사람인가?'라는 생각이 절로 들게 만드는 거구였던 것이다.

상식을 초월하는 거구라면 금청위도 아주 생경하진 않았다. 태원부에 머물고 있는 거경 제초온이 그랬고, 천표선에서 요양 중인 인두주락파삼도 전비가 그랬다. 그런데 퍼붓는 빗줄기를 온몸으로 받으며 저렇듯 당당하게 서 있는 추격자는 그 두 사람에 비해 조금도 작아 보이지 않는 듯했다. 아니, 그 주위를 감싼 어둠 탓인지 오히려 더 커 보이는 것 같기도 했다.

경신술에 능한 거구?

금청위는 이맛살을 찌푸렸다. 그가 기억하는 한 이 금부도에서 그런 유별난 특징을 지닌 인물은 존재하지 않았다. 만일 존재한다면 아리수를 통해 전해 들었던지, 아니면 지난 이틀 동안 한 번이라도 그의 눈에 띄었을 것이다.

그렇다면 추격자가 이곳 사람이 아니라는 얘기인데, 이 또한 어폐가 있었다. 금부도는 사통팔달한 내륙이 아닌 동해의 고도였다. 듣지도 보지도 못한 이방인이 하루아침에 나타났다 사라질 만한 장소가 아닌 것이다.

"차림을 보아하니 여진인 같지는 않군. 한어를 아는가?"

추격자는 고개를 짧게 끄덕이는 것으로 금청위의 물음에 답했다.

'정말 이방인이란 말인가?'

추격자의 전신을 샅샅이 더듬던 금청위의 시선이 어느 순간 그자의 허리에 고정되었다. 추격자의 허리엔 검 한 자루가 고목에 달라붙은 매미처럼 매달려 있었다. 그런데 그 천박함이라니! 오색 구슬로 호화롭게 장식한 검집이며 검수劍穗 대신 매달린 요란한 금사金絲는 금청위의 실소를 자아내기에 충분했다. 황금으로 만든 요강을 보는 기분이랄까? 진정한 검객이라면 결코 저런 검을 지니고 다니지 않는다. 검의 가치가 장식의 요란함에 있지 않음을 알기 때문이다. 저런 검을 차고 다니는 자는 오직 한 부류, 겉멋에 사로잡힌 풋내기뿐이다.

'단지 신법 몇 종을 익힌 자에 불과했던가?'

금청위는 이렇게 생각하며 추격자의 얼굴을 유심히 바라보았다. 하관에 찰싹 달라붙은 수염과 빗물에 젖은 머리카락 때문에 나이를 짐작하기 힘든 얼굴이었다. 하지만 주름 없는 피부로 미루어 자신보다 연상으로 보이진 않았다.

"개처럼 꽁무니를 따라온 이유가 뭔지 물어도 되겠나?"

이번 물음에 대해선 어떠한 대답도, 그리고 대답을 대신한 어떠한 몸짓도 돌아오지 않았다. 추격자는 다만 어둡고 축축한 눈빛으로 금청위의 얼굴을 물끄러미 바라보기만 할 따름이었다. 뭔가 사연이 담긴 눈빛이라는 느낌이 들었지만, 금청위는 길게 생각하지 않기로 마음먹었다.

"하긴 구구한 문답이 무슨 소용 있을까? 이렇게 만난 이상 좋게 헤어지긴 이미 틀린 셈이거늘."

발검拔劍.

금청위의 허리에서 튀어나온 뇌정검이 치익, 소리와 함께 추격자를 향해 일직선으로 쏘아 갔다. 두 사람 사이의 공간으로 떨어지는 빗줄기들이 그 기세에 밀려 버들가지처럼 휘어졌다. 하지만 이번 일 검이 단지 패도적인 것만은 아니었다. 추격자의 전면에서 상중하 세 방향으로 갈라지며 선기璇璣, 거궐巨闕, 음교陰交의 세 요처를 동시에 노리는 이 수법은, 금청위가 수련한 뇌정검법雷霆劍法, 그중에서도 기선을 제압하는 데 강미가 있는 뇌격삼궁雷擊三宮의 일 초였다.

그런데 추격자의 몸놀림은 과연 남다른 구석이 있었다. 그는 상체를 고정시킨 상태로 두 다리만을 유연하게 교차시킴으로써 신형을 이 장가량 뒤로 물렸다. 도가의 암향표暗香飄 같기도 하고 소림의 대나이신법大那移身法 같기도 한 그 움직임에 뇌격삼궁의 날카로운 살기는 헛되이 스러지고 말았다.

금청위의 입가에 차가운 웃음이 스쳤다.

"몸이 날래다는 것은 짐작하고 있었지. 그렇다면 어디 이것도!"

뇌정검의 검신이 부르르 떨리는가 싶더니 별안간 부챗살처럼 옆으로 쫙 퍼졌다. 뇌정검법 중에서도 절초로 꼽히는 오첩신뢰五疊訊雷가 펼쳐진 것이다.

다섯으로 불어난 검신이 거대한 그물처럼 추격자의 전면을 덮쳐 가는데, 그 형국이 흡사 다섯 사람의 검도 고수가 간발의 시차를 두고 쳐낸 연수합공聯手合攻을 방불케 했다.

이번만큼은 신법의 묘로 대응할 수 없다고 생각했는지 추격자도 허리에 매달고 있던 검을 뽑았다. 금청위의 비웃음을 산 바 있던 바로 그 조악한 검이었다. 하지만 그 검이 일단 검집에서 뽑히자, 금청위는 더 이상 비웃을 수 없게 되었다. 그 검이 만들어 낸 환상적인 장막은 그 어떤 고명한 검객도 비웃지 못할 만큼 엄밀했기 때문이다.

빠바박!

오첩신뢰의 다섯 줄기 검영과 주렴처럼 엄밀한 검막劍幕이 추격자의 얼굴 두 자 앞에서 거칠게 얽혀 들며 새파란 불똥을 연속해서 튀어 올렸다.

두 자루의 검이 서로 떨어졌을 때 추격자는 처음 서 있던 곳에서 칠팔 보 물러나 있었고, 그 자리는 금청위가 대신 차지하고 있었다. 하지만 그 간격이 유지된 시간은 매우 짧았다. 금청위로부터 숨 쉴 틈 없는 공격이 이어졌기 때문이다.

요란한 금속성이 빗소리를 뚫고 난무하는 가운데 십여 합의 충돌이 질풍처럼 지나갔다. 공수의 구분은 극명했다. 금청위는 뇌정검법의 맹렬함을 십분 살려 탕탕하게 몰아붙였고, 추격자는 변변한 반격 한 번 해 보지 못한 채 연신 뒷걸음질만 쳤다.

하지만 그렇다고 해서 전세가 일방적으로 기운 것은 아니었다. 추격자는 여전히 건재했고, 중단세中段勢를 견지한 그의 자세는 추호의 허점도 엿볼 수 없었다. 이는 살쾡이와 고슴도치의 싸움. 고슴도치가 일단 가시를 세우고 한껏 웅크리면 살쾡이의 발톱이 아무리 날카롭다 한들 별무신통인 것이다. 추격자를 쉽게 제거하고 일행에 합류할 수 있으리라 예상했던 금청위로선 시간이 흐를수록 초조해질 수밖에 없었다.

그러던 참에 금청위에게 절호의 기회가 찾아왔다. 광마대가 관문 일대에 설치한 거마창 중 하나가 물러나던 추격자의 왼발 뒤꿈치에 걸린 것이다.

왼쪽 무릎이 풀썩 꺾이며, 반석처럼 견고하던 추격자의 자세

가 순간적으로 흐트러졌다. 금청위는 결코 그 기회를 흘려보내
지 않았다.

쾌액!

야공을 화려하게 수놓던 뇌정검의 검영이 일순 흐릿해지는가
싶더니, 돌연 한 줄기 시퍼런 벼락으로 화해 추격자의 좌측을
휩쓸어 갔다. 일절의 변화를 배제한 무미건조한 검초인 만큼 그
속도는 이루 말할 수 없이 빨랐다.

몸이 좌측으로 기울어진 사람은 반사적으로 중심을 우측으로
옮기게 된다. 그 시기에 좌측은 이른바 사각. 뇌정검은 그 사각
을 적시에 파고든 것이다. 금청위는 이번 일 초가 추격자에게
치명타를 안겨 주리라 믿어 의심치 않았다.

그러나 상황은 금청위의 뜻대로 흘러가지 않았다.

콰자작!

뇌정검이 만들어 낸 반경 여섯 자의 반원형 궤적에 걸린 물체
들이 연달아 잘려 나갔다. 그 정체는 추격자가 등지고 있던 거
마창의 목봉들이었다. 하면 거마창 앞에 있던 추격자는 어디로
간 것일까?

추격자는 금청위의 기대와는 다르게 중심을 우측으로 옮기지
않았다. 대신 좌측으로 기울어진 중심을 오히려 땅으로 끌어내
리며 곤지룡滾地龍의 신법으로써 한 바퀴 재주를 넘은 것이다.

한쪽 어깨를 땅에 대고 몸을 굴리는 곤지룡은 어린아이라도
쉽게 할 수 있는, 차마 신법이라 부를 수도 없는 단순한 동작에
지나지 않았다. 그런데 그 단순한 동작이 금청위가 쳐 낸 회심
의 일격을 무위로 만든 것이다.

금청위의 입장에서 볼 때 이것은 매우 좋지 않았다. 쏟아 낸
기세를 수습하기엔 앞선 일격이 너무도 자신만만했기 때문

이다.

장대한 신형을 용수철처럼 솟구치며 자신을 향해 달려드는 추격자를 보며 금청위는 눈앞이 캄캄해지는 것을 느꼈다.

'경솔했구나!'

결코 경시할 상대가 아니었다. 추격자는 신법 몇 종만 익힌 하수도, 화려한 장식에 마음을 빼앗긴 풋내기도 아니었던 것이다. 그러나 이 깨달음은 너무 늦은 감이 있었다. 정수리를 향해 일직선으로 떨어지는 검봉을 바라보며 금청위는 죽음이라는 단어를 떠올릴 수밖에 없었다.

그런데 어찌 된 영문일까?

약간의, 그러나 목숨 하나가 사라지기엔 충분한 시간이 흐른 뒤에도 금청위는 여전히 살아 있었다. 검이 허공을 가르고 지나간 소리는 귓전에 남아 있건만, 정작 정수리로 떨어지던 그 검은 온데간데없이 사라진 것이다.

후드득!

빗줄기가 요란하게 금청위의 전신을 두드렸다. 잠시 마비되었던 사고가 빗줄기에 실려 현실로 돌아왔다. 추격자는 그로부터 이 장쯤 떨어진 곳에 서 있었다. 두 사람 사이엔 뇌정검에 의해 윗부분이 잘려 나간 거마창이 가로놓여 있었다.

금청위는 그제야 깨달았다. 절체절명의 순간, 추격자가 스스로 검을 거두고 거마창 너머로 물러섰다는 사실을.

"이게…… 이게 대체……."

피가 역류하는 느낌이 바로 이러할 것이다. 배 속에서 치밀어 오른 뜨거운 불덩이가 목구멍을 콱 틀어막는 것 같았다. 금청위는 학질이라도 걸린 사람처럼 전신을 와들와들 떨다가 뇌정검을 도끼처럼 휘둘러 눈앞의 거마창을 내리찍었다. 요란한 폭음과 함께 목편이 사방으로 비산했다.

"으아아!"

꽝! 꽝! 꽝!

금청위는 괴성을 지르며 세 번 네 번 거듭해서 뇌정검을 휘둘렀다. 그 광기 어린 검력劍力 아래 거마창은 순식간에 보기 흉한 나뭇더미로 변해 버렸다.

금청위는 뇌정검을 진창에 거꾸로 꽂아 넣고 추격자를 향해 사납게 외쳤다.

"왜냐? 왜 검을 거둔 것이냐?"

추격자는 아무 대답도 하지 않았다. 빗물에 젖은 머리카락 사이로 언뜻 드러난 추격자의 눈빛은 여전히 어둡고 축축했다.

금청위는 북받치는 모멸감을 견디지 못하고 아래턱을 덜덜 떨었다. 그에게 있어서 자존심이란 생명만큼이나 소중한 것이었다. 지마한을 죽인 일로 마음 아파한 것도 어쩌면 친교를 저버렸다는 죄의식 탓이라기보다는, 떳떳치 못한 기습으로 한 사람의 당당한 무인을 죽였다는 자괴감 때문일지도 모른다. 그런데 그로부터 불과 한 식경도 지나지 않은 지금, 생면부지의 젊은 놈에게 목숨을 적선받다니!

금청위는 어금니를 뿌드득 갈아붙이더니 진창에 거꾸로 박힌 뇌정검을 향해 왼팔을 세차게 휘둘렀다. 서걱, 하는 섬뜩한 소리와 함께 그의 왼쪽 손목으로부터 핏물이 쭉 뿜어 나왔다. 그의 왼손은 이미 진창에 뒹굴고 있었다.

"음!"

금청위의 돌발적인 자해에 크게 놀란 듯, 추격자의 입에서 무거운 신음이 흘러나왔다.

그런데 기이한 일이 아닌가! 손목에서 피어오른 끔찍한 통증이 오히려 후련하게 느껴지니 말이다. 그 통증은 마치 한 줄기 시원한 폭포수처럼 심중의 모멸감을 씻어 주고 있었다. 목구멍을 콱 틀어막고 있던 불덩이도 조금씩 가라앉는 것 같았다. 덕분에 금청위는 피를 콸콸 흘리면서도 웃을 수 있었다.

"흐, 흐흐. 네가 보낸 싸구려 동정은 이 손으로 갚은 것으로 하겠다."

금청위는 진창에 떨어진 자신의 손을 추격자에게 차 보냈다.

발치를 뒹구는 손을 향한 추격자의 눈빛은 아까보다 조금 더 어두워졌고 조금 더 축축해졌다. 그런 추격자에게 금청위의 싸늘한 목소리가 날아들었다.

"나를 죽이지 않은 이유는 묻지 않겠다. 그러나 내가 살아 있는 한 너는 절대로 이 관문을 지나지 못한다. 이 관문을 지나고 싶다면 다시는 사정을 봐주지 말아야 할 것이다."

추격자는 시선을 천천히 들어 금청위를 바라보았다. 뭔가 결심한 것일까? 그는 검을 얼굴 앞으로 끌어 올려 검배劍背가 보이도록 돌려세우더니, 금청위를 향해 고개를 숙였다. 마치 사문의 선배와 비무를 앞둔 듯한 정중한 태도였다.

그리고 다시 고개를 치켜들었을 때, 추격자의 눈빛은 이전과 달라져 있었다. 그 속에서 이글거리는 뜨거운 무엇인가가 금청위의 마음을 기껍게 만들어 주었다. 그것은 바로 목숨을 겨루는 자의 투지, 무인이라면 마땅히 지녀야 할 단호한 결의였다.

"좋아, 이제야 싸움다운 싸움이 되겠군."

금청위는 왼쪽 팔꿈치와 겨드랑이의 혈도 두 군데를 눌러 임시방편으로 지혈을 마친 뒤, 진창에 꽂아 둔 뇌정검을 뽑아 들었다. 오른손 손바닥에 바짝 밀착된 빗물 젖은 검 자루의 느낌이 어딘지 모르게 새로웠다. 손목 하나가 떨어져 나간 아픔이 어찌 가벼울까마는, 그는 고통스러워하는 기색을 추호도 비치지 않았다. 자존심과 왼손 중 어느 하나를 선택하라고 한다면 그는 두말하지 않고 자존심을 선택할 것이다. 왜냐하면 그는 스스로 당당한 무인임을 단 한 순간도 부정해 본 적이 없기 때문이다.

금청위는 몸을 비스듬히 틀며 두 무릎을 살짝 구부린 뒤 뇌정검을 후방으로 늘어뜨렸다. 그런 상태로 손목이 잘린 왼손을 하중단에 당겨 놓으니, 이것이 바로 뇌정검법의 기수식인 음양활약陰陽活躍의 자세였다.

추격자는 전방을 향해 검을 느릿하게 뻗어 냈다. 중단직지中段直指의 자세. 하늘을 닮은 허허로움 속으로 송곳 같은 예기를 갈무리한, 금청위 정도 되는 검수라면 보는 것만으로도 탄성이 튀어나올 완벽한 자세였다.

새로운 대치.

금청위와 추격자는 서로의 눈을 노려보며 천천히 옆으로 이동했다. 그들이 사이에 둔 이 장 남짓한 공간은 두 자루 검이 발산하는 무형의 살기로 사납게 요동치기 시작했다.

어느 순간, 금청위는 요동치는 살기의 공간 속으로 은은한 홍광紅光이 떠오르는 것을 목격할 수 있었다. 추격자의 검봉에서 피어오른 그 홍광은 검신으로 서서히 번져 가더니, 이내 추격자의 팔과 몸뚱이까지 붉게 물들이는 것이다.

'붉은 빛을 뿜는 검?'

조각난 기억들이 꿈틀거렸다. 무엇인가 떠오를 것 같았다. 그러나 이러한 연상은 제대로 이어질 수 없었다. 붉은 검의 공격이 시작되었기 때문이다. 싸움이 시작된 이래 추격자가 전개한 최초의 공격이었다.

검기에 밀린 빗방울들이 암기처럼 날아와 금청위의 얼굴을 두드렸다. 눈도 제대로 뜰 수 없는 상황 속에서 금청위는 추격 자의 몸이 좌우로 길쭉하게 늘어나는 것을 보았다.

짜자자작!

물에 젖은 채찍을 휘두른 듯한 파공성이 길게 울려 퍼지며, 두 줄기 붉은 빛이 금청위의 양쪽 견갑골肩胛骨을 노리고 매섭게 떨어져 내렸다.

금청위는 만홀조천萬笏朝天의 일 초로써 두 줄기 붉은 빛을 한꺼번에 봉쇄하려 했다.

까각!

귀청을 찢을 듯한 금속성이 울려 퍼졌다. 새파란 불똥이 다시 한 번 어둠을 진저리치게 만들었다. 그러나 금청위를 진저리 치게 만든 것은 금속성이나 불똥 따위가 아니었다.

금청위는 얼굴을 일그러뜨리며 뒤로 물러섰다. 첫 합부터 물러서고 싶지는 않았지만 어쩔 도리가 없었다. 검신을 통해 흘러 들어 온 정체불명의 파동이 그의 내기를 사정없이 흔들어 놓은 것이다. 그 음험하고도 사악한 파괴력이라니! 방금 그가 느낀 파동의 실체가 검기라면, 추격자의 검은 '마검'이란 말로밖에는 표현할 수 없을 터였다. 바로 그 순간, 막혔던 연상의 물꼬가 트였다.

마검! 붉은 빛을 뿜는 마검!

"혈랑검법?"

대답 대신 붉은 검이 날아왔다. 본격적으로 싸우기로 작정한 이상 두 번 다시 봐주지 않으려는 듯, 추격자는 물러나는 금청 위를 향해 저돌적으로 달려들었다. 하방으로부터 칼날 같은 경풍이 일어나는가 싶더니, 추격자의 검은 어느새 붉은 유성으로 변해 금청위의 중단을 맹렬히 쓸어 오고 있었다.

어물거리다간 창자를 진창에 쏟을 판국이었다. 금청위는 이를 악물고 뇌정검을 휘둘렀다.

빵! 빠바방!

폭음이 줄지어 터져 나왔다. 단순한 방어로는 추격자의 검기를 완전히 해소시키기 어렵다고 판단한 금청위가 짧고 빠른 호흡으로 연속해서 검을 쳐 낸 것이다.

만일 추격자의 검기가 단지 역도力道에만 의존한 것이라면, 금청위의 이런 판단은 매우 적절한 효과를 가져왔을 것이다. 하지만 불행히도 추격자의 검기는 마검기魔劍氣였다. 아교처럼 끈끈하고 바늘 끝처럼 뾰족한 불가항력의 마검기!

"크으!"

금청위는 진창에 뚜렷한 발자국을 쿵쿵 새겨 놓으며 정신없이 물러섰다. 그렇게 십여 걸음이나 물러선 뒤에야 간신히 몸을 세운 그는 치밀어 오르는 탁기를 견디지 못하고 검은 피를 한 덩이 토해 내고 말았다. 오른팔에 당최 힘이 들어가지 않았다. 검 자루를 아직까지 움켜쥐고 있다는 사실이 대견스럽게 여겨질 정도였다.

추격자는 강했다. 한때 산서제일검山西第一劍이라 칭송받던 자신을 불과 이 초 만에 이런 꼴로 만들 만큼 강했다. 따지고 보면 그리 신기한 일도 아니었다. 추격자가 전개하는 검법이 그의 예상대로 혈랑검법이라면, 그리고 추격자의 정체가 혈랑검법의 현 주인인 이 대 혈랑곡주라면, 강한 것이 오히려 당연했다. 정작 그를 의아하게 만든 것은 따로 있었다.

피?

금청위의 두 눈에 이채가 떠올랐다. 사 장쯤 떨어진 곳에 몸을 세운 채 처음처럼 중단직지의 자세로 검을 겨누고 있는 추격자는 지금 이 순간 피를 흘리고 있었다. 몰아치는 빗물에 씻겨 나가고 있긴 하지만, 선이 굵은 입술 사이로 흘러나오는 것은 피가 분명했다.

의혹이 샘물처럼 솟구쳤다. 검기에 피습당한 것은 자신인데, 엉뚱하게도 왜 저자가 피를 토하고 있는 것일까? 혹시 저자의 몸 상태가 단지 검기를 일으키는 것만으로도 피를 토해야 할 만큼 안 좋은 것은 아닐까? 그리고 보니 공격을 멈춘 것도 예사롭지 않게 여겨졌다. 더 이상 이쪽 사정을 봐줄 것 같진 않은 기세였는데.

'그렇다면?'

금청위의 눈빛이 살아났다. 추격자가 검기를 연속해서 일으킬 수 있는 횟수는 두 번이 한계가 아닐까? 이 예상이 틀리지 않다면 자신에게도 기회가 있었다. 비유하자면, 추격자는 정확하기 이를 데 없지만 두 대 이상의 화살을 쏘기 위해선 호흡을 조절할 시간이 필요한 사냥꾼이나 마찬가지였다. 두 대의 화살만 어떻게든 피한 뒤 사냥꾼이 호흡을 미처 가누기 전에 목을 물어뜯을 수만 있으면 되는 것이다.

물론 이것은 어디까지나 가설에 불과했다. 설령 사실이라고 해도 그 지독한 마검기를 두 번 연달아 피해 내기란 불가능에 가까운 일이었다. 그러나 불가능에 가까운 일과 불가능한 일은 엄연히 달랐다. 그리고 금청위는 가능성이 존재하는 한 절망하지 않는 남자였다.

금청위는 목구멍에 들러붙은 죽은피를 가래와 함께 돋워 바닥에 뱉은 뒤, 호방하게 외쳤다.

"좋은 검법! 그러나 나는 아직 살아 있다. 내가 살아 있는 한 너는 결코 이곳을 지나가지 못한다."

추격자의 눈빛이 서늘해지며, 곧게 뻗어 낸 검봉에서 붉은 기운이 다시금 피어올랐다. 달아나고픈 충동과 꺾고 싶다는 욕망을 동시에 불러일으키는 도발적인 기운이었다. 금청위는 암암리에 필생의 공력을 끌어 올렸다.

주위가 슬쩍 밝아졌다가 어두워졌다. 먼 하늘 어딘가에서 은은한 우렛소리가 울렸다. 잠시 멀어졌던 뇌운이 다시 다가오는 모양이었다. 그것이 반가웠는지, 빗발이 더욱 기승을 부리며 두 사람의 몸뚱이를 후려쳤다. 금청위는 이를 나쁘지 않은 징조로 받아들였다. 곧이어 떨어질 뇌성벽력 속에서 그의 뇌정검은 반드시 이름에 걸맞은 활약을 보일 테니까.

이런 기분을 그냥 흘려보내고 싶지 않았다. 그래서 금청위는 추격자를 향해 진격해 들어갔다. 뇌정검을 쳐 내는 것과 동시에 그는 마음속으로 외쳤다. 두 번! 두 번만 무사히 피하면 이긴다!

촤촤촤!

뇌정검이 공간 속으로 화려하게 퍼져 나갔다. 광활한 벌판에 수십 줄기의 벼락이 일제히 떨어지는 듯한 환상적인 장면이 연출되었다. 뇌정검법 중에서 가장 복잡한 변화를 자랑하는 군뢰열지群雷裂地의 초식이었다.

추격자의 두 눈 속으로 한 줄기 기광이 어렸다. 보이지 않는 손으로 검신을 훑어 내리기라도 한 듯, 붉은 빛이 검봉 쪽으로 모여들었다. 입신지경入神之境에 오른 절정 검수만이 보여 줄 수 있는 검기성환劍氣成丸의 신기였다. 다음 순간, 붉은 구체를 검봉에 매단 추격자의 검이 허공에 커다란 원을 그렸다. 요악한 붉은 빛이 햇무리처럼 번지며 군뢰열지의 환영들을 휘감아

왔다.

빽빽하던 뇌정검의 환영들이 안개처럼 스러졌다. 저 무서운 검기에 뇌정검의 실체가 부딪치는 날에는 금청위의 공세는 더 이상 이어지지 못할 것이요, 그것은 패배와 직결되었다. 진원까지 끌어 올린 이상 다음 기회란 존재하지 않는다는 사실을 금청위는 잘 알고 있었다.

환영들 중에 숨어 있던 뇌정검의 실체가 상대의 검기에 말려 들기 직전, 금청위의 묘기가 시작되었다. 오른손 손가락을 교묘하게 엇갈려 손바닥 안에서 검 자루를 바꿔 잡은 것이다.

전방을 향하던 뇌정검의 검봉이 반원을 그리며 금청위의 오른쪽 겨드랑이 밑으로 돌아 내려갔다. 오른쪽 소맷자락이 칼 밭에 뒹군 것처럼 쩍쩍 갈라지고, 몇 줄기 핏물이 허공으로 튀어 올랐다. 병기를 뒤로 물린 탓에 전면을 휩쓸고 지나가는 추격자의 검기에 그대로 노출된 것이다.

하지만 이 정도 손해는 얼마든지 감수할 수 있었다. 그는 사냥꾼의 첫 번째 화살을 무용지물로 만드는 데 성공한 것이다.

금청위는 잠시 멈췄던 진격의 기세에 박차를 가하여 추격자의 검이 지나간 공간 속으로 뛰어들었다. 뇌정검은 여전히 겨드랑이 아래에 숨겨 둔 상태였다. 추격자에게 두 번째 화살이 남아 있는 이상 섣불리 검을 쳐 낼 수는 없었다.

두 번째 화살은 즉각 날아들었다. 앞선 검기의 여파가 채 사라지기 전인데도 금청위는 좌반신이 얼음물에라도 들어간 것처럼 선뜻해지는 것을 느꼈다.

첫 번째 화살을 묘기로써 피해 냈다면, 두 번째 화살에 대한 금청위의 대비는 이대도강李代桃殭(오얏나무가 복숭아나무를 대신해 말라 죽다)이었다. 그는 좌반신을 쓸어오는 검기를 향해 왼쪽 팔꿈치를 지체 없이 마주쳐 갔다.

컥!

잘 발달된 근육과 복잡한 뼈들로 구성된 팔꿈치가 한꺼번에 잘리는 느낌이 잘 갈린 면도날처럼 뇌리로 파고들었다. 그러나 검기의 침투로 인해 공격의 호흡이 끊기는 사태는 일어나지 않았다. 이미 혈도를 봉쇄해 둔 왼팔은 검기의 도체導體가 될 수 없었다. 그것이 아무리 무시무시한 마검기라 할지라도. 이것이 금청위가 두 번째 화살을 위해 준비한 대비책이었다.

"따앗!"

폭발적인 기합과 함께 겨드랑이 밑에 감춰 둔 뇌정검이 튀어 나왔다. 그것은 왼팔의 희생으로 얻어 낸 상대의 미세한 틈 속으로 쾌속하게 파고들었다. 마치 그 틈에 보이지 않는 조화가 깃들여, 뇌정검을 저절로 빨아들이는 듯했다.

바로 그때, 사위가 하얗게 탈색되었다. 금부도 앞바다 어딘가에 떨어진 벼락이 천지를 빛의 장막으로 덮어 버린 것이다. 그 찬란한 장막 속에서, 몇 개의 단속적인 연상들이 금청위 앞에 주마등처럼 펼쳐졌다. 그 영상들 중 하나가 그의 뇌리에 화인火印처럼 강렬하게 박혀 들었다.

빛의 장막이 사그라졌다. 그리고…….

꽈앙!

숨 가쁘게 뒤따라온 천둥이 천지를 뒤흔들었다.

금청위는 뇌정검을 쥔 오른손을 엉거주춤 앞으로 내민 채 넋이 빠진 사람처럼 눈을 끔뻑였다. 추격자의 얼굴은 아까보다 훨씬 창백했고, 입으로 붉은 피를 꾸역꾸역 쏟아 내고 있었다. 그러나 그것은 뇌정검 때문이 아니었다. 뇌정검은 추격자의 왼쪽 가슴에 정확히 꽂혔지만 그 깊이는 안타깝게도 한 치에 불과했다. 뇌정검의 검신을 단단히 틀어잡고 있는 추격자의 왼손이 그 진격을 방해했기 때문이다.

믿을 수 없는 일이 아닌가! 피육으로 이루어진 인간의 손에 의해 그의 검이 막히다니!

하나 정작 금청위를 불신의 늪에 빠뜨린 것은 그 일이 아니었다. 뇌정검을 봉쇄함과 동시에 추격자가 전개한 세 번째 검초, 그 검초를 위해 검 자루를 뒤집던 추격자의 오른손이 금청위를 그렇게 만든 것이다.

금청위는 빛의 장막 속에서 똑똑히 목격할 수 있었다. 추격자의 오른손 손등 위에 찍혀 있었던 것은 바로……!

마의의 가슴 자락이 스르르 벌어졌다. 기다렸다는 듯 붉은 핏물이 앞으로 쭉 뿜어 나왔다.

추격자가 연속해서 쏠 수 있는 화살이 두 대뿐이라는 예상은 사실과 크게 다르지 않은 모양이었다. 추격자가 전개한 세 번째 공격, 그것은 절정 검수의 작품이라고는 믿을 수 없을 만큼 형편없었으니까. 그러나 금청위는 그 형편없는 공격을 피하지 못했다. 넋 빠진 사람은 어린아이가 휘두른 작대기도 피하기 어려운 법이다.

가슴에서 뿜어 나오는 핏물의 기세가 조금 누그러질 무렵, 금청위의 입술이 달싹거렸다.

"전비?"

추격자는 금청위를 바라보다가 마침내 말문을 열었다.

"왜 그런 생각이 들었소?"

동굴 깊숙한 곳으로부터 울려 나오는 듯한 목소리였다. 천표선 갑판에서 처음 들었을 때부터 참 남자다운 목소리라고 생각했던

"그 손등."

금청위는 턱짓으로 추격자의 오른손을 가리켰다. 추격자는 자신의 오른손을 내려다보았다. 그 손등에는 동그란 반점 하나가 선명하게 찍혀 있었다. 금청위는 그 반점을 똑똑히 기억하고 있었다. 반와합궁액에 중독되어 진금영의 선실로 옮겨진 전비의 손등에도 저것과 똑같은 모양의 반점이 찍혀 있었던 것이다.

추격자는 한숨을 쉬며 고개를 끄덕였다.

"당신의 말이 맞소. 전비는 바로 나였소."

그 대답을 들은 순간, 금청위의 몸뚱이를 지탱해 주던 모든 관절이 일시에 풀어졌다. 검 자루를 고집스럽게 움켜쥐고 있던 오른손 손가락들도 스르르 펴졌다. 금청위는 줄 끊어진 인형처럼 그 자리에 풀썩 주저앉고 말았다.

추격자는 가슴에 뇌정검을 꽂은 채 금청위를 내려다보고 있었다. 그의 눈빛은 처음처럼 어둡고 축축하게 변해 있었다. 이제는 금청위도 알 수 있었다. 저자가 왜 저런 눈빛을 하고 있었는지를.

그랬던 거야.

쌓여 왔던 많은 의문들이 한순간에 풀렸다. 남쪽 바닷가의 이류배二流輩 정도로 여겨졌던 전비가 강호에 악명 높은 마태상을 압도할 만큼 강렬한 기파를 풍긴 이유, 검과는 인연이 없다고 알려진 그가 얇은 자기병으로 검기성형의 신기를 연출할 수 있었던 이유, 반와합궁액에 중독되고도 하루도 안 되어 깨어날 수 있었던 이유, 그리고 추격자가 그 놀라운 검술에도 불구하고 검기를 끌어 올릴 때마다 피를 토해야만 했던 이유까지도.

모든 의문의 해답은 하나였다. 전비는 강호에 풍운을 몰고 온 이 대 혈랑곡주의 화신인 것이다.

후우우─.

바람 빠지는 듯한 소리와 함께 금청위의 몸이 뒤로 넘어갔다.

억수 같은 빗줄기를 얼굴 전체로 받으며 금청위는 생각했다. 전비, 아니 이 대 혈랑곡주는 지금 어떤 기분일까? 대충 짐작할 수 있을 것 같았다. 지마한이 쓰러질 때 자신이 느꼈던 기분과 크게 다르지는 않겠지.

흐려지는 의식 속으로 허봉담이 낮에 한 말이 윙윙거리며 맴돌았다.

─누가 죽고 누가 살지는 아무도 모르는 일 아닌가? 지마한이 그렇게 죽을 수도 있듯이 자네 또한 그렇게 죽을 수도 있는 거야. 그게 바로 강호인이고.

빌어먹을 영감쟁이! 아는 건 많아 가지고…….

이것이 만일 지마한을 죽인 응보라면, 정말 지독하리만큼 빨리 돌아오는구나 하는 생각이 들었다.

이 대 혈랑곡주가 금청위를 내려다보며 무겁게 말했다.

"당신에게는 처음부터 아무런 악감정이 없었소. 우리에게 이런 상황을 강요한 운명이 원망스러울 따름이오."

참으로 절묘하지 않은가! 지마한에게 들려주고 싶었던 바로 그 얘기를 지금 같은 장소에서 듣고 있으니 말이다.

금청위는 벌떡 일어나 놈의 등짝을 후려치고 싶었다. 재미있지 않느냐며 껄껄 웃고 싶었다. 그러나 그는 일어설 수도, 웃을 수도 없었다. 이승이 그에게 허락한 것은 그저 허봉담의 말 중 한 토막을 힘겹게 옮기는 일뿐이었다.

"그게 바로…… 강호인이지……."

이 말을 끝으로 금청위의 동공이 활짝 열렸다. 호활한 성품과 번갯불 같은 검술로 강북 강호를 주름잡던 일세호걸의 최후였다.

금청위의 시신으로부터 열 걸음쯤 떨어진 곳엔 지마한의 시신이 있었다. 밤하늘을 향해 누운 두 구의 시신은 마치 쌍둥이처럼 닮아 보였다.

빗줄기는 두 구의 시신을 공평히 적시고 있었다.

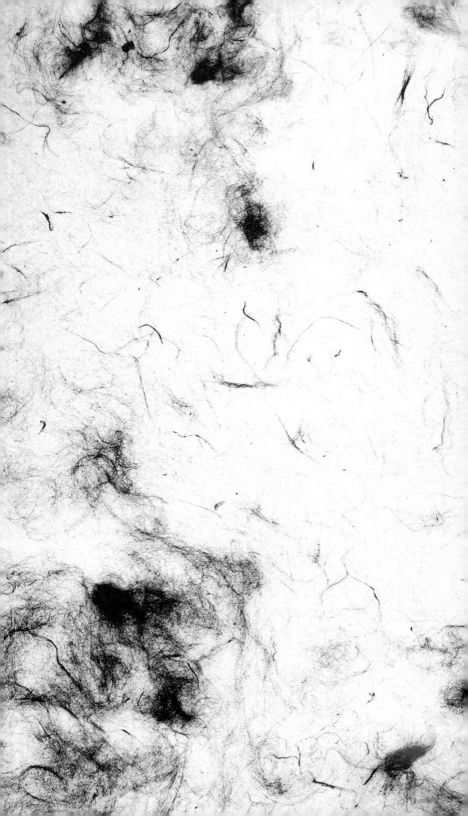

자야子夜 (一)

(1)

    소리 없이 꿈틀거리던 반역의 암류가 화왕성을 향해 흉포한 발톱을 드러낸 것은 오월 십일이 시작되는 자정이었다.

    화왕성 서쪽 성문의 경계 책임을 맡은 얼가孼加는 빗물이 흥건한 돌바닥에 고꾸라졌다. 다혈질인 성격이 그대로 반영된 탓인지, 그의 몸에서 흘러나온 검붉은 얼룩이 빗물에 실려 빠르게 번져 나갔다. 하지만 정작 얼가 본인은 자신에게 닥친 상황을 정확히 파악하지 못하고 있었다.

    "네가, 네가 왜 나를⋯⋯?"

    빠져나가는 생명을 움켜잡기라도 하듯 바닥에 엎어진 채 한 손을 허우적거리는 얼가에게, 흉수가 보인 대응은 매우 무자비한 것이었다.

"그래서 언젠가 간곡히 충고하지 않았소이까. 아랫사람에게 너무 난폭하게 대하면 후회할 날이 반드시 찾아올 거라고."

흉수는 오른발을 들어 얼가의 머리를 찍어 눌렀다. 얼가의 코와 입이 빗물 속에 파묻히며 그 옆으로 더러운 거품이 부글부글 일어났다. 허우적거리던 얼가의 손은 짧은 경련을 끝으로 바닥에 툭 떨어졌다.

"충고를 무시하더니만 꼴좋게 되었소."

비수에 묻은 핏방울을 허공에 털며 고양이를 닮은 하관에 음흉스러운 웃음을 짓는 흉수의 이름은 이과래利科來. 얼가에겐 직속 부관이 되는 사람이었다.

그리 멀지 않은 곳에서 경비를 서다가 이 광경을 목도한 사내의 눈이 퉁방울처럼 부릅떠졌다. 경비의 소임이 무엇인지 잘 모르더라도, 이런 식의 살인극을 그냥 보고 넘길 사람은 없을 터. 그러므로 목에 걸고 있던 호각을 입에 문 사내의 행동은 매우 자연스러운 것이었다.

그러나 사내는 호각을 불지 못했다. 어디선가 날아온 백색 원반이 호각이 물린 입술 사이를 정확하게 가르고 지나갔기 때문이다.

경비 무사의 얼굴과 호각을 둘로 자른 백색 원반은 허공을 맵시 있게 선회하여 한 사람의 손으로 돌아갔다. 어둠 속에서도 눈에 확 뜨이는 화려한 금포를 입은 그 사람은 바로 사해마웅 마태상이었다.

마태상의 금포는 쏟아지는 빗줄기가 무색하리만큼 멀쩡했다. 기름종이를 세 겹 덧댄 튼튼한 우산 하나가 폭우를 막아 주고 있었기 때문이다. 우산을 받쳐 든 땅딸막한 장년인은 낭숙의 다섯 당두 중 하나인 칠형활리七荊滑鯉 대응상代鷹上, 그 옆에 서 있는 험상궂은 애꾸 또한 다섯 당두에 속하는 상강독안룡湘江獨眼龍 번추樊榁였다.

우산 아래 있는 마태상의 금포야 말할 필요도 없거니와, 우산을 든 대응상의 의복도 단지 비에 젖었을 뿐 더럽다고는 할 수 없었다. 이에 반해 번추가 입고 있는 푸른 단삼은 핏물과 흙탕물로 얼룩져 있었다. 번추라고 의복이 더러워지는 것이 달가웠을까. 성문 주변을 지키던 수문 무사 십여 명을 기척 없이 처리하기 위해 진창 속을 뛰어다니다 보니 어쩔 수 없이 그렇게 된 것이었다.

그러니 장난이라도 치듯 백골반을 간간이 뿌려 대며 산책하듯 어슬렁거린 마태상과, 그런 마태상의 비단옷이 젖을까 우산을 받쳐 들고 열심히 따라다닌 대응상은 이번 전투에 있어서 방관자에 불과하다고 할 수 있었다. 그런데도 번추에게선 한 점 불만의 기색도 찾아볼 수 없으니, 마태상이란 상관이 저들에게 얼마나 두렵고도 존엄한 존재인지 여실히 보여 주는 대목이 아닐 수 없었다.

안타까운 일은 이족인 이과래가 그런 사실을 미처 눈치채지 못했다는 데에 있었다. 그는 팔뚝에 매단 검은 가죽 주머니에 비수를 꽂은 뒤, 마태상에게 다가가 더듬거리는 한어로 말했다.

"이렇게 도와주니 일을 처리하기가 한결 수월하구려."

딴에는 친근감을 드러내기 위한 말이겠지만 불행히도 상대가 나빴다. 마태상의 얄팍한 입술이 슬쩍 벌어지며 새하얀 이빨이 언뜻 드러나는 듯했다. 다음 순간, 이과래는 아무것도 볼 수 없게 되었다. 마태상이 번개처럼 왼손을 내뻗어 그의 안면 전체를 움켜쥐었기 때문이다.

뿌드득!

얼굴을 조여 들어오는 무시무시한 압력에 이과래의 입이 저절로 벌려졌다.

"길잡이에 불과한 버러지에게 도움 운운하는 소리를 듣다니, 내 귀가 잘못된 건 아닐까?"

마태상의 물음에 번추가 대답했다.

"저도 분명 그렇게 들었습니다."

"되지도 않는 소리를 함부로 지껄이는 버러지를 어떻게 처리했으면 좋겠느냐?"

이번 물음은 대응상이 받았다.

"힘줄을 추려 그물을 삼고 창자를 토막 내 낚싯밥을 만드는 게 어떨까요?"

이과래는 두개골이 으스러지는 듯한 고통 속에서도 몸이 덜덜 떨리는 것을 느꼈다. 자신이 인도한 세 명의 중원인들이 해골단 앞바다에 출몰하는 식인 상어만큼이나 위험한 존재라는 사실은 이미 알고 있었다. 하지만 아무리 그렇기로서니 말 한마디 마음에 들지 않는다고 같은 편에게 이토록 난폭하게 굴다니!

"그물도 좋고 낚싯밥도 좋다만, 이런 놈을 썼다간 주둥이 더러운 물고기만 걸릴까 걱정되는구나."

안면에 가해지던 압력이 일시에 사라지며 이과래의 몸뚱이는 질퍽한 돌바닥 위로 팽개쳐졌다. 마태상은 무슨 더러운 물건이라도 만진 양 품에서 비단 손수건을 꺼내어 손바닥을 닦았다.

"대사를 앞두고 손을 더럽히고 싶지는 않으니 이번만큼은 용서해 주마. 또다시 주둥이를 함부로 나불거리면 손이 더러워지는 것을 꺼리지 않을 테니 각별히 주의하도록."

감사합니다? 아니면, 명심하겠습니다? 대체 뭐라고 대답했어야 옳았을까? 하지만 이과래는 시퍼렇게 멍든 관자놀이를 문지르느라 대답할 시기를 놓치고 말았다. 그것이 또 실수였다.

"버릇없는 새끼!"

이과래는 코와 입으로 피를 쏟으며 벌렁 자빠졌다. 번추의 발길질이 얼굴을 올려친 것이다.

"아무리 근본이 천하기로서니 어른 말씀에 대답하는 법도 못 배웠단 말이냐?"

번추의 호통에 이과래는 번개같이 몸을 일으켜 피 칠갑을 한 얼굴을 정신없이 조아렸다.

"잘못했습니다! 조심하겠습니다!"

본래 이과래도 이처럼 강단이 없는 수수깡은 아니었다. 하지만 마태상 등 세 사람의 기세가 너무도 살벌한 탓에 강단을 부려 볼 엄두조차 내지 못하고 단번에 꼬리를 말고 만 것이다. 이는 뒷골목 건달들의 기세 겨룸과 흡사했다.

"시끄럽다. 어서 가서 네 일이나 해라."

마태상이 귀찮다는 표정으로 손을 내젓자, 이과래는 벌떡 일어나 성문을 향해 내달렸다. 전나무를 통으로 다듬은 굵은 빗장을 내리고, 장정 둘이 밀어도 잘 움직이지 않는 육중한 성문을 혼자 힘으로 낑낑거리며 여는 품이 마치 어명이라도 받든 충신 같았다.

성 바깥쪽에는 일백수십 쌍의 눈동자들이 끓어오르는 살기를 감추지 못한 채 성문이 열리기만을 기다리고 있었다. 선두에 있던 길쭉한 눈매의 초로인이 성문이 열리기가 무섭게 마태상에게 달려와 공수굴신拱手屈身의 예를 취했다.

"호풍당두呼風堂頭 양비, 선주님의 명을 받들어 지금 당도했습니다."

마태상의 수하들은 마태상을 선주라 불렀다. 낭숙의 주인이면 숙주宿主로 불려야 마땅하고 낭숙사의 주인이면 사주社主라 불려야 마땅하나, 그것은 어디까지나 외부의 시각이요, 외부인들의 판단이었다. 천표선의 수상객水上客들에게 있어서 배는 무엇보다도 중요한 가치였고, 그런 의미에서 볼 때 배의 주인, 즉 선주를 능가하는 직위란 존재하지 않았다.

마태상은 흡족히 웃으며 양비의 어깨를 두드렸다.

"용케도 시간을 맞췄군. 배에는 누굴 남겨 두었는가?"

"요耀 당두와 모씨삼웅毛氏三雄입니다."

"그들이라면 안심할 수 있겠지."

운선당두運船當頭 요자귀耀子貴와 삼협三峽에서 잔뼈가 굵은 모씨 삼형제는 성정이 차분하고 조타술에 능해 천표선을 맡기기엔 적임이었다.

마태상은 입성하는 수하들을 둘러보다가 이상하다는 표정으로 양비를 돌아보았다.

"금 비영이 보이지 않는군. 어찌 된 일인가?"

양비는 잠시 주저하다가 대답했다.

"도중에 추격자가 있는 듯하다며 후미로 빠졌습니다."

"추격자? 관문을 깨는 과정에서 살려 둔 놈이 있었단 말인가?"

"속하들은 시간을 맞추기 위해 전력으로 산을 오르던 중이라 자세한 내막을 알지 못합니다. 금 비영이 합류하면 자연 밝혀지겠지요."

마태상은 혀를 찼다.

"이래서 경중을 가리지 못하는 무부와는 손발을 맞추기 어렵다니까. 설령 따라오는 놈이 있기로서니 직접 남을 필요까지야 없지 않겠나."

"속하도 그렇게 생각합니다. 닭 잡는 데 소 잡는 칼을 쓴 격이지요."

호활뇌정검의 명성을 한 번이라도 들어 본 사람이면 누구라도 이들처럼 생각할 수밖에 없었다. 그러니 금청위가 패사敗死할 가능성 따위는 논외일 수밖에 없었다.

그때 마태상의 흥미를 끄는 일이 벌어졌다. 낭숙 문도들과 함께 입성한 뒤 꿔다 놓은 보릿자루처럼 멀뚱하니 서 있던 십여 명의 여진인들 중 하나가 건들거리는 걸음으로 무리를 빠져나오더니 한쪽 구석에서 어깨를 축 늘어뜨리고 서 있는 이과래에게 다가간 것이다.

그 사내는 이과래의 턱을 틀어쥐고 좌우로 돌려보더니 한심하다는 듯이 중얼거렸다.

"꼴이 말이 아니군. 보아하니 명예로운 상처는 아닌 것 같고…… 손님들에게 까불었나 보지?"

마태상은 눈을 가늘게 뜨고 그 사내를 훑어보았다. 생판 초면은 아닌 것이, 저녁 무렵 아리수로부터 소개받은 여진인들 중하나인 것 같았다. 이름이 뭐라고 했더라?

사내가 이과래에게 얼굴을 바짝 갖다 대고 속삭이듯 말했다.

"이거야 도무지 창피해서 얼굴을 들고 다니지 못하겠군. 손님들께서 아무리 무섭게 나오셨기로서니 이렇게 종놈처럼 굽실거린다면 주인 된 체면이 뭐가 되겠나?"

단순히 이과래를 질책할 목적이라면 굳이 서툰 한어를 쓰진 않았을 것이다. 그러니 지금 저 말은 마태상에게 한 것이나 마찬가지였다.

한데 재미있는 것은 이과래가 보인 반응이었다. 이과래는 뱀을 만난 개구리처럼 두 눈을 동그랗게 뜬 채 한마디 변명도 못하고 부들부들 떨기만 하는 것이었다. 저 사내가 이 섬에 사는 사람들로부터 어떤 존재로 인식되어 왔는지를 짐작케 해 주는 광경이라 할 수 있었다.

'귀여운 짓을 하는 놈이군.'

마태상은 그 사내로부터 친숙한 냄새를 맡았다. 굳이 표현하자면 자신 같은 냉혈한만이 풍기는 잔인함의 냄새라고나 할까? 그래서 마태상은 흥미롭다는 표정으로 그 사내가 하는 짓을 지켜보았다.

하지만 그저 지켜보기만 할 마음이 없는 사람도 있었다. 이과래의 얼굴을 저렇게 만든 장본인인 번추가 바로 그 사람이었다. 자신이 내린 체벌에 대해 이러쿵저러쿵하는 사내가 고와 보일 리 없었던 것이다.

"사는 바닥이 좁아서 그런가? 도무지 이 동네에는 범 무서운 줄 모르는 하룻강아지투성이군."

사내가 돌아보지도 않고 맞받아쳤다.

"범 무서운 줄이야 물론 알지. 하지만 요즘은 범 흉내를 내는 살쾡이들이 하도 많아서 말이야."

"건방진 새끼!"

욕설이 끝나기가 무섭게 번추의 왼발이 씽, 소리를 내며 사내의 얼굴을 향해 날아들었다. 벌자퇴筏子腿라 하여, 흔들리는 뗏목 위에서 단련한 그의 발길질 솜씨는 수면 위를 나는 갈매기도 때려 떨어뜨릴 만큼 날쌘 것이었다. 사내의 매부리코가 이과래의 것처럼 뭉개지는 것은 시간문제인 것 같았다.

그러나 사내는 이과래가 아니었다. 그의 오른손이 슬쩍 흔들린다 싶더니, 허공에 동그란 올가미가 만들어지며 번추의 발목을 야무지게 옭아매 버렸다.

"헛!"

기합 같기도 하고 경호성 같기도 한 단음이 번추의 입에서 튀어나왔다.

파팍, 하는 파공성이 울리며 두 사람은 각기 한 걸음씩 물러섰다. 번추의 오른발 발목에 감아 놓은 삼베 각반은 맹수의 아가리에 들어갔다 나온 것처럼 너덜너덜 뜯겨 있었다. 혈흔이 비치지 않는 것을 보면 상한 것은 그저 각반에 그친 듯하지만, 번추의 얼굴은 딱딱하게 굳어 있었다. 그럴 만도 한 것이, 만일 왼쪽 발목이 올가미에 감긴 순간 이합퇴裡合腿의 임기응변으로 오른발을 내차지 않았다면 발목이 통째로 잘려 나갔을지도 모르는 일이기 때문이다.

"과연 중원에서 오신 손님들의 위세는 대단하군. 부문주가 대접에 각별히 주의하라고 한 이유를 이제야 알겠어. 프흐흐."

사내는 번추의 이합퇴에 스친 오른쪽 팔뚝을 문지르며 괴이한 웃음을 흘리다가, 양손을 좌우로 두어 차례 잡아당겼다. 양손에 나눠 감아 쥔 밧줄이 팽팽히 당겨지며 팡팡, 소리가 울렸다. 검은 윤기를 반질반질 흘리는 그 밧줄이 번추의 각반을 뜯어 놓은 올가미의 실체였다.

"오랑캐 놈이 어디서 잔재주 한 수 배워 가지고……."

상관과 수하들이 보는 앞에서 수모를 당하고도 그냥 넘어간다면 하백의 후예로서 자격이 없을 것이다. 번추는 어금니를 갈며 한 발짝 앞으로 나섰다. 사내도 결코 물러서려 하지 않았다.

"잔재주 맛이 어떤지 보여 드리지."

두 사람의 기세가 일촉즉발로 흉흉해지자 마태상은 그답지 않게 말리고 싶다는 생각을 떠올렸다. 시간이 없어서도 아니요, 소란을 일으키고 싶지 않아서도 아니었다. 이족이라면 벌레 보듯 하는 그로선 참으로 드문 일이지만, 자신과 비슷한 냄새를 풍기는 저 사내를 아끼고픈 마음이 일어난 것이다.

그러나 마태상이 나서지 않아도 두 사람의 대치는 더 이상 이어질 수 없었다. 산 아래쪽으로부터 울려온 폭음 때문이었다.

쿵!

빗소리에 가려 선명하지는 않지만, 간간이 울리는 우렛소리와 구분되기에는 충분했다.

마태상의 안색이 일변했다. 현재 반란군이 점령한 성문은 서문 하나에 불과했다. 다른 세 방향의 성문을 비롯해, 화왕성 내에 설치된 대다수의 초소들은 여전히 민파대릉을 추종하는 무리에 의해 지켜지고 있는 것이다. 그들이 몽땅 귀머거리가 아닌 바에야 저 폭음이 가져올 반향은 결코 작지 않을 것이다.

그때 번추와 대치하고 있던 여진인 사내가 말했다.

"팔열호! 저것은 팔열호의 폭음이오."

"팔열호?"

뇌문이 자랑하는 화기 팔열호에 대해선 마태상도 잘 알고 있었다. 그렇다고 의혹마저 가신 것은 아니었다. 팔열호가 왜 하필 이런 시기에 터졌단 말인가?

"관문마다 팔열호가 비치되어 있소. 지금처럼 폭우가 쏟아져 봉화를 올릴 수 없을 때를 대비, 소리로써 위급을 알리기 위함이오."

사내는 성문 쪽을 힐끔 돌아본 뒤 덧붙였다.

"방향을 짐작컨대 우리가 통과한 관문에서 누군가 그 팔열호를 터뜨린 것 같소."

사내의 말이 끝나기도 전에 양비가 짧게 부르짖었다.

"그자!"

마태상은 양비를 돌아보았다.

"지금 누구라고 했나?"

"아까 보고 드렸던 바로 그 추격자 말입니다. 팔열호를 터뜨릴 만한 자는 그자밖에 없습니다."

"그렇다면 금청위가 당했단 말인가?"

양비는 선뜻 대답하지 않았다. 금청위에 대한 신뢰감이 작용한 탓이리라. 하지만 부정하지도 않는 것을 보면, 다른 가능성을 떠올리지 못하는 모양이었다.

마태상은 미간을 잔뜩 찌푸린 채 머리를 굴려 보았지만 뾰족한 대응책이 떠오르지 않았다. 그러던 참에 양손에 나눠 쥔 밧줄을 습관처럼 당겨 대는 여진인 사내의 모습이 시선에 들어왔다.

'복잡하게 생각할 것 없겠지. 물이 오면 흙으로 막고 군대가 오면 사람으로 막는 법!'

마태상은 여진인 사내를 향해 물었다.

"솜씨가 쓸 만하더군. 이름이 뭔가?"

사내가 입술 꼬리를 묘하게 비틀며 대답했다.

"조마공곤."

"조마공곤……. 좋다! 이 성문을 네게 맡겨 볼까 하는데, 어떠냐?"

사내, 조마공곤의 한쪽 눈이 묘하게 짜부라졌다.

"나더러 성문이나 지키라는 거요?"

"싫은가?"

"이토록 신나는 밤을 문지기 노릇이나 하며 보내고 싶진 않소."

그러나 마태상은 이런 유형의 인간을 자극하는 법을 알고 있었다. 자신도 그러하기 때문이다.

"만일 금청위가 당했다면 굉장한 놈이 찾아오겠지. 놈을 막을 자신이 없다면 사양해도 된다. 이곳을 지킬 사람은 너 말고도 널렸으니까."

조마공곤의 세모꼴 눈에서 스산한 빛이 뿜어 나왔다.

"좋소. 단, 중원 친구들을 붙여 주는 것만큼은 사양하겠소. 한 놈 처리하는 데엔 우리 애들만으로도 충분할 테니까."

"좋을 대로."

조마공곤은 들고 있던 새카만 밧줄을 허리에 친친 감더니 한쪽에 서 있던 여진인들을 인솔하여 성문 쪽으로 갔다.

마태상은 양비에게 명했다.

"다른 관문에 있던 자들이 폭음을 듣고 성으로 올라올지도 모르니 자네는 인원을 나눠 남은 성문들을 확보하도록 하게. 거사가 끝나는 순간까지 성을 출입하려는 자, 이유 여하를 막론하고 참살하도록."

"목숨으로써 명을 받들겠습니다!"

양비의 지시가 떨어지자 사람들의 움직임이 분주해졌다. 마태상은 한쪽 구석에서 풀 죽은 강아지처럼 서 있는 이과래를 손짓으로 불렀다.

"네가 할 일이 있다."

이과래는 잔뜩 질린 얼굴로 고개를 조아렸다.

"명령만 내리십시오!"

"음뢰격이란 늙은이의 거처를 알고 있겠지?"

"알고 있습니다!"

"앞장서라. 늙은이의 목 가죽이 얼마나 질긴지 확인해 볼 테니."

마태상의 얄팍한 입술 사이로 피 냄새 물씬 풍기는 목소리가 흘러나왔다. 음뢰격은 그에게 주어진 사냥감이었다. 계획에 없는 일이 발생했다는 이유 하나만으로 먹음직스러운 사냥감을 그냥 지나칠 생각은 추호도 없었다.

(2)

민파대릉은 눈을 떴다.

'뭐였더라?'

민파대릉은 자리에 누운 채 자신을 깨어나게 만든 것이 무엇인지를 떠올려 보았다. 그것은 소리였다. 보다 정확히 말하면 꽤 먼 거리에서 울린 폭음이었다. 그 순간 정신이 번쩍 들었다.

'팔열호!'

위기를 감지하는 본능이 물고기처럼 펄떡거리며 움직이기 시작했다. 이 야심한 시각에 팔열호가 터졌다. 그것이 무엇을 의미하는지를 생각해 낸 것이다.

민파대릉은 상체를 벌떡 일으켰다. 그 바람에 그의 어깨에 얹혀 있던 뇌파패의 머리가 침대로 떨어졌다. 가벼운 신음과 함께 그녀가 잠에서 깼다. 어둠 속에 드러난 그녀의 얼굴은 낡은 의자처럼 고단해 보였다. 창가에 서서 비 맞은 참새처럼 오들오들 떨던 그녀를 본 게 그리 오래되지는 않을 터이니, 곧바로 잠들었다 해도 선잠에 불과했을 것이다.

"무슨 일이에요?"

뇌파패가 눈을 비비며 잠에서 덜 깬 목소리로 물었다. 민파대릉은 잠시 망설였다. 별일 아니니 더 자라고 말해 주고 싶은 마음이야 굴뚝같지만, 그런 식으로 얼렁뚱땅 넘어갈 상황이 아니었다.

"방금 팔열호의 폭음을 들었소."

"팔열호라면……?"

"관문에 비치해 둔 것들 중 하나 같소."

불안은 뽕잎에 올라탄 누에처럼 뇌파패의 눈동자에 남아 있던 졸음을 갉아먹었다. 민파대릉은 침의 겉으로 드러난 그녀의 어깨를 어루만지며 애써 표정을 부드럽게 만들었다.

"관문을 지키는 사람들의 부주의 탓일지도 모르니 너무 염려하지 마시오."

그러나 그럴 리 없다는 것은 민파대릉 본인이 누구보다도 잘 알고 있었다. 화기 관리에 관한 한 천하의 어떤 문파보다도 엄격한 뇌문이었다. 그런 뇌문에서 경계령이 내린 첫날 밤 취급자의 부주의로 화기 사고가 일어난다는 것은 절대로 있을 수 없는 일이었다. 민파대릉의 말에도 불구하고 뇌파패의 눈동자에 떠오른 불안의 기색이 쉬 가시지 않은 까닭은, 그녀 또한 뇌문에 속한 사람이기 때문이리라.

방문 쪽이 소란스러웠다. 잠시 귀를 기울이니, 방문 앞에서 누군가 말싸움을 벌이는 듯했다. 민파대릉은 문 쪽을 향해 소리쳤다.

"무슨 일로 이리 시끄러운가?"

소란이 멎었다. 잠시 후 방문 밖으로부터 굵은 목소리가 들려왔다.

"순찰지휘가 다짜고짜 문주님의 침소로 들어가려고 하기에 소인이 만류하고 있는 중입니다."

익숙한 목소리. 호뢰단주 예마였다.

"잠시 기다리라고 하게."

민파대릉은 침대에서 내려와 등불을 켠 뒤, 빠른 손길로 의복을 갖췄다. 뇌파패는 침대에 쪼그리고 앉아 그를 바라보고 있었다. 그 모습이 추운 겨울날 품에 보듬은 온기를 놓치지 않으려 애쓰는 가난한 소녀처럼 안쓰러워 보여, 민파대릉은 억지로라도 웃음을 지을 수밖에 없었다.

"무례한 수하들이 귀찮게 구는구려. 내가 만나 볼 테니 당신은 여기 그대로 있어도 되오."

민파대릉은 침대의 휘장을 내려 뇌파패의 모습을 가려 주고는 방문을 향해 소리쳤다.

"들여보내게."

민파대릉의 사촌인 철옹대주 다후격이 잔뜩 상기된 얼굴로 방 안으로 들어섰다. 야간 순찰 임무는 뇌문의 간부들이 닷새씩 돌아가며 책임지고 있었다. 그가 어제에 이어 오늘도 순찰지휘인 이유였다. 그를 따라 예마도 방 안으로 들어왔다. 예마의 탑삭부리 얼굴도 평소와 다르게 상기되어 있었다.

민파대릉은 다후격에게 물었다.

"무슨 일인가?"

"형님, 조금 전에 울린 폭음을 들으셨습니까?"

민파대릉의 안색이 어두워졌다. 자신이 잘못 들은 게 아님을 확인했기 때문이다. 하기야 자던 사람의 귀에도 똑똑히 들린 폭음을, 멀쩡한 정신으로 순찰에 임하던 사람의 귀가 어찌 듣지 못하겠는가. 그런 의미로 볼 때, 지금 뚱한 표정으로 투덜거리는 예마는 민파대릉보다 깊은 잠에 빠져 있었을지도 모른다.

"아닌 밤중에 대체 무슨 폭음이 울렸다고 이 난리인지 소인은 당최 모르겠습니다. 혹시 천둥소리를 잘못 듣고 그러는 건아닌지, 원."

"하늘에서 울리는 천둥과 땅에서 울린 폭음도 구분 못 하다니, 호뢰단주는 귀를 장식으로 달고 다니시오?"

다후격이 버럭 고함을 질렀다. 예마의 뚱한 표정이 와락 일그러졌다.

"말을 함부로 하는군. 내 귀가 쓸모없다는 건가?"

"그게 아니면, 가는귀먹은 늙은이도 들을 수 있는 소리를 호뢰단주가 왜 못 들었단 말이오?"

"이 사람이 듣자 듣자 하니까……."

분위기가 험악해질 기미가 보이자 민파대릉이 손을 들어 두사람을 진정시켰다.

"내 아내가 있는 방이네. 그녀가 불안해하지 않도록 두 사람모두 언성을 낮춰 주게."

"죄, 죄송……!"

"죄송합니다!"

다후격과 예마가 동시에 고개를 숙였다.

민파대릉은 혀를 찼다. 두 사람이 매사에 필요 이상으로 대립한다는 것은 이미 알고 있는 일이었다. 그것은 뇌문삼대의 대주가 호뢰단의 단주보다 큰 영향력을 행사하는 뇌문의 현 직제와 무관하지 않았다. 다후격이, 나이로 보나 능력으로 보나 상대적으로 위에 있는 예마를 젖히고 철웅대주 자리에 앉을 수 있었던 이유는 오직 그가 문주의 혈족이기 때문이었다.

사실 호뢰단주란 할 일은 많고 대가는 적은 무척 재미없는 직책이었다. 그 재미없는 직책을 오 년씩이나 성실히 수행한 사람이 바로 예마였으니, 충신 소리가 섬 안에 자자한 것도 당연한 일이었다. 그런 사정을 십분 헤아리고 있던 민파대릉이기에 간혹 불거지는 두 사람의 신경전에 대놓고 사촌 아우를 편들 수 없었다. 설령 지금처럼 옳고 그름이 분명하더라도.

"경계령을 내리고 맞이하는 첫 번째 밤이네. 순찰지휘의 입장에선 만전을 기하자는 의도였을 테니, 호뢰단주가 이해하도록 하게."

민파대릉은 자신도 팔열호의 폭음을 들었다는 사실을 밝히지 않았다. 예마의 체면을 고려한 언사였다.

"알겠습니다."

예마가 고집을 부리지 않고 선뜻 수긍했다. 민파대릉은 다후격을 돌아보았다.

"순찰지휘패를 주게."

"예?"

"자네는 지금부터 별도의 지시가 있기 전까지 순찰 임무를 수행하지 않아도 되네. 바깥 상황은 내가 호뢰단과 함께 점검하겠네."

"하면 소제는……?"

"만에 하나 무슨 일이 벌어졌다면 필시 내겐 몸을 뺄 만한 여유가 없을 터. 아내와 낭란을 자네에게 부탁하겠네."

만에 하나라고 말했지만, 민파대릉은 만에 구천구백구십구로 보는 것이 오히려 정확할 거라고 생각했다. 다후격도 그렇게 생각했는지 눈가에 비장한 기운을 떠올렸다.

"목숨을 걸고 형수님과 조카를 보호하겠습니다."

민파대릉은 다후격이 바친 지휘패를 품에 넣었다.

그때 침대의 휘장이 벌어지며 뇌파패가 핏기 잃은 얼굴을 내

비쳤다. 침의 차림의 주모를 대한다는 일 자체가 불경인 탓에 다후격과 예마는 재빨리 문을 향해 돌아섰다.

민파대릉은 빙긋 웃으며 뇌파패에게 말했다.

"얼굴이 그게 뭐요? 금방 울음이라도 터뜨릴 것 같지 않소."

뇌파패는 말없이 다가와 민파대릉의 넓은 가슴에 얼굴을 묻었다. 민파대릉은 당황했다. 그가 기억하는 한, 다른 사람들이 있는 장소에서 아내가 이처럼 과감히 행동한 적은 없었다.

"미안해요. 정말 미안해요."

뇌파패는 작고 슬픈 목소리로 두 번씩이나 미안하다고 말했다. 옷깃을 축축이 적셔 오는 따스한 물기는 그녀가 흘린 눈물이 분명했다. 민파대릉은 이해할 수 없었다. 미안해할 사람은 오히려 그였다. 문주가 된 몸으로 이런 사태를 미연에 방비하지 못해 아내를 불안에 떨게 만들었으니 말이다. 아내는 대체 무엇을 미안해하는 것일까? 하지만 물어볼 기회는 오지 않았다. 그의 가슴에서 얼굴을 뗀 그녀가 곧장 벽장 쪽으로 걸음을 옮겼기 때문이다.

뇌파패가 벽장 속에서 꺼낸 것은 어깨에 얹는 검은 견갑肩甲 한 조와 강사鋼絲를 촘촘히 엮어 가슴과 등을 동시에 가릴 수 있게 만들어진 검은 호심갑護心甲이었다. 그것은 뇌족이 중원에 살던 시절부터 문주 가계로 전해 내려온 호신용 전갑이었다. 전갑 표면을 빽빽하게 채운 크고 작은 흠집들은 뇌족의 험난한 생존사요, 치열한 투쟁기였다.

"부군의 전갑, 천첩이 입히도록 허락해 주세요."

뇌파패가 말했다. 가녀린 팔로 들고 있기엔 분명 버거울 전갑이련만 그녀는 그런 내색을 조금도 비치지 않았다.

민파대릉의 눈가가 실룩거렸다. 그녀로부터 스며 나온 모종의 감정이 그의 마음을 여지없이 뒤흔들어 놓은 것이다. 그러나 그는 곧 호탕한 웃음을 터뜨렸다.

"으하하! 과연 부인은 싸우러 나가는 남자에게 무엇이 필요한지 잘 알고 있는 사람이구려. 지금 나는 백만 대군을 얻은 것보다도 훨씬 든든하오."

민파대릉은 팔을 양옆으로 들어 올렸다. 뇌파패는 갓난아이의 탯줄을 동여매는 산파처럼 신중한 손길로 전갑의 매듭들을 차례차례 묶어 나갔다. 그 일이 끝나자 그녀는 침대 옆에 놓인 검가에서 한 자루 검을 꺼내 왔다. 검신의 길이가 무려 여섯 자에 달하는 이 검의 이름은 천화天火. 부족을 지키려는 전대 문주들의 피와 눈물이 배인, 문주의 상징과도 같은 병기였다.

천화검을 바라보는 민파대릉의 시선 속으로 작은 이채가 어렸다. 손잡이 끝에 달린 검은색 수실 때문이었다. 무슨 이유에서였을까? 며칠 전 뇌파패는 전에 없던 행동을 보였다. 병장기라면 보는 것만으로도 속이 울렁거린다며 가까이하지 않던 그녀가 손수 검수를 지어 천화검에 달아 준 것이다. 혹시 그녀는 불원간 이런 날이 오리라 예견했던 것은 아닐까?

검은색 검수를 매단 천화검은 뇌파패의 손에 의해 민파대릉이 걸친 배갑背甲에 묶였다. 그것으로써 동해뇌왕 민파대릉의 무장이 끝났다. 민파대릉은 천천히 돌아섰다. 조개의 안쪽 면처럼 새하얀 그녀의 얼굴이 그의 턱 앞에 있었다.

"신체 보중하시길 뇌신께 기원 드리겠습니다."

뇌파패는 민파대릉을 향해 고개를 숙였다. 기이할 만치 가라앉은 목소리. 미안하다며 눈물을 흘리던 그녀가 잠깐 사이에 딴사람이 되어 버린 듯했다.

"나를 못 믿는 거요? 염려 마시오."

민파대릉은 이빨이 모두 드러나는 큼직한 웃음을 지은 뒤, 돌아서 있는 예마의 어깨를 툭 두드렸다.

"어이, 예마! 자네의 삼첨도三尖刀는 녹슬지 않았겠지?"

"언제라도 쓸 수 있도록 잘 손질해 두었습니다."

"좋았어! 어떤 간 큰 놈들이 우리 마나님의 밤잠을 설치게 만들었는지 확인하러 가세."

예마를 앞세워 방을 나가는 민파대릉의 걸음걸이는 꽃구경이라도 나서는 사람처럼 경쾌해 보였다. 필시 자신의 뒷모습에 고정되었을 아내의 시선을 의식했기 때문이리라.

(3)

전공戰功을 내세울 요량으로 수보守甫의 수급을 허리에 찬 게 화근이었다. 그 수급이 한 사람의 눈을 확 돌아가게 만들었기 때문이다. 그 사람은 다름 아닌 신응대주 용소. 글방 선생처럼 점잖아 보이는 평소 품행은 어디로 가 버렸는지, 지금 이 순간의 용소는 광마대주 지마한도 울고 갈 만큼 흉포하게 변해 있었다.

그 흉포함이 체항을 궁지로 몰고 갔다.

"이야아압!"

정수리까지 오싹해지는 우렁찬 기합과 함께 반석도 쪼개 버릴 듯한 무시무시한 도격이 체항을 향해 떨어졌다. 피할 기회를 놓친 이상, 죽기 싫으면 막을 도리밖에 없었다.

쩡!

묵직한 금속성과 함께 체항의 발목이 진창 속으로 푹 파묻혔다. 몸집도 그리 크지 않은 놈이 어찌 이리 힘이 좋단 말인가! 도끼를 움켜쥔 두 팔이 수전증에 걸린 것처럼 와들와들 떨렸다. 하지만 팔이 저리다 하여 놀리고 있을 겨를은 없었다. 용소의 반월도가 그것을 허락하지 않았다.

체항은 흉부를 비스듬히 갈라 오는 반월도를 도끼로 힘껏 밀어내는 한편, 그의 장기인 민첩한 경신술을 발휘해 신형을 뒤로 물렸다. 허리에서 덜렁거리는 수급이 유난히 무겁게 느껴졌다. 허리띠에 묶어 둔 수보의 머리카락을 잘라 버리고픈 마음이 굴뚝같았지만, 그럴 여유조차 없었다.

"쥐새끼처럼 도망만 다닐 셈이냐?"

용소가 노호를 터뜨리며 체항에게 달려들었다. 하단으로 내려온 손목을 뒤집으며 반월도를 힘차게 올려치자, 탕탕한 도기에 휘말린 빗방울들이 하늘을 향해 솟구쳤다.

최소한 한 호흡은 돌릴 여유가 있으리라 기대하던 체항은 기절초풍 놀라 허리를 젖혔다. 싸악, 소리와 함께 매운 칼바람이 콧잔등을 스쳐 올라갔다. 조금만 더 꾸물댔다면 머리통이 갈라질 뻔한 상황이었다.

"수보 장로의 원수를 갚아 주마!"

체항을 노리는 용소의 칼춤은 멈추지 않았다. 핏발이 곤두선 그의 두 눈은 이 지칠 줄 모르는 공세가 분노에서 연유되었음을 말해 주고 있었다.

"우리가 거들겠소!"

빗줄기를 뚫고 나타난 두 자루 혼원패混元牌가 용소를 양쪽에서 압박해 갔다. 왕풍호의 심복이었던 축씨 형제가 체항을 도와나선 것이다.

좌우 양 방향으로부터 교묘한 배합을 이루며 날아든 축씨 형제의 합공에 용소는 더 이상 체항을 물고 늘어지지 못하게 되었다. 용소의 두 눈에 사나운 광망이 번뜩였다.

"배은망덕한 한족의 개새끼들!"

쩌렁쩌렁한 노갈과 함께 용소의 몸이 그 자리에서 팽이처럼 맴돌았다. 수십 줄기의 백광이 팔방으로 회오리쳐 나가며 반경 일 장의 공간을 세차게 휩쓸었다.

차차창!

축씨 형제는 술에 취한 사람처럼 비틀거리며 뒷걸음질을 쳤다. 그들이 얼굴 앞으로 치켜든 혼원패의 네모진 패면牌面은 쥐에 쏠린 나무 기둥처럼 너덜너덜하게 헐려 있었다. 반월도에 실린 패도적인 경력을 감당하지 못한 까닭이었다.

축씨 형제의 방어선이 뚫리기가 무섭게 용소는 재차 체항을 향해 몸을 날렸다. 만사를 젖혀 두고라도 체항만큼은 반드시 죽이겠노라 결심한 듯, 낭패한 신색으로 격퇴된 축씨 형제에겐 눈길조차 돌리지 않았다. 꽉 다문 입술엔 마귀가 내리고 번뜩이는 칼날엔 지옥이 꿈틀거리니, 실로 만부막적의 신위라. 그가 왜 뇌문삼대의 세 대주 중 첫 번째로 꼽히는지 여실히 보여 주는 대목이라 아니할 수 없었다.

이게 아닌데. 왜 이렇게 되었을까?

체항은 용소를 피해 필사적으로 달아나면서도, 상황을 이 지경으로 이끌고 간 근본적인 원인을 되짚어 보지 않을 수 없었다.

서웅각의 중원인들을 이끌고 민파대릉 측의 요인들을 암암리에 제거한다는 계획은 때마침 쏟아진 장대비의 도움까지 입어 순조롭게 진행되는 듯했다. 성의 북쪽 일대에 설치된 초소 세 군데를 함락하고 그 구역 내에 기거하는 장로 수보를 죽일 때까지만 해도 분명 그랬다.

다른 놈이 집어 가면 큰일 날세라, 어제까지만 해도 친구처럼 지내던 수보의 수급을 허리에 단단히 붙들어 매며 체항은 웃음을 감추지 못했다. 이런 추세라면 용소를 제거하는 일도 그리 어렵지 않을 것 같았다.

사실 서웅각의 중원인들만으로 용소를 상대한다는 것은 그리 달갑지 않은 일이었다. 용소로 말할 것 같은 뇌문 최강의 전투집단인 신응대의 수장이었다. 그런 용소가 경계령이 떨어진 첫날 밤 병장을 풀고 곤히 잠들어 있어 주기를 바란다면 그것은 지나친 욕심이 아닐 수 없었다. 용소는 고사하고 그 휘하 부대 주급인 팔응八鷹의 하나조차도 반드시 이긴다고 장담할 수 없는 체항이기에 꺼리는 마음부터 일어난 것도 당연한 일이었다.

그런데 기습의 효과는 기대 이상이었다. 초소를 파죽의 기세로 함락하고 수보의 수급마저 손쉽게 취한 체항은, '이만하면 용소라도 해볼 만하지 않을까?'라는 기대를 품게 되었고, 그러한 기대는 용소의 거처인 북현당北玄堂의 담을 넘을 때까지도 고스란히 남아 있었다.

바로 그때 폭음이 울렸다. 멀리 서쪽 어딘가에서 울린 그 밉살스러운 폭음은 체항의 기대를 일거에 무너뜨렸다. 폭음이 울리기 이전의 상황을 순풍에 돛 단 것에 비견한다면, 그 이후의 상황은 폭풍우 치는 바다에 버려진 일엽편주의 신세랄까.

완전 무장한 용소가 팔응 중 여섯을 거느린 채 북현당의 문을 박차고 뛰어나오는 광경을 목격했을 때, 체항은 자신이 품었던 기대가 얼마나 허황된 것이었는지를 깨닫게 되었다.

깡!

도끼날의 일부가 마침내 반월도의 역도를 견디지 못하고 깨져 버렸다. 반월도는 거기서 멈추지 않고 체항의 오른쪽 팔뚝에 큼직한 상처를 새겨 놓았다. 체항 같은 소인배가 전의를 내던지기엔 충분한 상처였다.

체항은 다친 팔을 늘어뜨린 채로 허겁지겁 물러났다.

"이, 이보게, 용소! 우리 협상을 하세!"

다급하게 터져 나온 체항의 외침에 용소의 반월도가 우뚝 멈췄다.

"협상?"

"그래, 협상! 만일 우리가 죽기 살기로 덤빈다면 자네들도 온전하지는 못할 게 아닌가? 무의미한 소모전은 이쯤에서 그만두기로 하세."

용소는 냉소를 친 뒤 한 사람을 호명했다.

"찬파燦巴!"

팔웅의 대형인 찬파가 용소의 후방 어딘가에서 대답했다.

"예!"

"자네들이 죽인 중원의 개새끼가 모두 몇 마리인가?"

"일곱 마리입니다."

"우리 측 손실은?"

"다섯째와 여덟째가 각각 옆구리와 허벅지를 다쳤습니다만 운신에는 큰 지장이 없을 듯합니다."

체항의 얼굴이 휴지처럼 구겨졌다. 세 불리라는 것은 알고 있었지만, 불과 반 각 사이에 상황이 이 지경까지 악화되리라곤 생각하지 못한 탓이었다. 용소의 냉소가 더욱 짙어졌다.

"무의미한 소모전이라 하기엔 너무 일방적이지 않은가? 죽기 살기로 덤빈다는 말이 별로 무섭게 들리지 않는군."

"서로 모르고 지내던 처지도 아닌데 이렇게까지 심하게 나올 필요가 있는가? 싸울 사람이 없는 것도 아닌데 왜 굳이 나와 싸우려 하는가? 자네 선친과 내가 얼마나 각별한 사이인지 잘 알지 않은가?"

체항이 이번에는 뻔뻔함을 무릅쓰고 구정舊情에 호소해 보려 했지만, 용소로부터 되돌아온 것은 코웃음뿐이었다.

"그런 말을 듣기엔 네 허리에 매달린 수보 장로의 머리가 너무 측은해지는군. 모르고 지내는 처지라 그런 대접을 해 드렸나?"

체항은 말문이 막혔다. 아무리 전공에 눈이 어두웠기로서니 동족의 머리통을 매달고 다닌 것은 너무 심한 처사였다는 후회가 밀려들었다.

"구차한 이야기는 그만두자꾸나. 한솥밥을 먹은 정리를 생각해 단번에 머리통을 날려 주마."

이 말이 끝나기가 무섭게 용소의 반월도가 빗줄기를 가르며 체항의 목으로 날아들었다.

"흐익!"

고개를 깊이 숙여 머리통이 날아가는 비극만큼은 가까스로 모면한 체항은, 앉은뱅이 맴돌듯 팔을 크게 휘돌려 날이 깨진 도끼를 용소에게 던졌다. 그러고는 결과를 살피려 하지도 않고 걸음아 나 살려라 달아나 버리니, 일문의 장로가 한 것이라고는 믿기 어려운 이 졸렬한 행동에 용소로서는 그저 어처구니없을 따름이었다.

"이 더러운……!"

날아온 도끼를 간단히 걷어 낸 용소는 노성을 터뜨리며 체항을 추격하기 시작했다.

체통과 맞바꾼 소중한 시간을 체항은 결코 허투루 사용하지 않았다. 경신술 하나만큼은 용소보다 낫다고 자부하는 그인지라 부지런히 발을 놀린다면 목숨을 부지하기란 그리 어려운 일이 아닐 것 같았다. 그러나 이조차 뜻대로 되지 않았다. 땅바닥에 엎어져 있던 누군가에게 발목을 잡히는 바람에 진창에 얼굴을 처박고 만 것이다.

"나 좀 살려 줘……."

체항의 발목이 유일한 구명줄이라도 되는 양 악착같이 움켜잡은 채 검은 피를 줄줄 게워 내는 입으로도 필사적으로 애원하는 사람은 서응각의 중원인들 중 하나인 상일석尙溢石이었다. 두 손의 장력이 마치 대포 같다 하여 쌍포수雙砲手란 별명을 얻은 그였지만, 한 팔이 달아난 오늘 이후로는 기껏해야 독포수獨砲手라는 별명밖에 듣지 못할 것 같았다.

"놔! 놔라!"

체항은 자유로운 발 하나를 마구 내질러 상일석의 얼굴을 걷어찼다. 얼굴이 형편없이 뭉개진 상일석이 더 이상 견디지 못하고 발목을 놓자, 체항은 사지를 개처럼 놀려 진창을 기기 시작했다.

하지만 미처 일 장을 기기도 전, 체항은 다시금 질척한 흙탕에 얼굴을 처박고 말았다. 누군가 무서운 힘으로 그의 뒤통수를 짓밟았기 때문이다.

쿨럭! 쿨럭!

숨넘어갈 듯 기침을 해 대며 입으로 들어온 흙물을 토해 내는 체항의 코앞에 시퍼런 칼날이 불쑥 들이밀어졌다. 체항의 기침이 거짓말처럼 그쳤다.

"추하구나. 차마 입에 담기도 부끄러울 정도로."

반월도를 아래로 들이민 채 씁쓸하게 중얼거리는 사람은 다름 아닌 용소였다.

"요, 용소, 우리 이럴 게 아니라 말로 하세."

눈알을 데굴데굴 굴리던 체항은, 지옥에 떨어져 구원을 갈구하는 축생처럼 왼손을 슬그머니 용소에게 내밀었다. 하지만 머리 위로 떨어진 용소의 싸늘한 목소리는 반쯤 펴진 그의 팔을 움츠러들게 만들었다.

"손모가지가 잘리고 싶지 않다면 허튼수작 부리지 마라!"

체항의 얼굴이 일그러졌다. 그의 왼쪽 팔목에는 독무毒霧를 뿜어낼 수 있는 악독한 기관이 부착되어 있었다. 본디 이런 종류의 분무형噴霧形 암기는 폭우와 상극인 탓에 이제껏 사용하지 않고 있었던 것인데, 이젠 마지막 기회마저 사라져 버린 것이다.

모든 수단이 거세된 체항에게 남겨진 유일한 길은 애걸뿐이었다.

"살려 주게! 따지고 보면 나도 피해자야! 난 그저 아리수가 시킨 대로 한 죄밖에 없네!"

체항은 진창에 이마를 철벅철벅 박으며 목숨을 구걸했다. 용소의 두 눈이 맹수의 그것처럼 번뜩였다.

"역시 아리수였군! 어리석은 놈, 문주님께서 그토록 아껴 주셨건만."

"맞아! 문주님의 은덕을 배신한 자는 아리수라네. 그자의 협박을 이기지 못해 그만……."

"닥쳐라!"

용소는 반월도를 앞으로 쑥 들이밀었다. 그 바람에 코끝이 조금 잘려 나갔지만, 공포에 질린 체항은 아프다는 시늉도 변변히 내지 못했다. 용소는 그런 체항을 내려다보다가 반월도를 천천히 치켜 올렸다.

사색이 된 체항은 전신을 와들와들 떨다가 갑자기 무슨 생각이 떠오른 듯, 고개를 발딱 치켜세웠다.

"요, 용소, 나는 한 가지 중요한 비밀을 알고 있네!"

체항을 향해 막 떨어지려던 반월도가 주춤 멈췄다. 이를 본 체항이 더욱 소리 높여 외쳤다.

"문주와 대장로를 제외하곤 아무도 모르는 비밀이지! 나를 살려 주면 그 비밀을 알려 주겠네!"

용소는 체항을 노려보다가 탄식을 터뜨렸다.

"마지막 순간까지도 가증스럽구나. 간교한 늙은 것아, 똑똑히 들어라. 나는 세상 누구보다도 문주님을 믿는다. 문주님께서 내게 숨기신 게 있다면 반드시 그럴 만한 이유가 있을 터. 네가 말한다 해도 나는 귀를 막을 것이다."

체항은 절망했다. 이 고지식한 충신에겐 어떤 수작도 통하지 않는 것이다.

"약속대로 단칼에 끝내 주마. 저승에 가거든 수보 장로께 꼭 사죄드리도록 해라."

용소가 반월도를 고쳐 쥐며 선언했다. 이제 체항에게 있어서 더 이상의 활로란 존재하지 않는 것 같았다.

그러나 하늘의 이치란 게 언제나 충신을 사랑하고 간신을 증오하는 것은 아니었다.

체항의 숨통을 끊으려던 용소의 반월도를 또다시 멈추게 만든 것은 공처럼 동그란 물체였다. 그것은 흙탕물을 찰박찰박 튀기며 굴러와 용소의 발치에서 멈췄다. 그것을 내려다본 용소는 두 눈을 부릅뜨고 말았다.

"기사득祈巳得?"

기사득은 이곳 북현당에 머물지 않는 두 명의 팔옹 중 하나였다. 나이로 따지면 네 번째에 불과하지만 무공 방면으로는 첫

째인 찬파조차도 한 수 뒤짐을 자인하는 청년 고수 기사득. 말하기 좋아하는 사람들은 이들 둘에 팔응의 셋째 오란차烏丹差를 더하여, '지혜출중知慧出衆 찬파, 담력무쌍膽力無雙 오란차, 공부기특功夫奇特 기사득'이라 칭송하기를 아끼지 않았다.

그래서 용소는 경계령이 떨어지고 처음으로 맞이하는 밤, 성 밖 관문의 수비는 담력이 큰 오란차에게, 신응대 본진의 사령司令은 무공이 고강한 기사득에게 맡긴 뒤, 침착하고 사려 깊은 찬파와 팔응의 나머지를 이끌고 거처인 북현당에서 향후의 계획을 의논했던 것이다.

그런데 기사득이, 이곳에서 제법 멀리 떨어진 신응대 본진에서 숙직을 서고 있어야 할 그 공부기특한 기사득이, 목 아래는 어디로 가고 머리통만 남아 더러운 진창을 데굴데굴 굴러온 것이다. 제아무리 철담을 자랑하는 용소라 할지라도 어찌 경악하지 않겠는가.

그 경악이 채 가시기도 전, 누군가 내지른 비명이 빗소리를 뚫고 용소의 고막으로 파고들었다. 용소의 안색이 또 한 번 크게 변했다. 그 비명이 팔응의 일곱째인 야돈륭冶沌隆의 것처럼 들렸기 때문이다.

반사적으로 고개를 돌린 용소의 시선 속으로 하나둘씩 쓰러지는 팔응의 모습이 들어왔다.

그들을 쓰러뜨리고 있는 흉수는 믿을 수 없게도 단 한 사람이었다. 흉수가 무희의 그것처럼 넓은 소매를 펄럭일 때마다 금빛 광채가 어둠을 가르고, 그 광채의 끝이 위치한 곳에선 어김없이 하나의 목숨이 스러지고 마는 것이었다.

금빛 광채의 마수는 멈출 줄 몰랐다. 외문공력에는 자신이 있다던 둘째 합아술合阿述이 목을 부여잡고 무릎을 꿇었다. 다친 다리를 절룩거리며 물러나던 막내 팔발(捌拔)이 진창에 얼굴을 묻었다. 믿었던 찬파마저 미간이 뚫린 채 뒤로 넘어가는 광경을 목격했을 때, 용소는 솟구치는 비탄과 울분을 참지 못하고 그 악랄한 흉수를 향해 몸을 날렸다. 아니, 날리려고 했다.

그런데 어깨 너머로부터 밀려든 매서운 파공성이 용소의 발길을 붙잡았다. 단지 듣는 것만으로도 알 수 있었다. 그것은 피를 부르는 파공성, 목숨을 노리는 파공성이었다. 용소는 상체를 반 바퀴 회전하며 반월도를 빠르게 내리찍었다.

팡! 파파팡!

도신을 통해 괴이한 충격파가 연속해서 전달되어 왔다. 파동의 강도가 빠르게 증가하는 것이, 뭔가 탄력적인 물체가 도신을 휘감으며 손잡이 쪽으로 밀려오는 느낌이었다. 무인으로서의 본능이 그 물체가 손잡이에 이르도록 놔두면 안 된다고 경고하고 있었다.

"이익!"

용소는 기합을 내지르며 반월도를 쥔 오른손 손목을 돌렸다. 단지 손목을 돌린 것에서 그치지 않고 팔꿈치와 어깨 그리고 허리로 이어지는 관절들을 순차적으로 돌리니, 모든 회전의 정점에 해당하는 반월도는 허공의 한 곳에 고정된 채 무서운 기세로 맴돌기 시작했다. 그 형상이 흡사 악어가 먹이를 물어뜯는 모습을 닮았다 하여 타어전악(鼉魚轉顎)이라 이름 붙인 이 수법에, 도신을 휘감으며 밀려오던 물체는 반월도의 손잡이에 이르지 못한 채 튕겨 나갔다.

용소의 눈썹이 꿈틀거렸다.

'채찍?'

빗줄기 가득한 야공에 현란한 호선을 그리며 시전자에게 되돌아가는 물체의 정체는 검은 윤기가 자르르 흐르는 일 장 반 길이의 연편軟鞭이었다. 용소가 기억하는 한 뇌문에 저런 연편 을 병기로 사용하는 사람은 존재하지 않았다. 비각에서 온 손님 중에 연편을 귀신처럼 사용하는 여마두가 끼어 있었다는 사실 을 떠올린 것은 다음 순간의 일이었다.

그렇다면 팔웅을 쓰러뜨린 넓은 소매의 흉수도?

"비각도 한패였구나!"

용소는 전신의 피가 거꾸로 솟구치는 듯한 분노에 휩싸인 채 연편을 회수하는 여마두를 향해 몸을 날렸다. 실핏줄이 튀어나 오도록 꽉 움켜쥔 반월도로 물이끼처럼 푸르스름한 기운이 어 렸다. 극한까지 끌어 올린 도기로써 저 가증스러운 배덕의 무리 를 썩은 동아줄처럼 토막 낼 작정인 것이다.

바로 그때, 한 줄기 맵싸한 냄새와 함께 용소의 전면으로 시 커먼 암흑이 확 덮쳐 왔다. 그것은 자야의 칠흑 같은 어둠 속에 서도 제 기능을 잃지 않던 용소의 시각을 한순간에 앗아 가 버 렸다. 그 암흑이 무엇으로부터 비롯되었는지는 금방 밝혀졌다.

"존장을 몰라보는 되바라진 놈아! 어르신네의 독무 맛이 어 떠냐! 으헤헤!"

아뿔싸!

발아래 웅크리고 있던 체항이 왼팔에 장치한 암기로 독무를 쏜 것이다. 빗줄기가 아무리 거세다 할지라도, 이처럼 가까운 거리에서 발사된 독무의 효과는 무시할 수 없었다. 수하들의 죽 음에 분노한 나머지 체항의 존재를 잊어버린 것이 치명적인 실 수였다.

"교활한 늙은이!"

용소는 허리를 크게 틀어 체항이 있던 자리를 반월도로 내리찍었다. 극한으로 끌어 올린 도기가 팡, 소리를 내며 그 자리를 휩쓸었다. 그러나 도기가 가른 것은 빗물 고인 땅바닥에 지나지 않았다. 여우처럼 교활한 체항은 용소의 눈을 멀게 한 직후, 그 자리를 벗어난 것이다.

취리리!

방울뱀의 혓소리 같은 파공성과 함께 새까만 연편이 용소를 향해 날아들었다. 당황한 용소가 반월도를 어지러이 휘둘렀지만, 청맹과니의 마구잡이식 칼질로 막아 내기엔 연편에 담긴 변화가 너무나도 현란했다.

"큭!"

반월도의 방어막을 간단히 뚫은 연편이 용소의 목에 정확히 휘감겼다. 단지 감기는 기세만으로도 핏물이 튀고 살점이 떨어져 나갈 지경인데, 편신鞭身을 타고 전달되어 온 괴이한 경파가 두꺼운 근육 밑에 감춰진 경추에 무서운 진동을 가해 왔다. 검은 피를 흘리는 용소의 눈알이 얼굴 밖으로 툭 불거졌다.

"으헤헤! 잘난 체는 혼자 다 하더니만 꼴좋게 되었다!"

체항이 고소해 죽겠다며 웃고 있었다. 저 더러운 늙은이를 그대로 놔두고선 죽어도 눈을 감을 수 없을 것만 같았다. 용소는 최후의 기력을 짜내어 웃음소리가 들린 방향으로 반월도를 집어 던졌다.

다음 순간, 용소의 몸이 허공으로 둥실 떠올랐다. 암흑에 잡아먹힌 하늘과 땅이 그의 감각 속에서 거꾸로 뒤집혔다. 그러고는 추락.

쿵!

정수리에 강렬한 충격이 작렬했다. 그 충격은, 연편으로부터 가해진 진동으로 말미암아 마른 가지처럼 연약해진 용소의 경추를 단번에 으스러뜨렸다.

지마한과 더불어 뇌문을 떠받치는 양대 기둥으로 칭송받던 용소의 최후였다.

얼굴 전면을 뒤덮은 머리카락이 빗물과 함께 입으로 흘러들어 왔지만 체항은 벌어진 입을 좀처럼 다물지 못했다.

꼭지가 서늘했다. 머리카락을 잡아 맨 상투 두 개가 용소가 던진 반월도에 잘려 나간 탓이었다. 만일 반월도가 도중에 방향을 틀지 않았다면 날아간 것은 그저 상투 두 개가 아니라 그의 머리통이었을 것이다.

물론 반월도가 체항을 어여삐 여겨 스스로 방향을 틀었을 리는 없었다. 쏜살같이 날아오는 반월도의 손잡이를 맞춰 진로를 바꾸게 만든 것은 둥글납작한 금빛 동전 한 개였다. 그 고마운 금빛 동전은 지금 이 순간 체항의 발치에 떨어져 있었다.

넋이 빠져 있는 체항의 앞으로 한 사람이 다가왔다. 팔웅의 목숨을 주머니의 물건 꺼내듯 간단히 취해 가던 바로 그 넓은 소매의 주인이었다.

그 사람이 허리를 굽혀 땅에 떨어진 금전을 주울 무렵에 이르러서야 비로소 체항은 벌린 입을 다물 수 있었다. 체항은 그 사람을 향해 머리를 거듭 조아렸다.

"고맙소이다! 고맙소이다!"

그 사람이 허리를 펴고 체항을 향해 돌아섰다. 평범한 체격에 수더분한 외모를 지닌 초로인. 사천의 당씨唐氏들도 한 수 접어준다는 암기술의 달인 허봉담이었다.

체항을 바라보는 허봉담의 표정은 그리 밝지 못했다. 체항 같은 소인배를 구하기 위해 용소라는 걸출한 장부를 죽이는 일을 거들었으니 마음이 편할 리 없는 것이다. 하지만 그런 마음을 드러낼 수는 없는 노릇이라 허봉담은 억지로 웃음을 지었다.

"한편끼리 돕는 것은 사례받을 일이 아니오. 장로께서는 너무 예의를 차리지 마시오."

체항은 얼굴이 조금 붉어졌다. 아까 살려 달라 애원하는 상일석을 매정하게 뿌리친 일이 떠올랐기 때문이다.

머쓱한 마음에 주위를 둘러보니, 두 발로 서 있는 사람은 손에 꼽을 지경이었다. 무공이 제법 고강한 축에 속하는 축씨 형제를 제외하면 서웅각의 중원인들은 하나도 빠짐없이 진창에 나자빠져 있었고, 그 점은 그들을 그렇게 만든 팔웅도 마찬가지였다.

무질서하게 널린 시신들 속에서 대리석으로 깎아 놓은 듯 오연히 서 있는 미녀 한 사람이 있었다. 그 무섭던 용소를 개구쟁이 손에 걸린 개구리처럼 거꾸로 패대기쳐 죽여 버린 무시무시한 연편의 소유자, 바로 진금영이었다.

체항은 혀를 내두를 수밖에 없었다. 비각의 힘은 정녕 무서웠다. 그토록 절망적이던 전세를 단 두 사람만으로 순식간에 뒤집어 버릴 만큼. 그는 두근거리는 가슴을 진정시키며 허봉담에게 물었다.

"아까 보니 기사득이란 놈의 머리통이 굴러다니던데 어찌 된 영문이오?"

"우리는 자정과 동시에 신응대의 본진을 급습했소."

체항의 눈이 휘둥그레졌다.

"하면, 신응대의 본진이 벌써 함락되었단 말이오?"

허봉담은 대수롭지 않다는 듯이 대답했다.

"앞서 아리수 공이 신응대의 야식에 산공독散功毒을 풀어 놓은 터라 일을 성사시키는 데 큰 어려움은 없었소. 우두머리인 듯한 자의 수급은 진 비영께서 취했고, 남은 조무래기들은 아리수 공의 수하들에 의해 모조리 결박되었소."

"아무리 사전 공작이 있었기로서니 두 분의 공력이 초절하지 않다면 어찌 난공불락으로 이름 높은 신응대의 본진을 함락시킬 수 있었겠소? 이 보잘것없는 늙은이는 두 분의 신위에 오직 감탄할 따름이오."

체항은 침을 튀기며 보비위에 열을 올렸다.

그때 진금영이 두 사람 쪽으로 다가왔다. 빗물에 젖어 생생히 드러나는 몸매는 체항 같은 늙은이도 후끈 달아오르게 만들 정도로 고혹적이었다.

"장로께 한 가지 묻고 싶은 것이 있는데 대답해 주시겠어요?"

교염한 자태와는 달리 얼음장처럼 싸늘한 목소리였다.

"뭐든지 물어보시오. 이 늙은이가 아는 것이라면 기꺼이 대답해 드리리다."

감히 똑바로 쳐다보지도 못하고 꾸물꾸물 대답하는 체항과는 달리 진금영의 시선은 그에게 똑바로 고정되어 있었다.   .

"중요한 비밀을 알고 있다고 하시던데 그게 대체 뭐죠?"

체항은 어깨를 움찔 떨었다. 진금영이 그 얘기를 들었으리라고는 생각지 못한 것이다. 이는 비각의 두 사람이 최소 그 시점 전에 당도해 있었음을 의미했다. 그렇다면 관망만 하던 두 사람이 굳이 전장에 뛰어들어 그를 구해 준 의도도 오로지 순수하지만은 않다는 뜻이었다. 그는 안색을 고쳐 능청을 떨었다.

"헤헤, 나 같은 하찮은 늙은이가 무슨 대단한 비밀을 알겠소. 급한 마음에 시간을 끌어 보고자 꺼낸 소리에 불과하니 마음에 담아 두지 마시오."

진금영의 눈초리에 칼날 같은 기운이 어렸다.

"우리는 장로를 동료라고 생각하는데, 장로의 생각은 다르신 모양이군요."

체항은 펄쩍 뛰며 두 손을 내저었다.

"노부가 어찌 감히 그런 망령된 생각을 품겠소. 하지만 없는 비밀을 만들어 낼 수는 없는 일 아니겠소?"

진금영은 싸늘하게 코웃음을 쳤지만, 수하도 아닌 체항을 닦달할 수는 없었던지 더는 언급하지 않았다. 그녀가 더 이상 추궁하지 않자 체항은 안도의 한숨을 내쉬었다. 마음이 놓이자 할 일이 생각났다. 그는 몇 발짝 떨어진 곳에 있는 용소의 시신 쪽으로 다가갔다.

"으헤헤! 네놈에게도 이런 날이 올 줄은 미처 몰랐을 게다."

용소의 시신은 체항의 발길에 채어 더러운 진창을 뒹굴었다. 한 번 발길질로는 분이 풀리지 않았던지 체항은 두세 차례 더 용소의 몸뚱이를 걷어차더니, 품에서 비수 한 자루를 꺼내 들었다.

"수보 놈이 그렇게 좋더냐? 머리통을 예쁘게 잘라 존경해 마지않던 수보 놈과 함께 매달아 주마."

호랑이가 죽어 개새끼에 농락당하는 형국이라, 먼발치서 지켜보고 있던 허봉담은 자신도 모르게 주먹을 불끈 쥐고 말았다. 하지만 그는 나이에 걸맞게 노회한 사람이었다.

'금가 놈이라면 참지 못했겠지.'

허봉담은 이렇게 생각하며 움켜쥔 주먹을 슬그머니 풀었다. 살아생전 제대로 섬기지 못한 부모, 죽은 뒤 귀한 침향목沈香木으로 관을 짜 봤자 아무 소용 없는 짓이다. 우의를 배신하고 용

소를 죽이는 일에 동참한 자신이 시신을 보존해 준답시고 나
선다면, 그 또한 가증스러운 짓.

결국 용사의 수급은 진흙에 뒤범벅이 된 채 소인배의 허리에
매달리게 되었다. 체항은 전공이 쌓이는 것이 못내 기껍다는
양, 허리춤의 좌우의 수급 두 개를 번갈아 바라보며 입을 다물
지 못했다. 더 이상 두고 볼 수 없었던지 진금영은 찬바람이 일
도록 몸을 돌려 성 중심부를 향해 걸음을 옮겼고, 허봉담 또한
심중의 울울함을 걸쭉한 가래침에 섞어 뱉어 버리곤 그녀의 뒤
를 좇았다.

"어? 같이 갑시다!"

두 사람으로부터 떨어지면 큰일이라도 난다는 양, 체항은 허
리춤의 수급들을 덜렁거리며 경박한 걸음으로 따라붙었다.

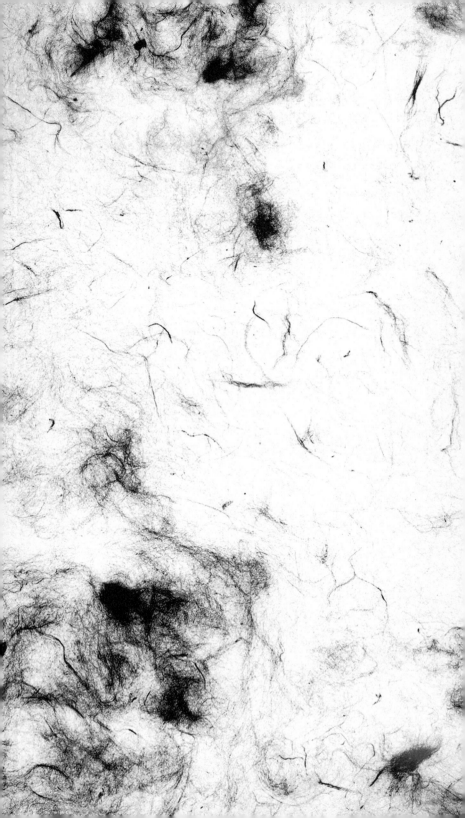

자야子夜 (二)

(1)

"내가 하겠수."

"……."

"아, 내가 한다니까!"

"모조리 때려잡는다고 해결될 일이 아닐세. 나중에 원만히 수습하기 위해선 민파대령 측과 화기和氣를 상하지 않도록 조심해야 하네. 그런데도 자네가 하겠다고?"

"애들 들으면 이 아우가 괜히 사람이나 때려잡고 다니는 개백정인 줄 알겠수. 나도 알고 보면 사교적인 사람이우."

"사, 사교적?"

"그렇수. 하여튼 간에 관문을 부수는 일은 이 아우가 애들 몇 데리고 가서 해 보이겠수. 아우에겐 서, 성동聲東…… 뭐라는 묘계가 있으니 형님은 그냥 구경이나 하시구려.”

“이보게, 석산이!”

다급함이 그대로 드러난 목소리. 그러나 성동 뭐라는 묘계의 주인공은 이미 몸을 돌려 다른 사람을 부르고 있었다.

“어이, 오 천호! 오 천호가 여진 말을 좀 한다고 했지? 뭐 한 가지 물을 테니 알면 대답해 줘.”

담력이 큰 사람은 웬만한 일에 흔들리지 않는다. ‘담력무쌍’ 이란 구절로 대변되는 신응대 팔웅의 셋째 오란차가 바로 그런 사람이었다.

오란차의 담력이 얼마나 대단한가 보여 주는 일화 하나. 한 번은 익살스럽기로 유명한 팔웅의 막내 팔발이 그의 등 뒤에다가 새를 쫓을 때 쓰는 공포空砲를 터뜨린 적이 있었다. 보통 사람은 기절초풍하고도 남을 굉장한 폭음이 울렸지만, 그의 반응은 덤덤하기만 했다. 폭음의 여운이 모두 가신 뒤에야 천천히 고개를 돌린 그는 두 손으로 귀를 막고 있던 팔발에게 “지금 나 불렀니?”라고 물었다 하니, 귀가 특별히 어두운 게 아닌 다음에야 참으로 어처구니없을 만큼 담대한 사내라 아니할 수 없었다.

등 뒤에서 터진 공포에도 그렇게 덤덤할진대, 산자락 건너 눈에 보이지도 않는 서쪽 능선에서 울린 시원찮은 폭음 따위에 어찌 경동하겠는가. 그래서 오란차는, 무슨 변고가 생긴 것 같으니 속히 성으로 귀환하자는 주위의 진언에도 불구하고, “다른 곳에서 벌어진 일은 다른 곳에 있는 사람들이 알아서 처리할 터. 우리는 이 관문만 사수하면 된다.”라고 덤덤하게 말할 수 있었다.

윗마을에 도적이 들었다 하여 아랫마을을 지키는 장정까지 동원한다면 그것이야말로 우부의 용병술. 주위가 어수선할수록 소임에 철저해야 하는 것이 난군亂軍을 피하는 요결이었다. 담대무쌍 오란차는 이미 그 요결을 터득하고 있었던 것이다.

그러나 그런 오란차도 짐작하지 못한 일이 있었다.

어깨에 도롱이를 걸친 대머리 흉물 하나가 산 아래 어둠을 뚫고 나타나더니, 관문 앞에 이르러 저따위 소리를 질러 댈 줄 어찌 짐작했겠는가!

"비켜!"

벌써 세 번째였다. 아는 말이라곤 그 단어 하나밖에 없는지, 굳게 잠긴 관문에다 대고 "열어!"도 아닌 "비켜!"만을 연발하고 있는 것이다. 오란차가 망루에서 내려다보니 정말로 사나운 상판이었다. 빗물이 줄줄 흘러내리는 대머리로 인해 더욱 사납게 보이는지도 몰랐다.

그래도 쓰는 말이 여진어인지라, 한 섬 사는 사람일지도 모른다고 생각한 오란차가 물었다.

"어디 사는 누구냐!"

"비켜!"

"이곳은 문주님의 명에 의해 통제되는 관문이다. 소속을 밝히고 통관패通關牌를 제시하라!"

"비켜!"

오란차는 피식 웃으며 주위를 향해 말했다.

"당최 말이 안 통하는 놈이다. 쇠침이나 한 대 놔 줘라."

수하 하나가 아래를 향해 낭아전狼牙箭을 겨눴다. 시위를 퉁기자 아래에서 탁, 하는 소리가 울렸다. 오란차는 눈을 끔뻑였다. 낭아전은 분명히 대머리의 머리통에 명중했건만, 무슨 조화인지 박히지 않고 그냥 튕겨 나간 것이다.

낭아전에 맞은 게 분했던지 대머리는 목책을 올려다보며 씨근덕거렸다. 콧구멍에서 허연 김이 푹푹 뿜어 나오는 것으로 미루어 심화가 승한 체질인 것 같았다.

'대체 어디서 저런 물건이 튀어나왔을까?'

오란차가 고개를 갸웃거리는데 대머리 흉한이 위를 향해 뭐라고 소리쳤다. 여진어는 분명히 아니고, 어조의 높낮이가 자발머리없는 것이 꼭 한족이 쓰는 말 같았다. 마침 낭아전을 쏜 수하가 한어를 알기에 그는 자신의 짐작이 맞는지 확인해 볼 수 있었다.

"한어인가?"

"예."

"뭐라는 거냐?"

"억양이 드세서 정확한지는 모르겠습니다만, '형님만 아니었다면 너희들은 다 뒈졌어.'라고 한 것 같습니다."

"돌대가리에 미친놈이군."

오란차는 망루 아래에 모여 있는 수하 중 한 사람에게 돌멩이 하나를 올려 보내라고 말했다. 눈치 빠른 그 수하는 오란차의 심정을 대변하기에 부족함이 없는 큼직한 돌멩이 하나를 올려 보냈다. 오란차는 대머리의 머리통을 겨냥해 돌멩이를 힘껏 던졌다.

퍽, 소리와 함께 돌멩이가 산산이 부서졌다. 대머리의 머리통은 과연 단단했다. 만일 금강불괴金剛不壞란 게 존재한다면 저 머리통을 가리키는 게 아닐까 하는 생각마저 들 정도였다.

부서진 것은 돌멩이일망정 화난 쪽은 머리통인 것 같았다. 더욱 드세진 콧김이 그 증거였다. 대머리는 어깨에 걸친 도롱이를 벗어 던지더니 오른쪽 주먹을 번쩍 치켜들었다. 그러더니 대성일갈하기를…….

"비켜!"

빡!

관문에 걸린 두꺼운 전나무 빗장이 비명을 지르며 휘어졌다. 대머리의 주먹질 한 방에 아름드리 통나무를 두 겹 엇물려 만든 관문이 들썩거린 것이다. 그 충격이 얼마나 거센지 목책 상단에 설치한 나무 받침대 위에 있던 사람들은 저마다 중심을 잡느라 버둥거려야 했다.

"비켜! 비켜! 비켜!"

빡! 으직! 꽝!

대머리는 두 주먹을 쉴 새 없이 휘둘러 관문을 후려 패기 시작했다. 횟수가 거듭될수록 전나무 빗장이 지르는 비명 소리도 높아 갔으니, 관문 안쪽에 서 있던 신응대 무사들은 다른 생각을 할 겨를도 없이 빗장에 매달릴 수밖에 없었다. 그 모습이 흡사 과자에 달라붙은 개미 떼를 보는 듯했다.

오란차의 얼굴에도 급기야 살기가 떠올랐다. 그는 망루로부터 기세 좋게 몸을 날려 대머리의 등 뒤에 내려섰다. 등에 메고 있던 수레바퀴 반만 한 크기의 음양원앙월陰陽鴛鴦鉞을 양손에 빼 든 순간, 관문을 두드리던 대머리가 그를 향해 몸을 돌렸다.

오란차가 대머리에게 말했다.

"앵무새 같은 놈! 또 한 번 비키라고 해 보지 그러느냐?"

대머리가 오란차에게 말했다.

"비켜!"

"이놈, 정말로 돌대가리구나!"

이 욕을 알아듣기나 한 것일까? 대머리 흉한은 어헝, 소리를 내지르며 오른쪽 주먹으로 오란차의 가슴을 곧게 때려 왔다. 흑

호투심黑虎偷心이라는 유명하고도 흔한 수법이었다.

오란차는 코웃음이 절로 나왔다. 음양원앙월은 근접전에 특별한 묘용이 있는 기문병기였다. 음양원앙월의 시퍼런 칼날이 좌우에서 번뜩이는데 그 사이를 맨 주먹으로 곧게 찔러 들어온다는 것은 바보가 아니고서야 하기 힘든 짓.

그는 대머리 흉한의 주먹이 자신의 가슴에 이르기 전까지 적어도 예닐곱 번은 음양원앙월을 휘두를 자신이 있었고, 이를 주저 없이 실행했다.

텅! 텅! 텅! 텅!

탄력적인 소리가 이어지며 대머리 흉한의 오른팔에서 불똥이 튀었다. 오란차는 어이가 없었다. 불똥이라니! 아침저녁으로 숫돌에 갈아 댄 칼날에 맨살이 부딪치는데 불똥이라니!

음양원앙월로 그토록 두들겨 댔건만 대머리의 주먹에 실린 기세는 조금도 수그러들지 않았다. 오란차는 헛바람을 들이켜며 옆으로 비켜섰다. 덕분에 그 주먹에 가슴을 내주는 일만큼은 가까스로 모면할 수 있었다.

오란차가 피한 것이 의외라는 듯, 대머리는 못생긴 눈썹을 쫑긋거렸다. 하지만 그것도 잠시. 이번에는 두 주먹을 번갈아 내지르며 오란차를 향해 재차 달려들었다. 그 기세가 자못 살벌해 보였다.

오란차는 어금니를 질끈 깨물며 꺼림칙한 마음을 다잡았다. 담대무쌍 오란차가 저따위 돌대가리 대머리에게 겁을 집어먹는다는 것은 있을 수 없는 일이었다.

"차앗!"

오란차는 우렁찬 기합을 내지르며 양손의 음양원앙월을 세차게 휘둘렀다. 그가 평소 자랑으로 여겨 마지않던 건곤난비乾坤亂飛

의 절초가, 대머리가 있는 곳과 대머리가 있을 곳과 심지어는 대머리가 피할 가능성이 있는 곳까지 단번에 휩쓸어 갔다.

그러나 만일 오란차가 대머리의 사람됨을 조금이라도 알았다면 이런 식의 화려한 초식은 펼치지 않았을 것이다. 대머리는 머리 위, 혹은 양옆으로 지나가는 공격에는 눈길조차 돌리지 않았다. 오로지 정면으로 날아든 공격만 주먹과 팔뚝으로 걷어 내며 오란차와의 거리를 줄여 나갔다.

'뭐 이런 게 다 있지?'

대머리로부터 날아든 쇠망치 같은 권격을 몸을 뒹굴다시피 하여 피해 낸 오란차는 혀를 내두르지 않을 수 없었다. 두 합을 나누는 동안 음양원앙월로 두드린 회수만 해도 열 차례가 넘었다. 그런데도 대머리는 신음 한마디 내뱉지 않는 것이다. 아픔을 참는다기보다는 아프지 않아서라는 생각이 점점 강렬해졌다.

"으야압!"

잠시 머뭇거리는 사이, 대머리가 세 번째로 달려들었다. 부릅뜬 고리눈에 쩍 벌린 아가리가 맹수를 보는 기분이었다.

'어디 이래도!'

오란차는 다시 한 번 어금니를 악물고 눈앞으로 확대되어 오는 대머리의 맨송맨송한 머리통을 향해 음양원앙월을 힘껏 내리찍었다. 큰 나무도 단숨에 쪼개 버릴 만한 위력적인 일격이었다.

쩡!

빗물로 번들거리던 대머리의 머리통에 붉은 금이 새겨졌다. 달려오던 대머리의 기세가 주춤 멈췄다. 하지만 그게 전부였다. 대머리는 손바닥으로 정수리를 문지르며 오란차를 째려

보았고, 오란차는 저릿저릿한 손목을 부여잡고 뒷걸음질을 쳐야만 했다.

"우이씨!"

대머리는 험상궂은 얼굴 가득 살기를 띠우더니 오른발로 땅을 쿵쿵 고르기 시작했다. 그러고는 그렇게 다져진 땅에다 발바닥을 버티고 두 무릎을 한껏 구부렸다.

'대체 뭘 하려고?'

다음 순간, 오란차는 자신을 향해 쏜살같이 날아오는 둥근 머리통을 목격할 수 있었다. 머리통이 당한 빚은 머리통으로 갚겠다는 양, 정수리를 앞세우고 손발을 뒤로 한 채 지면과 수평으로 날아오는 대머리의 모습은 흡사 뿔을 앞세우고 달려드는 한 마리 고집불통 염소를 연상케 했다.

이제 완전히 질려 버린 오란차는 옆으로 피할 생각도 못 하고 정신없이 뒷걸음질만 쳤다. 그러다가 관문 전방에 쌓아 올린 통나무 더미에 등이 걸려 멈춰 선 것은, 그에게 있어서 천행이라고밖에 할 수 없을 것이다. 어쩔 수 없어서라도 옆으로 비켜설 수밖에 없었고, 덕분에 일직선으로 날아온 대머리의 머리통 공격으로부터 무사할 수 있었으니 말이다.

오란차를 간발의 차이로 스친 대머리의 머리통이 통나무 더미를 그대로 들이받았다. 통나무 더미가 우르릉 꽝음을 내며 비탈을 따라 굴러 내려가기 시작했다. 본래 그럴 목적으로 마련해 둔 물건이었으니, 비탈 아래는 삽시간에 아수라장이 되어 버렸다.

오란차는 조심스러운 걸음걸이로 통나무가 쌓여 있던 곳으로 다가갔다.

'놈은……?'

오란차는 고개를 빼주룩이 내밀어 비탈 아래를 내려다보았다. 제발 통나무 더미에 휩쓸려 산 아래까지 굴러가 버리길 바랐다. 거죽이 제아무리 단단하다 해도 그렇게 굴러다니다 보면 어느 한 군데는 확실히 망가질 터. 그래 주기만 한다면 담대무쌍 오란차의 무서움을 톡톡히 가르쳐 줄 자신이 있었다.

그러나 대머리로 보이는 그림자 하나가 쑥대밭이 된 비탈을 가로질러 이쪽을 향해 달려 올라오는 광경을 목격했을 때, 오란차는 더 이상 담대무쌍할 수 없게 되었다.

"제기랄!"

오란차는 몸을 돌려 관문을 향해 냅다 달리기 시작했다. 세상에는 담력만으로 상종 못 할 놈도 있었던 것이다.

등 뒤에서 무시무시한 고함이 들렸다. 대머리가 달아나는 그를 향해 뭐라 소리친 모양인데, 알아들을 수도 없거니와 알아듣고 싶지도 않았다.

관문이 몇 발짝 앞까지 가까워졌을 때, 갑자기 관문이 벌컥 열리며 일단의 사람들이 쏟아져 나왔다. 오란차의 얼굴에 반색이 떠올랐다. 충직한 수하들이 상관을 돕기 위해 달려 나오는 것이라 믿었기 때문이다. 그러나 관문으로부터 쏟아져 나온 사람들의 면면은 생판 처음 보는 것이었다.

"어?"

오란차는 뜀박질을 멈추고 반사적으로 싸울 태세를 갖췄다. 하지만 관문에서 달려 나온 사람들은 그의 곁을 그대로 지나치더니, 거품을 물고 달려오는 대머리의 사지에 낙지처럼 쫙쫙 휘감기는 것이었다.

비록 오란차는 알아들을 수 없는 말이지만, 그들은 한목소리로 대머리에게 애걸하고 있었다.

"군장님! 화기! 제발 화기를 잊지 마세요!"

(2)

살갗이 아리도록 퍼붓던 빗줄기도 어느덧 눈에 띄게 가늘어져 있었다. 천지를 뒤흔들던 우렛소리도 이젠 들리지 않았다. 머리 위를 꽉 메우던 두꺼운 비구름도 군데군데 구멍이 뚫려, 그 틈으로 깨끗한 밤하늘이 수줍은 듯 얼굴을 드러내고 있었다.

산길을 오르던 석대원은 화왕성 성벽이 멀리 보이는 곳에서 걸음을 멈추고 다시 한 번 내공을 운전해 보았다. 하단전下丹田에서 기해氣海로 이어지는 혈맥에 뼈근한 통증이 느껴졌다. 통증의 정도는 관문을 떠나기 직전에 시험해 본 것과 거의 다르지 않았다. 그의 표정이 조금 어두워졌다.

'역시 소주천小週天 한 번으로 호전되기를 바란 것이 욕심이었던가?'

그의 몸은 열두 시진 전부터 정상이 아니었다. 고육계를 위해 스스로 복용한 독단 때문이었다. 정상이 아닌 몸으로 혈랑검법을 운용한 것부터가 무리라고 할 텐데 심지어 혈옥수의 위험한 마기까지 끌어 올렸으니, 독 기운을 억제할 수 없는 것이 오히려 당연했다.

하지만 후회하지는 않았다. 아니, 후회하고 말고 할 성질의 일이 아니었다. 호활뇌정검 금청위는 철검 한 자루만으로 한 지방을 웅패雄覇한 일세의 검호였다. 그런 금청위를 상대로, 그것도 성치도 않은 몸으로 승리를 얻어 내는 일이 결코 만만할 리 없었다. 뒷일을 고려하는 여유란 있을 수 없었던 것이다.

하물며 금청위 본인도 석대원이 최선을 다해 상대해 주기를 바라지 않았던가. 생사를 다투는 극한의 순간에도 우정이란 덕목이 존재한다면—석대원은 반드시 존재한다고 믿었다— 석대원에겐 금청위의 요구를 반드시 들어줘야 할 의무가 있었다. 최선을 다해 상대한 것은 의무를 이행한 것에 지나지 않으니 구차한 후회 따위가 남을 리 없었다.

고개를 짧게 흔들어 마음을 가다듬은 석대원은 화왕성을 바라보았다. 어둠 속에 길게 놓인 성벽이 마치 짙은 그늘에 몸을 감춘 거대한 이무기를 연상케 했다. 성문은 굳게 닫혀 있었다. 그리고 보초들이 들어차 있어야 할 망루 위와 여장女墻(성벽 위에 요철을 주어 만든 방어용 엄폐물)의 틈새는 텅 비어 있었다. 경계령이 내린 첫날 밤인데, 성문을 지키는 자들은 대체 어디로 간 걸까?

'이상하군. 너무 조용해.'

석대원은 팔짱을 낀 채 왼 주먹으로 턱을 툭툭 두드렸다. 생각할 것이 있을 때마다 그가 하는 버릇이었다.

금청위를 꺾은 그가 가장 먼저 한 것은 비를 피할 만한 장소를 찾는 일이었다. 고삐 풀린 말처럼 체내를 뛰어다니는 독 기운을 억제하기 위함이었다. 다행히 관문 안에는 나무로 만든 아담한 창고가 한 동 있었고, 그는 그곳에서 약식이나마 운공에 들 수 있었다.

운공을 마치고 내기가 조금 안정된 뒤에야 비로소 그는 창고 안에 기이한 냄새가 감돌고 있음을 알아차렸다. 바로 화약 냄새였다. 냄새를 더듬어 창고 구석으로 간 그는 네모반듯한 물체들이 들어 있는 궤짝 하나를 찾아낼 수 있었다. 그것들이 화기임을 짐작하기란 그리 어려운 일이 아니었다.

이 반란의 밤, 비각의 의도가 대세를 소리 없이 장악하려는데 있다면, 그에 반하는 것이 바로 석대원의 의도였다. 그는 화기들이 든 궤짝을 창고 한가운데로 옮겨 놓은 뒤, 그중 하나의 심지에 불을 붙였다. 자신의 이러한 행동이 비각의 행사에 작지 않은 걸림돌이 되리라 믿어 의심치 않으면서.

화기의 성능은 기대 이상이었다. 그 파괴력은 창고는 물론이거니와 주위의 목책까지 단번에 날려 버릴 만큼 위력적이었고, 그 폭음은 수십 걸음 떨어진 석대원조차도 어깨를 움츠릴 만큼 굉장한 것이었다. 빗소리가 제아무리 장하다 한들 이 정도 폭음까지 가려 주지는 못할 터. 그래서 석대원은 확신했다. 민파대룽 측에선 분명 꽁지에 불붙은 망아지처럼 날뛰겠지. 그런데…….

저 성문은 너무도 조용했다. 폭음의 존재 자체를 부정하려는 것처럼. 이는 한 가지 사실을 의미했다.

'하긴 그쪽이 오히려 당연하겠지.'

낙오자는 금표위 한 사람에 불과했다. 그러니 천표선을 출발한 백수십 명의 침략자들은 온전히 성안으로 들어갔을 테고, 속전속결을 주요 강령으로 삼는 반란의 속성상 저 성문을 이미 통과했을 가능성이 컸다. 그렇다면 저 성문은 이미 반란군의 수중에 떨어졌을 것이다.

어차피 한바탕 싸움은 피할 수 없었다.

석대원은 팔짱을 풀고는 소나무 둥치처럼 두툼한 목을 좌우로 틀어 부드럽게 만들었다. 그러고는 성문을 향해 성큼성큼 걸음을 옮겼다.

개전開戰을 알리는 신호는 사병射兵이었다.

파바박!

폭포수처럼 쏟아진 화살의 비가 석대원을 중심으로 한 반경 이 장의 공간을 삽시에 덮어 버렸다.

두 다리를 굳건히 세우고 검을 요지만부용瑤池滿芙蓉의 수법으로 넓게 휘돌려 화살들을 쳐 내던 석대원은 어느 순간 성문을 향해 빠르게 몸을 날렸다. 망루에서 활을 쏘던 사수들은 그의 갑작스러운 질주에 과녁을 놓칠 수밖에 없었다. 하릴없는 화살들이 후드득, 둔탁한 소리를 내며 그가 진창에 남긴 족적만을 쫓았다.

높이 이 장, 폭 일 장 팔 척의 거대한 성문이 석대원에게로 빠르게 다가왔다. 통나무 사이마다 쇠 이음을 댄 것에 그치지 않고 아래위로 세 개씩 굵은 양각정兩脚釘을 박아 넣은 성문은 금강역사가 후려쳐도 꿈쩍하지 않을 만큼 견고해 보였다. 그러나 실제로도 과연 그렇게 견고할까?

성문 너머로 흐릿하게 겹치는 얼굴이 하나 있었다. 선상에서 맞은 첫 번째 아침, 털털한 웃음을 터뜨리며 술병을 건네던 사내. 스스로 손목을 자름으로써 값싼 동정을 거부하던 사내.

석대원은 혈랑검법의 구결을 운용했다. 가까스로 억눌러 두었던 독 기운이 기다렸다는 듯이 혈맥 속으로 달려 나왔다. 숯불을 삼킨 것 같은 고통이 그의 턱 근육을 팽팽하게 만들었다. 그러나 성문 따위에 가로막혀 주춤거린다면 그 사내를 대할 낯이 없을 것 같았다.

천중을 향해 치켜든 검에 은은한 붉은빛이 떠올랐다. 검신이 벌 떼의 울음소리 같은 음향을 울리며 진동하기 시작했다.

부우웃!

붉은빛이 검신을 따라 솟구치며 작고 둥근 덩어리로 응집되었다. 금청위가 감탄해 마지않던 검기성환의 신기가 재현된 것이다.

검환劍丸의 진동에 공진하듯 성문 전방의 대기가 휘우뚱 일그러지는가 싶더니, 곧바로 쩍 갈라졌다. 다음 순간, 검봉에서 튀어나온 시뻘건 구슬이 성문에 그대로 작렬했다.

콰앙!

콰앙!

방 안쪽에서 터져 나온 폭음과 함께, 조금 전까지만 해도 문이라 부르던 두께 반 뼘의 튼튼한 목판이 수백수천의 목편으로 변하여 복도 쪽으로 폭사되었다. 그 막강한 폭압은 문 바로 앞에 서 있던 독목 흉한을 광풍에 날리는 낙엽처럼 휩쓸어 복도 맞은편 벽에 발라 버렸다.

충격을 견디지 못한 벽이 우르릉 소리를 내며 무너졌다. 이어 벽이 지탱하던 천장의 일부가 쏟아졌다. 그 밑에 깔리고도 살아남는다면 피육을 지닌 인간이 아닐 터. 상강독안룡 번추, 낭숙의 다섯 당주 중 하나가 실로 어처구니없게 압사당하고 만 것이다. 받은 형벌에 비해 그가 범한 죄는 매우 경미하다 할 수 있었다. 기껏해야 닫힌 방문에 발길질 한 번 가한 죄가 전부였기 때문이다.

그런 의미에서 볼 때, 번추에게 발길질을 시킨 마태상은 행운아였다. 번추보다 조금 신중했다는 이유로, 또 번추보다 몸놀림이 조금 빨랐다는 이유로, 그에게 돌아간 형벌은 비단옷 앞자락이 조금 찢긴 것에 지나지 않았던 것이다. 하지만 그에겐 비단옷을 상한 것이 능력 있는 수하를 잃은 것보다 훨씬 아쉬웠던 모양이다.

"찢어 죽일 늙은이! 감히 내 옷을 이 꼴로 만들어?"

마태상은 곁에 있는 여진인 길잡이 이과래의 멱살을 잡아 문짝이 뜯겨 나간 방 안으로 집어 던졌다.

"으아악!"

폭음에 넋이 나가 멍청히 서 있던 죄밖에 없는 이과래는 선 채로 허공을 날아가며 고래고래 비명을 질렀다. 그러나 그의 비명은 중도에서 뚝 그치게 되었다. 방 안쪽으로부터 날아온 어린아이 주먹만 한 구체가 앞니를 모조리 부러뜨리며 입안에 틀어박혔기 때문이다. 다음 순간, 구체가 무서운 기세로 팽창했다.

뻥!

이과래의 목 윗부분이 흔적도 없이 날아가 버렸다. 구체에서 뿜어 나온 무수한 납 조각들이 두개골과 피부를 뚫고 사방으로 비산했다.

이 상황에서 가장 안전한 구역은 허공에 떠 있는 이과래의 아래쪽일 수밖에 없었다. 비산하는 납 조각의 기세가 아무리 무섭다 한들 한 사람의 육신을 수직으로 관통할 수는 없기 때문이다. 마태상은 바로 그 점을 놓치지 않았다. 목 윗부분을 잃어버린 이과래의 몸통이 폭발의 여력을 이기지 못하고 허공에서 퍼덕거릴 때, 그는 머리 위로 떨어지는 시뻘건 육편에도 아랑곳하지 않고, 배를 땅에 깔듯이 한 지잠조월地蠶操越의 경신술로써 그 밑을 통과한 것이다.

허를 찔렸음에도 불구하고 방 안에 있던 사람들이 보여 준 저항은 결코 만만한 것이 아니었다. 문에 연한 벽면에 바짝 붙어 있던 청년 둘이 각각 철부鐵斧과 직배도直背刀를 휘둘러 방문을 통과하는 마태상을 내리찍었다.

그러나 마태상의 몸놀림은 사해마웅이란 별호에 부끄럽지 않을 만큼 절묘했다. 그는 발끝으로 바닥을 슬쩍 찍는 것으로 달리던 속도를 배가, 자신을 노리고 떨어진 두 자루 중병의 공세를 뒤로 흘려버렸다.

순식간에 방 중심부까지 이른 마태상은 몸을 한 바퀴 앞으로

굴림으로써 달려온 힘을 해소시켰다. 그와 동시에 그의 두 소매가 세차게 펄럭였다.

팍! 팍!

두 청년이 등지고 선 벽에 두 장의 새하얀 면륜이 박혀 들었다. 병기를 회수하던 두 청년의 동작이 얼어붙은 듯 정지했다. 벽에 박힌 면륜과 마태상의 소매를 연결하는 직선엔 그들의 머리가 얹혀 있었다.

두 개의 머리가 바닥으로 떨어졌다. 뒤이어 머리를 잃은 두 구의 시신이 실 끊어진 인형처럼 맥없이 무너졌다. 바닥에 깔린 융단은 그 모든 소음들을 집어삼킬 만큼 두툼했다. 이 방의 주인이 금부도 내에서 누리는 무소불위의 권력을 보여 주는 듯했다.

몸을 굴리면서 발출한 백골반으로 두 청년의 목숨을 순식간에 앗아 버린 마태상. 하지만 그의 표정은 그리 밝지 않았다. 버러지 둘을 죽인 건 자랑거리가 될 수 없었다. 문제는 이 방의 주인, 대륙을 떠난 시점부터 자신의 몫으로 할당된 음뢰격의 모습을 방 안 어디에서도 찾을 수 없었던 것이다.

문 쪽이 시끄러웠다. 복도에서 대기하고 있던 수하들이 방으로 들어오려는 것 같았다. 마태상은 돌아보지도 않고 말했다.

"밖에서 대기하도록."

문 쪽의 소란이 거짓말처럼 가라앉았다.

마태상은 거만한 시선으로 방 안을 둘러보았다. 본디 방 안에 있던 사람의 수는 넷. 그중 둘이 죽었으니 이제 남은 것은 둘뿐이었다. 일 남 일 녀. 문 반대쪽 벽 부근에 서 있는 남자는 앞이마가 훤한 중년인이요, 침대 옆에 웅크리고 있는 여자는 얇은 침의 차림의 젊은 미녀였다.

마태상의 시선이 중년인의 오른손에 머물렀다.

"화성花星이군. 위험한 장난감이지."

화성이란 중년인이 지금 들고 있는 물건의 이름이었다. 뇌문의 존재를 중원에 알림에 있어 팔열호와 더불어 큰 공헌을 한 투척형投擲形 화기 화성. 조금 전 이과래의 머리통을 산산조각 낸 물건이기도 했다.

중년인이 목소리에 애써 끌어낸 위엄을 담아 마태상을 꾸짖었다.

"마태상, 남의 집에 손님으로 온 처지로 이런 살상을 저지르다니, 이것이 너희 중원인들이 말하는 협의도란 말이냐!"

마태상은 저 중년인이 누군지 알 수 있을 것 같았다. 이 방의 주인인 음뢰격에겐 장성한 아들이 여럿 있는데, 그중에서 첫째 치아눈과 둘째 살륭하가 제법 물건이라고 했다. 한데 살륭하는 거사 이전 이미 제거되었다고 하니, 지금 씨알도 안 먹힐 협의도 타령을 늘어놓는 저 오활한 놈은 치아눈일 가능성이 매우 높았다.

"아비는 어디 가고 새끼가 설치는 거냐?"

마태상의 심드렁한 대꾸에 중년인, 치아눈은 노기를 떠올리며 오른손을 번쩍 치켜들었다. 들고 있던 화성을 당장이라도 던질 태세였다. 그러나 마태상은 눈 하나 깜짝하지 않았다.

"화성에 대해선 나도 아는 바가 조금 있지. 단추를 세게 누르면 내부의 부싯돌이 마찰되며 뇌관이 작동하겠지? 하지만 그러는 데엔 약간의 시간이 필요할 터. 너는 결코 그 시간을 얻을 수 없을 것이다."

"과연 그럴까? 나는 네가 그렇게 대단하다고는 믿기지 않는다."

치아눈은 기세 싸움에서 밀리지 않으려는 듯 당당하게 맞받아쳤다. 마태상은 어깨를 으쓱거렸다.

"설령 네 뜻대로 화성을 터뜨린다 해도 이 거리라면 누구도 무사할 수 없다. 너도, 그리고 저 계집도."

"흥! 내가 그것을 두려워할 줄 알았느냐?"

"그래? 저 계집은 그렇게 생각하는 것 같지 않아 보이는데?"

마태상은 음충맞은 웃음을 지으며 침대 쪽의 여인을 힐끔 돌아보았다. 치아눈의 시선이 순간적으로 마태상의 시선을 좇았다. 마태상의 예상대로였다.

마태상의 신형이 소리 없이 움직였다. 아무런 예비 동작 없이도 이토록 빠르게 진격할 수 있다는 사실은, 그가 결코 허세만 부리는 위인이 아님을 입증해 준다.

실수를 깨달은 치아눈이 다시 시선을 돌렸을 때, 그의 주변은 이미 삼엄한 조영爪影들로 뒤덮인 뒤였다. 마태상의 성명절기인 응취삼십육로鷹鷲三十六路의 조법이 발휘된 것이다.

대경한 치아눈은 치켜든 화성을 그대로 허공에 띄워 놓은 채 두 주먹을 정신없이 휘둘러 마태상의 공세에 대항했다. 열 개의 손가락과 두 개의 주먹이 석 자 남짓한 공간을 사이에 두고 난마처럼 뒤얽혔다.

쿡! 퍼퍽! 캭!

때론 둔탁하고 때론 예리한 격타음이 꼬리를 물고 이어졌다.

충돌의 회수가 더해질수록 치아눈의 얼굴이 점점 일그러졌다. 그럴 수밖에 없는 것이, 두 주먹의 살점이 마태상의 손가락에 부딪칠 때마다 끌에 깎이는 무른 나무처럼 뭉텅뭉텅 떨어져 나가고 있었던 것이다. 치아눈은 알지 못했다. 마태상의 열 손가락 끝에 달린 것이 평범한 손톱들이 아니라는 사실을.

암석을 두부처럼 파고들 수 있다는, 마태상이 보배처럼 여기는 세 가지 병기 중 하나인 박골마조剝骨魔爪의 예리함을 피와 살로 이루어진 인간의 주먹이 어찌 견딜 수 있겠는가.

반면 마태상은 지극히 여유로웠다. 얼마나 여유로운가 하면, 그 와중에도 허공에 떠 있는 화성을 양 손등으로 번갈아 쳐 올려 제 위치를 유지하게 만들 정도였다.

"크흑!"

치아눈이 더 이상 견디지 못하고 양손을 가슴 쪽으로 움츠렸다. 그의 양손은 이미 잘 저민 고깃덩이처럼 변해 있었다.

"꼴좋구나!"

마태상은 득의양양하게 외치며 두 손을 기쾌하게 교차했다. 그 순간 어지럽던 육박전이 거짓말처럼 멈췄다. 마태상의 두 손은 각각 하나씩의 물건들을 쥐고 있었다. 왼손에 사뿐히 얹힌 것은 허공에 떠 있던 화성인데, 오른손이 단단히 틀어쥔 것은 인간의 뼈였다. 끔찍하게도 그 오른손은 치아눈의 좌측 옆구리를 파고들어 늑골 하나를 움켜잡은 것이다.

몸속에 고이 간직하던 뼈를 남의 손에 내준 느낌은 과연 어떠할까? 치아눈은 비명조차 제대로 지르지 못하고 뭍에 올라온 물고기처럼 입을 뻐끔거렸다. 그런 그를 향해 마태상은 여유 만만한 미소를 지어 보였다.

"흐흐, 이래도 이 어르신께서 대단하다는 걸 믿지 못하겠느냐?"

뚝!

늑골 한 대가 부러져 나갔다. 치아눈은 학질이라도 걸린 사람처럼 사지를 부들부들 떨었다. 하지만 그 정도로는 만족하지 못한다는 듯, 마태상의 손가락은 새로운 늑골을 찾아 치아눈의 여린 속살을 헤집고 있었다.

마태상은 인지의 손톱으로 새로운 늑골을 긁으며 물었다.

"네 아비는 어디에다 숨겼느냐?"

이런 고통을 견딜 수 있는 강골이 이 세상에 과연 존재할까도 의문이지만, 어쨌거나 치아눈은 그런 강골이 아니었다. 그는 거품을 흘리는 입으로 더듬더듬 대답했다.

"그, 그분께선…… 여기 안 계시다."

마태상은 눈살을 찌푸렸다. 그와 함께 두 번째 늑골도 부러졌다.

"분위기를 파악하지 못하는 모양인데, 나는 조금 더 고분고분한 대답을 듣고 싶구나. 여기에 없으면 어디에 갔는지, 또 왜 갔는지, 이따위 시시콜콜한 것들까지 일일이 물어야 한단 말이냐?"

부러진 늑골이 허파를 찔렀는지, 치아눈의 입에서 흘러나오는 거품의 빛깔이 조금 붉어졌다.

"그분께선 파, 팔열호의 폭음을 들으시곤 무, 문주님을 뵈러 뇌화각으로 가셨다."

"쳇, 빌어먹을 놈의 폭음이 역시 말썽이었군."

으득!

세 번째 늑골이 부러졌다. 이번 것은 고의가 아니었다. 마태상이 자신도 모르게 손가락에 힘을 준 탓이었다.

"크웩!"

치아눈의 입에서 붉은 핏물이 울컥 튀어나왔다. 가까이 마주 서 있던 마태상은 그 핏물을 고스란히 뒤집어쓸 수밖에 없었다. 의복에 대한 애착이 유달리 강한 마태상으로선 눈이 확 뒤집힐 일이 벌어진 것이다.

"더러운 오랑캐 새끼가 끝내……!"

마태상은 치아눈의 옆구리 속에 들어 있던 오른손을 쑥 빼더니 왼손에 들고 있던 화성을 그 구멍 안으로 밀어 넣었다. 왼손을 빼기 직전, 화성의 표면에 돌출된 단추를 눌러 뇌관을 작동시킨 그는 치아눈의 몸뚱이를 번쩍 들어 침대 너머 창문을 향해 던졌다.

꽝!

창 밖에서 요란한 폭음이 울렸다. 조금 전까지만 해도 한 인간을 구성하던 붉은 살점들이 부서진 창을 통해 날아 들어왔다. 그것들 중 일부가 침대 옆에 웅크리고 있던 여인의 등에 달라붙었다.

"꺄악!"

여인은 머리를 감싸 쥐며 뾰족한 비명을 질렀다.

마태상은 코를 벌름거렸다. 피비린내와 화약 냄새 속으로 욕정을 자극하는 냄새가 스며들었기 때문이다. 냄새의 근원지는 여인의 아랫도리. 중첩되는 공포를 이기지 못하고 그만 실금하고 만 모양이었다.

"오호라."

마태상은 눈을 번쩍 빛내며 여인에게로 다가갔다. 이어 한 줌도 안 되는 여인의 두 발목을 거칠게 움켜쥐더니 천장을 향해 번쩍 치켜들었다.

여인의 침의가 바닥을 향해 홀러덩 뒤집어졌다. 믿기지 않을 만큼 우거진 치모恥毛가 마태상의 눈앞에 활짝 드러났다.

"흐흐, 아무리 바빠도 이런 진미를 그냥 지나칠 수는 없지."

마태상은 여인의 치모에 입술을 거칠게 파묻었다.

후르릅! 쭈웁!

뭔가 걸쭉한 액체를 들이마시는 듯한 소리가 입술과 아랫도리를 붙이고 있는 두 사람에게서 울려 나왔다. 마태상의 하체가 간헐적으로 떨렸다. 오음강장주를 통해서나 간신히 얻을 수 있던 여인의 농후한 맛이 참으로 오랜만에 그의 아랫도리를 발기시키고 있었다.

"흐윽! 으앗!"

융단에 문대어 괴이하게 이지러진 여인의 입에서 두려움과 모멸감이 섞인 신음이 단속적으로 터져 나왔다. 그러나 여인의 신음은 이제 곧 순수한 고통으로 얼룩지게 될 것이다. 왜냐하면 마태상은 정상적인 성행위로는 결코 만족감을 얻을 수 없는 변태성욕자였고, 그가 추구하는 성행위의 말미에는 그녀로선 상상조차 할 수 없는 비극이 기다리고 있기 때문이다.

이 가련한 여인의 이름은 척이, 음뢰격이 말년에 맞이한 다섯 번째 부인이었다.

정원 여기저기에 널린 시신들을 대했을 때까지도 음뢰격은, '그래도 그 친구만큼은……'이라는 기대를 버리지 않았다. 그 친구에겐 살아온 햇수만큼이나 풍부한 경험이 있었고, 창칼을 두려워하지 않는 뛰어난 신공이 있었으며, 모든 종류의 화기를 자유자재로 다룰 줄 아는 신통방통한 화기술이 있었기 때문이다.

그러나 방바닥에 길게 누운 한 구의 싸늘한 시신은 음뢰격의 기대를 여지없이 무너뜨렸다. 벌거벗은 몸뚱이 대부분을 검은 반점에 잠식당한 그 시신은, 생기 없는 퀭한 눈동자로 천장의 어느 한 부분을 공허하게 응시하고 있었다. 한 갑자가 넘는 세월에 걸쳐 친교를 쌓아 온 오랜 벗 포포아투는 그런 꼴사나운 모습으로 음뢰격을 맞이한 것이다.

비통은 음뢰격의 가슴에 커다란 구멍을 뚫어 놓았다. 그 구멍을 통해 빠져나가는 지독한 상실감은 고희의 노구로 견디기 힘든 것이었다. 그러나 그는 필사적인 의지를 발휘해 냉정을 되찾았다. 지금은 비통에 잠길 때가 아니었다.

음뢰격을 방 안을 둘러보았다. 포포아투가 입고 있었을 것으로 짐작되는 얇은 침의와 벽 아래 구겨져 있는 여인의 시체는 당시의 상황을 충분히 짐작케 해 주었다. 그는 방 안을 뒤지기 시작했다. 옷가지와 가구, 심지어는 침대 밑바닥까지 샅샅이 뒤졌다. 그러나 아무리 뒤져도 나오지 않았다.

그의 발길이 뇌화각에 앞서 이곳을 향하게끔 만든 열쇠!

포포아투가 항시 관리하던 귀천동歸天洞을 여는 열쇠는 방 안 어디에도 존재하지 않았다.

음뢰격의 안색이 창백해졌다. 서쪽 관문에서 팔열호가 터졌고, 포포아투의 집이 쑥밭이 되었으며, 귀천동의 열쇠가 사라졌다. 이는 그의 우려가 하나씩 현실화되고 있음을 말해 주고 있었다.

"아리수, 이 지독한 놈!"

움켜쥔 주먹으로부터 뿌드득거리는 기음이 흘러나왔다. 섬의 분위기가 느슨해지기 전까지는 감히 경거망동하지 못하리라 믿었던 자신의 안일함이 원망스러웠다. 경계령을 발동한 첫날, 그의 안일함을 비웃기라도 하듯 이렇게 전격적으로 치고 나올 줄 어찌 짐작했겠는가!

"이대로, 이대로 당하고만 있을 수는 없다!"

사라진 열쇠는 일단 접어 두기로 마음먹었다. 열쇠가 지닌 의미가 어찌 가벼우랴마는, 그것에 집착하여 머뭇거리다간 포포아투처럼 각개격파당하기 십상이었다. 한시바삐 문주와 합류해 전열을 가다듬는 것만이 지금 음뢰격이 취할 수 있는 유일한 구명책이었다.

음뢰격은 방문 밖으로 몸을 날렸다.

"전사는 전장에서 등을 돌리는 것이 아니랬어요! 나는 여기서 아버지와 함께 싸우겠어요!"

열두 살짜리 사내아이의 입에서 나온 말치곤 당돌할 정도로 뚜렷한 의사 표현이었다.

"허!"

다후격은 말문이 턱 막혔다.

일의 발단은 호뢰단원 하나가 가져온 민파대릉의 전언에서 비롯되었다. 그 전언인즉, 민파대릉 본인은 뇌화각을 떠나 광장으로 이동하니 뇌파패와 낭란을 성 밖으로 피신시키라는 것이었다. 전언을 들은 다후격은 사태가 예상보다 훨씬 심각하다는 것을 깨달았다. 그것은 성 안의 주도권이 이미 적에게로 넘어갔음을 의미했기 때문이다.

어쨌거나 다후격은 좋든 싫든 명을 따를 수밖에 없는 입장이었다. 그래서 뇌파패와 낭란에게 민파대릉의 뜻을 전하고 동의를 구했다. 그런데 낭란으로부터 튀어나온 대답이 저리 당돌하니, 그로선 말문이 막힐 수밖에 없는 것이다.

"하지만 너는 아직 전사가 아니잖느냐? 율법에 따르면, 전사의 주呪를 외운 비무에서 다른 전사를 꺾어야만……."

다후격이 애써 궁리해 낸 반박은 낭란에 의해 허리가 뚝 잘렸다.

"꺾었어요! 나는 며칠 전 부개덕을 이겼어요. 분명히 전사의 주를 외운 비무였죠. 액조가 그 증인이에요."

다후격은 다시 벙어리가 되어야만 했다. 지마한의 막내아들 부개덕은 어린 나이에도 불구하고 그 출중한 재주를 인정받아 일찌감치 전사의 명부에 이름을 올릴 수 있었다. 그런 부개덕을 정식 비무를 통해 꺾었다면, 낭란은 이미 전사로서의 자격을 획득한 것이다.

그때, 이상할 만큼 냉담한 얼굴로 두 사람을 지켜보던 뇌파패가 대화에 끼어들었다.

"낭란, 네게 그 이야기를 해 준 사람이 누구지?"

낭란은 뽐내는 듯한 얼굴로 대답하려 하다가, 문득 무슨 생각을 떠올렸는지 시무룩해졌다.

"왜 대답을 못 하는 거냐? 네게 전사가 지녀야 할 덕목을 가르쳐 준 사람이 누구냐니까?"

뇌파패가 낭란의 대답을 재촉했다. 낭란은 더 이상 버티지 못하고 기어들어 가는 목소리로 대답했다.

"숙부님요."

뇌파패의 얼굴에 그늘이 드리웠다. 그녀는 아들의 얼굴을 잠시 응시하다가 입술을 떼었다.

"이 순간 이후로 그의 가르침은 모두 잊어라. 그는 결코 남에게 가르침을 내릴 만한 사람이 못 된다."

"어머니!"

뾰족하게 외치며 고개를 발딱 치켜드는 낭란에게선 불복하는 기색이 역력했다. 하지만 뇌파패는 냉정하기만 했다.

"그렇게 하지 않는다면 너를 자식으로 여기지 않겠다."

낭란은 얼빠진 표정이 되어 버렸다. 그럴 만도 했다. 언제나 상냥함을 잃지 않던 모친으로부터 이런 극단적인 말까지 들었으니 말이다.

그런 낭란을 아랑곳하지 않고, 뇌파패는 다후격에게 물었다.

"시숙께선 어디로 피신하실 생각인가요?"

다후격은 곤혹스러움을 감추지 않았다.

"부끄럽습니다만 특별히 생각해 둔 장소는 없습니다. 형님께서 성 밖이라고 하시니, 그리하는 것이 좋겠습니다만…….."

"그런데요?"

"두 분을 모시고 성문을 통과하는 것이 과연 옳은 판단일지 걱정되는군요."

"성문이 염려되신다는 말씀인가요?"

"그렇습니다. 성문은 출입을 주관하는 요충지입니다. 만일 누군가 흑심을 품고 변란을 일으켰다면 가장 먼저 성문부터 점령했을 겁니다."

현재 다후격에게 주어진 임무는 전투가 아니라 경호였다. 경호란 용맹보다는 신중이, 모험보다는 안전이 요구되는 행위였다.

잠시 생각하던 뇌파패가 조금 밝은 목소리로 말했다.

"그런 문제라면 시숙께선 염려치 않으셔도 됩니다. 성문을 통하지 않고도 성 밖으로 나갈 수 있는 방도가 있으니까요."

"그게 정말입니까?"

"이 뇌화각의 지하에는 우리 부부만 아는 암도가 있습니다. 그 암도를 통하면 동쪽 해안으로 곧바로 나갈 수 있지요. 부군께서도 분명 그 암도를 염두에 두고 그런 지시를 내리셨을 겁니다."

다후격이 손뼉을 쳤다.

"아! 저도 선친께 들은 기억이 납니다. 창고가 있는 지하 복도의 어딘가에 성 밖으로 통하는 비문秘門이 있다고 하셨지요.

어딘지 여쭈었더니, '그것은 문주 직계로만 전해지는 비밀이라 방계인 네가 알아선 안 된다.'라고 말씀하시더군요. 어린 마음에 무척 섭섭했던 기억이 납니다."

뇌파패가 빙긋 웃으며 고개를 끄덕였다.

"그 비문이 암도의 입구입니다."

다후격은 아까보다 훨씬 밝아진 얼굴로 말했다.

"동쪽 해안이라면 잠시 몸을 피하기에 나쁘지 않습니다. 그리로 통하는 암도가 있다면 여기서 이러고 있을 이유가 없겠지요. 잠시만 기다리십시오. 수행할 인원을 추리겠습니다."

"시숙!"

뇌파패는 문 쪽으로 달려가려는 다후격을 불러 세웠다.

"한낱 아녀자의 소견입니다만, 한 사람의 힘이 아쉬운 판국에 우리 모자로 인해 전력을 낭비하는 일은 바람직하지 않을 듯합니다. 한 사람만 붙여 주시면 충분하니 그렇게 조처해 주세요."

"하지만……."

"부탁드립니다. 제 말대로 해 주세요."

다후격은 난색을 띠었지만 뇌파패의 얼굴에 떠오른 위엄이 가볍지 않음을 발견하고는 마음을 고쳐먹었다.

"좋습니다. 분부대로 한 사람을 붙여 드리죠. 단, 그 한 사람은 반드시 저여야만 합니다."

이번엔 뇌파패가 난색을 띨 차례였다.

"그것은 안 됩니다. 시숙께서는 이곳에 남아 철옹대를 이끄셔야……."

"철옹대를 이끌 사람은 저 말고도 있습니다. 하지만 두 분을 보호하겠노라 형님께 맹세한 사람은 오직 저 하나뿐이죠. 저도 형수님의 의견을 따랐으니 형수님께서도 제 의견을 따라 주십시오."

혈통이 원래부터 그 모양인지는 몰라도, 다후격도 일단 고집을 부리기 시작하면 당나귀를 설득하는 쪽이 오히려 나은 고집불통이었다. 뇌파패는 잠시 망설였지만 결국 고개를 끄덕이고 말았다.

출발까지는 약간의 시간이 필요했다. 다후격은 부대주들을 소집하여 철웅대의 지휘 체계를 재편성했고, 뇌파패와 낭란은 피신해 있는 동안 사용할 간단한 물품들을 챙겼다.

모든 것을 마친 세 사람은 암도가 있는 뇌화각 지하로 이동했다.

"발밑을 조심하십시오."

주위는 어둠침침했다. 계단을 밝히는 빛이라고는 다후격이 들고 있는 십리화통十里火筒 하나가 전부였다.

계단의 끝은 하나의 복도와 연결되어 있었다. 천장은 손을 뻗으면 닿을 만큼 낮고, 폭은 장정 셋이 나란히 걸어가기에 벅차 보이는 길고 어두운 복도였다. 해묵은 곰팡내가 코를 찔렀다. 십리화통 끝에 매달린 불꽃이 춤추듯 흔들렸다. 어둠 저편으로부터 달려온 한 줄기 축축한 바람이 그렇게 만든 것이다.

"꼭 여기를 지나가야 하나요?"

낭란이 물었다. 아무리 담대한 척 꾸며 봤자 열두 살이란 나이는 속일 수 없는 법. 목소리 밑바닥에 깔린 가녀린 떨림이 그것을 증명해 주고 있었다.

"암도의 입구는 이 복도 끝에 있단다."

뇌파패가 대답했다. 낭란보다야 침착한 기색이지만, 다후격은 그녀 또한 두려움에 떨고 있음을 눈치챌 수 있었다. 그는 짐짓 쾌활한 목소리로 말했다.

"조카는 이 복도가 처음인 모양이지?"

낭란은 의기소침한 얼굴로 고개를 끄덕였다.

"여기 이렇게 서 있으니 옛날 생각이 나는군. 내가 너만 할 적에 자주 왔던 곳이지. 어두워서 그렇지, 복도를 따라 유등을 쭉 밝혀 두면 나름대로 괜찮은 놀이터가 된단다."

그러나 낭란의 표정은 좀처럼 밝아지지 않았다. 을씨년스럽기 짝이 없는 지하 복도가 등불 몇 개 밝혔다고 괜찮은 놀이터로 바뀔 턱이 없다고 여기는 듯했다. 다후격은 낭란의 표정을 힐끔 훔쳐보곤 은근한 목소리로 덧붙였다.

"게다가 군데군데 보물 창고도 있었지."

낭란의 눈썹이 쫑긋거렸다.

"보물 창고요?"

"아무렴, 정말로 보물 창고란다. 낡은 장롱과 커다란 궤짝, 고리가 떨어져 나간 갑옷에다가 할아버지 대에서나 볼 수 있던 케케묵은 투석기까지 있었으니까."

"투석기까지요? 우와!"

낭란은 벌린 입을 다물지 못했다. 올라타고 놀기에 최고인 투석기까지 있다면 치기를 채 벗지 못한 아이에겐 진짜 보물 창고가 아닐 수 없었다.

두 사람의 대화를 듣던 뇌파패는 소리 없이 웃었다. 이 긴박한 상황에서도 어린 조카의 용기를 북돋아 주기 위해 애쓰는 다후격의 마음 씀씀이가 고마웠다. 그녀 자신의 마음도 한결 편안해지는 것을 느낄 수 있었다.

"어디, 오랜만에 옛날 기분이나 내 볼까? 훼에이! 모두 물렀거라! 여기 뇌문의 소문주께서 나가신다!"

다후격은 십리화통을 크게 휘돌렸다. 커다란 화륜火輪이 넘실 일어나며 복도를 환히 밝혔다. 그는 낭란을 향해 싱긋 웃어 보이곤 복도를 따라 성큼성큼 걸음을 옮기기 시작했다. 뇌파패와 낭란은 처음보다 한결 밝아진 얼굴로 그의 뒤를 따랐다.

복도는 길었다.

지나온 거리를 감안하면 뇌화각의 경계를 일찌감치 벗어난 것 같은데도 복도의 끝은 좀처럼 나타나지 않았다.

흔들리는 불빛에 비친 복도 양편에는 다후격이 말한 보물 창고들이 있었다. 그러나 그 창고들은 하나같이 굳게 닫혀 있었고, 심지어 어떤 것에는 큼직한 자물통까지 걸려 있었다. 저 뒤편에 어린아이를 즐겁게 해 주는 보물들이 들어 있다는 사실이 믿기지 않았다. 어린아이를 잡아먹는 괴물들이 숨어 있다면 모를까.

똑!

한 방울 차가운 물이 뇌파패의 콧잔등에 떨어졌다. 흠칫 몸서리친 그녀는 고개를 들어 천장을 바라보았다. 지하 건축물 특유의 습기가 군데군데 방울져 매달려 있었다. 불현듯 조바심이 일었다.

저 위에선 지금 무슨 일이 벌어지고 있을까?

야심한 시각에 울린 팔열호의 폭음. 남편은 그것을 단순한 관리 부주의로 인한 사고일지도 모른다고 했다. 그러나 뇌파패는 남편의 말이 사실이 아님을 알고 있었다. 그것은 이성에 앞선 직감이었다. 만일 그녀의 직감대로라면, 그녀의 옛 연인 아리수가 자신의 사랑을 짓밟은 남편과 그녀를 향해 복수의 칼날을 뽑은 것이라면, 사태를 수습하는 일이 결코 간단할 리 없었다. 아니, 거의 불가능하다고 각오하는 편이 나았다.

'아아!'

뇌파패는 자신도 모르게 어깨를 부르르 떨었다. 그때 다후격의 목소리가 들렸다.

"다 왔습니다."

뇌파패는 정신을 차리고 앞을 바라보았다. 영원히 이어질 것 같던 복도가 어느새 막다른 곳에 이르러 있었다. 십리화통의 불빛에 비친 전면은 커다란 벼락 문양이 종으로 가로지른 석벽으로 막혀 있었다.

천장과 석벽이 맞닿은 곳에는 뇌신의 상반신이 부조되어, 붉은 칠을 입힌 두 개의 눈으로 석벽 앞에 선 세 사람을 내려다보고 있었다. 돌을 깎고 색을 칠한 솜씨가 어찌나 교묘한지, 당장이라도 벽을 뜯고 내려와 세 사람을 덮칠 것만 같았다.

"암도를 여는 기관이 뭡니까?"

다후격이 묻자, 뇌파패는 머리 위 뇌신상을 가리켰다.

"좌하방의 뇌전극과 우하방의 상목을 동시에 아래로 당기면 암도의 문이 열립니다."

뇌신상에는 좌우로 각각 두 개씩 도합 네 개의 손이 달려 있었다. 두 개의 왼손이 쥐고 있는 것은 벼락을 상징하는 뇌전극이요, 두 개의 오른손이 쥐고 있는 것은 불을 상징하는 상목이었다.

다후격은 들고 있던 십리화통을 낭란에게 넘기며 말했다.

"어머니를 모시고 조금 떨어져 있어라."

"숙부, 조심하세요."

"걱정 마라. 작동법을 아는 이상 별일이야 있겠느냐."

두 사람이 안전한 거리까지 물러난 것을 확인한 다후격은 석벽으로 다가가 두 팔을 치켜 올렸다. 뇌파패가 일러 준 뇌전극과 상목을 양손에 각각 움켜잡은 그는 자신도 모르게 마른침을 꿀꺽 삼켰다. 말은 별일이야 있겠느냐고 했지만, 문주 직계로만 전해지는 기관이었다. 설치되어 있는 암수가 결코 가벼울 리 없을 터. 만에 하나 잘못 작동하는 날에는…….

다후격은 고개를 흔들었다. 유쾌하지 못한 가정은 빨리 지워 버릴수록 좋은 것이다. 그는 크게 심호흡을 한 뒤, 두 팔을 아래로 잡아당겼다.

츠컹! 츠컹!

복도 양쪽에서 톱니바퀴가 맞물려 돌아가는 듯한 금속성이 울려 나왔다. 그 불쾌한 둔탁함은 마치 지옥문이 열리는 소리 같았다. 다후격은 한 발짝 뒤로 물러섰다. 다음 순간, 전면으로부터 세찬 바람이 밀어닥쳤다. 낭란의 손으로 옮겨진 십리화통의 불꽃이 자지러질 것처럼 펄럭이기 시작했다.

"아!"

다급히 몸을 돌려 십리화통의 불꽃을 감싸려던 낭란은 눈앞에 펼쳐진 광경에 탄성을 내지르고 말았다. 다후격의 등 너머로 보이는 석벽이 벼락 문양을 중심으로 천천히 갈라지고 있었던 것이다.

석벽 안쪽으로 새롭게 펼쳐진 풍경은 이제껏 일행이 지나온 복도보다 더욱 황량하고 을씨년스러워 보였다. 복도와는 달리 그곳은 사람의 손길이 닿지 않은 순수한 자연의 산물로만 구성되어 있었다. 거대한 용암 동굴. 수구산이 검은 연기를 뿜어내던 까마득한 옛적, 지표 밖으로 분출되지 못한 용암이 지저를 소리 없이 흘러 이 같은 용암 동굴을 만들어 놓은 것이다.

동굴 저편으로부터 귀곡성 같은 메아리가 울려 나왔다.

후우우우!

"엄마⋯⋯."

낭란은 백짓장처럼 질린 얼굴로 뇌파패를 올려다보았다. 평소의 '어머니'란 어른스러운 호칭 대신 오래전에 부르던 호칭을 입에 담으며.

"괜찮다, 아가야. 저긴 그저 길에 불과하니까."

뇌파패는 두 팔을 내밀어 아들의 머리를 부드럽게 끌어안았다. 하지만 낭란을 위한 것이라기보다는 그녀 스스로를 위한 다짐처럼 들렸다.

다후격은 애써 웃어 보이며 그녀의 말에 맞장구쳤다.

"아무렴, 동쪽 구릉의 꽃길이나 북쪽 해안의 오솔길처럼 그저 자연이 만든 길에 불과하지. 이 숙부가 길을 열 테니 너는 조심조심 따라오기만 해라."

낭란에게서 십리화통을 돌려받은 다후격은 동굴을 향해 걸음을 옮겼다. 미지의 세계로 성큼 걸어 들어가는 그의 모습은 장부를 자처해도 좋을 만큼 당당해 보였다.

그때 허공에서 뭔가가 떨어져 내렸다. 석벽 바로 뒤편 천장으로부터 떨어져 내린 그것은 십리화통을 받쳐 든 다후격의 왼손을 단번에 잘라 버렸다. 허공으로 솟아오른 십리화통이 유난히도 더디게 느껴지는 호선을 그리며 동굴 바닥에 떨어졌다. 동굴 안은 삽시간에 칠흑 같은 어둠으로 변해 버렸다.

그 어둠 속으로 다후격의 비명이 울려 퍼졌다.

"으아아악!"

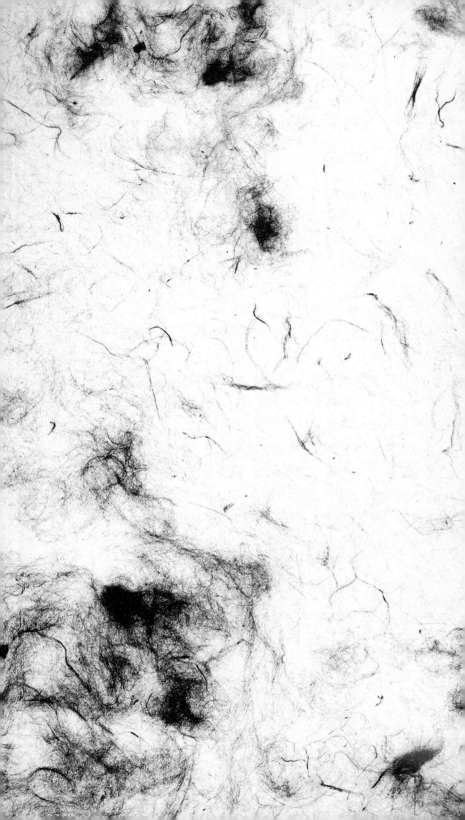

자야子夜 (三)

(1)

자시 말, 뇌신의 광장에서 모든 악연을 청산하고 싶소.

편지에 적힌 글귀는 비교적 간단했다. 하지만 편지를 내려다
보는 시선에 담긴 감정은 결코 간단하지 않았다. 실로 복잡한
감정이 담긴 시선으로 편지를 내려다보는 사람은 민파대릉, 어
제까지는 자타가 공인하는 금부도의 제왕이자 뇌문의 문주였지
만, 오늘 이후로는 생존마저 장담할 수 없는 누란지경에 처한
사내였다.

민파대릉이 지금 서 있는 곳은 뇌신의 광장. 만 하루 전 중원
에서 온 손님들을 위한 환영연이 성대히 열렸던 곳이기도 했다.

소나기가 지나간 대기는 그때처럼 청량했다. 먹장구름이 물

러난 야공엔 그때와 다름없는 성군星群이 반짝이고 있었다. 저 높은 곳에 우뚝 솟은 채 광장을 굽어보는 조면사비鳥面四臂의 뇌신상도 여전했다. 그러나 그날 도도하게 흐르던 밤의 흥취는 온데간데없었다. 사람을 웃음 짓게 해 주던 풍요로운 쾌락은 광장 어디에서도 찾아볼 수 없는 것이다. 보이는 것이라곤 흉흉한 창검이요, 들리는 것이라곤 살기 어린 숨소리뿐.

광장에 모인 사람들의 수는 일백을 조금 넘었다. 두 개의 동심원을 이룬 그들의 중앙엔 검은 전갑을 차려입은 민파대릉이 서 있었다. 다시 말해 그를 중심으로 두 겹의 인간 벽이 둥글게 에워싼 진형이라 할 수 있는데, 안쪽 원은 푸른 방패를 든 호뢰단이, 바깥쪽 원은 철옹대를 중심으로 한 일반 무사들이 맡고 있었다.

간부라고 해 봐야 호뢰단주 예마와 철옹대의 부대주 셋이 전부였으니, 소국과 맞먹는 성세를 누리던 뇌문의 우두머리를 호위하는 진영치고는 너무 초라하다 아니할 수 없었다.

그러나 지금 이 순간 민파대릉의 얼굴에 드리운 짙은 그늘은 진영의 초라함에서 비롯된 것이 아니었다. 일 각 전, 뇌화각 대전의 창문으로 날아든 한 통의 편지, 이 뇌신의 광장에서 모든 악연을 청산하자던 그 편지가 그로 하여금 한없는 번민에 빠져들도록 만든 것이다.

보내는 이의 이름이 없는 편지였다. 하지만 민파대릉은 누가 이 편지를 보냈는지 똑똑히 알고 있었다.

한배에서 나진 않았지만 한 아버지의 씨를 나눈 이복 아우 아리수!

편지가 민파대릉의 손안에서 휴지처럼 구겨졌다. 그의 입술 사이로 쓰디쓴 독백이 흘러나왔다.

"아리수, 너는 정녕 그날의 원한에서 헤어나지 못했단 말이
냐?"

민파대릉은 결코 바보가 아니었다. 그 또한 아리수의 행동에
수상한 점이 있다는 사실을 눈치채고 있었다. 그럼에도 불구하
고 의심하는 마음을 애써 부정한 까닭은, 아리수를 멀리하라는
음뢰격의 간언을 애써 외면한 까닭은, 아리수에 대한 해묵은 죄
의식에 있었다.

아리수는 여러모로 민파대릉과 달랐다.

외모부터가 비교할 수 없을 만큼 준미했으며, 시서가무에다
빼어난 언변까지 갖췄다. 한 아비의 씨를 이어받은 형제의 풍류
가 이처럼 차이 나는 이유는 오직 하나였다. 이들 이복형제는
각각의 모친 쪽을 빼닮았기 때문이었다.

민파대릉의 모친은 한때 섬 전체의 권력을 좌지우지했던 여
장부임엔 분명했지만, 어떠한 사내라도 침실에서는 결코 마주
치려고 하지 않을 박색 중의 박색이었다. 반면에 아리수의 모친
은 변변한 첩실 자리 하나 얻지 못한 비천한 정부에 불과했지
만, 어떠한 사내라도 가벼운 눈짓 한 번으로 홀려 버릴 우물尤物
중의 우물이었다. 그러니 아리수의 풍류가 남달리 빼어난 것은
당연한 일. 그와 비슷한 연배의 여인들 중에 그의 품에 안기는
환상을 한 번이라도 품어 보지 않은 이는 드물지도 모른다.

그러나 그것은 어디까지나 과거의 일이었다. 지금은 어느 누
구도 아리수를 보고 준미하다 칭찬하지 않는다. 모두 흉터 때문
이었다. 얼굴 반쪽을 가르고 지나간 끔찍한 흉터 말이다. 그것
은 피부 깊숙이 파고들어 풍류를 사랑하던 한 청년의 영혼을 잔
인하고 냉소적으로 바꿔 놓았다.

아리수의 얼굴에 그 흉터를 새긴 장본인이 바로 민파대릉이

었다. 물론 이유는 있었다. 하지만 이유가 무엇이든 간에, 설령 그것이 아리수의 목숨을 구하기 위한 궁여지책이었다 할지라도, 검을 휘두른 사람이 그라는 사실은 부인할 수 없었다. 이것이 그가 아리수에게 느껴 온 해묵은 죄의식의 원류였다.

그래서 민파대릉은 아리수를 각별히 아꼈다. 그를 반드시 죽이라는 모친의 유언을 저버렸을 뿐만 아니라, 노신들의 반대에도 무릅쓰고 그를 부문주의 자리에 앉혔다. 또한 그가 행하는 일에 대해선 언제나 관대한 태도를 잃지 않으려고 애썼다. 그에 대한 죄의식이 가벼워지길 바라면서, 그의 마음에 쌓인 원한이 지워지길 간구하면서.

그러나 아리수는 그날의 원한을 잊으려 하지 않았다. 아리수는 그날의 원한을 곱씹고 곱씹고 또 곱씹어 마침내 스스로를 한 마리 원귀로 만들어 버린 것이다.

"문주님!"

민파대릉은 고통스러운 반추에서 깨어나 고개를 들었다. 호뢰단주 예마가 잔뜩 굳은 얼굴로 다가와 있었다.

"무슨 일인가?"

"신응대 본진으로 파견한 전령이 돌아왔습니다."

민파대릉은 예마의 굳은 얼굴로부터 보고받을 내용이 그리 반갑지 않음을 눈치챌 수 있었다. 아니나 다를까…….

"신응대가 지키던 초소의 대부분이 궤멸 상태이며, 본진 또한 이미 반도들에게 점령당했다고 합니다."

"으음!"

민파대릉의 입에서 무거운 신음이 흘러나왔다. 상황이 안 좋으리라는 건 예상했지만, 뇌문삼대 중 최강의 전투력을 자랑하던 신응대마저 이토록 허무하게 무너질 줄은 몰랐던 것이다.

"신응대주의 생사는 어찌 되었다던가?"

"그, 그게…….."

"어서 말하게! 용소는 어찌 되었는가?"

"북현당 부근에서 몇 구의 시신들을 발견했다고 합니다. 그중 수급이 없는 시신 한 구가 신응대주로 보인다는…….."

민파대릉은 두 무릎에서 힘이 쭉 빠져나가는 것을 느꼈다. 용소는 문무를 겸비한 훌륭한 수하이자 코흘리개 시절부터 추억을 함께 나눠 온 둘도 없는 불알친구였다. 그런 용소가 목 없는 시신으로 변했다는 소식은 그의 머릿속을 일순간에 텅 비게 만들었다.

비보는 단지 그것만이 아니었다.

민파대릉을 둘러싼 호뢰단의 벽이 갈라지며 한 무리의 사람들이 걸어 들어왔다. 선두에 선 사람은 각진 얼굴에 부리부리한 눈을 지닌 청년이었다. 청년의 전신은 크고 작은 상처로 뒤덮여 있었고, 입고 있는 의복 또한 검붉은 핏물로 물들어 있었다. 그가 이 광장까지 오기 위해 얼마나 큰 대가를 치렀는지 말해 주는 듯했다.

"광마대의 부대주 고파가 문주님을 뵈옵니다!"

"오! 마침내 광마대가 왔군!"

고파는 광마대주 지마한의 세 아들 중 장남으로 일신의 무공이 부친에 버금간다고 알려진 청년 용사였다. 민파대릉은 반색을 하며 고파와 함께 온 사람들의 면면을 둘러보았다. 그의 얼굴엔 곧 의혹의 빛이 떠올랐다.

"지마한은?"

고파는 대답을 못 하고 시선을 떨어뜨렸다. 답답해진 민파대릉이 재차 물었다.

"고파, 부친은 어디 가고 너 혼자 왔단 말이냐?"

고파는 시선을 들어 민파대릉을 똑바로 바라보았다. 토끼처럼 빨갛게 변한 그의 눈이 민파대릉의 마음을 철렁 내려앉게 만들었다.

"부친께서는 지난밤 피륜 부대주와 함께 관문으로 내려가셨습니다."

"관문? 어느 관문 말이냐?"

"팔열호의 폭음이 울린 서쪽 관문입니다. 아마도 부친께서는, 부친께서는……."

고파는 말을 맺지 못하고 오열을 삼켰다.

민파대릉은 아찔한 현기증을 느꼈다. 아리수가 이 변란의 주역이 분명하다면, 비각에서 온 중원인들 또한 아리수의 편이 분명했다. 그들이 손을 잡지 않았다면 아리수가 굳이 이 시기에 변란을 일으킬 까닭이 없기 때문이다. 중원인들의 주력이 머물던 장소는 귀서포였고, 광마대가 담당하는 서쪽 관문은 귀서포와 화왕성을 연결하는 선에 위치했다. 그러므로 그 관문에 지마한이 있었다는 고파의 말은, 지마한이 이미 유명을 달리했다는 말과 다르지 않았다.

'아리수, 너는 참으로 빠르게 내 양팔을 잘랐구나!'

민파대릉의 두 눈에 뿌연 습기가 맺혔다. 가슴을 난도질당하면 이런 기분일까? 차라리 양팔을 잃었다 해도 이렇게 쓰라리지는 않을 것이다. 그러나 그는 솟구치는 비분을 삼켜야만 했다. 그에겐 슬퍼할 자유조차 주어지지 않았다. 그는 남은 사람들의 생명을 책임져야 하는 수장이기 때문이다.

"고파, 부상이 가볍지 않구나. 어떻게 된 거냐?"

목소리가 떨리고 있었다. 감정을 억지로 누르려니 어쩔 수 없는 일이었다. 민파대릉의 물음에 고파는 손바닥으로 얼굴을 쓱 훔친 뒤 강개한 어조로 대답했다.

"광마대 본진으로 적도들이 들이닥쳤습니다. 접전 끝에 그들을 격퇴하기는 했지만 그 과정에서 수하의 절반 이상을 잃을 수밖에 없었습니다. 전열을 정비하던 중에 전령이 당도해 문주님께서 이곳에 계신다는 소식을 접할 수 있었습니다."

신응대 본진을 쑥대밭으로 만든 아리수가 광마대라고 그냥 지나칠 리 없었을 것이다. 다만 이 숫자나마 보전할 수 있었던 것을 보면 그 경중을 달리했다는 얘기인데, 두 군데의 전력을 비교할 때 능히 이해가 가는 융통성 있는 전술이었다.

"부친의 시신이 확인된 것은 아니니 속단하지는 말자꾸나. 수하들의 배치는 다른 사람에게 맡기고 너는 어서 치료부터 받도록 해라."

이런 상황에서 누가 위로를 하고 누가 위로를 받겠느냐마는, 민파대릉은 윗사람 된 죄로 위로하는 쪽을 택할 수밖에 없었다.

민파대릉은 호뢰단의 원진 바깥으로 걸어 나가는 고파의 뒷모습을 우울한 시선으로 바라보다가, 아직 올 사람이 남았다는 사실을 떠올렸다. 그는 예마를 불렀다.

"대장로의 처소로 간 전령은 아직 돌아오지 않았나?"

"그렇습니다."

민파대릉의 안색이 더욱 어두워졌다. 때가 지났는데도 귀환하지 않는다는 것은 이미 귀환할 수 없는 신세가 되었음을 의미한다. 그렇다면 대장로도 이미?

그때 광장 남쪽에서 누군가의 외침이 울려왔다.

"거기 모여 있는 자들은 누구냐?"

민파대릉은 귀가 번쩍 뜨이는 것을 느꼈다. 가문 날 단비처럼 반가운 목소리였다.

"이곳엔 문주님께서 계시오!"

예마의 외침이 끝나기가 무섭게 허공에 옷자락 펄럭이는 소리가 요란히 울렸다. 이어, 늠름한 체구의 대머리 노인 하나가 사람들의 머리 위를 날아 민파대릉의 면전에 내려섰다.

"아아! 무사하셔서 정말 다행이오! 뇌화각을 뒤져 봐도 계시지 않아 얼마나 걱정했는지…….."

민파대릉을 얼싸안다시피 달려드는 대머리 노인은 바로 뇌문의 대장로 음뢰격이었다. 그의 신발과 장포 아랫단은 진흙투성이였다. 그가 민파대릉을 찾기 위해 얼마나 분주히 돌아다녔는지를 보여 주는 대목이 아닐 수 없었다. 늙은 원로대신의 충정이 민파대릉의 가슴을 뭉클하게 만들었다.

"대장로께서 혹시 변이라도 당하셨으면 어쩌나, 걱정이 이만저만이 아니었습니다."

"이따위 늙은 목숨이야 아무려면 어떻소? 문주의 건재하심을 확인하니 이젠 죽어도 여한이 없을 것 같소이다."

기쁨이 어느 정도 가시자 마음의 여유가 생긴 모양인지, 음뢰격은 한 걸음 물러서서 주위를 둘러보았다.

"이게 전부란 말이오? 용소는? 그리고 지마한은?"

민파대릉은 차마 대답하지 못하고 입술을 꾹 깨물었다. 음뢰격의 이마에 밭고랑 같은 주름이 잡혔다.

"올 수 없는 몸이 되었나 보구려."

역시 묵묵부답.

"허!"

음뢰격의 입에서 커다란 탄식이 흘러나왔다. 상황이 이 정도일 줄은 미처 예상하지 못한 듯했다. 이번에는 민파대릉이 물었다.

"혹시 다른 장로님들의 안위에 대해 아시는지요?"

"포포아투는 거처에서 죽었소. 다른 장로들도 그의 신세와 크게 다르지 않을 것 같소."

가슴 아프긴 하지만 예상했던 결과였다. 아리수의 입장에선 장로들만큼 밉살스러운 존재도 없을 테니까. 게다가 장로들 중 대부분은 변변한 호위도 거느리지 않았으니, 아마도 팔열호의 폭음이 울리기도 전에 일찌감치 제거됐을 것이다.

민파대릉이 무거운 안색으로 침묵하자, 음뢰격이 안광을 형형히 빛내며 말했다.

"너무 심려치 마시오. 다행히 신화대神火隊는 건재하오. 그들을 적절히 활용해 죽기를 각오하고 싸운다면 반드시 불리하다고만은 말할 수 없을 것이오."

이 말에 민파대릉은 반가운 마음에 앞서 얼굴이 후끈 달아오르는 것을 느꼈다.

이미 알려진바, 뇌문의 주요 전력은 정규 전투 집단인 뇌문 삼대와 문주 직속인 호뢰단으로 구성되어 있었다. 이 같은 편제에 작은 변화가 생긴 것은 작년 이맘때의 일. 화창을 전문으로 다루는 소수 정예의 별군別軍이 노신 삼인방이라 할 수 있는 대장로 음뢰격, 제사장 오고태, 수석 제화사 포포아투의 건의로 비밀리에 창설된 것이다.

노신들의 끈질긴 건의에 못 이겨 신화대의 창설을 승낙하긴 했지만 민파대릉의 심사는 과히 편하지 못했다. 신화대의 목적이 부문주 아리수를 견제하는 데 있음을 간파했기 때문이다.

노신들은 왜 저리도 끈질기게 아리수를 미워하는 것일까?

민파대릉으로선 증오와 반목이 끊이지 않는 뇌문의 현실이

개탄스럽기만 할 따름이었다. 그러나 이젠 인정하지 않을 수 없었다. 노신들이 맞고 그가 틀린 것이다.

"모두 제 탓입니다. 아리수를 경계하라고 하신 어르신들의 간언을 묵살한 죄가 이렇게 크게 돌아오는군요."

민파대릉은 음뢰격을 향해 머리를 깊이 숙였다.

"인륜을 받들고 동기간의 정리를 거스르지 못한 것이 어찌 죄라 하겠소? 모든 잘못은 은혜를 원수로 갚는 저 승냥이 같은 아리수에게 있을 것이오."

음뢰격이 두 손을 내저으며 말했다. 민파대릉은 고소를 지으며 들고 있던 편지를 음뢰격에게 건넸다.

"하지만 아리수는 은혜를 입었다고 여기지 않나 봅니다."

구겨진 편지를 펼쳐 본 음뢰격은 어금니를 뿌드득 갈아붙였다.

"더러운 놈! 아무리 사감이 있기로서니 동족을 배신하고 이족에 달라붙다니!"

"어찌 보면 그 또한 제 탓이겠지요. 그렇게 오랜 세월을 두고서도 동생 한 사람 감복시키지 못했으니까요."

민파대릉이 쓸쓸히 중얼거렸다. 그런데 편지를 거듭해서 읽던 음뢰격의 표정이 기이하게 변했다.

"한데 석연치 않은 구석이 있소이다."

"예?"

"문주께서도 한번 생각해 보시오. 놈이 원하는 바는 기습에 의한 속전속결이 아니겠소? 놈의 입장에선 결코 우리 측 전열이 갖춰지는 것을 원치 않을 거외다."

"그건 그렇겠지요."

"그렇다면 이상하지 않소? 편지를 보내 문주를 이리로 불러

내고, 또 흩어져 있던 전력을 규합할 시간까지 준다는 것이. 설마하니 그 승냥이 같은 인간이 이 마당에 와서 형제의 예를 구하려는 것은 아닐 테고, 그렇다고 새삼스레 선전포고를 하려는 것도 아닐 테고……. 대체 아리수는 무슨 속셈으로 이런 편지를 보냈을까요?"

'나를 이리로 불러냈다고?'

민파대릉은 순간적으로 멍해지는 것을 느꼈다. 피를 나눈 형제와 창칼을 맞대야만 한다는 비감에 사로잡힌 나머지, 아리수가 왜 자신에게 그런 편지를 보냈는지에 관해선 깊이 생각해 보지 않았던 것이다. 다음 순간, 그의 머릿속에 한 가지 무서운 가설이 떠올랐다.

"설마……!"

음뢰격이 허연 눈썹을 꿈틀거리며 물었다.

"짐작 가는 일이라도 있으시오?"

"말씀을 듣고 보니 처와 자식이 마음에 걸리는군요. 혹시 아리수가 나를 그들에게서 떼어 놓기 위해 이 편지를 보낸 것이라면?"

"하면 주모와 소문주를 뇌화각에 남겨 두셨단 말씀이오?"

"그건 아닙니다. 뇌화각을 떠나며 다후격에게 지시를 내렸습니다. 그들을 데리고 성 밖으로 피신하라고요."

"그렇다면 천만다행이구려."

음뢰격은 안도하는 눈치였다. 그러나 민파대릉은 그럴 수 없었다.

"하지만……."

"하지만?"

"그들이 만일 뇌화각 지하에 있는 암도를 통해 성 밖으로 나간다면……?"

"암도? 문주 직계로만 내려오는 그 암도 말씀이오?"

"그렇습니다. 제 처는 암도의 기관을 작동할 줄 알지요."

음뢰격은 도무지 이해할 수 없다는 표정이었다.

"문주 직계밖에 모르는 암도인 데다가 주모께서 기관을 작동할 줄 아신다면 걱정할 것이 없지 않소? 대체 무엇이 마음에 걸린단 말씀이오?"

민파대릉은 잔뜩 찌푸린 얼굴로 무엇인가를 생각하다가, 음뢰격을 향해 불쑥 물었다.

"십여 년 전이지요. 어머니께서 아리수를 죽이려 하셨던 일을 기억하십니까?"

난데없는 질문에 의아해하면서도 음뢰격은 민파대릉의 물음에 성심껏 답했다.

"기억하다마다요. 가만 있자, 아마도 문주의 성혼成婚 날짜를 며칠 앞둔 때였지요?"

"그렇습니다. 당시 병중이시던 어머니께서는 당신께서 살아 있는 동안 반드시 아리수를 죽이려 애를 쓰셨습니다. 백방으로 사람을 푼 것도 모자라 심지어는 아리수를 죽이는 자에게 큰 포상까지 약속하셨지요."

"기억이 나오. 분명 그랬소."

음뢰격의 얼굴에 잠시 회한의 기색이 어렸다. 당시 아리수를 죽였다면 오늘과 같은 환란은 겪지 않아도 되었을 것이라는 생각을 떠올린 듯했다.

"당시 아리수는 얼굴의 상처를 치료받던 약선당의 의방에서 감쪽같이 증발해 버렸지요. 네 군데 성문을 그토록 철저히 통제했음에도 말이오. 지금 생각해도 참으로 괴이한 일이오. 그로부터 전대 주모께서 세상을 뜨시기까지 한 달 가까운 기간 동안, 성치도 않은 몸으로 대체 어디에 숨어 있었던 것인지."

음뢰격에겐 괴이한 일일지 모르지만 민파대릉에겐 그렇지 않았다.

"그는 동쪽 해안에 숨어 있었습니다."

"예? 하지만 당시 성문은……."

"성문을 통제한다고 성 밖으로 나갈 길이 전혀 없는 것은 아니지요."

이 말뜻을 얼른 이해하지 못하고 의아해하던 음뢰격의 눈이 어느 순간 휘둥그레졌다.

"하면 바로 그 암도를 통해?"

"그렇습니다. 제가 그를 인도했지요."

"무, 문주, 그 일로 인해 전대 주모께서 눈조차 제대로 감지 못하고 돌아가신 것을 문주께서도 똑똑히 지켜보지 않으셨소! 그런데, 그런데 아리수를 살려 준 게 바로 문주셨다니, 대체 왜, 대체 왜 그렇게까지……!"

음뢰격으로부터 쏟아진 원망과 질책을 외면한 채, 민파대릉은 밤하늘을 올려 보았다. 그 얼굴에 가득 찬 비애와 고통이 음뢰격의 말문을 틀어막았다.

그러니 더 슬픈 것이다. 그래서 더 쓰라린 것이다. 어린 시절부터 민파대릉을 지켜봐 온 음뢰격이 어찌 그 마음을 헤아리지 못하겠는가.

"문주……."

울고 싶은 심정이 된 음뢰격의 귓전에 민파대릉의 어두운 목소리가 실렸다.

"아리수는 뇌파패와 낭란이 그 암도를 사용하리라는 것까지도 사전에 짐작했을지 모릅니다.”

민파대릉은 잠시 말을 멈추고 뇌화각 쪽으로 시선을 돌렸다.

“만일 그렇다면…….”

차마 입에 담기도 무서웠던 것일까? 뒷말은 끝내 이어지지 않았다.

(2)

음뢰격의 행적을 좇아 뇌화각으로 달려가던 마태상은 뇌화각 인근의 울창한 죽림 어귀에서 걸음을 멈췄다. 죽림의 그림자 속에서 언뜻 사람을 본 듯한 느낌을 받았기 때문이다. 그가 신형을 세우자 뒤따르던 낭숙의 문도들도 일제히 멈췄다.

“누구냐?”

마태상의 살기 띤 음성에 댓잎들이 우수수 울렸다. 잠시 후 죽림 속으로부터 낭랑한 목소리가 들려왔다.

“바빠 보이십니다, 마 사주.”

한 사람이 죽림으로부터 천천히 걸어 나왔다. 두 손을 물빛 장포의 소매 속에 감춘 그 사람의 얼굴엔 유유한 미소가 맺혀 있었다. 마태상은 전신에 끌어 올린 공력을 슬그머니 풀었다. 그렇다고 해서 못마땅한 표정까지 가신 것은 아니었다.

“당신이었군. 광장에서 보자던 사람이 여긴 웬일이오?”

댓잎 사이를 지나온 달빛이 그 사람의 얼굴을 비췄다. 얼굴을 종으로 가른 흉터가 섬뜩한 분위기를 풍겼다. 바로 아리수, 아름다운 섬 금부도를 피비린내 나는 아수라장으로 바꿔 놓은 장본인이기도 했다.

아리수는 한가로운 신색으로 죽림을 둘러보았다.

"이곳은 공기가 참 좋지요. 대나무 향기란 이런 밤에 더욱 그 윽한 법입니다."

이제는 마태상에게도 익숙해진, 준비한 대사를 읊는 배우의 말투였다. 마태상의 세모꼴 눈이 가늘어졌다.

"이 다급한 시기에 당신은 산책이나 하고 있었던 거요?"

"설마 그럴 리가. 개인적인 준비가 아직 끝나지 않아 이렇게 기다리고 있는 중입니다. 약속 시간까지는 광장에 갈 수 있을 터이니 마 사주께선 너무 염려하지 마십시오."

'누가 너 따위 승냥이 같은 오랑캐 놈을 염려할까 보냐?'

마태상은 코웃음을 친 뒤, 아리수의 앞을 그대로 지나쳤다. 놈과 노닥거리며 시간을 낭비하고 싶진 않았다. 그러나 뒤통수에 얹힌 아리수의 말이 그의 발길을 다시 멈추게 만들었다.

"혹시 늙은 너구리를 잡고자 하신다면 굳이 뇌화각까지 가실 필요 없을 겁니다."

마태상은 아리수를 향해 돌아섰다.

"무슨 뜻이오?"

"늙은 너구리가 이미 뇌화각에 없다는 뜻입니다. 조금 전 꽁지에 불이라도 붙은 양 허겁지겁 뛰어나가는 것을 보았으니까요."

마태상의 두 눈이 새파랗게 빛났다.

"뭐가 어째? 그 늙은이가 달아나는 것을 두 눈 멀쩡히 뜨고 보고만 있었단 말인가!"

이제껏 지켜오던 최소한의 예의마저도 내던진 과격한 추궁이었지만, 아리수의 여유를 무너뜨리진 못했다.

"이미 죽은 줄로만 알고 있던 늙은 너구리가 버젓이 돌아다니는 사실에 놀란 나머지 손을 쓸 생각조차 하지 못했습니다."

마태상의 얼굴이 붉으락푸르락해졌다. 저 말은 사냥감을 제대로 처리하지 못한 마태상을 조롱하는 것과 다름없었다.

'이 버러지 같은 새끼를 확!'

성질 같아선 저 능글능글한 낯짝을 박골마조로 박박 깎아 버리고 싶었다. 하지만 성질대로 저질러 버릴 수는 없었다. 아리수는 이과래가 아니었다. 마태상으로선 절대로 인정하고 싶지 않지만, 이 밤이 지나면 그와 같은 반열인 뇌문의 문주가 될 사람인 것이다.

그때 아리수의 뒷전으로 적건인 하나가 나타났다. 질척한 흙바닥에도 아랑곳하지 않고 아리수를 향해 한쪽 무릎을 꿇은 적건인은, 빠른 여진 말로 몇 마디를 보고했다.

아리수는 고개를 끄덕인 뒤, 마태상에게 말했다.

"음뢰격이 광장에 도착했다고 하는군요. 문주파의 주력도 그곳에 모여 있다고 하니, 늙은 너구리답게 자리만큼은 기가 막히게 찾아다니지 않습니까? 하하!"

마태상은 살벌한 눈초리로 아리수를 노려보다가 몸을 홱 돌렸다. 등 뒤에서 아리수의 목소리가 날아왔다.

"광장으로 가시는 겁니까?"

"이 마태상이 당신에게 그런 것까지 일일이 보고해야 한단 말이오?"

마태상은 싸늘하게 쏘아붙인 뒤 걸음을 옮겼다. 몇 발짝 걸어가기도 전에 아리수의 목소리가 다시 날아왔다.

"노파심에서 드리는 말씀입니다만 소생은 광장에다가 하나의 무대를 마련해 볼 생각입니다. 바라옵건대 소생의 작은 흥취를 깨뜨리시는 일이 없기를 당부 드립니다."

마태상은 콧방귀를 뀌었다.

저따위 당부는 있으나 마나였다. 오랑캐 집단의 주인을 바꾸는 일이란 마태상에게 있어서 하룻밤 심심파적에 지나지 않았다. 심심파적으로 시작한 일에 대가를 건다는 것은 어리석기 짝이 없는 짓. 사냥감을 놓친 것이 자존심 상하긴 했지만, 그로 인해 자신과 수하들을 위험에 빠뜨릴 생각은 추호도 없었다.

절대적인 승산이 서기 전까지는, 설령 아리수가 애걸한다 할지라도 마태상은 결코 나서지 않을 것이다.

다후격의 비명이 어둠 속으로 울려 퍼진 뒤, 대체 얼마의 시간이 지났을까?

절대적인 암흑에 내던져진 뇌파패와 낭란은 장단長短을 감지할 수 없는 시간에 짓눌려 허덕였다. 그때 팍, 소리와 함께 주위가 밝아졌다. 두 쌍의 눈동자는 불빛에 금방 익숙해질 수 있었다. 암흑이 지배한 시간이 그리 길지 않았다는 증거였다.

암흑을 몰아낸 사람은 일신에 자루처럼 헐렁한 흑포를 걸친 괴인이었다. 나무껍질처럼 푸석한 피부 위로 한 올의 터럭도 찾아볼 수 없는 기이한 용모의 괴인. 얼마 전까지만 해도 일행의 앞길을 밝혀 주던 십리화통은 이 순간 그 괴인의 왼손에 들려 있었다.

"으어어……!"

다후격이 흑포 괴인의 발치에서 상처 입은 짐승처럼 울부짖었다. 그의 입술은 이미 시커멓게 죽어 있었다. 암도의 비문을 지날 때만 해도 더없이 든든한 보호자처럼 보이던 그가, 지금은 푸줏간에 매달린 고깃덩이 신세로 변해 있었다. 오른쪽 겨드랑이에 끝이 갈고리처럼 휘어진 물체가 깊숙이 틀어박혀 있었기 때문이다.

이름도 쟁쟁한 철웅대주 다후격이 암흑이 지배한 잠깐 사이에 이런 비참한 꼴로 변했을 줄 누가 알았겠는가!

흑포 괴인은 다후격의 고통스러운 울부짖음에도 눈 하나 깜짝이지 않았다. 마치 다후격을 저렇게 만든 갈고리의 한쪽 끝을 쥐고 있는 사람이 본인이라는 사실을 알지 못하는 듯했다. 그는 광물 같은 차가운 눈동자로 뇌파패를 바라보며 말했다.

"기다리고 있었습니다."

높낮이 없는 건조한 목소리가 뇌파패의 목덜미에 소름을 돋게 만들었다. 그녀는 떨리는 턱을 간신히 움직여 흑포 괴인에게 물었다.

"다, 당신은 누구인가요?"

"소인의 이름은 포리기하라고 합니다."

뇌파패의 얼굴에 공포가 떠올랐다. 비록 직접 대면한 적은 없지만 그 이름만큼은 들어 알고 있었다. 타인의 고통으로부터 스스로의 존재 가치를 찾는다는 인간 백정 포리기하. 그러나 그녀를 휩쓴 공포의 본질은 그 악명에서 비롯된 것만은 아니었다.

뇌파패는 낭란을 숨길 듯이 감싸 안으며 포리기하에게 물었다.

"당신은 그의 지시로 여기에 온 건가요?"

포리기하는 머뭇거리지 않고 대답했다.

"그렇습니다."

"그가 어떻게 이 암도를……?"

"주인님께서는 많은 것들을 알고 계십니다."

'주인님'이란 단어를 입에 담는 순간, 포리기하의 얼굴에 처음으로 감정의 기색이 떠올랐다. 그것은 사육당한 맹수가 조련사에게 보내는 맹목적인 복종심이었다.

그때 낭란이 뇌파패의 품을 빠져나오며 외쳤다.

"이 악당, 당장 숙부를 놔줘라!"

챙!

서늘한 검명劍鳴이 동굴 속으로 울려 퍼졌다. 낭란이 등에 메고 있던 검을 뽑은 것이다.

발검과 공격은 거의 동시에 이루어졌다. 그리 가깝다고 할 수 없는 거리를 단숨에 지워 나가는 몸놀림은 문주 가계로 전해 내려오는 전광축공신법이었다. 그렇게 달려 나간 낭란의 자그마한 몸뚱이는 순식간에 포리기하의 면전에 이르러 있었다. 뇌파패로선 끼어들고 말고 할 여지조차 없는 돌발적인 행동이었다.

"무모하시군요."

포리기하는 왼손에 쥐고 있던 십리화통을 비스듬히 휘둘렀다. 파리라도 쫓는 듯한 가벼운 손짓이었지만, 낭란이 시도한 직선적인 공격에는 매우 적절한 대응이었다.

그런데 낭란에겐 감춰 둔 한 수가 있었다. 재빨리 취한 부보로 자세를 낮춤으로써 포리기하의 방어를 무산시킴과 동시에 힘차게 솟구치며 검을 올려 치는 일련의 변화는, 며칠 전 부개덕의 코를 납작하게 만들어 준 연파십팔검의 여섯 번째 초식 승풍파랑이었다. 그날의 성공에 고무되어 더욱 열성적으로 매달린 덕에 이제 낭란의 승풍파랑은 거의 완숙한 경지에 이르러 있었다.

하지만 상대는 열 명의 부개덕이 달려들어도 낯빛 하나 변하지 않고 차례차례 포를 떠 나갈 인간 백정 포리기하였다. 그는 아주 잠깐 허를 찔린 기색을 드러내긴 했지만, 십리화통을 빠르게 틀어 낭란의 검격을 걷어 냈다. 갈고리를 쥔 오른손은 움직이지도 않은 채였다.

쨍!

검이 허공으로 날아올랐다. 손잡이를 통해 전달된 세찬 반탄력이 이 당찬 소년 검사로부터 검을 앗아 간 것이다.

"으윽!"

뒷걸음질을 치는 낭란의 입에서 신음이 흘러나왔다. 왼손으로 감싸쥔 오른손 호구에선 혈흔이 번지고 있었다.

"얘야, 다쳤느냐?"

뒤에서 지켜보던 뇌파패가 크게 놀라 물었다. 낭란은 분한 듯 씨근덕거리며 대답했다.

"별것 아니에요. 하지만 이자는 너무 강하군요."

포리기하가 말했다.

"도련님의 검술이 고명한 탓에 소인이 그만 힘을 조절하지 못하고 귀체에 상처를 입혔습니다."

"이 악당아, 지금 나를 조롱하는 거냐?"

낭란이 새빨개진 얼굴로 외쳤다. 하지만 포리기하는 결코 낭란을 조롱한 것이 아니었다.

"소인이 저지른 죄에 대한 벌은 소인 스스로 받겠습니다."

포리기하는 십리화통을 든 왼손을 입가로 가져가더니, 새끼손가락을 이빨로 물어 끊어 버렸다.

으드득!

그의 얄팍한 입술 사이로 한 줄 혈선이 차올랐다.

"앗!"

낭란은 너무도 놀란 나머지 자신도 모르게 비명을 질렀다.

하지만 포리기하는 신음 한 토막, 땀 한 방울 흘리지 않았다. 태연한 얼굴로 끊어진 손가락을 동굴 바닥에 뱉어 버리는 그는, 타인의 고통뿐만이 아니라 자신의 고통마저도 아랑곳하지 않는 것 같았다.

"돌아오너라. 그는 네가 상대할 수 있는 사람이 아니다."

뇌파패가 말했다. 인정하고 싶진 않지만 그것은 엄연한 현실이었다. 낭란은 어깨를 축 늘어뜨린 채 뇌파패에게 돌아갔다. 뇌파패가 포리기하에게 물었다.

"당신은 우리 모자를 어찌할 셈이죠?"

포리기하는 손목의 혈도를 눌러 지혈한 뒤 뇌파패에게 대답했다.

"소인은 두 분을 보호하라는 명을 받았습니다."

"우리를 보호해 주던 사람을 해친 당신의 입에서 그런 말을 들으니 기분이 이상하군요."

뇌파패가 가시 돋친 말투로 포리기하를 비꼬았다. 그러나 포리기하의 표정에는 아무런 변화도 없었다.

"이자는 너무 약해서 두 분을 보호할 자격이 없습니다."

포리기하는 말을 하는 동안 갈고리를 쥔 오른손을 슬쩍 잡아챘다.

"끄어억!"

갈고리가 조금 위로 당겨지면서, 거기에 옆구리를 꿰인 다후격의 입에서 차마 들어 주지 못할 처절한 비명이 터져 나왔다. 본래 그는 고통 앞에서 저렇게 무기력한 모습을 보일 사람이 아니었다. 그러나 지금은 어쩔 수 없었다. 묵빙단극이란 이름의 저 갈고리는 원래 인간에게 고통을 줄 목적으로 제작된 기병이기 때문이다.

"그만! 당장 그만둬요!"

뇌파패가 창백해진 얼굴로 소리를 질렀다. 포리기하는 손을 멈추고 그녀를 바라보았다.

"소인을 아신다면 이자의 운명이 어떠리라는 것 또한 아시리라 믿습니다. 그러나 마님께서 주인님의 뜻에 순순히 따르시겠다면 소인도 마님의 뜻에 다르겠습니다."

"혀, 형수님, 절대로, 절대로 놈의…… 컥!"

다후격이 죽을힘을 짜내어 몇 마디 외쳤지만, 포리기하가 오른손을 가볍게 움직이자 눈을 까뒤집으며 경련을 일으키고 말았다.

"어떻게 하시겠습니까?"

포리기하가 억양 없는 말투로 물었다. 뇌파패는 입술을 꼭 깨물었다. 다후격이 저 꼴이 된 이상 그들 모자의 힘만으로 포리기하로부터 벗어나는 것은 불가능한 일이었다. 그것을 알면서도 쓸데없는 오기로 시숙을 희생시킬 수는 없었다.

"좋아요. 당신 말을 들을 테니 그를 살려 주세요."

"알겠습니다."

포리기하는 그 즉시 다후격의 옆구리에 꽂아 넣은 묵빙단극을 뽑았다. 핏물 대신 검붉은 부스러기가 우수수 떨어졌다. 묵빙단극에 더해진 빙정의 지독한 한기가 뜨거운 핏물마저도 얼음 부스러기로 만든 것이다.

"혁! 끄으으……."

비록 묵빙단극의 금제로부터 자유로워지긴 했지만, 다후격은 이미 거동할 수 없는 상태였다. 우측 늑골 대부분이 부러졌고 간장과 허파의 일부도 상했으니, 바닥에 가만히 누워 있는 것만으로도 힘에 부칠 지경이었다. 그 모습을 안쓰러운 눈으로 바라보던 뇌파패가 포리기하에게 말했다.

"잠시 저분을 돌볼 시간을 주세요."

포리기하는 예상외로 이 요구를 순순히 받아들였다.

"그렇게 하십시오."

그는 흑포의 등 뒤에 마련된 걸이에 묵빙단극을 꽂은 뒤, 몇 걸음 뒤로 물러났다. 뇌파패는 다후격의 앞에 쪼그리고 앉아 피와 거품으로 더럽혀진 그의 얼굴을 소매로 닦아 주었다.

"부족한 이놈 때문에 두 분이…… 크흐흑!"

다후격이 고통과 울분을 이기지 못하고 눈물을 흘렸다. 뇌파패는 처연한 웃음을 지으며 고개를 흔들었다.

"시숙 때문이 아니에요. 어쩌면 뇌신께서 이 죄 많은 년에게 내리는 신벌일 수도 있겠지요."

그러나 뇌파패의 목소리는 뒤로 갈수록 작아져, 다후격의 귀에는 '시숙 때문이 아니에요.'라는 말밖에 들리지 않았다.

뇌파패는 포리기하를 향해 손바닥을 내밀었다.

"당신은 언제나 좋은 약을 가지고 다닌다고 들었어요. 그 약을 주세요."

그녀의 말은 사실이었다. 포리기하가 그런 약을 상비하고 다니는 이유는 인간을 더욱 고통스럽게 만들기 위해서였다. 일단 목숨은 붙여 놔야 새로운 고통을 안겨 줄 수 있는 것이다.

"순수하게 사람을 살리기 위해 약을 쓰긴 이번이 처음이군요."

포리기하는 품에서 작은 주석 병을 꺼내 뇌파패에게 건넸다. 뇌파패가 마개를 열고 병을 기울이니 새까만 환약 세 알이 굴러 나왔다.

"한독을 몰아내고 장기를 보호하는 회천소양환回天小陽丸입니다. 한 알을 복용하면 한 시진을 버틸 수 있습니다."

뇌파패는 미간을 찌푸렸다.

"이게 전부인가요?"

"다른 약도 있긴 하지만 지금의 그에겐 아무런 도움도 되지 못합니다."

"세 시진이 지난 다음엔?"

"그의 운에 맡겨야겠지요."

뇌파패는 나직이 한숨을 쉰 뒤, 포리기하로부터 받은 병을 다후격의 손에 쥐어 주었다.

"이 약을 한 시진마다 복용하면서 기다리세요. 만일 뇌신의 보살핌으로 반도들을 물리칠 수 있다면, 반드시 구하러 오겠어요."

그러나 뇌파패의 목소리엔 기운이 실려 있지 않았다. 그녀 자신조차도 그럴 가능성이 희박하다는 사실을 알고 있기 때문이었다. 다후격은 전신을 부들부들 떨다가, 갑자기 어디서 그런 힘이 솟았는지 포리기하를 노려보며 성난 목소리로 외쳤다.

"포리기하, 만일 두 분께 손톱만큼의 해라도 입힌다면, 죽어 귀신이 되어서라도 네놈을 결단코 용서하지 않겠다!"

"인간을 무서워하지 않는 자는 귀신도 무서워하지 않지."

포리기하가 무감한 목소리로 대꾸했다. 분연한 얼굴로 재차 저주를 퍼부으려는 다후격을, 뇌파패가 손을 내밀어 제지했다.

"많은 말은 상처에 좋지 않아요. 시숙께선 스스로를 돌보세요."

뇌파패는 다후격의 상체를 부축해 최대한 편한 자세로 벽에 기대게 해 준 뒤, 자리에서 일어나 포리기하를 향해 돌아섰다.

"시간을 줘서 고마워요. 이제 당신은 당신의 일을 해도 좋아요."

포리기하는 십리화통을 들어 한쪽을 가리켰다.

"이제부터 소인이 두 분을 모시겠습니다. 발밑이 어두우니 너무 멀리 떨어지지는 마십시오."

이 말은 마치, 너희 둘은 절대로 내 손을 빠져나갈 수 없으니 허튼수작 부리지 말라는 말처럼 들렸다.

뇌파패는 포리기하가 가리킨 길을 바라보았다. 그 길은 그녀의 일행이 이제껏 지나온, 그 끝이 뇌화각으로 이어진 지하 복도였다. 그녀는 조그맣게 한숨을 쉰 뒤 포리기하에게 말했다.

"알았어요. 당신이 앞장서세요."

포리기하는 복도 쪽으로 걸음을 옮겼다. 뇌파패는 낭란의 손을 꼭 움켜잡고 그의 뒤를 따랐다.

"형수님, 부디 보중하십시오!"

다후격의 비통한 절규를 뒤로한 채, 세 사람은 십리화통의 주황색 광휘에 둘러싸여 지하 복도를 거슬러 가기 시작했다.

포리기하의 보폭은 자로 잰 듯 일정했다. 마치 정교한 장치에 의해 움직이는 인형의 걸음걸이를 보는 듯했다. 그러나 뇌파패의 걸음걸이는 그렇지 못했다. 걸음을 딛을 때마다 신발 안에 납으로 만든 밑창이 한 겹씩 덧대지는 듯한 느낌이었다. 물론 신발이 무거워질 리는 없었다. 무거워진 것은 그녀의 마음이었다.

어느 순간, 뇌파패는 잡고 있던 낭란의 손에 힘이 들어가는 것을 느꼈다. 그녀는 낭란을 향해 고개를 돌렸다. 낭란이 그녀에게 조그만 목소리로 말했다.

"어머니, 궁금한 것이 있어요."

뇌파패의 마음속에서 쿵, 소리가 울렸다.

"말해 보렴."

낭란은 잠시 머뭇거리다가 조심스럽게 물었다.

"아까 저자가 말한 '주인님'이란 대체 누구죠? 그는 왜 어머니와 저를 만나려고 하는 건가요?"

마침내 올 것이 왔다는 생각이 뇌파패의 입에서 탄식을 자아냈다. 아아! 이것은 단지 어른들만의 문제가 아니었다. 만일 그렇다면 마음이 이토록 조마조마하지는 않으련만, 어른들이 과거에 맺은 추악한 인연의 한복판에는 낭란, 아무 죄도 없는 그녀의 아들이 있었던 것이다.

"그는……."

안 돼! 내 입으로는 차마 못 해!

뇌파패는 입술을 벌렸지만 그 사이에서 흘러나온 목소리는 곧바로 뭔가에 의해 먹혀 버렸다. 이 얼마나 가증스러운 일인가? 이 마당에도 어미랍시고 자식 앞에서 위선의 가면을 고집스레 쓰려고 하다니.

그러나 어쩔 수 없었다. 조만간 밝혀질 줄 뻔히 알면서도 그녀는 아들의 질문을 회피할 수밖에 없었다. 그녀는 스스로에게 저주를 퍼부으면서, 자칫 벗겨질지도 모르는 가면의 끈을 단단히 조여 맸다.

"부개덕을 이겼다고 했지? 그렇다면 이제 너도 한 사람의 당당한 전사라고 할 수 있구나."

짐짓 다정한 목소리. 낭란의 얼굴에 자랑스러워하는 기색이 스쳤다. 뇌파패가 계속 말했다.

"전사란 단지 외적인 힘만으로 이루어지는 것이 아니다. 어떠한 시련에도 굴하지 않는 확고한 신념과 의지를 갖춰야만 비로소 전사가 될 수 있는 거란다."

"명심할게요."

깊이 생각하지 않고 대답한 것이 분명했다. 이 위기에서도 용기를 잃지 말라는, 다분히 작위적인 가르침이라 여긴 탓이리

라. 그 가르침이 결코 작위적인 것이 아님을 깨달았을 때 아들이 겪을 마음의 고통을 생각하니 뇌파패는 심장 한구석이 도려내지는 기분이었다. 그녀는 일그러지려는 얼굴을 애써 다잡고 물었다.

"낭란, 네 아버지가 누구냐?"

낭란은 어리둥절한 표정을 지었다. 그러나 곧 대답했다.

"뇌신의 후예들을 이끄시는 자랑스러운 뇌문의 문주시죠."

"그 이름은?"

"민파대릉, 바다에 우뚝 솟은 커다란 봉우리란 뜻이에요."

뇌파패의 얼굴에 비로소 미소가 떠올랐다.

"잘 아는구나. 어떠한 일이 닥치더라도 그분의 아들이란 사실만 잊지 않으면 된다."

낭란이 눈을 동그랗게 뜨며 되물었다.

"갑자기 왜 그런 말씀을 하시는 거죠? 제가 아버지의 아들이 아니면 누구의 아들이겠어요?"

뇌파패는 아무 대답 없이 전방으로 시선을 돌렸다. 아들의 천진한 두 눈을 더 이상 대하고 있다간 자신이 뒤집어쓴 위선의 가면이 벗겨질 것 같았기 때문이다.

바로 그때, 몇 발짝 앞에서 기계적으로 이어지던 포리기하의 걸음이 보이지 않는 벽에 가로막힌 듯 우뚝 멎었다. 뇌파패는 어깨를 움찔거렸다. 혹시 그들의 대화에 끼어들기 위해 멈춘 것은 아닐까? 그러면 안 되는데, 절대로 안 되는데…….

그러나 뇌파패의 걱정은 기우에 불과했다. 포리기하가 걸음을 멈춘 이유는 전혀 다른 데 있었다.

포리기하는 두 사람을 향해 번개처럼 몸을 돌리며 두 팔을 쫙 펼쳤다. 다음 순간, 복도 벽과 바닥에 드리운 세 사람의 그림자가 춤추듯 흔들렸다. 하지만 실제로 흔들린 것은 포리기하 한 사람에 불과했다. 그와 그의 손에 들린 십리화통이 흔들리면서 바닥의 그림자들까지 요동친 것이다.

그림자들의 흔들림은 곧 멈췄다. 포리기하는 두 팔을 천천히 내렸다. 그의 표정은 여전히 무심해 보였다. 달라진 것이 있다면 눈가에 간헐적으로 일어나는 작은 경련뿐.

무슨 일이 있었던 걸까?

뇌파패가 그 이유를 물으려는데, 포리기하가 전방을 향해 돌아섰다. 그에 따라, 전방을 향해 있던 그의 등이 뇌파패 쪽으로 돌려졌다.

"아!"

뇌파패의 입에서 짤막한 비명이 터져 나왔다. 포리기하가 입고 있는 흑포의 등판에 쇠털처럼 가느다란 비침들이 빽빽이 꽂혀 있었던 것이다.

"나와라."

포리기하가 전방을 향해 말했다. 난데없는 비침 세례로 등이 벌집이 된 사람의 것이라고는 믿기지 않을 만큼 무감한 목소리였다.

"오호호!"

짤랑거리는 교소가 울려 퍼지며 전방 이 장쯤 떨어진 복도의 좌측 벽으로부터 한 사람이 걸어 나왔다. 자세히 살펴보니 그 사람이 나온 곳은 벽이 아니라 그 벽에 달린, 다후격이 보물 창고라 부르던 방들 중 하나였다.

"독귀발毒鬼髮이 어떤 물건인지 알면서도 피하지 않을 만큼 그 두 사람이 소중하단 말이지? 포리기하, 당신은 역시 충직한 개야. 주인의 명이라면 목숨조차 아까워하지 않는군."

방으로부터 나온 사람은 음습한 복도의 분위기에 전혀 어울리지 않았다. 화사한 홍금사 배자에 연분홍빛 나군을 입은 여인. 그녀의 오른손엔 어린아이 팔뚝만 한 원통이 들려 있었다. 포리기하의 등에 빽빽이 박힌 비침들은 바로 그 원통에서 발사된 것 같았다.

　"목목태?"

　뇌파패가 의혹에 찬 목소리로 여인의 이름을 불렀다. 홍금사 배자의 여인, 목목태는 같은 여인이라도 반할 만큼 매력적인 미소로 뇌파패에게 무언의 인사를 보냈다.

　뇌파패는 영문을 알 수 없었다. 약선당주 목목태가 어떻게 이곳에 나타날 수 있단 말인가? 암도의 뜻이 '다른 사람들이 모르는 길'이 분명하다면, 대체 여기는 어떻게 생겨 먹은 암도이기에 예상치도 못한 인물들이 이처럼 속속 튀어나온단 말인가?

　그때 포리기하가 몸을 크게 휘청거렸다. 십리화통의 불꽃이 흔들리며 벽과 바닥의 그림자들이 또 한 번 춤을 췄다. 그 모습을 본 목목태가 손뼉을 치며 깔깔거렸다.

　"독귀발의 '독毒'이 무엇을 의미하는지 아느냐? 잘난 네 주인도 내게서 얻어 내기 위해 사정하다시피 한 바로 그 반와합궁액을 뜻한다. 반와합궁액이 어떤 독인지는 포리기하 당신도 잘 알고 있겠지?"

　포리기하는 이 질문에 대답할 수 있는 상태가 아니었다.

　"큭! 끄으! 킥!"

　포리기하는 괴이한 신음을 흘리며 사지를 뒤틀기 시작했다. 손목이 뒤틀리고, 두 무릎이 꼬이고, 목 관절이 꺾이고……. 그에 따라 그림자들의 춤사위도 더욱 어지러워졌다.

　"호호, 이젠 쓰러질 시간이다!"

목목태가 포리기하를 가리키며 외치자, 그는 마치 잘 훈련된 노예처럼 그 자리에 풀썩 엎어졌다. 그의 손에서 떨어진 십리화통이 바닥을 데굴데굴 구르다가 벽에 부딪쳐 멈췄다. 다후격의 손에서 떨어졌을 때보다는 충격이 덜한 탓인지, 십리화통의 불꽃은 위태롭게 흔들리기만 했을 뿐 꺼지지는 않았다.

　포리기하의 얼굴과 양손 위로 검은 반점이 빠르게 번져 갔다. 반와합궁액에 당한 전형적인 증상이었다. 금부도 남쪽 늪에 서식하는 얼룩무늬 개구리의 독은 진실로 무서웠으니, 비정함과 냉혹함으로 똘똘 뭉친 포리기하마저도 한 마리 병든 개처럼 간단히 거꾸러뜨린 것이다.

　포리기하가 쓰러지자 뇌파패와 목목태, 두 여인은 아무 장애물 없이 서로를 마주 볼 수 있게 되었다. 목목태가 뇌파패를 향해 걸음을 사뿐 내디뎠다. 거리가 가까워질수록 뇌파패의 이마에는 식은땀이 맺혔고, 목목태의 입가에는 화사한 미소가 짙어졌다.

　서로 팔을 뻗으면 손가락 끝이 닿을 거리까지 가까워졌을 때, 목목태는 걸음을 멈추고 모란처럼 농염한 입술을 나풀거렸다.

　"현숙하시고 아름다우신 주모님을 뵈오니 천녀로서는 더할 나위 없는 영광이에요."

　뇌파패는 선뜻 대답할 수 없었다. 지금 눈앞에서 화사하게 웃고 있는 저 여자는 결코 자신에게 호의를 품지 않고 있었다. 그것은 사고 이전의 직감이었다. 하지만 나이 어린 낭란에게서 그런 직감을 기대하기란 어려운 일이었다.

　"약선당주, 악도 놈을 처치해 줘서 고마워요."

　목목태가 낭란 쪽으로 고개를 돌리며 방긋 웃었다.

"어머나! 이토록 귀여우신 소문주님께서 그동안 얼마나 무서우셨을까?"

낭란이 얼굴을 붉히며 외쳤다.

"누, 누가 누구를 무서워했다고 그래요? 나는 아무도 무서워하지 않았어요! 내가 어리다고 입을 함부로 놀렸다간 가만있지 않을 거예요!"

제법 위엄을 갖춘 호통이었다. 목목태의 두 눈이 동그래졌지만, 금방 초승달 모양으로 되돌아갔다.

"포리기하를 만나고도 무섭지 않았다니, 과연 피는 못 속이나 보군요. 아버지가 그토록 냉정하고 용감하니 아들도 그럴 수밖에요."

뇌파패의 어깨가 부르르 떨렸다. 민파대릉은 냉정하고 용감한 성격이 아니었다. 오히려 온화하고 신중한 성격이라고 할 수 있었다. 뱀처럼 냉정하고 사자처럼 용감한 사람은 따로 있었다. 그 사람은 바로……

"당신은 우리가 이곳에 있다는 것을 어떻게 알았죠?"

뇌파패가 굳은 얼굴로 목목태에게 물었다.

"성문을 통하지 않고 성 밖으로 나갈 수 있는 길이 이 암도를 제외하고도 또 있던가요?"

당연한 것을 왜 묻느냐는 식의 반문이었다.

"하지만 이 길은 문주 직계로만 전해 오는……"

목목태는 까르륵 웃었다.

"순진도 하셔라! 이럴 때 보면 영락없는 숙맥 같다니까. 그런데 이런 숙맥이 어떻게 두 남자 사이에서 그토록 앙큼한 짓을 저지른 걸까? 그것도 다른 사람 아닌 형제 사이에서?"

뇌파패의 얼굴이 백짓장처럼 핼쑥해졌다. 곁에 있던 낭란이 목목태를 꾸짖고 나섰다.

"약선당주, 감히 어머니께 그게 무슨 무례한…… 흑!"

그러나 낭란의 호통은 뚝 끊어질 수밖에 없었다. 목목태가 오른손에 들고 있던 원통을 그의 코앞에 바짝 들이댔기 때문이다.

"안 돼!"

뇌파패의 입에서 비명이 터져 나왔다. 그러나 목목태는 태연하기만 했다. 그녀는 원통을 바짝 들이댄 채로, 왼손을 내밀어 낭란의 머리를 부드럽게 쓰다듬었다.

"용감하신 것도 좋지만 시기를 가릴 줄 아셔야죠. 나서지 말아야 할 시기에 나서면 어떻게 되는지 아세요?"

낭란은 겁먹은 눈으로 코앞의 원통을 바라볼 뿐, 뭐라 대답하지 못했다. 목목태가 방긋 웃었다.

"모르시는 모양이네요. 그러면 천녀가 지금 가르쳐 드리죠. 나서지 말아야 할 시기에 나서면 바로 이렇게 된답니다."

딸깍.

원통에서 미세한 금속성이 울렸다. 목목태가 원통의 발사 장치를 누른 것이다.

"꺅!"

뇌파패는 얼굴을 가리며 비명을 질렀고, 낭란은 두 눈을 질끈 감으며 어깨를 움츠렸다.

하지만 아무 일도 벌어지지 않았다. 딸깍거리는 소리만 울렸을 뿐, 원통의 끝에선 아무것도 발사되지 않았던 것이다.

"호호호!"

목목태가 낭란의 얼굴에서 원통을 떼어 내며 재미있어 죽겠다는 듯이 웃었다.

"아하하! 미안, 미안해요. 천녀가 깜빡했군요. 한번 사용한 독귀발은 다시 비침을 장전할 때까지 무용지물이란 사실을 말이에요. 하하! 아무리 그렇기로서니 두 분께서 그렇게 놀랄 줄은 몰랐네요. 저 나무토막처럼 재미없는 포리기하와는 자못 딴판인걸요. 아하하!"

조롱당했다는 분노가 낭란의 얼굴을 시뻘겋게 만들었다. 명색이 한 부족의 작은 주인이 된 몸으로 언제 이런 조롱을 당해 보았겠는가. 그러나 그는 경거망동할 수 없었다. 옷자락을 꽉 움켜쥔 뇌파패의 손 때문이었다.

잠시 후, 숨넘어갈 듯한 웃음을 가까스로 진정시킨 목목태가 뇌파패를 바라보며 말했다.

"이 암도를 어떻게 알았냐고 물었나요? 대답해 드리죠. 당신의 바람기 많은 시아버지는 천녀의 화냥기 많은 사부를 만나고 싶어 애간장을 태웠지만, 당신의 투기심 많은 시어머니의 눈이 무서워 감히 드러난 장소를 이용할 수 없었죠. 때문에 천녀의 사부는 하루가 멀다 하고 동쪽 해안의 동굴을 통해 이 암도로 들어왔고, 두 남녀는 아까 제가 있던 방에서 끓어오르는 육욕을 마음껏 풀 수 있었죠. 지금이야 창고로밖에 쓰지 못하는 방이지만 그때엔 비단 금침에 얄궂은 춘화春畵를 새긴 구리거울까지, 한마디로 말해 남녀가 밀회를 즐기기엔 더없이 좋은 장소였거든요. 이제 대답이 되었나요?"

저 여자는 낯 뜨거운 말을 잘도 지껄이는구나.

뇌파패는 자신도 모르게 얼굴을 붉혔다. 사춘기에 접어든 낭란의 귀에 선대의 추잡한 난행이 어찌 들릴지 걱정도 되었다. 하지만 지금 그들 모자가 직면한 문제는 그런 사소한 것이 아니었다.

"당신은 우리 모자를 어찌할 셈인가요?"

뇌파패가 물었다. 불과 반 각 전에 꺼낸 것과 똑같은 질문이었다. 달라진 점이 있다면 그 대상이 포리기하에서 목목태로 바뀌었다는 것뿐. 그러나 뇌파패의 목소리는 반 각 전보다 더욱 떨려 나오고 있었다. 포리기하의 수중에선 목숨만큼은 부지할 수 있을 거라는 최소한의 믿음이 있었지만, 목목태의 경우엔 그 무엇도 장담할 수 없었다.

목목태는 뇌파패의 두 눈을 똑바로 응시했다. 그녀의 얼굴에서 웃음기가 천천히 사라졌다. 그 자리를 채운 것은 뜻밖에도 슬픔이었다. 붉은 입술이 살짝 벌어지며 안타까움으로 가득 찬 떨리는 목소리가 흘러나왔다.

"사랑이란 뭘까요? 사랑이 무엇이기에 그 남자는 십 년이 넘도록 당신 한 사람을 잊지 못해 애태우는 걸까요? 또 나는 그런 무정한 남자의 어디가 마음에 들어 이 어둡고 불쾌한 지하에서 당신을 기다린 걸까요?"

뇌파패는 그제야 확연히 알 수 있었다. 목목태가 왜 이곳에서 그녀를 기다리고 있었는지를.

목목태의 구슬픈 목소리가 이어졌다.

"모든 것을 떠나 한 사람의 여자로서 묻고 싶어요. 당신은 그 사람을 어떻게 생각하고 있죠? 그 사람이 기대하는 것처럼 아직도 사랑하나요?"

"나는, 나는 아니에요. 나는 이미 오래전에 그를 잊었어요."

뇌파패가 즉시 대답했다. 하지만 대답과 동시에 그녀는 스스로에게 질문을 던지고 있었다. 나는 정말로 그를 잊은 것일까? 스스로에게 한 질문에 대한 대답 또한 마찬가지였다. 잊었다는 말이 사랑하지 않는다는 말과 같은 뜻을 가졌다면, 그녀는 그를 잊었다. 그것은 누구에게도 떳떳이 밝힐 수 있는 분명한 사실이었다.

그 순간, 뇌파패는 마음 한구석이 싸늘하게 얼어붙는 것을 느꼈다. 역광이 드리운 목목태의 얼굴, 그 두 눈에 맑은 물기가 차오르는 것을 본 것이다.

"그랬군요."

목목태가 넋 빠진 사람처럼 중얼거렸다.

"당신의 말이 사실이라고 믿겠어요. 당신은 예전부터 거짓말을 하지 않는 여자였죠. 밉군요, 나를 이처럼 비참하게 만든 당신이. 하지만 부럽기도 해요, 그의 마음을 그토록 완전하게 앗아 가고도 그를 간단히 잊어버릴 수 있는 당신이. 나는, 나로선 흉내도 못 낼 일이죠."

목목태는 왼손을 천천히 치켜 올렸다. 뇌파패가 흠칫 놀라며 한 발짝 뒤로 물러섰다.

"지금 뭘 하려는 건가요?"

목목태가 미소를 지었다.

"자존심 상하는 얘기지만 당신을 이길 수 없다는 것을 솔직히 인정하겠어요. 당신이 처녀였던 과거에도 그랬거니와, 지금도, 그리고 앞으로도 나는 영원히 당신을 이길 수 없을 거예요. 당신이 존재하는 한 그는 나를 받아 주지 않겠죠. 그에게 있어서 나는 영원히 여자로 다가갈 수 없을 거예요."

미소를 지으면서도 울고 있었다. 두 눈에 맺혔던 눈물방울은 이제 또렷한 물줄기가 되어 하얀 뺨을 타고 아래로 흘러내리고 있었다.

누가 그랬던가, 증오에서 비롯된 살의보다 더욱 확고한 것이 있다면 그것은 슬픔에서 비롯된 살의라고.

그러므로 뇌파패 모자가 살아날 수 있는 확률은 목목태가 흘리는 눈물의 양과 반비례하는 것이다.

　"목목태, 이, 이건 어리석은 짓이에요. 나를 죽인다고 해서 달라지는 건 없어요."

　뇌파패의 말에 목목태는 고개를 저었다.

　"나는 단 한 번만이라도 당신이 존재하지 않는 세상에서 그와 마주하고 싶어요. 그래서 당당히 요구하고 싶어요, 나를 받아 달라고."

　목목태의 왼손바닥이 위를 향해 천천히 꺾였다. 단풍잎처럼 펴진 손바닥 아래로 작은 대롱이 고개를 내밀고 있었다.

　"비겁하다는 것은 알아요. 하지만 다른 방법이 없군요. 그 대신 아무 고통도 없을 거라는 점은 분명히 약속드리겠어요. 당신과 당신의 아들을 위해 삼홍칠백사三紅七白蛇의 독을 준비해 왔으니까요. 붉은 연기를 보았을 때엔 아마 모든 것이 끝나 있을 거예요."

　삼홍칠백사의 독이 얼마나 무서운지는 약리에 문외한인 뇌파패조차도 잘 알고 있었다. 일단 물리면 소리쳐 구조를 요청할 시간조차 바랄 수 없는 극독이 바로 삼홍칠백사의 독이었다.

　"나는 어떻게 돼도 좋아요! 하지만 이 아이만큼은! 이 아이만큼은 살려 주세요!"

　마지막 애원이었다. 그러나 돌아온 대답은 짧고도 무참했다.

　"미안해요."

　목목태는 이렇게 말하며 왼손을 앞으로 내밀었다. 뇌파패는 낭란을 끌어안으며 눈을 질끈 감았다.

　이게 끝인가? 이대로 죽는 것일까?

　그런데 기이한 일이었다. 살길이 없다고 생각하니, 여기서 모든 것이 끝난다고 생각하니 오히려 마음이 편안해졌다. 이대로 죽으면 남편과 아들은 그녀가 저지른 죄를 영영 알지 못할 것이다. 죄의식에 시달리며 지새운 그 지긋지긋한 불면의 밤들을 생각해 보라! 죄의식은 두려움의 다른 얼굴에 지나지 않았다. 언젠가는 비밀이 밝혀지리라는 두려움! 이대로 죽어 버리면 더 이상의 두려움은 없을 것이다. 두려움이 없다는 것은 죄의식으로부터도 해방된다는 뜻. 이 자리에서 덕망 있는 주모로서, 현숙한 아내로서, 그리고 떳떳한 어머니로서 삶을 끝내는 편이 훨씬 다행스러운 일일지도 모른다.

한 가지 가슴 아픈 일은 아무 죄도 없는 아들을 저승길의 동반자로 삼아야 한다는 것이지만, 어쩌면 낭란에게도 그편이 나을지 모른다. 어차피 죽을 목숨이라면 그 비밀을 모르고 죽는 편이 훨씬 나았다.

삶의 희망을 포기한 뇌파패는 낭란을 끌어안은 손에 더욱 힘을 주었다. 고통이 없다니 그 또한 다행이겠지.

하지만 운명의 신은 참으로 변덕스러웠다. 그녀가 죽음을 받아들일 마음의 준비를 마치자, 약이라도 올리듯 죽음의 손길을 거둬 갔으니 말이다.

뇌파패는 눈까풀을 살며시 치켜들었다. 아무리 기다려도 죽음의 징후가 찾아오지 않았기 때문이다. 그렇게 눈을 뜬 그녀는 끔찍한 광경을 목격하게 되었다.

서너 걸음 떨어진 곳에서 왼손을 내민 채로 서 있는 목목태의 얼굴엔 불신의 기색이 가득 떠올라 있었다.

"이, 이게……."

목목태가 걸친 홍금사 배자의 명치 부분이 기이하게 불거져 있었다. 어느 순간, 불거진 정점에 위태롭게 매달려 있던 호박

琥珀 단추가 툭 떨어지며 배자의 앞자락이 활짝 열렸다. 그 사이로 튀어나온 것은 새카맣고 뾰족한 창날이었다.

한 줄기 푸석푸석한 목소리가 울렸다.

"심장으로 이어지는 혈관은 피할 생각이었는데 겨냥이 빗나갔군. 한 치만 아래였다면 훨씬 고통스러웠을 텐데."

작살에 꿰인 물고기 신세가 된 사람을 놓고 이런 감평을 늘어놓을 사람은 천지간에 하나밖에 없었다. 목목태는 뻣뻣해진 고개를 필사적으로 비틀어 뒤를 돌아보았다. 죽은 개처럼 바닥에 널브러져 있던 포리기하가 천천히 몸을 일으키고 있었다.

포리기하의 맨송맨송한 얼굴에는 검은 반점의 흔적이 남아 있었다. 살짝 비틀린 입가는 말라붙은 거품으로 더럽혀져 있었다. 그러나 그는 죽지 않았다. 반와합궁액에 당하고도 여전히 살아 있었던 것이다.

"대체 어떻게……?"

목목태가 물었다. 포리기하는 손을 들어 자신의 목을 긋는 시늉을 했다.

"사람을 죽이려면 목을 잘랐어야지."

"하지만 반와합궁액은……."

"예전부터 말해 주고 싶은 게 있었지. 너는 깔끔한 것을 너무 좋아하는 경향이 있어. 살인이란 확실하지 않으면 안 돼. 손에 피 묻는 것을 두려워하면 훌륭한 살인자가 될 수 없지."

"이럴 리 없어. 어떻게 반와합궁액에 당하고도……."

목목태는 현실을 좀처럼 받아들이려 하지 않았다. 포리기하는 자신의 얼굴을 가리켰다.

"내가 왜 이런 모습이 되었는지 너는 알지 못하는 모양이군. 원래도 그리 잘생긴 얼굴은 아니지만, 태어날 때부터 이런 몰골이었다고 생각한 것은 아니겠지?"

포리기하가 목목태를 향해 걸음을 옮겼다. 발꿈치를 질질 끄는 무거운 걸음이지만 그것이 오히려 두려워 보였다. 마치 지옥문을 열고 나오는 망령을 보는 듯했다.

"몇 년 전인가 주인님께서 심각하게 말씀하시더군. 암캐 같은 년에게서 얻어 낸 독의 해약을 만들고 싶은데, 마땅한 실험 대상이 없다고 말이야. 그래서 내가 어떻게 했을 것 같나?"

목목태는 대답하지 않았다. 어쩌면 이미 대답할 수 없는 상태가 되었는지도 모른다.

"처음엔 삼 푼의 농도부터 시작했지. 네가 자랑할 만한 독이라는 점은 인정하겠어. 한 달이 지난 뒤에야 간신히 자리에서 일어설 수 있었으니까. 다음엔 오 푼의 농도로, 다음엔 일 할의 농도로……. 그 짓을 몇 차례 반복하다 보니 어느 날인가 전신의 털이란 털이 모조리 빠지더군. 새까맣게 죽은 모근까지 딸려서 말이야. 그날 이후 나는 이 칙칙하고 기분 나쁜 옷으로 온몸을 꽁꽁 감추고 다녀야 했지. 하지만 얻은 것이 아주 없지는 않았어. 덕분에 그 독에 대해서만큼은 어느 정도 내성이 생겼으니까."

조련된 맹수의 비애가 독 기운을 빌어 발산되는 것일까? 포리기하는, 그를 아는 사람이라면 결코 믿으려 들지 않을 만큼 많은 말을 토해 놓고 있었다. 그 한마디 한마디에 격렬한 감정이 그대로 배어 나왔다. 뇌파패가 기억하는 한, 그것은 포리기하가 최초로 보인 인간적인 모습이었다.

포리기하는 목목태의 앞에서 걸음을 멈췄다.

"만일 시간이 있다면 네년을 치료해 주었을 거야. 말끔히 치료해 준 다음 눈, 코, 입, 살점 하나하나, 혈관 한 가닥 한 가닥까지 샅샅이 헤쳐 보았을 거야. 여자의 몸 안을 들여다본 경험은 그리 많지 않거든. 참 아까운 일이야.”

포리기하의 오른손이 등 뒤로 돌아갔다. 거기엔 남은 한 자루의 묵빙단극이 걸려 있었다.

목목태가 고개를 뇌파패 쪽으로 돌렸다. 생기의 대부분이 빠져나간 그녀의 눈동자가 뇌파패의 얼굴에 고정되었다. 검게 죽은 입술을 비집고 타 버린 새끼줄처럼 가닥가닥 끊어지는 말이 흘러나왔다.

“단 한 번만이라도…… 당신이 없는 세상에서…… 그와 마주하고 싶었는데…… 하지만…… 하지만 이것도 그리 나쁘진…… 않을…… 거야…….”

말이 끝난 순간, 포리기하가 오른손을 휘둘렀다. 묵빙단극의 검은 광채가 목목태의 몸뚱이에 둥근 반원을 그렸다.

팍!

하체로부터 분리된 목목태의 상체가 허공으로 날아올랐다. 사방으로 뻗친 핏물이 벽면과 바닥, 심지어는 뇌파패의 얼굴과 옷자락에도 붉은 얼룩을 만들었다.

뇌파패는 낭란의 얼굴을 몸으로 가리며 눈을 꼭 감았다.

─……하지만 이것도 그리 나쁘진 않을 거야.

목목태가 마지막으로 남긴 말이 귓가에 왱왱거렸다. 목목태는 왜 그런 말을 남긴 것일까? 문득, 창날에 관통당한 뒤에도 줄곧 자신을 향하고 있던 목목태의 왼손이 떠올랐다. 그 왼손은 언제라도 삼홍칠백사의 독연을 발사할 수 있었다. 그녀와 같은 용독술의 대가에게 있어서 손목의 분무기를 작동시키는 일이란 그야말로 여반장이었을 것이기 때문이다. 그런데도 그녀는 독연을 발사하지 않았다. 대체 왜?

그 순간 뇌파패는 깨달았다.

포리기하의 독수로부터 벗어날 수 없음을 직감한 순간, 목목태는 그녀를 죽이지 않기로 결심한 것이다. 그녀가 없는 세상에서 그 사내와 마주 설 기회를 박탈당한 이상, 차라리 그녀를 살려 두어 저 무서운 악연의 심판대로 내몰기로 작정한 것이다.

그것은 목목태가 평생의 연적을 향해 던진 마지막 비수였다.

뇌파패는 조심스럽게 눈을 떴다. 두 자루 묵빙단극을 등 뒤로 갈무리하는 포리기하의 모습이 보였다. 그의 행동은 어딘지 부자연스러워 보였다. 내성만으로 버티기엔 반와합궁액의 독성이 너무 지독했던 모양이다. 그리고 목목태……

허리 부분이 동강난 채 바닥에 두 쪽으로 널린 목목태의 시신은 예상했던 것보다 끔찍해 보이지 않았다. 오히려 무거운 짐을 지금 막 벗어 던진 사람처럼 홀가분해 보였다.

부러웠다. 목목태는 그녀가 부럽다고 했지만, 지금은 그녀가 목목태를 부러워하고 있었다. 차라리 여기서 죽어 버릴까? 하지만 젖가슴을 통해 느껴지는 작고 따스한 체온은 그녀에게서 자포자기할 자유마저 앗아 갔다. 낭란, 죽음의 문턱에서 겨우 되돌아온 불쌍한 자식을 두고 그녀가 어찌 죽을 수 있단 말인가.

눈물이 나왔다. 뇌파패는 고개를 들어 천장을 올려다보았다.

'좋아요, 아리수! 이 지겨운 악연을 내 손으로 매듭짓는 것이 당신의 소원이라면, 당신 뜻대로 해 주겠어요.'

(3)

"설마……"

진금영은 마태상의 말을 믿을 수 없었다. 그리고 그것은 허봉담도 마찬가지였으리라.

허봉담은 히죽 웃더니 고개를 흔들었다.

"그건 마 사주가 잘 몰라서 하는 소리요. 금가 놈, 비록 실없어 보이긴 해도 남에게 간단히 꺾일 위인은 절대로 아니오."

진금영은 허봉담의 말에 공감했다. 금청위의 비영 서열이 비록 이십 위에 그치긴 했지만, 그것은 서열에 연연해하지 않는 소탈한 성품 때문이지 무공이 떨어져서가 아니었다. 만일 무공만으로 논한다면 비영 서열 십사 위인 허봉담에 비교해도 결코 떨어지지 않는 강자가 바로 금청위였다. 그런 금청위가 정체도 모르는 미행자에게 당했다니, 가당치 않을 수밖에 없는 것이다.

마태상이 답답하다는 투로 허봉담에게 말했다.

"금 비영의 실력을 폄하하려는 것은 결코 아니오. 하지만 모든 정황이 그런데 어쩌겠소? 아시지 않소? 팔열호가 터진 곳이 금 비영이 남은 바로 그 관문이라는 사실을. 그 바람에 나는 음뢰격이란 늙은이를 따라다니느라 이 고생을 하고 있고, 허 비영께서도 용소란 놈을 제거하는 데 진땀깨나 흘리시지 않았소? 게다가 만일 금 비영이 무사하다면 왜 지금까지 코빼기도 보이지 않는단 말이오?"

허봉담의 도리질이 더 빨라졌다.

"그럴 리 없다는데도! 노부가 장담하거니와 이 금부도에서 단신으로 금가 놈을 꺾을 사람은 없소. 혹시 검왕 정도 되는 고인이 하늘에서 뚝 떨어졌다면 모를까."

'아무렴, 검왕 정도는 돼야 금 비영을 꺾을 수 있지.'

속으로 이렇게 뇌까리던 진금영이 돌연 "아!" 하는 탄성을 토해 냈다. 마태상이 눈살을 찌푸리며 그녀를 돌아보았다.

"왜 그러시오?"

"아, 아니에요."

진금영은 자신의 실책을 깨닫고 급히 표정을 고쳤다. 허봉담이 너털웃음을 터뜨리며 그녀에게 물었다.

"이런, 이런, 설마 진 비영께서도 금가 놈이 못 미더운 것은 아니겠지요?"

"저는 단지 조금 걱정이 되어서……."

"걱정하지 말래도 그러시네. 고래 심줄보다 질긴 놈이오. 마사주의 얘기를 들으니 대충 짐작 가는 바가 있소. 그놈, 지마한을 제 손으로 죽인 일이 못내 마음에 걸려 지금쯤 어딘가에 쭈그리고 앉아 한숨을 푹푹 내쉬고 있을 게 뻔하오. 못난 놈 같으니라고! 그 관문의 수비를 광마대가 맡는다는 사실을 안 다음부터 눈매가 어째 심상치 않더라니까."

그러나 진금영의 표정은 조금도 밝아지지 않았다. '검왕'이란 두 글자를 마음속으로 뇌까린 순간, 이 금부도에 함께 온 어떤 사람의 존재를 떠올린 것이다. 잠시 잊고 있던 사람, 검왕 연벽제에 못지않은 절대적인 능력을 가진 그 사람의 존재를.

어쨌거나 마태상으로선 선배 되는 허봉담이 끝내 받아들이려 하지 않자 더 이상 제 주장을 고집할 수 없었던 모양이다. 그는 쓰게 입맛을 다시며 화제를 돌렸다.

"그나저나 아리수, 그 작자는 대체 무슨 꿍꿍이를 품고 있는 건지 알다가도 모르겠소. 기습으로 승기를 잡았으면 그대로 밀어붙일 일이지, 왜 이렇게 뜸을 들이는 거요? 게다가 대기하라니? 감히 우리를 어떻게 보고 그따위 망발을 부린단 말이오?"

오만하기로 따진다면 황제도 울고 갈 마태상이니 충분히 납

득해 줄 만한 푸념이었다. 허봉담 또한 불만이 없을 리 없으련만, 노회한 사람답게 좋은 말로 화기를 도모했다.

"맺힌 구석이 많은 사람이오. 그러니 그것을 푸는 방법도 예사롭지 않을 거요. 기왕지사 따르기로 결정한 것, 대세에 영향을 미치지 않는 한도라면 바라는 대로 하도록 내버려 둡시다."

"에잉!"

마태상은 크게 혀를 찼다.

두 사람이 이런 대화를 나누는 동안에도 진금영의 머릿속에는 수많은 질문과 대답이 교차하고 있었다.

그가 움직인 것일까? 하지만 아리수가 진단한 바로는 아무리 빨라도 하루는 지나야 움직일 수 있을 텐데? 아니야. 아리수의 진단은 어디까지나 그가 전비라는 전제하에서만 성립하겠지. 그는 전비와 비교할 수 없는 고수인걸. 그러니 회복하는 속도가 같을 리 없겠지. 하지만, 하지만 그는 금 비영과 꽤나 친해진 것 같았는데……. 그런 그가 모든 친분을 도외시하고 금 비영에게 살수를?

진금영의 뇌리로 문득 떠오르는 장면이 있었다. 그 장면 속에서 그는 짙어 가는 노을을 등지고 서서 마신처럼 무서운 얼굴로 그녀를 향해 붉은 검을 내뻗고 있었다. 하룻밤 운우의 정이 아무리 달콤하다 한들 그날, 노을마저도 진저리치게 만들던 그 단호한 살기를 어찌 잊을 수 있으랴. 그처럼 단호한 살기 앞에서는 가면으로 얻은 친분 따위는 큰 의미를 지니지 못할 것이다.

만일 금청위가 마주친 사람이 정녕 그라면, 그리고 그가 그날처럼 단호한 살기를 끌어 올린 상태라면, 금청위가 살아 있을 확률은 희박하다고 보는 편이 옳았다. 호활뇌정검 금청위로 말하자면 절정을 논할 자격이 충분한 검객임에 틀림없지만, 결코 그를 당할 수는 없을 것이다. 왜냐하면, 그는 바로 석대원이기 때문이다.

주위가 어수선해졌다. 사람들을 기다리게 만들던 아리수가 이제야 도착한 듯했다. 그러나 진금영은 주위가 어수선해진 것도, 또 아리수가 도착한 것도 알아차리지 못했다. 그녀의 마음은 밤하늘처럼 어둡기만 했다.

진금영은 두렵고도 궁금했다.

석대원의 단호한 살기는 과연 그녀에게도 적용될 것인가?

석대원은 질척한 땅바닥에 한쪽 무릎을 풀썩 꺾었다. 머리가 몽롱했다. 뇌로 공급되던 신선한 공기가 제법 오랫동안 차단되었던 탓이다.

훅! 훅!

육체는 주인의 지시 없이도 거친 숨을 몰아쉬고 있었다. 질식에 허덕이던 감각들이 점차 정상으로 돌아왔다.

석대원의 전방 대여섯 자 떨어진 곳에는 여진인으로 보이는 사내 하나가 서 있었다. 관자놀이까지 쭉 찢어진 눈매와 움푹 들어간 볼따구니가 평소 주위의 경원깨나 샀음 직한 사내였다. 하지만 지금 그 사내의 몰골은 누구의 경원도 사지 못할 것 같았다. 양손이 모두 잘린 채 가슴에 검까지 박아 넣은 사람은 웬만해선 타인의 경원을 살 수 없기 때문이다.

사내의 입술이 부들부들 떨리며 몇 마디 여진어가 흘러나왔다. 알아들을 수는 없지만 그런 것은 아무래도 좋았다. 전해 줄 사람 없는 유언 따위 알아듣지 못한다 한들 상관없을 테니까.

석대원은 사내의 가슴에 박아 넣은 검을 뽑았다. 사내로부터 뿜어 나온 핏물이 석대원의 옷을 더럽혔다. 사내는 입으로 바람 빠지는 듯한 소리를 몇 토막 뿜어낸 뒤, 눈을 하얗게 까뒤집으며 쓰러졌다.

석대원은 그 자리에 털썩 주저앉았다. 목덜미가 뻣뻣했다. 손등의 검은 반점도 더욱 또렷해져 있었다. 독단을 처음 복용했을 때와 흡사한 증상이었다. 억눌렸던 독 기운이 이제는 제어하기 힘든 수준까지 날뛰고 있는 것이다.

석대원은 자꾸 둔감해지려는 손을 힘겹게 움직여 품속을 뒤졌다. 그가 품에서 꺼낸 것은 붉은 약복지로 싼 첩약 한 포. 아리수가 선실에 남겨 두고 간 반와합궁액의 해약이었다. 탕기에 달여 먹어야 마땅하겠지만 그대로도 도움이 되리라 판단해 가져온 것이다.

빗물이 스민 약복지가 찢어지다시피 벌어지고, 이름을 알 수 없는 몇 토막의 약재들이 그의 커다란 입으로 몽땅 들어갔다. 턱을 움직여 그것들을 씹는 것이 아홉 층 석탑을 쌓는 일처럼 힘겹게 여겨졌다.

잘게 씹은 약재들을 침과 함께 삼킨 석대원은 앉은자리에서 즉시 운공에 들어갔다. 적당한 장소가 아님을 모르는 바 아니나 자리를 가릴 만한 여유가 없었다.

운공은 고통스러웠다. 진기가 기해와 하단전을 통과할 때엔 너무도 고통스러워 하마터면 정신을 잃을 뻔했다. 그러나 그는 굳센 인내력으로 고통을 이겨 냈다.

이윽고 빗물이 말라붙은 얼굴에 땀방울이 맺히기 시작했다. 이것은 나쁘지 않은 현상이었다. 혈맥 안에서 날뛰던 독 기운이 조금씩 배출되고 있다는 증거일 테니까.

그런 식으로 일주천이 끝났다. 눈을 뜬 그의 표정은 그리 밝지 않았다. 손발의 마비는 많이 가셨지만, 해독까지는 아직도 요원했던 것이다. 이런 몸으로 싸움을 벌이는 것은 잘해야 한 번이 한계였다.

잘해야 한 번. 그러나 상황이 그것을 허락해 줄까?

석대원은 자리에서 일어섰다. 그의 주위에는 십여 구의 시신들이 널려 있었다. 그의 입성을 저지하려던 적건인들이었다. 살인마가 아닌 바에야 마음이 편치 않은 것은 당연한 일이지만, 다른 방도가 없었다. 손 속의 사정을 둘 만큼 몸 상태가 좋지 못한 탓에 부득불 필살의 수법만을 사용할 수밖에 없었던 것이다.

석대원이 씁쓸한 표정으로 몸을 돌리는데, 뭔가 가슴팍에서 덜렁거리는 것이 느껴졌다. 그러고 보니 그의 목엔 검은 밧줄이 목걸이처럼 걸려 있었다. 밧줄에 대롱대롱 매달린 물건이 그의 실소를 자아냈다.

"전비가 되어선 해골을 걸고 다니더니만, 제 얼굴로 돌아와선 손목을 걸고 다니는군."

검은 밧줄에서 대롱거리고 있는 물체는 사람의 손목 두 개였던 것이다.

석대원은 새삼스러운 눈길로 마지막에 쓰러진 사내를 바라보았다. 검은 밧줄을 귀신처럼 놀려 자신을 질식 직전까지 몰고 갔던 그 사내는 인상만큼이나 악착같은 심성을 지녔음에 분명했다. 몸통에서 떨어진 손목마저도 이렇듯 밧줄을 그러쥐고 놓지 않는 것을 보면 말이다.

석대원은 밧줄을 목에서 풀어내 진창에 쓰러진 사내의 가슴에 툭 던져 놓았다. 시신이라도 흩어지지 않게 해 주는 것이 저 악착같은 사내에게 표할 수 있는 유일한 조의였다.

'이제 어디로 간다?'

석대원은 눈앞에 펼쳐진 성내 풍경을 바라보며 고민에 빠졌다. 그는 현재 이 안에서 벌어지고 있는 상황을 전혀 알지 못했다. 비록 중원의 성들처럼 광대하지는 않지만, 그래도 네 대문을 필요로 할 만한 규모는 충분히 갖춘 화왕성이었다. 까딱하다간 싸움터를 찾지도 못한 채 밤새도록 방황하고 다닐지도 모른다.

그러나 그의 고민은 길게 이어지지 않았다.

빠바바바방!

방향을 가늠하기에 부족함이 없는 우렁찬 폭음이, 그것도 한 발도 아닌 수십 발이 연속해서 밤하늘에 울려 퍼진 것이다.

'어째 화약 도움을 자주 받게 되는 밤이로군.'

석대원은 이렇게 생각하며 폭음이 울린 방향으로 몸을 날렸다.

광장廣場

(1)

광장에 모인 문주파 이백여 무사들의 사기는 바닥까지 떨어
진 상태였다. 뇌문 최강이라 불리던 신응대가 깡그리 궤멸당했
고 그에 버금간다는 광마대마저도 소수의 패잔병 신세로 전락
했으니, 비록 철웅대와 호뢰단이 건재하다 한들 투지를 끌어 올
리기란 어려운 일이 아닐 수 없었다. 이럴 때 필요한 것이 바로
경륜인데, 다행히 음뢰격은 경륜이 풍부한 사람이었다.

음뢰격은 가장 먼저 흐트러진 지휘 체계를 개편했다. 지휘
체계가 똑바로 잡히면 사기는 저절로 올라간다는 것이 그의 판
단이었다. 새로운 지휘 체계에 필요한 것은 새로운 진형일 터.
그래서 그는 이전의 원진을 중방진重方陣으로 바꿨다.

중방진이란 두 개의 방진이 포개진 것을 의미한다. 다시 말

해 커다란 방진 안에 다시 작은 방진을 두는 것이다. 동서남북 각 방위마다 주장과 부장을 한 사람씩 임명해, 부장으로 하여금 바깥을 담당하게 하고 주장으로 하여금 안을 담당하게 한다. 중심에 있는 음뢰격이 전황을 총합하여 각 방위의 주장들에게 지시를 내리면, 그들은 다시 각각의 부장들에게 그 지시를 전달, 결국 전체를 통일성 있게 지휘하는 것이다.

따지고 보면 이전과 크게 달라진 점은 없었다. 달라진 점이 있다면 두 개의 원이 두 개의 사각형이 되었다는 것, 그리고 지휘 체계가 보다 분명해졌다는 것 정도랄까. 하지만 그 차이가 사기에 미친 영향은 결코 작지 않았다. 축 늘어진 어깨들이 당당히 솟구쳤고, 암울하던 눈동자도 전의로 번득이기 시작했다. 무리의 속성이 원래 이랬다. 적당한 강제는 사람들을 분발시키는 것이다.

끝으로 본인이 데려온 신화대 소속 화창수들을 바깥쪽 방진에 골고루 배치한 뒤, 음뢰격은 중방진의 중심에 자리 잡은 민파대릉에게 돌아왔다.

"수고하셨습니다. 단순하고도 효과적인 진형으로 보이는군요."

민파대릉이 치하했지만 음뢰격의 마음은 그리 밝지 않았다.

"지휘하는 아이들이 너무 어린 게 마음에 걸리오. 일단 싸움이 시작되면 어떤 변수가 발생할지 모르는데, 실전 경험이라곤 전무한 아이들이라……."

음뢰격이 걱정하는 것도 당연했다. 동쪽을 주관하는 고파만 봐도 그랬다. 부친인 지마한 밑에서 부대주 노릇을 몇 년 해 봤으니 나름대로 통솔력은 갖췄겠지만, 그 통솔력이 실전에서 얼마나 통할는지는 미지수였다. 그렇기에 용소나 지마한 같은 백

전용장들이 더욱 아쉬웠다. 그래도 어쩌겠는가. 먼 바다의 물로 가까운 불을 끌 수는 없을진대.

"이 시점에서 무엇을 더 바라겠습니까? 그들이 최선을 다해 주기만을 바랄 뿐입니다."

"최선이라…… 하면 문주께서는 어떠시오?"

음뢰격의 질문은 부드러운 가운데도 뾰족하고 단단한 뼈를 감추고 있었다. 그것을 감지한 듯 민파대릉은 쉬 대답하지 못했다.

음뢰격의 허연 눈썹이 꿈틀거렸다.

"곧 아리수가 들이닥칠 텐데, 문주께서도 최선을 다하실 각오가 되었느냐는 말이오."

민파대릉은 여전히 묵묵부답, 비에 젖은 돌바닥만 내려다볼 뿐이었다.

"설마 아직까지도 아리수에게 형제의 정을 느끼시는 것은 아니겠지요?"

거듭 이어진 음뢰격의 힐문에 민파대릉이 마침내 고개를 들었다. 그는 한숨을 내쉰 뒤 대답했다.

"솔직한 심정을 말씀드리지요. 저는 아직까지도 그가 개심해 주기를 바라고 있습니다."

음뢰격의 입에서 큰 탄식이 터져 나왔다.

"참으로 답답하시오! 이 마당에도 그런 놈을 형제로 여기시는 게요? 개심이라니! 독사나 승냥이에게 개심이라니!"

음뢰격은 이에 그치지 않고 주위를 둘러보며 크게 외쳤다.

"명심해라! 아리수는 독사요, 승냥이다! 그리고 놈을 추종하는 자들도 놈과 다를 바 없는 배덕의 무리다! 마음을 모질게 먹어라! 사사로운 정을 버리지 못한다면 우리 앞엔 오직 죽음만이 있을 뿐이다! 알겠느냐?”

“예!”

중방진을 구성하고 있던 이백여 명의 무사들이 일제히 병기를 치켜 올리며 우렁차게 외쳤다. 하지만 그 외침은 바로 다음 순간 울린 요란한 폭음에 묻혀 버렸다.

빠바바바방!

뒤따라 울려 온 낭랑한 웃음소리…….

“하하! 대장로께서는 소생을 너무 파렴치한 인간으로 여기시는군요. 독사에다가 승냥이라니요. 설마하니 전대 문주님의 성스러운 씨가 어찌 그런 미물을 잉태하겠습니까?”

음뢰격의 안색이 핼쑥해졌다. 이 참혹한 밤의 연출자가 마침내 모습을 드러낸 것이다.

“동쪽! 동쪽!”

전령의 임무를 부여받은 호뢰단원 하나가 잰걸음으로 돌아다니며 방향을 고했다. 사람들의 시선이 일제히 동쪽으로 돌아갔다. 음뢰격은 재빨리 정신을 차리고 진세를 지휘했다.

“북쪽과 남쪽은 병력의 절반을 나눠 동쪽을 지원하라! 서쪽은 만일에 있을 후미 습격을 대비, 현 위치를 고수하라!”

방진의 북쪽과 남쪽이 비스듬히 열리며, 진의 전체적인 형태가 동쪽을 향한 뭉툭한 쐐기 모양으로 바뀌기 시작했다. 음뢰격은 민파대릉을 향해 빠르게 말했다.

“문주, 알아주지도 않는 정 따위는 빨리 잊어버리셔야 하오. 안 그러면 우리 모두 이곳에서 뼈를 묻을 수밖에 없소.”

민파대릉의 얼굴이 일그러졌다. 그러나 그렇게 하겠노라는 대답은 여전히 나오지 않았다.

‘어허! 이 일을 어쩐단 말인가!’

음뢰격은 내심 탄식했다. 민파대릉의 성정이 모질지 못하다는 사실은 이미 오래전부터 알고 있었지만, 이 지경에 와서도 형제의 정을 고집한다는 것은 참으로 이해하기 힘든 일이 아닐 수 없었다.

"문주님, 어디 계십니까? 소생이 왔는데 얼굴이라도 비치시는 것이 도리 아니겠습니까?"

방진을 넘어 아리수의 외침이 들려왔다. 민파대릉이 음뢰격에게 말했다.

"그의 말이 옳습니다. 전방을 조금 열어 주십시오."

음뢰격은 끓어오르는 울화를 참지 못하고 입술을 질근질근 씹다가 동쪽의 주장인 고파에게 버럭 소리를 질렀다.

"전방을 열어라!"

동쪽을 가로막고 있던 인간의 장벽이 갈라지며 몇 사람이 나란히 지날 만한 길이 열렸다. 길이 끝나는 지점으로부터 칠팔 장 떨어진 광장 가장자리에는 푸른 유삼을 단정히 차려입은 아리수가 유유히 서 있었다. 그 모습을 지켜보는 음뢰격의 두 눈에서 불똥이 튀어 올랐다.

아리수는 흥미롭다는 눈길로 광장에 배설된 진세를 둘러보다가 민파대릉을 향해 빙긋 웃었다.

"문주님께선 이런 유치한 병정놀이에 관심이 없으실 테고…….
보아하니 옆에 계신 대장로님의 작품인 것 같군요."

음뢰격이 참지 못하고 노성을 터뜨렸다.

"배은망덕한 놈! 더러운 주둥아리를 닥치지 못하겠느냐!"

"배은망덕한 놈이라고요?"

아리수는 손가락으로 제 얼굴을 가리키며 못 들을 얘기라도 들은 사람처럼 두 눈을 크게 떴다.

"수많은 귀들이 있는 자리에서 그런 폭언을 하시니 심히 억울하군요. 청하노니, 소생이 어째서 배은망덕한 놈인지 설명해 주시겠습니까?"

"문주께서 그토록 극진히 대해 주셨음에도 이런 불충과 패륜을 저지르다니, 그러고도 네가 배은망덕한 놈이 아니란 말이냐?"

"불충? 거기에 패륜까지? 아하하!"

아리수는 밤하늘을 올려 보며 웃음을 터뜨렸다. 그러고는 언제 웃었느냐는 식의 싸늘한 얼굴로 민파대릉을 향해 물었다.

"문주님께서도 대장로님과 같은 생각이십니까?"

민파대릉은 아무 대답도 하지 않았다. 다만 영혼을 잃어버린 듯한 공허한 눈으로 아리수를 물끄러미 바라볼 뿐이었다. 아리수의 얼굴에 맺힌 냉기가 점점 짙어졌다.

"제 말이 안 들리십니까? 같은 생각이냐고 묻지 않습니까?"

민파대릉은 여전히 침묵했다.

아리수의 입술 끝에 묘한 경련이 일어났다.

"왜……?"

그 순간 말투가 변했다.

"왜 대답을 못 하지? 형은 정말로 내게 은혜를 베풀었다고 생각하는 건가? 나는 그 은혜도 모르고 반역을 일으킨 짐승 같은 놈이고?"

변한 것은 말투만이 아니었다. 호칭도 문주에서 형으로 변해 있었다.

민파대릉의 눈이 더욱 공허해졌다. 저것이 본래의 말투였다. 저것이 본래의 호칭이었다. 언제부턴가 아리수는 본래의 말투 대신 대사를 외우는 배우처럼 가식적인 말투를 사용했다. 본래의 호칭 대신 문주라는 공적인 호칭만을 사용했다. 그날부터였다. 아리수의 얼굴에 저 끔찍한 흉터가 새겨진 바로 그날!

민파대룡의 말문이 비로소 열렸다.

"그토록 긴 세월이 지났건만 너는 그날의 일을 아직 잊지 못했구나."

"잊어? 잊는다고? 아하하하!"

아리수는 또 한 번 하늘을 올려다보며 웃음을 터뜨렸다.

"형이라면 잊을 수 있어? 하나뿐인 형제에게 사랑하는 여자를 빼앗기고, 그것도 모자라 그 형제가 휘두른 검에 얼굴이 두 쪽 날 뻔했는데, 형이라면 웃으며 잊어 줄 수 있겠어?"

진세를 구축한 사람들 속으로 동요가 물결처럼 번져 나갔다. 하지만 그것은 아리수의 말 때문이 아니었다. 아리수의 등 뒤로 속속 모습을 드러내는 그림자들의 존재가 그들을 동요시킨 것이다. 어둠에 묻혀 그 수를 정확히 파악할 순 없지만, 최소한 광장에 모인 병력의 곱절은 될 것 같았다.

하지만 적당의 출현에도 전혀 동요되지 않은 사람이 있었다. 공허한 시선을 아리수의 얼굴에 고정시킨 민파대룡이었다.

"너를 살리기 위함이었다. 너를 살리기 위해 그녀를 아내로 맞이한 것이고, 너를 살리기 위해 네게 검을 휘두른 것이다. 그 것은 너도 이미 알고 있는 사실 아니냐?"

"거짓말!"

아리수가 날카롭게 맞받아쳤다.

"나를 살리기 위함이었다고? 그러니까 형은 그녀에게 아무런 마음도 없는데, 오직 나를 살릴 목적으로 그녀를 취했단 말이야? 정말로 그랬어?"

"그건……."

정말로 그랬다고 대답하고 싶었다. 자그마치 십삼 년이란 세월 동안, 그렇게 대답할 수 있기 위해 얼마나 많은 최면을 스스로에게 걸었던가! 그러나 그렇게 대답할 수 없었다. 십삼 년 전 그날도, 그리고 지금도……. 민파대릉은 그 저주스러운 날보다 훨씬 이전부터 그녀, 뇌파패가 자신의 여자가 되어 주기를 간절히 원했던 것이다.

끝내 대답하지 못하는 민파대릉을 바라보며 아리수는 차갑게 웃었다.

"형으로선 더없이 좋은 일이었겠지. 먼발치에서 바라보며 애태우기만 하던 그녀를 아내로 맞음과 동시에, 참살당하기 직전의 아우를 살려 주는 아량까지 발휘할 수 있었으니 오죽 좋았을까? 덕분에 사람들은 한입으로 형을 칭송해 댔지. 삐뚤어진 아우까지 포용하는 덕망 있는 문주님이라고. 하하! 그러나 그따위 얄팍한 술수에 나까지 속아 주리라 생각했다면 그건 큰 오산이야. 나는 속지 않았어. 아니, 속고 싶어도 속을 수 없었지. 왜냐하면……."

아리수는 제 얼굴의 흉터를 가리켰다.

"그날, 나는 얼굴이 이 꼴이 되면서도 형의 두 눈을 똑바로 바라보고 있었거든. 그때 형의 두 눈은 욕망으로 이글거리고 있었지. 진심으로 나를 죽이고 싶다는 욕망!"

욕망이라는 두 글자가 민파대릉의 양어깨를 쇠망치처럼 후려쳤다. 아리수가 이죽거렸다.

"어때? 아니라고 우길 수 있나?"

응보. 이것은 응보다.

민파대릉은 눈을 감았다. 그의 머릿속으로 그날 있었던 일들이 바로 어제 벌어진 것처럼 생생하게 떠올랐다.

그날, 아리수는 장로들의 손에 의해 사지가 틀어 잡힌 몸으로도 저 높은 자리에 앉아 있던 민파대릉의 모친을 향해 고래고래 악을 썼다.

"뇌파패는 제 여잡니다! 우린 서로 사랑하고 있어요! 제발, 제발 그녀를 돌려주십시오!"

그러나 모친은 오직 코웃음으로만 일관했을 뿐이다. 그러다가 급기야 아리수의 입에서 독기 서린 절규가 쏟아져 나왔다.

"이 원한을 절대로 잊지 않겠소! 반드시 후회하게 만들어 주겠소!"

그때 민파대릉은 모친의 얼굴에 스치는 득의의 미소를 놓치지 않았다. 모친은 바로 그 순간을 기다리고 있었던 것이다.

"흥! 문주령에 불복하는 것으로도 모자라 감히 원한을 입에 담아? 천한 피는 과연 어쩔 수 없나 보구나."

전대 문주가 사망한 지 이미 육 개월.

민파대릉이 문주의 자리에 정식으로 오르기 전까지 섭정攝政을 맡고 있던 모친이 굳이 문주령을 내세우면서까지 민파대릉과 뇌파패를 혼인시키려 한 이유는, 그녀와 열애 중이던 아리수를 제거할 빌미를 만들기 위함이었다. 지병으로 인해 하루하루 시들어 가던 모친은 밉살스러운 연적의 아들 아리수를 당신이 살아 있는 동안 반드시 죽이고 싶었던 것이다.

이대로 놔두면 아리수는 반드시 죽는다!

다음 순간, 민파대릉은 검을 뽑아 들고 앞으로 달려 나가고 있었다.

"돼먹지 못한 놈! 감히 어머니께 그게 무슨 말버릇이냐!"

검광이 번뜩였다. 아리수의 얼굴에서 피가 튀었다. 허연 두개골이 드러날 정도로 깊은 상처였다.

주위가 쥐 죽은 듯 고요해졌다. 아리수의 양팔을 움켜잡은 장로들은 물론이거니와 저 높은 곳에 앉아 있던 모친마저도 할 말을 잊고 말았다. 그때까지 한결같이 아리수를 감싸 주던 민파대릉이 이토록 갑작스럽게 독수를 쓸 줄은 몰랐던 것이다.

민파대릉은 검을 거두며 모친에게 말했다.

"이 녀석이 잠시 눈이 뒤집혔나 봅니다. 제가 따끔하게 훈계를 내렸으니 이제 정신을 차리겠지요. 또다시 방자하게 굴면 그땐 제 손으로 죽여 버리겠습니다."

이쯤에서 끝내자는 이 말은, 사실은 아리수를 향한 것이었다. 계속 반항하면 목숨이 위태로우니 자중하라는 뜻으로.

민파대릉의 뜻이 전해진 것일까? 아리수는 완악하던 태도를 갑자기 바꿔, 핏물이 낭자한 얼굴을 땅바닥에 문지르며 자신의 실언을 용서해 달라고 애걸하기 시작했다.

저주는 죽을죄가 되지만 실언은 죽을죄가 되지 못한다. 아무리 미운 털이 박혔다 한들 실언 한마디를 빌미로 전대 문주의 씨를 죽일 수는 없었다. 민파대릉의 모친은 쓰게 입맛을 다시면서도 더 이상 아리수에 대한 집형을 고집할 수 없게 되었다.

며칠 후 마음이 바뀐 모친이 아리수에 대한 추살령追殺令을 내릴 즈음엔, 아리수는 이미 민파대릉이 알려 준 암도를 통해 화왕성을 빠져나간 뒤였다.

그런데, 그런데 말이다…….

민파대릉은 스스로에게 물었다.

아리수를 향해 검을 휘두른 자신의 행동엔 한 점의 불순한 의도도 섞여 있지 않았던가? 한 치만 더 깊이 베어 그녀를 자신의 완전한 소유물로 만들고 싶다는 욕망은 느끼지 않았던가?

아니었다.

검을 뽑고 앞으로 내달아 아리수를 베던 그 짧은 시간 사이, 민파대릉은 극심한 갈등에 휩싸여 있었다. 그러면 안 된다는 이성의 힘으로 간신히 억누르긴 했지만, 아리수가 세상에서 사라지면 그녀는 완전히 내 사람이 될 수 있다는 부정하고도 사악한 욕망이 그의 마음속에서 분명히 꿈틀거리고 있었던 것이다.

그것이 바로 민파대릉이 아리수에게 느끼는 해묵은 죄의식의 뿌리, 누구에게도 말한 적이 없는 그 혼자만의 비밀이었다.

그러나 아리수는 이미 그 비밀을 알고 있었던 것이다…….

민파대릉은 감았던 눈을 천천히 떴다. 냉소를 아예 뒤집어쓴 것 같은 아리수의 차가운 얼굴이 그의 눈길을 기다리고 있었다.

"대답이 없는 것을 보니 내 말이 틀리지 않은 모양이군."

아리수가 말했다. 민파대릉의 입에서 한숨 같은 중얼거림이 흘러나왔다.

"그런 욕망이 있었다는 것, 부정하지는 않겠다."

"오! 순순히 인정하다니 뜻밖인걸."

"그래서…… 많이 괴로웠다."

"괴로웠겠지. 오죽 괴로우셨을라고."

아리수가 비아냥거렸다. 민파대릉은 고개를 천천히 흔들었다.

"너는 모른다. 너는 결코 모를 것이다."

아리수는 비웃음이 배인 시선으로 민파대릉을 노려보다가 왼손을 슬쩍 치켜 올렸다.

"오랜만에 형제간에 허심탄회한 대화를 나누니 참 좋군. 하지만 이 자리에 빠져선 곤란한 사람이 있잖아? 어렵사리 모셔 왔으니 불러내도록 하지. 형도 분명히 반가워할 거야."

잠시 후 세 사람이 아리수의 옆으로 모습을 드러냈다. 헐렁

한 흑포를 걸친 사내와 그 사내의 팔에 안긴 채 사지를 축 늘어
뜨린 소년, 그리고 백짓장처럼 창백한 안색을 한 여인이었다.
민파대릉의 얼굴이 일그러졌다. 불길한 예감이 마침내 현실이
되었던 것이다.

"다친 곳은 없소?"

민파대릉의 입술 사이로 메마른 목소리가 흘러나왔다. 누구
를 향한 물음인지 구체적으로 밝히지는 않았지만 그것을 모르
는 사람은 없었을 것이다. 창백한 안색의 여인, 뇌파패가 대답
했다.

"소첩은 괜찮아요."

이 말을 곧이곧대로 믿기엔 아내에 대한 사랑이 너무 지극했
던 듯, 민파대릉이 다시 물었다.

"그 핏자국…… 어떻게 된 거요?"

뇌파패는 암적색 얼룩이 점점 달라붙은 자신의 앞자락을 내
려다보았다.

"이건 다른 사람이 흘린 피예요."

민파대릉의 시선이 옆으로 움직였다. 의식을 잃은 채 흑포
사내의 팔에 안긴 소년은 그의 하나뿐인 아들, 낭란이었다.

"낭란은 왜 저러고 있는 거요? 설마……."

이번 물음에 답한 사람은 아리수였다.

"아, 너무 염려 하지 말라고. 그저 잠들었을 뿐이니까."

민파대릉은 아리수를 노려보았다. 아래로 늘어뜨린 주먹에
조금씩 힘이 들어가는 것이 느껴졌다. 적의가 움트고 있었다.
그것은 일종의 종교적인 적의, 비유하자면 최후의 성소聖所를
유린당할 위기에 놓인 광신도의 적의였다.

"아리수, 너는 그 두 사람을 인질로 삼을 작정이냐?"

혀에 바윗덩이라도 올려놓은 듯한 목소리가 아리수를 향해 날아갔다. 아리수는 눈을 크게 뜨고 민파대릉을 바라보다가 고개를 갸웃거렸다.

"이럴 때 보면 정말 멍청하단 말이야. 형은 인질이란 단어의 뜻을 알기나 하는 거야?"

민파대릉의 넓은 미간에 잔금들이 들어차기 시작했다.

"무슨 뜻이냐?"

"무슨 뜻인지 몰라서 묻는 거야? 정말로?"

아리수는 뇌파패를 향해 고개를 돌렸다.

"형은 정말로 모르고 있는 모양이군. 당신은 지난 세월을 참으로 지혜롭게 살아 왔나 보오."

뇌파패의 눈가에 잔경련이 일었다. 하지만 아리수는 그에 아랑곳하지 않고 계속 말했다.

"아무래도 당신이 형에게 직접 말해 줘야겠소. 내가 왜 당신과 낭란을 인질로 삼을 수 없는지를."

뇌파패는 고개를 숙이고 숨을 몰아쉬었다. 마치 심장에 발작이라도 일으킨 사람 같았다. 그렇게 가까스로 끄집어 낸 대답은…….

"나는 할 말이 없어요."

하지만 이미 예상했던 듯, 아리수는 태연한 표정으로 고개를 흔들었다.

"아니, 분명히 할 말이 있을 거요."

뇌파패는 고개를 홱 치켜들고 아리수의 얼굴을 노려보았다.

"당신은 내 말을 듣고 싶나요?"

"물론이오."

"좋아요! 당신이 원하니 말해 주지요. 당신은 참으로 훌륭한 인질을 확보한 거예요. 문주의 부인도 부족해서 문주의 아들까지 잡았으니 당신 같은 반도의 입장에서 이보다 더 좋은 인질이 있을까요?"

아리수는 뇌파패의 얼굴을 빤히 바라보다가 픽 웃었다.

"당신은 참 대단한 여자야. 이 마당에 와서도 진실을 감추려는 건가?"

"더 이상의 진실은 없어요!"

"거짓말."

발악처럼 터져 나온 뇌파패의 외침에 대해 아리수가 보인 반응은 너무도 차분했다.

"내가 만나자마자 왜 아이의 수혈睡穴을 짚었는지 아오? 바로 당신을 위해서요. 아이가 이런 대화를 듣는 것을 당신이 원하지 않을 것 같아서 그렇게 한 거요."

뇌파패의 시선이 흑포 사내, 포리기하의 팔에 안긴 낭란에게로 옮겨 갔다. 잠에 빠진 아들의 평온한 얼굴은 그녀의 눈빛을 크게 흔들어 놓았다. 잠시 후 다시 아리수를 향한 그녀의 얼굴은 꼭 초벌만 구워 놓은 얇은 자기 그릇 같았다, 톡 건들기만 해도 와장창 소리를 내며 깨질 것 같은.

"대체, 대체 내게 뭘 원하는 거죠?"

헐떡이는 듯한 뇌파패의 물음에도 아리수는 침착하기만 했다.

"진실."

이들의 대화를 듣고 있던 민파대룽이 참지 못하고 소리쳤다.

"아리수, 내 아내를 핍박하지 마라!"

그러나 아리수는 뇌파패를 향한 눈길을 돌리지 않았다.

"이젠 진실을 말할 때가 되었소."

뇌파패는 어깨를 와들와들 떨었다.

"더 이상의 진실은 없어요. 모든 사람들이 알고 있는 것이 진실이에요."

떨리는 어깨, 떨리는 입술로 뇌파패는 떨리는 목소리를 만들어 냈다.

"당신은 거짓말을 하고 있소. 왜냐하면……."

잠시 말을 멈춘 아리수의 눈동자가 차갑게 빛났다. 뒤이어 흘러나온 말.

"낭란은 바로 내 아들이니까."

그리 크지 않은 이 말 안에는 신비한 도력道力이라도 담긴 것 같았다. 이 말을 들은 모든 사람들이 한순간에 돌처럼 굳어 버렸다.

그러나 그 효과는 오래 가지 않았다. 광장 한복판에서 솟구친 처절한 포효가 그것을 여지없이 깨뜨렸다.

"으아아!"

다음 순간, 음뢰격의 장포 아랫단이 세차게 펄럭였다. 곁에 서 있던 민파대릉이 미친 듯 고함을 내지르며 무서운 기세로 달려 나간 것이다. 음뢰격이 그의 질주를 알아차렸을 때, 그는 이미 중방진의 내진內陣을 통과하고 있었다.

"막아! 어서 문주님을 막아라!"

음뢰격이 다급히 외쳤다. 그제야 정신을 차린 듯, 음뢰격과 나란히 서 있던 호뢰단주 예마가 앞으로 내달았고, 동쪽의 내외진을 담당하던 고파와 게야홍竭冶甍이 민파대릉의 전후를 압박해 갔다.

가장 먼저 민파대릉과 부딪친 사람은 외진을 맡고 있던 게야홍.

"비켜!"

민파대릉은 고함을 지르며 전방을 가로막은 게야홍을 머리와 어깨로 들이받았다. 철퇴를 잘 쓰기로 이름난 게야홍이지만 그 철퇴를 문주에게 휘두를 수는 없는 노릇이었다. 그러니 그저 양 팔을 쫙 벌리고 온몸으로 가로막는 도리밖에 없었다.

퍽!

둔탁한 소리와 함께 게야홍의 몸뚱이가 뒤로 쭉 밀려갔다. 뚝심만으로 그 미친 듯한 돌진을 막아 내기엔 역부족이었던 것이다. 그러나 소득이 아주 없는 것은 아니었다. 그가 벌어 준 약간의 시간 덕분에 내진에서 추격해 온 고파가 민파대릉의 허리를 부둥켜안을 수 있었으니까.

"놔라!"

민파대릉은 허리에 매달린 고파를 팔꿈치로 내리찍었다. 고파의 입에서 컥, 소리가 절로 튀어나왔다. 그러나 고파는 숫제 찰거머리로 변해 버린 양 그에게서 떨어지지 않았다.

"놓지 못하겠느냐!"

민파대릉의 오른손이 번쩍 치켜 올라갔다. 달걀을 쥔 것처럼 둥글게 말린 그의 오른손 안으로 괴이한 기운이 아지랑이처럼 일렁거렸다. 문주 가계로 전해 내려오는 천뢰심법의 양강 공력을 운용한 것이다.

"문주님, 제발 고정하십시오!"

피가 통하지 않을 정도로 꽉 엇물린 고파의 양손은, 설령 이 자리에서 맞아 죽는 한이 있더라도 민파대릉을 결코 보내지 않겠노라는 의지를 그대로 드러내고 있었다.

민파대릉의 눈빛이 세차게 떨렸다. 그 의지가 충심에서 비롯되었음을 모를 리 없는 그가 어찌 치켜 올린 오른손을 내리칠 수 있겠는가.

그러는 사이 예마까지 민파대릉을 따라잡게 되었다. 중방진의 중심에서 그 광경을 지켜보던 음뢰격은 그제야 비로소 안도의 한숨을 내쉴 수 있었다. 실로 아찔한 순간이었다. 이성을 잃은 민파대릉이 단신으로 적진에 뛰어드는 날에는 실낱처럼 간당거리던 마지막 희망마저 사라질 것이 분명하기 때문이다.

그러나 다음에 벌어질 일을 알고 있었다면, 음뢰격은 결코 안도의 한숨 따위는 내쉬지 못했을 것이다.

"흡!"

민파대릉의 입에서 묵직한 신음이 흘러나왔다. 그는 영문을 알 수 없었다. 오른쪽 겨드랑이가 왜 갑자기 선뜻해진 것일까? 치켜든 오른팔에서 왜 갑자기 힘이 빠져나가는 것일까?

이유는 곧 밝혀졌다. 얇고 예리한 물체가 오른쪽 겨드랑이의 여린 살을 가르고 지나간 것이다. 그 물체가 파고든 방위는 실로 교묘했다. 오른팔을 치켜든 그에게 있어서 오른쪽 겨드랑이는 사각일 수밖에 없었다. 그래서 겨드랑이가 갈라진 뒤에야 자신이 당했음을 알게 된 것이다.

한 가지 다행스러운 점은, 착용하고 있던 호심갑 덕분에 상처가 그리 깊지 않다는 것이었다. 하지만 치명상을 면했다 하여 고통마저 면할 수는 없었다. 치명상이 아니기 때문에 그 고통이 더욱 선명할지도 모른다.

그러나 정작 민파대릉의 정신을 아득하게 만든 것은 고통이 아닌 불신감이었다. 고통을 안겨 준 흉수에 대한 불신감!

"호, 호뢰단주, 당신 미쳤소?"

민파대릉의 허리를 부둥켜안고 있던 고파가 대경하여 외쳤다. 끝이 세 가닥으로 갈라진 삼첨도로 민파대릉의 겨드랑이를 급습한 사람은 믿을 수 없게도 충성의 표본처럼 알려진 호뢰단주 예마였던 것이다.

예마는 민파대릉이 여태껏 한 번도 대한 적이 없는 불경스러운 얼굴로 투덜거렸다.

"염병할 놈의 호심갑, 질기게도 만들었군."

이 말을 듣는 순간, 민파대릉은 예마가 절대로 미치지 않았음을 깨달았다. 예마의 정신은 멀쩡했다. 멀쩡한 정신으로 그를 벤 것이다. 이는 철석같이 믿어 온 경호 책임자마저도 그를 배신했음을 의미했다.

"죽엇!"

굳이 사각을 노릴 필요가 없어진 예마가 두 번째로 노린 부위는 전갑과 무관한 머리였다. 삼첨도의 시퍼런 날이 공기를 가르며 민파대릉의 정수리로 내리꽂혔다. 불신감에서 헤어나지 못한 민파대릉은 멍한 얼굴로 그 칼날을 바라보고만 있었다. 뇌파패의 입에서, 음뢰격의 입에서, 아니 이 갑작스러운 상황을 뒤늦게 현실로 받아들이게 된 모든 사람들의 입에서 일제히 비명이 터져 나왔다.

깍!

수많은 비명에 둘러싸인 채, 한 사람의 정수리가 삼첨도에 의해 두 쪽으로 갈라졌다. 하지만 그 사람은 민파대릉이 아니었다.

"고파!"

민파대릉의 입에서 비통한 절규가 튀어나왔다. 허리에 매달려 있던 고파가 그를 옆으로 밀어붙이며 삼첨도의 칼날을 대신 받아 낸 것이다. 뇌수와 핏물을 동시에 뿜으며 바닥으로 무너지는 고파의 모습이 그의 망막 속으로 확대되었다.

"쳇!"

두 번째 공격마저도 무위로 돌아간 예마에게 세 번째 기회는 주어지지 않았다. 저만치 나가떨어졌던 게야홍을 선두로 주위에 있던 무사들이 앞다퉈 몰려들었기 때문이다. 어물거리다간 제 목숨 보전하기도 어려운 판국이었다.

"비켜라!"

예마는 민파대릉은 내버려 둔 채 삼첨도를 마구잡이로 휘두르며 포위망을 뚫기 시작했다.

포위망을 뚫는 일은 그리 어렵지 않았다. 예마의 기세가 워낙 맹렬한 이유도 있겠지만, 몰려드는 사람들에게 가장 시급한 문제는 민파대릉의 안전을 확보하는 일이었기 때문이다. 게야홍을 비롯한 몇 사람이 민파대릉을 호위해 진의 중심으로 이동할 무렵, 예마는 광장을 벗어나 아리수의 면전에 당도할 수 있었다.

지금까지 벌어진 일련의 사건들을 마치 한 편의 연극이라도 감상하듯 여유 있게 지켜보던 아리수가 싱긋 웃으며 예마를 반겼다.

"귀하의 외문공부가 철벽같다는 사실은 일찍부터 알고 있었지만, 칼 솜씨마저 그토록 빠를 줄은 몰랐구려. 솔직히 나는 귀하가 칼을 뽑는 것을 보지 못했소."

예마의 얼굴에 떠오른 불경스러운 표정이 씻은 듯 사라졌다. 그 대신 떠오른 것은 호뢰단주 노릇을 하는 동안 자연스럽게 얼굴에 배인 충직한 표정이었다. 다른 점이 있다면 그 대상이 바뀌었다는 것뿐.

"아까운 일입니다. 호심갑만 없었다면 일격에 끝내 버릴 수 있었을 텐데……."

아리수는 고개를 저었다.

"아니, 오히려 잘된 일이오. 그와는 아직 할 얘기가 남았으니까."

예마의 배신에 민파대릉 못지않게 충격을 받은 사람이 있다면 바로 뇌파패였을 것이다. 그녀는 입술을 잘근잘근 씹다가 예마를 향해 쏘아붙였다.

"더러운 인간! 어떻게 당신이 부군을 배신할 수 있나요? 부군께선 진심으로 당신을 믿었는데, 어떻게 그 믿음을 저버릴 수 있는 거죠?"

일말의 양심이 남아 있었던 걸까? 예마의 눈가가 슬쩍 붉어졌다. 그러자 아리수가 그를 변론하고 나섰다.

"그것은 당신이 모르고 하는 소리요."

"내가 뭘 모른다는 거죠?"

"호뢰단주란 생기는 것 없이 몸만 피곤한 자리요. 그 멍청한 다후격이 차지하고 있던 철웅대주의 자리가 만일 예마에게 돌아갔다면, 나는 감히 그를 포섭할 마음을 품지 못했을 것이오."

"흥! 부군께서 그를 호뢰단주에 임명하신 것은 그의 충성심이 그 자리에 적합했기……."

아리수는 손을 내저어 뇌파패의 말허리를 잘랐다.

"충성이란 일종의 대가요. 무릇 높은 지위에 있는 사람이 아랫사람으로부터 진심에서 우러나는 충성을 받고 싶다면, 마음뿐만 아니라 물질적으로도 합당한 대우를 해 줘야만 하오. 마음은 사람을 감동시킬 수 있소. 그러나 배고픈 감동은 그리 오래 가지 못하는 법이오."

이에 힘을 얻은 듯, 예마는 눈을 부릅뜨고 뇌파패에게 따졌다.

"다후격이 문주와의 혈연을 앞세워 나를 무시할 때마다 나는 참기 힘든 모멸감을 마음속으로 삭혀야만 했소. 충성? 흥! 충성이란 자신을 알아주는 사람에게 바치는 것이오. 무공으로 보나 경력으로 보나 다후격은 나와 비교할 수조차 없소. 한데도 놈은 부족의 중대사를 결정하는 자리에 떡하니 앉아 있고, 나는 문가에서 티도 안 나는 호위 짓이나 하고 있다는 게 말이나 되오? 그러고도 내게 충성을 바란단 말이오? 이제까지 참아 준 것만으로도 당신들 부부는 내게 감사해야 할 것이오."

뇌파패는 너무도 기가 막힌 나머지 말문마저 막혀 버렸다. 아리수가 이해한다는 표정으로 예마의 어깨를 두드렸다.

"귀하가 선택한 새 주인은 결코 귀하의 능력과 공로를 가벼이 여기지 않을 것이오. 들어가 지시를 기다리시오."

"알겠습니다."

예마는 아리수에게 고개를 숙인 뒤 뒤편으로 물러났다. 일련의 동작이 매우 조심스러워, 새 주인을 대하는 그의 마음가짐을 짐작할 수 있었다.

아리수는 광장 중심을 향해 천천히 고개를 돌렸다.

"믿었던 사람에게 배신당한 기분이 어때?"

이기전성以氣傳聲의 공력을 발휘한 탓에, 그리 크지 않은 목소리가 사람들의 장벽에 둘러싸인 민파대릉의 귀에까지 똑똑히 전달되었다.

"하지만 당시의 내 심정을 느끼려면 아직 멀었어. 그래서 낭란에 관한 얘기를 꺼낸 거라고."

민파대릉의 몸이 부르르 떨렸다. '낭란'이란 두 글자가 그를 다시 격동시킨 것이다. 이런 민파대릉의 반응을 보지 않아도 짐작할 수 있다는 듯, 아리수의 얼굴에 통쾌한 기색이 떠올랐다.

"형제의 정을 짓밟으면서까지 얻으려 애쓴 여자가 사실은 다른 사람의 씨를 잉태한 채 시집 온 사실을 안다면, 당시의 내 심정을 이해해 줄 수 있겠지?"

최후의 성소는 철저히 유린당했다. 폐허가 된 성소에 남겨진 것이 있다면 모멸과 허탈 그리고 원색의 분노뿐.

"놔주십시오. 저는 괜찮습니다."

민파대릉은 자신을 부축하고 있던 음뢰격의 손을 뿌리친 뒤, 힘겹게 몸을 일으켰다. 상처에서 흘러나온 피가 바지까지 붉게 물들였지만, 그는 이를 악물고 두 다리로 버텨 섰다.

"앞을 열어라."

민파대릉이 무거운 목소리로 명했다.

"문주, 평정을 잃으시면 안 되오."

"앞을 열라니까!"

음뢰격의 애끓는 간언에도 아랑곳하지 않고 민파대릉은 명령을 반복했다. 앞을 가로막고 있던 사람들은 잠시 머뭇거렸지만, 결국 문주 명을 따를 수밖에 없었다.

분분히 갈라서는 사람들 틈으로 가장 먼저 보인 것은 아내 뇌파패의 얼굴이었다. 그녀의 얼굴엔 깨지고 찢기고 짓밟힌 심정이 그대로 투영되어 있었다. 무엇이 그녀의 심정을 저토록 비참하게 만들었을까? 민파대릉은 이 질문의 해답을 알고 있었다. 아리수에 의해 벌거벗겨진 진실이 그녀의 심정을 저토록 비참하게 만든 것이다.

"실례가 되지 않는다면 지금 심정을 물어도 될까?"

아리수가 자신의 존재를 일깨워 주려는 듯 얄미운 질문을 던졌다.

민파대릉은 눈살을 찌푸렸다. 대체 무슨 심정을 알고 싶다는 것일까? 백설처럼 정결한 줄로만 알아 온 아내가 실은 다른 남자에 의해 더럽혀졌다는 사실을 안 심정? 아니면 이제껏 자신의 핏줄인 줄로만 알아 온 아들이 실은 다른 사람의 씨앗이라는 사실을 안 심정?

민파대릉은 아내와 아들을 바라보았다. 고통에 허덕이는 뇌파패의 얼굴이 화살처럼 머리에 틀어박혔다. 의식을 잃은 채 적도의 팔에 안긴 낭란의 모습이 인두처럼 가슴을 지져 왔다.

그 순간 민파대릉은 자신이 해야 할 일을 깨달았다.

(2)

"흐, 흐흐……."

웃음.

민파대릉의 어깨가 조금씩 흔들리며 키득거리는 웃음이 흘러나오기 시작했다. 키득거리는 웃음은 이내 밤하늘을 쩌렁쩌렁 뒤흔드는 광소로 변했다.

"으하하! 으하하하!"

음뢰격을 비롯한 주위의 사람들이 그를 진정시키려 나섰지만, 그는 심통을 부리는 어린아이처럼 손을 마구 내저어 그들의 손길을 뿌리쳤다. 그 모습을 본 아리수의 눈빛이 양양자득揚揚自得해졌다.

"믿어 온 것이 허물어질 때의 고통이란 이루 말하기 힘들지. 형도 이제야 비로소 내 심정을 이해할 수 있게 된 모양이군."

민파대릉의 광소가 거짓말처럼 뚝 그쳤다. 민파대릉은 흉신악살처럼 무서운 얼굴로 뇌파패를 꾸짖었다.

"더러운 년! 네가 감히 나를 배신해!"

뇌파패는 눈을 꼭 감았다. 하지만 확연하게 떨리고 있는 눈까풀은 그녀의 참괴한 심경을 충분히 대변해 주고 있었다. 아리수가 한 발짝 앞으로 나서며 민파대릉과 그녀 사이에 끼어들었다.

"쯧쯧, 이번에도 형이 틀렸어. 죄를 논하려면 그 근원을 밝혀야 마땅한 법. 배신의 심판대에 먼저 올라야 하는 쪽은 이 가련한 여자가 아닌, 형과 형의 무자비한 어머니가 아닐까?"

"간특한 놈! 아가리를 닥치지 못하겠느냐!"

괴이한 일이었다. 민파대릉이 온화하게 대할 때에는 참지 못하던 아리수가, 민파대릉이 욕설을 퍼붓자 마치 감로라도 맛본 사람처럼 흐뭇한 표정을 짓고 있으니 말이다.

"한 가지만큼은 형에게 분명히 고맙다고 해야겠군."

아리수는 포리기하에게로 천천히 다가가더니, 그의 팔에 안긴 낭란의 볼을 부드럽게 쓰다듬었다.

"내 아이를 이토록 훌륭하게 키워 준 은혜는 절대로 잊지 않겠어. 누가 뭐라고 해도 형은 훌륭한 백부야. 그 대가로 형의 시신을 귀천동에 고이 모셔 주기로 하지."

민파대릉은 학질에 걸린 사람처럼 전신을 와들와들 떨다가 배갑에 비껴 멘 천화검을 거칠게 뽑았다. 그 바람에 겨드랑이 상처가 벌어지며 붉은 피가 흘러나왔지만, 그는 고통조차 느끼지 못하는 듯했다.

"흥! 벌써 싸움이 끝난 줄 아는구나. 그따위 소리를 지껄이기엔 이 천화검이 아직 멀쩡하다는 사실을 잊지 말아라."

"오! 낯익은 검이군. 내 얼굴을 이 꼴로 만든 바로 그 검이지?"

아리수는 감개무량하다는 표정으로 고개를 끄덕이다가 뒤를 슬쩍 돌아보며 외쳤다.

"검을 가져오너라!"

이마에 붉은 두건을 두른 사내 하나가 장검 한 자루를 두 손으로 받쳐 들고 아리수에게로 달려왔다. 그것을 받아 든 아리수는 천천히 검을 뽑았다. 다섯 자가 넘는 긴 검신이 검집 밖으로 모습을 드러냈다. 요요한 광채를 머금은 검날은 누구에게도 자랑할 만했다. 그러나 정작 아리수가 민파대릉에게 자랑하고픈 것은 검날이 아니었다.

"이 검수 어때? 조금 낡긴 했어도 멋지지? 과거에 그녀가 내게 만들어 준 물건이라고."

'검수'란 말이 뇌파패로 하여금 감은 눈을 뜨도록 강요했다. 하지만 그녀의 눈은 뜨이기가 무섭게 일그러질 수밖에 없었다. 아리수가 움켜쥔 검 자루 밑으로 하늘거리는 검수를 발견했기 때문이다.

며칠 전, 그녀는 아리수의 전용 연무장인 귀배에 간 적이 있었다. 전날 저녁 낭란의 방에서 발견한 저 검수를 아리수에게 돌려주기 위해서였다. 그때 아리수는 그녀에게 묻고 싶은 것이 있다고 했다. 그녀는 물음을 듣지도 않고 대답했다. 당신은 틀렸다고. 그렇게 대답하며 검수를 아리수에게 던졌다. 아리수와 그녀 사이의 지긋지긋한 악연마저도 저 검수처럼 던져 버릴 수만 있다면 얼마나 좋을까 생각하면서.

그러나 검수는 그녀의 눈앞에 다시 나타났다. 악연의 끈은 그토록 질겼던 것이다.

아리수는 검 자루를 이리저리 뒤집어 보이며 검수를 뽐내다가, 고개를 갸웃거리며 말했다.

"어? 이제 보니 형의 검수도 제법 멋진걸. 누구 솜씨지?"

뇌파패의 시선이 반사적으로 민파대릉에게 옮아 갔다. 민파대릉이 뽑아 든 천화검의 손잡이에도 검수가 달려 있었다. 뇌파패의 두 눈이 다시 한 번 일그러졌다. 저 검수는 귀배에 다녀온 바로 그날 밤, 남편에 대한 죄책감을 이기지 못하고 밤을 꼬박 새우며 만든 물건인 것이다.

이 무슨 얄궂은 운명이란 말인가!

그녀가 오랜 세월을 사이에 두고 만든 두 개의 검수는 지금 이 순간 분노와 증오에 영혼을 빼앗긴 두 남자의 검에 매달린 채 그녀의 눈앞에서 서로를 마주 보고 있었다.

뇌파패는 그 광경을 더 이상 지켜보지 못하고 고개를 떨어뜨리고 말았다. 그런 그녀의 귓전에 민파대릉의 목소리가 흘러들어 왔다.

"누구 솜씨인지는 네가 알 필요 없다. 하지만 이것 하나는 똑똑히 알아 둬라. 나는 이 검수를 지키기 위해 남은 목숨을 바칠 것이다!"

나는 이 검수를 지키기 위해 남은 목숨을 바칠 것이다!

민파대릉의 마지막 말이 뇌파패를 관통하고 지나갔다. 그녀는 고개를 번쩍 들어 민파대릉을 바라보았다. 민파대릉도 그녀를 바라보고 있었던 것은 결코 우연이 아니리라. 두 사람의 눈길이 허공에서 얽힌 시간은 매우 짧았지만, 살을 맞대고 살아온 수많은 날들은 그녀로 하여금 남편의 본심을 읽을 수 있게 해 주었다.

뇌파패의 눈가에 뿌연 습기가 어리기 시작했다.

민파대릉은 이미 죽음을 받아들이기로 작정하고, 아리수를 상대로 연기를 펼치고 있었다. 그녀를 구하기 위해, 그리고 낭란을 구하기 위해.

뇌파패의 두 눈에 맺힌 눈물이 소리 없이 날아와 민파대릉의 가슴에 틀어박혔다.

슬픔이 비명을 지르며 비등했다. 의지만으로 견뎌 내기엔 너무도 지독한 격랑이 민파대릉의 영혼을 휩쓸고 지나갔다. 하지만 그는 초인적인 인내심으로 냉정의 끈을 놓치지 않았다. 냉정의 끈을 놓친다면 이 악역을 끝까지 견지할 자신이 없었던 것이다.

짓밟힐 대로 짓밟힌 그에게 남겨진 유일한 소망은, 오늘 밤 싸움의 결과와 상관없이 뇌파패와 낭란이 무사히 살아남는 것. 그가 스스로 악역을 떠맡은 이유는 바로 거기에 있었다.

"하하! 말하기 싫다면 굳이 캐묻진 않겠어. 어쨌거나 재미있군. 나는 이 검수를 위해 싸우고 형은 그 검수를 위해 싸우게 되었으니, 뇌문의 미래는 누구의 검수가 온전하냐에 달린 셈이잖겠어?"

민파대릉의 내심을 알지 못하는 아리수는 그저 웃고만 있었다.

아리수가 알지 못하는 것은 비단 그것만이 아니었다. 조금 전 득의양양하게 폭로한 비밀이 민파대릉에게는 이미 비밀이 될 수 없다는 사실을 그는 알지 못했다.

초야를 보낸 지 여덟 달만에 태어난 아들 낭란은 눈에 넣어도 아프지 않을 만큼 귀여운 아이였다. 자신의 아이가 추하길 원하는 부모가 세상천지에 어디 있으랴. 민파대릉은 순수한 마음으로 기뻐했다. 뇌파패의 미색이 자신의 추괴함을 덮어 주었다고 믿으며 아이가 더욱 준수하게 자라나 주기를 뇌신께 간절히 소망했다.

그러나 낭란의 걸음마가 제법 틀을 갖춰 가던 어느 날인가,

민파대룽은 문제가 그렇게 단순하지 않다는 사실을 깨닫게 되었다. 그를 향해 뒤뚝뒤뚝 다가오며 천진무구하게 웃는 낭란의 얼굴로부터 아리수의 어린 시절을 발견한 것이었다.

처음, 민파대룽은 두 사람의 용모를 하나로 묶어 주는 유사성의 의미를 알아차리지 못한 채, 그저 혈통 탓이겠거니 생각했다. 숙질간에 닮는 경우야 얼마든지 있기 때문이었다. 하지만 이러한 생각은 오래 지나지 않아 수정될 수밖에 없었다. 그의 추괴함이 그렇듯이 아리수의 준수함 또한 모계의 산물이었다. 모친이 다른 이상, 아리수의 준수함이 그의 아들에게 이어진다는 것은 있을 수 없는 일이었다.

낭란의 친부가 아리수일지도 모른다는 의혹은 민파대룽을 번민의 구덩이로 던져 넣었다.

뇌파패의 얼굴을 대할 때마다 그 멱살을 움켜쥐고 진실을 캐묻고 싶은 욕망에 사로잡혔다. 곤히 잠든 낭란을 바라보며 그 가녀린 목을 조르고 싶다는 끔찍한 충동을 느낀 적도 있었다. 당시 그가 느낀 번민을 어찌 필설로 형용할 수 있으랴!

그러나 그는 이내 깨달았다. 죄인은 원치 않는 남자에게 강제로 시집온 뇌파패가 아니었다. 태중에서 아비가 바뀐 낭란이 아니었다. 따지고 보면 그들은 피해자였다. 죄인이 있다면 추악한 질투심의 노예가 되어 재앙의 씨앗을 후대에 물려준 그의 모친이요, 그것이 죄라는 것을 뻔히 알면서도 짝사랑하던 여자를 아내로 맞을 수 있다는 사실에 눈이 뒤집혀 동생의 연인을 뺏은 민파대룽 본인이었다.

민파대룽은 회심回心했다. 누구의 씨면 어떠랴! 내 아이로 키우면 그만인 것을.

마음을 돌리자 의혹은 가책으로, 증오는 측은으로 변했다.

가책과 측은의 마음으로 바라보는 뇌파패와 낭란은 다시 가족이 되었고, 민파대릉은 가족을 지키기 위해 무엇이든 할 수 있는 맹목적인 가장이 되었다. 그 단적인 예로, 그는 뇌파패와의 잠자리에서 단 한 번도 그녀의 안에 씨를 심지 않았다. 새 아이가 생기면 낭란을 대하는 자신의 마음이 바뀔까 두려웠기 때문이다.

민파대릉이 그런 희생과 고통 속에서 가족이라는 울타리를 지켜 왔음을 아리수가 어찌 알겠는가! 그가 방금 벌인 한바탕 광란이, 감추려 애써 온 가족의 비밀이 만인 앞에서 까발려진 것에 대한 분노에서 비롯되었음을 아리수가 어찌 짐작이나 했겠는가! 심지어 죽음을 눈앞에 둔 이 순간에도 가족의 안전을 위해 악역을 자청하기로 결심한 사실을 아리수가 어찌 눈치챌 수 있겠는가!

"나는 말이야, 지금 이 순간을 위해 살아왔다는 생각이 들어. 뇌신께선 바로 이 순간을 위해 나를 살려 두신 것 같아."

아리수가 광장 가장자리에 세워진 뇌신상을 바라보며 홀린 듯한 목소리로 중얼거렸다. 민파대릉은 악역에 걸맞은 살기등등한 목소리로 외쳤다.

"존귀하신 뇌신의 이름을 망령되이 갖다 붙이지 마라!"

아리수의 시선이 천천히 돌아와 민파대릉의 얼굴에 얹혔다. 그의 입가에 희미한 미소가 떠올랐다.

"형도 생각해 보라고. 뇌신의 보살핌이 아니면, 나를 죽이지 못해 안달이던 그 여자와 늙은이들의 손에서 내가 어떻게 살아남을 수 있었겠어?"

"모든 과오는 형제의 정에 연연해 너의 흉심을 진작 알아차리지 못한 내게 있다! 나로 인해 죽어 간 많은 부족원들에게 미안할 따름이다!"

민파대릉이 통탄해하며 외치자 아리수가 고개를 끄덕였다.

"부족원들에게 미안하다는 말만큼은 나도 동감이야. 그래서 제안을 하나 할까 하는데……."

잠시 말을 멈춘 아리수는 중방진을 쭉 훑어보았다.

"화창수들이 제법 눈에 띄는군. 늙은이들이 개인적으로 키운 아이들이 있다고 하더니 그들인가 보지? 형은 그게 문제였어. 원로랍시고 마냥 위해 주다 보니 문주의 위엄이 위태로워졌단 말이야. 생각해 보라고. 화창 같은 위험한 무기가 늙은이들에 의해 사사로이 움직인다는 게 얼마나 어처구니없는 일이겠어? 그러니 오늘 같은 사단이 생기는 거지."

민파대릉은 이를 갈았다.

"뻔뻔한 놈! 대체 무슨 말을 하고 싶은 거냐?"

"아! 미안. 말하다 보니 본론에서 조금 벗어났군. 내가 하려는 제안은 간단해. 서로 화기를 사용하지 말자는 것이지."

"네놈이 그런 제안을 할 자격이 있을까?"

"화창 몇 자루가 무서워 이러는 줄 안다면 착각이야. 화기고가 이미 내 손에 들어왔다는 사실을 잊지 말라고."

아리수가 손뼉을 한 번 쳤다. 신호를 기다리고 있었던 듯, 그의 등 뒤로 화창을 소지한 적건인들이 달려 나와 일자로 벌려 섰다. 언뜻 보기에도 그 수가 사십을 넘는 듯했다.

"지독한 놈……."

민파대릉은 입술을 깨물었다. 화기고는 화왕성 내에서도 요처로 꼽히는 구역이었다. 오랜 준비 끝에 반역의 칼을 뽑아 든 아리수가 그런 요처를 그냥 지나쳤을 리 없었다.

"형과 마찬가지로 나 또한 부족과 부족원을 사랑해. 내가 원하는 건 대륙의 어떤 문파와 견주어도 뒤지지 않는 강력한 뇌문이지, 송장만 득실거리는 공동묘지가 아니거든. 형도 선조의 피와 땀으로 세워진 이 부족이 우리 형제의 사사로운 악연으로 멸절되는 것을 바라지는 않겠지?"

민파대릉은 선뜻 대답할 수 없었다. 아리수가 혀를 찼다.

"잘 생각해 보라고. 형 입장에선 승산을 일 푼이라도 끌어 올릴 수 있는 기회니까."

민파대릉의 곁에 있던 음뢰격이 한 발 나서며 아리수를 향해 외쳤다.

"배신을 일삼는 네놈의 말을 어찌 믿는단 말이냐!"

아리수는 눈썹을 찡그리더니 파리라도 쫓듯이 들고 있던 장검을 좌우로 흔들었다.

"아무 때나 나서는 버릇은 관 속에 들어가는 날까지 고치지 못하는군. 너는 거기서 늙은 목이나 닦고 있어라. 그 목을 취하실 손님께서 눈살이나 찌푸리지 않을까 걱정된다."

"이, 이 발칙한 놈!"

음뢰격이 노기를 참지 못하고 수염을 부들부들 떨었지만, 아리수는 그에게 눈길조차 주지 않았다.

"정 믿지 못한다면 뇌신께 맹세라도 하지. 무의미한 희생을 어떻게 해서든 줄여 보려는 내 마음을 헤아려 줬으면 좋겠어."

민파대릉은 아리수를 노려보며 물었다.

"하면, 네놈부터 화기를 봉할 수 있겠느냐?"

"정말 의심도 많군. 형답지 않게 왜 그래? 뭐, 하지만 소원이라면 그렇게 해 주지."

아리수는 어깨를 으쓱인 뒤, 뒤를 돌아보며 명했다.

"화창의 심지를 뽑아라."

그 명은 즉시 이행되었다. 사십여 개의 심지들이 바닥에 떨어졌다. 심지를 새로 달기 전에는 발사가 불가능하니 아리수 측의 화창은 당분간 무용지물이 된 것이다.

아리수는 민파대릉을 향해 싱긋 웃었다.

"뇌신께 맹세컨대, 나는 이번 싸움에서 어떤 종류의 화기도 사용하지 않겠어. 이젠 됐지?"

민파대릉은 그런 아리수를 뚫어져라 노려보다가 음뢰격에게 고개를 돌렸다.

"화창을 봉하십시오."

음뢰격이 눈을 빛내며 민파대릉에게 소곤거렸다.

"반역자와의 약속을 지키기 위해 노력할 필요는 없소이다. 놈이 화창을 봉한 이상 우리에게도 승산이 있소. 이 기회를 버려선 아니 되오."

민파대릉은 아리수를 흘낏 바라보았다. 아리수의 입가엔 여유 있는 미소가 머물러 있었다. 민파대릉은 저 미소의 의미를 형제에 대한 신뢰로 해석할 만큼 우매하지 않았다.

"화기고가 놈의 수중에 들어갔다면 놈이 쓸 수 있는 건 화창만이 아닐 겁니다. 분명 화성 같은 물건들도 가져왔겠지요."

화성은 사용의 편리함을 극대화한 투척용 화기였다. 지금과 같은 국면에선 화창과 거의 맞먹는 위력을 발휘할 수 있었다.

"말씀대로라면 다른 화기가 없는 우리 입장에선 더더욱 화창을 봉해선 안 되는 것이 아니오?"

민파대릉은 고개를 천천히 흔들었다.

"언제나 뇌신께 대한 맹세만큼은 지키려고 애쓰던 놈이었지요. 화기를 사용하고 싶지 않다는 놈의 말은 진심일 겁니다. 이쪽에서 화창을 봉하지 않으면, 놈으로 하여금 맹세를 깨뜨릴 구실만 안겨 주는 셈이 됩니다."

"하지만……."

"무의미한 희생을 피하고 싶기는 저도 마찬가지입니다. 누가 이기든 남는 것이 폐허뿐이라면, 죽어 선조들을 뵐 면목이 없겠지요. 화창을 봉하십시오."

음뢰격은 못내 아쉬운 얼굴이었지만 민파대릉의 명을 따를 수밖에 없었다.

"화창의 심지를 잘라라!"

민파대릉 측이 보유한 화창들도 속속 무용지물로 바뀌었다. 이제 이 광장에선 최소한 화기에 대한 공포만큼은 사라진 셈이었다.

아리수는 감탄한 표정으로 고개를 끄덕였다.

"과연 뇌족의 지존답게 당당하군. 엉큼한 구렁이와는 비교할 수도 없을 만큼. 안타까운 일은, 그 당당한 지존이 아침 해를 바라볼 수 없다는 점이지."

민파대릉은 가슴을 활짝 펴고 말했다.

"생사는 오직 뇌신께 달린 일! 너는 너무 자신 하지 마라."

"그렇게 생각하고 싶은 형의 마음, 충분히 이해해. 뭐, 상관없겠지. 어차피 결과가 말해 줄 테니까."

아리수는 고개를 들어 밤하늘을 올려다보았다. 무엇을 생각하는 것일까? 이윽고 천천히 아래로 내려온 그의 두 눈은 저 높은 곳에 매달린 별처럼 차갑게 빛나고 있었다.

"참으로 오랜만에 형과 원 없이 대화를 나눠 보았군. 나쁘지 않은 시간이었어. 이젠 슬슬 시작하도록 하지."

아리수가 슬쩍 손짓했다. 그러자 포리기하가 뇌파패와 낭란을 데리고 뒤로 물러갔다. 뇌파패는 민파대릉을 향해 간절한 시선을 보내고 있었다. 그녀의 눈빛은 무언가를 말하고 싶은 듯했다. 무엇이었을까, 그녀가 하고 싶었던 이야기는?

"문주, 우리도 어서 준비해야 하오!"

짧은 눈 맞춤의 아쉬움에서 헤어나지 못하는 민파대릉에게 음뢰격이 다급히 재촉했다. 퍼뜩 정신을 차린 민파대릉은 주위를 둘러보았다. 그를 둘러싼 이백여 문도들. 그를 위해 목숨을 초개처럼 던지려 하는 충성스러운 수하들이었다.

민파대릉의 연기는 충분히 먹혀들었다. 그의 소망대로 뇌파패와 낭란은 싸움의 결과와 상관없이 무사할 수 있을 것이다. 그렇다면 이제부터 그가 책임져야 할 대상은 바로 저 충성스러운 수하들이었다. 그러기 위해선 결의가 필요했다. 이 광장에 뼈를 묻는 한이 있더라도 결코 물러서지 않겠노라는 필사의 결의!

"뇌신께서 굽어보고 계시다! 저 간악한 역도들에게 신벌이 존재함을 똑똑히 보여 주자!"

민파대릉의 입에서 벼락같은 고함이 터져 나왔다.

"우와아아!"

그를 둘러싼 수하들이 저마다 손에 쥔 병기를 흔들며 배 속에서부터 치고 올라오는 함성을 크게 내질렀다. 고즈넉한 야기가 일순 요동쳤다. 이른바 배수진, 죽음의 강물을 등진 자들의 기세는 놀라운 것이었다.

하지만 그 놀라운 기세조차 아리수를 긴장시키진 못하는 듯했다.

"궁지에 몰린 쥐가 고양이에게 덤비겠다 이건가? 하하! 그래 봤자 쥐는 쥐요, 고양이는 고양이. 쥐가 고양이를 이겼다는 얘기는 들어 보지 못했지."

아리수는 차갑게 웃으며 장검을 하늘 높이 치켜 올렸다.

"부덕하고 무능한 군주를 몰아내는 성전聖戰이다! 공을 세우는 자에겐 상이 따를 것이요, 등을 보이는 자에겐 죽음이 따를 것이다!"

"우와아아!"

아리수의 등 뒤로 노도 같은 함성이 일어났다. 승리를 확신한 자들의 기세는 배수진을 친 자들의 그것에 비할 바가 아니었다.

화기를 봉했다고는 하나 사신死神의 손길은 여전히 광장에 머물러 있었다. 그 손길은 시체를 먹고 사는 사막의 독수리처럼 사람들의 머리 위를 빙빙 돌며 그들의 혼백이 육신으로부터 분리되기만을 기다리고 있었다. 죽이지 못하면 죽임을 당하는 상황. 투지는 곧바로 살기가 될 수밖에 없었다.

함성과 함께 상승된 양 진영의 살기가 더 이상 오를 수 없는 한계점에 도달했을 때, 아리수의 장검이 바닥을 향해 힘차게 내리꽂혔다.

"쳐라!"

개전을 알리는 신호였다.

(3)

'언제까지 저러고 있을 작정일까?'

석대원은 못마땅한 눈길로 광장 북쪽의 건물군을 바라보았다.

석대원이 광장에 도착한 시기는 민파대릉과 아리수의 설전이 한창 달아올랐을 무렵이었다. 모든 이들의 관심은 그들 형제에게 집중되어 있었고, 그는 그 틈을 이용해 전망이 매우 괜찮은 장소로 스며들 수 있었다. 바로 뇌신상의 밑. 받침대에 세워진 구름을 형상화한 조형물과 뇌신상의 짙은 그림자 덕분에 광장으로부터의 시선을 염려하지 않아도 괜찮은 절호의 위치였다. 한 가지 불편한 점이 있다면 공간이 그의 거구를 감당할 만큼 넉넉하지 못하다는 것인데, 그래도 어쩌겠는가. 도둑고양이는 푹신한 깔개를 바랄 수 없는 법인데.

다행히 육신이 느끼는 갑갑함은 개전과 더불어 무의식의 영역으로 밀려났다. 북쪽 건물군에 주었던 불만도 그와 함께 사라졌다. 그래서 구경 중 제일이 불구경과 싸움 구경이라고들 하는 모양이다.

초반전의 관건은 민파대릉 측이 사전에 배설해 둔 중방진에 있었다. 중방진을 능수능란하게 지휘해 반란군의 진격을 막아내는 뇌문의 대장로 음뢰격의 운용력에 석대원은 감탄을 금치 못했다. 중방진을 구성하는 민파대릉 측 병력은 음뢰격의 지휘 하에 장병長兵, 단병短兵, 등패藤牌의 세 종류 병기를 적절히 조화시킴으로써, 노도처럼 탕탕히 밀려드는 반란군을 효과적으로 막아 내고 있었다.

세 종류 병기를 한 조로 엮는 삼재전술三才戰術은 지극히 고전적인 합벽술合璧術이라고 할 터였다. 고전적이라는 말은 곧 충분히 검증되었다는 말과 상통한다는 점을 저 중방진이 훌륭히 보여 주고 있었다. 그렇긴 한데……

"어려워지겠군."

석대원이 입 속으로 중얼거렸다. 광장 외곽에서 홀연히 나타나 반란군 사이를 바람처럼 가르며 중방진을 향해 돌진하는 한 사람을 목격한 것이다.

그자의 등장은 분명 의외였다. 남의 일, 특히 오랑캐의 일에 앞장서서 나설 위인이 아니기 때문이었다.

그자의 등장과 더불어 전선이 요동치기 시작했다. 철벽처럼 견고해 보이던 중방진의 정면에 작지 않은 동요가 일어난 것이다.

'저 검이 바로 그 물건인가?'

그자의 손에 들린 채 요사한 황동 빛 광채를 사방으로 흩뿌려 내는 검 한 자루가 석대원의 시선을 사로잡았다.

'형제를 잡아먹는 독사 새끼가 감히 나를 조롱해?'

마태상은 아리수의 수하들 사이를 뚫고 달리며 어금니를 득득 갈아붙였다. 그의 심기는 과히 편하지 않았다. 방금 들은 아리수의 한마디가 그의 오장육부를 뒤집어 놓았기 때문이다.

진세가 생각보다 견고한 것 같다는 허봉담의 말이 발단이 되었다. 이족 보기를 선창 밑바닥을 기어 다니는 쥐새끼 보듯 하는 마태상이 냉소를 치며, "야만족의 진법이 견고해 봤자 얼마나 견고하겠소?"라고 대꾸하자, 곁에 있던 아리수가 마치 들으라는 듯이, "야만족도 오래 묵으면 고약해지지요. 음뢰격을 사전에 제거하지 못한 것이 끝내 우환으로 남는군요." 하며 혀를 찬 것이다. 이는 음뢰격을 제거하지 못한 마태상을 책망하는 말이나 다름없었으니, 그 일로 인해 가뜩이나 자존심이 구겨져 있던 마태상이 어찌 참고 견디겠는가.

오랑캐 형제의 패권 다툼에 앞장설 마음은 눈곱만큼도 없던 마태상이지만, 그것은 오장육부가 멀쩡할 경우의 얘기였다. 구겨진 자존심에 따끔한 일침까지 맞은 마태상은 분기탱천, "그 깟 늙은이의 머리통쯤은 언제든지 따 올 수 있다는 것을 보여 주지!"라고 외치며 요대 안감에 감춰 둔 적벽赤壁의 참홍함선검

斬虹陷仙劍을 뽑아 들기에 이르렀다.

참홍함선검으로 말하자면 상고시대의 전설이 담긴 보검이었다. 전설에 의하면, 은나라 주왕紂王을 토멸하기 위해 군사를 일으킨 주나라 무왕武王을 돕던 뭇 신선들이 이 한 자루 검의 요력妖力에 가로막혀 큰 곤욕을 치렀다고 한다. 좌도左道가 정도正道를 이기지 못하는 것은 하늘의 큰 이치인지라, 결국 참홍함선검은 요력이 봉해진 채로 적벽의 푸른 물결 속에 가라앉았다고 하는데, 많은 우여곡절 끝에 마태상의 수중에 들어오게 된 것이다.

쥐새끼 같은 오랑캐를 상대로 참홍함선검까지 사용한다는 것은 마태상의 입장에서 썩 마음 내키는 일이 아니었다. 하나 본때를 보여 주기로 기왕 결심한 것, 이참에 사해마옹 마태상이 얼마나 무서운 존재인지 모든 이들에게 똑똑히 각인시켜 주기로 작정한 것이다.

마태상이 돌격해 들어가자 중방진의 전면에 포진된 등패들 사이로 대여섯 자루의 장창이 불쑥 튀어나왔다. 장창이 기세를 빼앗고, 등패가 공격을 막으면, 뒤이어 도검류의 단병이 반격하는 것이 삼재전술의 기본. 반란군이 우세한 전력에도 불구하고 쉽게 승기를 쥐지 못한 이유는 이 삼재의 조화를 깨뜨리지 못한 데에 있었다.

그러나 이번만큼은 달랐다. 마태상의 눈에 비친 삼재전술은 심심풀이 간식거리에 지나지 않았고, 그와 그의 참홍함선검에는 그래도 될 만한 자격이 있었다.

"으하하! 모조리 죽여 주마!"

마태상의 입에서 살기 어린 광소가 터진 순간, 그의 우반신으로부터 황동 빛 광채가 쭉 뿜어 나왔다. 마치 한 폭의 누른 비단을 앞으로 뿌려 낸 듯한 광경이었다.

짜자작!

황동 빛 광채는 중방진 밖으로 삐죽 튀어나온 장창들을 단숨에 베어 넘겼다. 철봉처럼 단단한 박달나무 창대들이 별안간 수수깡으로 변해 버린 것 같았다.

장창 다음으로 마태상을 맞이한 것은 등나무를 기름에 절여 만든 방패였다. 등패의 운명도 장창과 크게 다를 바 없었다. 황동빛 광채가 이르는 곳에는 등나무로 만든 방패든 인간의 몸뚱이든 가릴 것 없이 썽둥썽둥 잘려 나갔다. 이것이 바로 참홍함선검, 마태상이 소장한 세 가지 강호 기보 중에서도 첫 번째를 차지하는 절세 신병의 위력이었다.

등패마저 허망하게 잘려 나가자 단병을 꼬나 쥔 여진인들이 개미 떼처럼 마태상에게 달라붙었다. 작은 구멍 하나로 큰 방죽이 무너지는 이치를 모르지 않는 그들이기에, 마태상의 진입을 결사적으로 저지하려 나선 것이다.

결사적이란 과연 무서운 구석이 있었다. 검광과 도풍이 요란한 가운데 마태상이 입고 있던 금포 앞자락이 쩍쩍 갈라졌다. 호신기공護身氣功을 끌어 올린 탓에 피육의 상처는 입지 않았지만, 허세 부리기를 유난히 즐기는 그에게 있어서 입고 있는 의복이란 웬만한 수하 서넛을 합친 것보다 훨씬 소중한 자존심의 외피나 마찬가지였다.

마태상의 두 눈에서 시퍼런 살광이 솟구쳤다.

"쥐새끼 같은 놈들!"

우검좌조右劍左爪. 오른손의 참홍함선검과 왼손의 박골마조가 동시에 광란의 춤사위를 벌이기 시작했다. 특별히 분심分心의 공부를 익힌 것도 아니건만, 좌우 쌍수가 흡사 합격에 능한 두 사람에게 나눠 달린 양 착착 호흡을 맞추어 나갔다.

"아악!"

잘리고 깎인 육편들이 난무하는 가운데 마태상을 저지하던 단병수短兵手 네댓 명이 합창하듯 비명을 내질렀다. 뒷전에 대기하고 있던 사람들이 다급히 도우러 나섰지만, 이미 단병수들의 저지선은 돌파된 뒤였다.

결과적으로 마태상은 민파대릉 측 진영에 첫 번째로 뛰어든 공을 세운 셈이 되었다. 그리고 그 공은 결코 작지 않았다. 일단 돌파된 진세는 이제까지의 견고함이 믿기지 않을 만큼 어지러워졌고, 이에 고무된 반란군이 남은 진세를 단숨에 무너뜨려 버렸다. 상승 무공을 익힌 고수란 집단 전투에서도 이처럼 큰 효과를 발휘하는 것이다.

파진破陣은 곧 난전으로 이어졌다. 전선이 사라지자 광장 전체가 전장으로 탈바꿈했다. 보보步步에 걸리는 것은 잘려 나간 몸뚱이요, 처처處處에 울리는 것은 처절한 단말마라! 날카로운 금속성과 살기 어린 호통이 어지러운 가운데 수많은 생령들이 속속 세상과 작별을 고하고 있었다.

석대원은 욕지기를 느꼈다.

강호에 나온 이후 적지 않은 수의 싸움을 겪어 본 그였다. 하지만 지금 광장에서 벌어지고 있는 저런 식의 싸움은 처음이었다. 저것은 싸움이라기보다는 오히려 전쟁에 가까운 대규모의 살육이었다. 존중받아 마땅할 인명이 광장 바닥에 뿌려진 핏방울만큼이나 무의미한 존재로 전락하고 있었다. 목불인견의 혐오스러운 장면이 아닐 수 없었다.

그러나 일방적으로 혐오할 수만은 없었다. 따지고 보면 그 또한 저 참극을 암중에서 조장한 장본인 중 하나이기 때문이었다. 범죄자가 자신이 저지른 범행을 혐오하는 것만큼 가증스러운 일도 드물 것이기에, 석대원의 입가엔 쓰디쓴 자조가 걸릴 수밖에 없었다.

이렇듯 욕지기와 자조 속에서 새삼 바라본 전장은 어느덧 정리되어 가고 있었다. 인간의 심리란 것이 원래 무리 짓기를 좋아하는 탓인지, 어지러울 정도로 얽혀 있던 백병전이 십여 군데의 크고 작은 싸움판으로 나뉜 것이다. 그중 석대원의 눈길을 끄는 곳이 몇 군데 있었다.

우선 마태상과 음뢰격.

그들이 단신으로 격돌하게 된 데엔 마태상의 의도가 크게 작용한 듯했다. 중방진 속으로 돌입한 마태상은 생각할 것도 없다는 듯 음뢰격을 향해 맹진猛進했고, 음뢰격 또한 적의 선봉을 꺾을 요량으로 마태상의 도전을 회피하지 않았던 것이다. 그들은 전생에 악연이라도 쌓인 사람들처럼 무시무시한 기세로 얽혀들었고, 전장 전체를 통틀어 백미라고 할 만한 대단한 싸움은 그렇게 시작되었다.

마태상의 실력이야 이미 진을 돌파할 때 확인한 바 있으니 그렇다 치더라도, 그에 맞서는 음뢰격의 실력 또한 결코 범상하지는 않았다. 음뢰격이 사용하는 병기는 거무튀튀한 철괴鐵拐 한 자루였다. 보기에는 썩 신통치 않았지만, 거기에 실린 공력만큼은 참홍함선검의 요력을 감당할 만큼 심후한 것이었다.

'문주인 민파대릉보다 윗길이라고 하더니 헛소문은 아닌 모양이군.'

한쪽은 살기가 승하고 다른 한쪽은 공력이 두꺼우니, 승부의 향방은 쉽게 결정되지 않을 것 같았다.

다음으로 석대원의 눈길을 끈 것은 허봉담과 두 청년.

두 청년은 민파대릉 측을 통틀어 다섯 손가락 안에 꼽힐 만큼 뛰어난 무공을 지니고 있었다. 다부진 체구에 우락부락하게 생긴 청년은 철퇴를 귀신처럼 잘 썼고, 홀쭉한 키에 콧수염을 기른 청년은 도법에 일가를 이룬 듯했다. 이들 두 청년이 한 마음으로 힘을 합치니 그 위력은 가히 경인할 만했지만, 불행히도 이들의 상대는 탈명금전 허봉담이었다. 두 청년의 고전은 불 보듯 뻔한 일이었다.

석대원이 판단하기에, 저 싸움이 길어지는 원인은 허봉담에게 있었다. 허봉담은 여러 차례 찾아온 승기를 짐짓 외면하며, 교묘한 보법과 평범한 격공장隔空掌만으로 두 청년의 맹렬한 합공을 받아 내고 있었다. 만일 그가 성명절기인 금전술金錢術을 발휘했다면 두 청년은 일찌감치 차가운 시체로 변했을 것이다.

'살수를 쓰긴 싫다 이거군.'

허봉담의 내심을 짐작한 석대원은 고소를 지으며 시선을 돌렸다. 다음으로 그의 시선을 기다리는 것은 이른바 주장전, 이 밤의 주인공인 민파대릉과 아리수의 싸움이었다.

이들 형제가 펼치는 싸움의 양상은 매우 괴이했다. 집단전이라고도 할 수 있고 개인전이라고도 할 수 있으니, 이를 뭐라 불러야 적당할까? 각자 수행하는 무리가 있어 전체적으로는 집단전의 양상을 띠지만, 싸움의 중심은 분명 두 사람이 서로를 향해 휘두르는 검에 있었으니 말이다.

두 사람의 검법은 백중처럼 보였다. 한 씨를 이어받은 형제답게 그들은 같은 종류의 검법을 사용하고 있었는데, 석대원이 보기에 그들 모두가 검법의 정수를 터득한 것 같았다. 그렇다면 시간이 흐를수록 불리해지는 쪽은 싸우기 전부터 겨드랑이에 부상을 입은 민파대릉일 공산이 컸다.

'설상가상이라더니…….'

석대원은 눈살을 찌푸렸다. 그들 형제를 향해 표홀히 다가가는 여인 하나를 발견한 것이다. 석대원에게 있어선 매우 곤란한 존재일 수밖에 없는 여인. 바로 진금영이었다.

초혼귀매 진금영으로 말하자면 그들 형제에게 뒤떨어질 이유가 하나도 없는 여중고수女中高手였다. 만일 그녀가 싸움에 개입한다면 민파대릉의 패배는 결정된 것이나 마찬가지요, 패배는 곧 죽음을 의미했다.

어찌 보면 민파대릉이 죽는 것은 당연했다.

지금 금부도를 무대로 펼쳐지는 참극의 이면에는 두 개의 보이지 않는 손길이 작용하고 있었다. 비각의 군사 문강과 무양문의 군사 육건이 바로 그 손길들이었다. 아리수의 역심을 지원해 금부도를 비각의 친위 세력으로 개편하려는 문강, 그리고 그런 문강의 의도를 역이용함으로써 금부도를 비각의 반대 세력으로 돌아서게 만들려는 육건. 이들 두 책사가 머릿속으로 그린 구도는 각기 다르겠지만, 공교롭게도 한 가지 사항만큼은 일치했다. 바로 민파대릉의 죽음이었다.

문득 육건의 말이 떠올랐다.

-들개는 야성이 강하지. 놈을 복종시키는 일은 번거로울 뿐만 아니라 시간이 매우 오래 걸리는 작업이지. 뇌문의 현 문주인 민파대릉이 바로 들개라네. 비각이 굳이 무력을 동원하면서까지 민파대릉을 제거하려고 나선 것도 그 때문이지. 복종시키는 쪽이 훨씬 더 수고스럽다고 판단한 게야. 하면, 비각이 포기한 수고를 우리가 대신할 까닭이 있을까? 아니지, 아니야. 대신

할 이유도 없고 대신할 마음도 없다네. 우리는 비각이 민파대릉을 제거한 뒤에 움직이기 시작할 걸세.

평소와는 다른 차가운 눈동자로 육건은 이렇게 말했다. 민파대릉이 죽은 뒤의 구도를 묻는 석대원의 질문에 대한 육건의 답은 더욱 비정한 것이었다.

–민파대릉에겐 아들이 하나 있다네. 이제 겨우 열두 살, 세상 물정 모르는 천진무구한 나이지. 그 천진무구한 눈에는 아비의 원수를 갚아 주고 문파를 되찾아 준 우리가 하늘 같은 은인으로 보이지 않겠는가?

석대원은 전장에서 시선을 떼어 광장 북쪽에 자리 잡은 건물군을 바라보았다. 그가 그 근방에서 모종의 기척을 감지한 것은 싸움이 시작되기 직전의 일이었다. 학수고대하던 기척인 만큼 반가웠던 것은 사실이나, 문제는 그 기척이 도무지 움직일 기미를 보이지 않는다는 데에 있었다.

석대원은 저들의 의도를 짐작할 수 있었다. 저들은 들개가 제거되기를 기다리는 것이다.

'마음에 안 들어.'

석대원은 고개를 양어깨 위로 천천히 꺾었다. 움츠려 있던 목뼈가 늘어나며 우두둑거리는 소리가 흘러나왔다.

흉기를 휘둘러 누군가를 죽이는 것만이 살인은 아니다. 상황을 방기함으로써 누군가를 죽음에 이르도록 만드는 것 또한 살인의 범주에 포함된다.

물론 석대원에겐 확고한 목적이 있었다. 그 목적을 위해서라면, 그것이 다분히 비윤리적이라 할지라도, 살인을 저지를 용의가 충분히 있었다. 그러나 세상엔 어떤 목적으로도 미화할 수 없는 일이 분명 존재했다. 살인을 방조하고도 은인인 체 가장하는 짓. 그런 종류의 권모술수는 책사들이나 하는 짓이었다. 석대원 같은 무인에겐 그저 간사한 연극으로 비칠 따름이었다.

"이보시오, 머리 좋은 노인네. 은인이 되고 싶다면 그에 걸맞은 은혜를 베풀어야 하는 법이오."

석대원은 나직이 중얼거리며 몸을 일으켰다.

사실 그가 이번에 행한 일들은 한 계절 얻어먹은 식대로는 과한 감이 없지 않았다. 조금 환불해 간다 한들 그를 탓하진 못할 것이다.

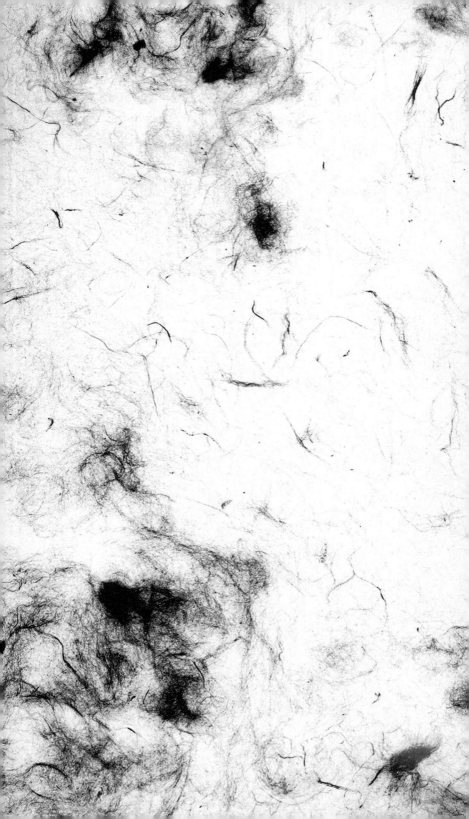

반전反轉

(1)

　광장 북쪽 가장자리로부터 십여 장 떨어진 거리에는 크고 작은 건물들이 몇 채 자리 잡고 있었다.

　건물들은 서로 다른 모양새만큼이나 쓰임새도 다양했다. 그 중엔 누군가의 밤을 안락하게 해 주던 거주지도 있었고, 식량을 보관하는 창고도 있었으며, 경사스러운 날 광장에서 열리는 연회를 위해 화덕이며 각종 조리도구들을 구비한 임시 주방도 있었다.

　그러나 그 건물들은 이미 각자의 주인, 혹은 관리자로부터 버림받은 상태였다. 인간의 목숨이 바람 앞의 등불처럼 위태로운 판국이니, 죽일 능력이 있는 자는 죽이기 위해 전장으로 나선 뒤였고, 죽일 능력이 없는 자는 죽임을 당하지 않기 위해 안전한 곳으로 달아난 뒤였다.

　그렇게 버려진 건물들이 새로운 주인을 맞은 것은 자시와 축시가 교차되는 시각. 좌응이 이끄는 백여 명의 무양문 별동대가 야음을 틈타 솜뭉치에 스며드는 물처럼 소리 없이 잠입한 것이다. 광장에는 많은 사람들이 모여 있었지만 아무도 그들의 잠입을 눈치채진 못했다. 그들의 운신이 워낙 은밀한 탓도 있지만, 더 큰 이유는 상대를 향한 적개심과 불확실한 미래에 대한 공포가 그들의 이목을 흐리게 만든 데에 있었다.

　돌이켜 보건대, 그들이 광장까지 오기 위해 치른 대가는 그들이 얻은 성과에 비해 매우 경미하다고 할 수 있다.

　은신처로 삼은 북쪽 해안의 골짜기를 출발한 무양문도들은 자정을 전후해 수구산 북쪽 능선에 설치된 신응대의 관문을 돌파했고, 잠시의 휴식도 취하지 않고 곧바로 정상을 향해 진격, 목적지인 화왕성 북문에 이르렀다.

　당시 화왕성 북문은 낭숙의 문도 십여 명에 의해 점령되어 있었다. 지휘자는 늙은 여우처럼 노련하다는 천표선의 이 인자 양비. 마태상의 명을 받아 성문 접수에 나선 그는 조마공곤이 맡기로 한 서문을 제외한 세 군데 성문을 신속하게 확보하는 데 성공했고, 성 밖으로 파견 나간 문주 측 병력이 귀환할 것에 대비, 수성에 대한 의지를 다지고 있었다.

　그러나 세상엔 의지만으로 이룰 수 없는 일들이 많았다. 양비가 기다린 건 관문으로 파견 나간 신응대지 강남 대륙을 위진하는 남패 무양문이 아니었다. 신응대가 조약돌이라면 무양문은 바윗덩이요, 신응대가 고양이라면 무양문은 호랑이였다. 양비는 창졸간에 상상조차 해 보지 못한 강적을 맞이한 셈이었다.

　거기에 한 가지 더 악재로 작용한 점은, 불리하다 하여 소리

내어 도움을 요청할 처지가 못 된다는 것이었다. 성내의 상황을 전혀 모르는 탓에 주위의 이목을 염려할 필요가 있었던 것이다. 이를테면 먼저 온 도둑이 나중 온 도둑을 맞아 주인이 깰 것이 걱정돼 입을 막고 싸우는 형국이랄까.

물론 양비도 바보는 아닌지라 그런 걱정이 지극히 주제넘은 짓임을 금방 깨닫게 되었다. 소매 바람 몇 번으로 화살 비를 걷어 버리고, 담벼락 몇 번 찍는 것으로 몇 길 성벽을 훌쩍 뛰어넘는 무시무시한 고수가 하나둘도 아니고 줄줄이 달려드는 판국에 걱정은 무슨 얼어 죽을 걱정이겠는가!

그러나 소리 내어 도움을 요청하려는 마음이 새록새록 일어날 즈음엔, 그것을 실행에 옮길 입이 단 하나도 남아 있지 않았다. 지휘를 맡은 양비마저도 산돼지처럼 거칠게 달려든 마석산의 일 권에 훌훌 날아가고 있었으니, 여타 수하들의 처지는 말할 필요도 없을 터였다.

최후의 기력을 짜내어 가까스로 고개를 치켜든 양비의 눈에 담긴 북문 풍경은 그야말로 적당 일색. 수하들이라곤 하나같이 그와 비슷하거나 그보다 낮은 높이로 바닥에 깔린 뒤였으니, 그로선 어처구니없기도 하거니와 궁금하기도 했을 것이다. 그래서인지 그가 세상에 마지막으로 남긴 말은, "저놈들은 대체 누구지?"라는 공허한 질문이었다.

양비의 죽음은 북문의 권리가 낭숙으로부터 무양문으로 완전히 이전되었음을 확인하는 날인이 되었다. 얄궂게도 이놈의 성문은 남정네에 환장한 탕부처럼 한 시진도 안 되는 짧은 시간 사이 주인을 세 번이나 갈아 치운 것이다.

무양문 별동대가 북문의 세 번째 주인으로 등극하는 데 소요된 시간은 겨우 반 각. 두 번째 주인이 치른 대가는 첫 번째 주인이 치른 것과 마찬가지로 전원 사망인 반면, 새 주인이 치른 대가는 중상 하나에 경상 셋이 고작이었다. 그러니 경미하달 수밖에.

각설하고, 석대원이 서문을 돌파한 시점과 무양문 별동대가 북문을 함락한 시점은 어느 쪽이 먼저인지 구분하기 힘들 만큼 비슷했다. 그런 까닭에 무양문 별동대는 석대원과 비슷하게 향후의 행보를 고민해야만 했고, 석대원과 비슷하게 야공을 진동한 화포 소리에 쾌재를 불렀으며, 일백이 넘는 머릿수로 인해 약간의 시차는 생겼지만, 석대원과 비슷한 시기에 광장 부근에 도착할 수 있었다.

이상이 자시 초부터 자시 말까지 무양문 별동대가 이룩한 호쾌한 행보였다.

그런데 그들이 광장 북쪽 건물군에서 시작한 잠복은 그리 호쾌하지 못했다. 비단 호쾌하지 못할 뿐만 아니라 좌웅처럼 수양 깊은 인물의 심장마저도 벌렁거리게 만들 만큼 조마조마했다.

왜냐하면 마석산, 수다쟁이 할망구만큼이나 입이 가벼운 주제에 어지간한 고수라면 기본적으로 할 줄 아는 전음조차 단지 귀찮다는 이유만으로 배우다 때려치운 대책 없는 인간이 끼어 있었기 때문이다.

"새끼들, 형제 싸움치고는 제법 실감나게 하는걸."

야트막한 담에 올막졸막 솟아 있던 수박만 한 머리통들이 하나만 남겨 둔 채 일제히 사라졌다. 남은 머리통의 주인 마석산이 코웃음을 픽 쳤다.

"아따, 자라 고기를 삶아 먹었나, 사내대장부가 돼 가지고 간담들이 왜 이렇게……."

마석산의 머리통은 말을 채 끝마치지 못하고 담 아래로 쑥 내려갔다. 어깨 너머로 솟아오른 팔 하나가 그의 반질반질한 정수리를 사정없이 찍어 눌렀기 때문이다.

─이 사람아! 대체 몇 번 말해야 알아듣겠나? 제발 그놈의 목청 좀 낮추라고!

좌웅의 전음이 마석산의 고막을 후벼 팠다. 까마득한 낭떠러지 끝에서 사흘 밤낮을 참선하라고 시켜도 평정을 잃지 않을 좌웅이지만, 지금 이 순간만큼은 손바닥이 축축할 만큼 긴장해 있었다. 하지만 마석산에겐 관심 밖의 일. 그는 대머리를 손바닥으로 죽죽 문지르곤 입술을 삐죽거렸다.

"나 참, 걱정도 팔자시지. 싸우느라고 정신없는 놈들이 남의 소리를 들을 겨를이나 있겠수?"

좌웅은 마석산의 뻔뻔한 낯짝을 노려보다가 애원하듯 전음을 보냈다.

─정찰은 내게 맡기고 자네는 제발 후위로 빠져 주게나. 내가 이렇게 손 모아 부탁하네.

그리 길지 않은 담에 몸을 감출 수 있는 사람의 수는 잘해야 열이 고작이었다. 해서 좌웅은 대부분의 인원을 건물들의 후면에 대기시킨 채, 이목이 밝고 판단력이 빠른 몇 명만을 데리고 이곳으로 나왔다. 한데 그러한 선발 기준과 전혀 무관한 사람도 있었으니, 바로 무양문의 골칫덩이 마석산이었다.

마석산은 실로 무심한 인간이었다. 좌웅의 간절한 부탁에도 뉘 집 개가 짖느냐는 식으로 귓구멍을 새끼손가락으로 후비적거리던 그는 이내 고개를 도리도리 젓는 것이었다.

"아, 난 여기 있겠대도 자꾸 그러시네. 내가 누구유? 대장 아니우, 대장. 대장이 돼 가지고 꽁무니에 숨어 있으면 그 체면이 뭐가 되겠수? 난 그런 짓 못 하니 가려거든 형님이나 가시구려."

이젠 좌응 앞에서까지 대장 타령이었다. 좌응은 눈을 감고 마음속으로 수를 세었다. 마석산 덕분에 터득하게 된 심법 아닌 심법이었다. 숫자가 스물을 넘어가니 마음이 조금 진정되는 것 같았다. 눈을 뜬 그는 무거운 전음으로 엄포를 놓았다.

―알았네. 하지만 한 번만 더 큰 소리를 내면 그땐 내가 직접 손을 써서라도 후위로 돌릴 테니 그리 알게.

"젠장, 조심할 테니 너무 면박 주지 마시우. 아무리 전음이라지만 애들 있는 데서……."

뭐 뀐 놈이 화낸다고, 마석산은 퉁퉁 부운 얼굴이 되어 고개를 담 위로 치켜들었다. 좌응은 부글거리는 심화를 긴 콧김으로 풀어 낸 뒤, 마석산을 좇아 머리통을 담 위에 걸어 놓았다.

좌응의 엄포가 먹혀든 덕인지, 아니면 그 후로 이렇다 할 구경거리가 눈에 들어오지 않은 탓인지, 마석산의 주둥이는 한동안 잠잠했다. 좌응은 모처럼 편안한 마음으로 광장의 싸움을 지켜볼 수 있었다.

그러나 그 편안함은 길게 이어지지 못했다. 좀이 쑤신 듯 몸뚱이를 배배 꼬던 마석산의 입에서 그간의 공덕을 단번에 날려 버릴 만한 커다란 소리가 터져 나온 것이다.

"어? 저게 누구야?"

유사한 반응이 나타났다. 마석산의 것을 제외한 모든 머리통들이 담 아래로 꺼졌고, 곧바로 솟구친 좌응의 손이 마석산의 머리통마저 찍어 눌렀다. 터져 나온 탄성이 컸던 만큼 좌응의 손에 담긴 힘 또한 강했다. 마석산의 못생긴 상하 이빨들이 쩔컥 소리를 내며 부딪칠 정도로.

오만상을 찌푸리던 마석산이 좌응을 향해 버럭 성질을 부렸다.

"이……!"

'이 양반이 누굴 벙어리로 만들 작정을 했나, 하마터면 혓바닥 잘릴 뻔했잖수!'라는 말을 쏘아붙일 작정이었다. 그러나 턱을 움켜쥐어 온 좌웅의 절묘한 금나수에 마석산이 준비한 말은 알아듣지 못할 웅얼거림으로 묻히고 말았다.

ー분명히 경고했지! 한 번 더 떠들면 가만있지 않겠다고!

단정한 좌웅의 눈썹이 하늘을 향해 뻗쳐 있었다. 하늘을 향해 뻗친 것은 눈썹만이 아니었다. 그의 왼손 검지와 중지 또한 하늘을 향해 뻗쳐 있었다.

마석산의 얼굴이 조금 핼쑥해졌다. 왼손 검지와 중지면 우수검을 익힌 검수가 검결劍訣을 짚을 때 사용하는 손가락이었다. 검결지劍訣指 따위가 뭐 그리 무섭겠느냐마는 그것은 보통 검객의 경우였다. 좌웅 정도 되는 절정 검객이라면 검결지에 담긴 기세만으로도 능히 사람을 해칠 수 있는 것이다.

다급한 순간, 마석산은 실로 그가 아니고선 결코 떠올리지 못할 구질구질한 임기응변을 발휘했다. 혓바닥을 내밀어 얼굴 하관을 덮고 있는 좌웅의 오른손 손바닥을 마구 핥은 것이다.

"으……."

좌웅의 얼굴이 조금 일그러졌다. 계집도 아닌 사내에게, 그것도 마석산 같은 놈에게 맨살을 애무당하고도 그저 얼굴을 조금 일그러뜨린 것을 보면 그의 수양이 얼마나 깊은지 짐작할 수 있는 일이었다. 그래도 겨드랑이 밑으로 소름이 쫙 돋는 것만큼은 어쩔 수 없었는지, 그는 마석산의 하관을 놓으며 오른손을 움츠리고 말았다. 퀴퀴한 침 냄새가 코를 찌르고 있었다.

"형님, 정말 이러기우?"

마석산이 좌응에게 따졌다. 좌응은 오염된 오른손을 허공에 털며 차갑게 대꾸했다.

─나는 한다면 하는 사람이야. 작전에 방해가 된다면 자네라 해도 용서할 수 없지.

"아이고, 무서워라. 하지만 이 아우가 대체 누굴 보았는지는 들어 본 다음에 용서하든 말든 하는 게 순서 아니겠수?"

─누굴 보았는데?

"누구는 누구겠수? 바로 석가 꼬마지."

─누구?

"석가 꼬마가 괴물 같은 동상 발치에서 몸을 일으키는 것을 똑똑히 보았단 말이우! 그러니 놀라지 않고 배기겠수?"

지난겨울부터 무양문에서 '석가 꼬마'라 불리는 사람은 오직 하나, 석대원뿐이었다. 하기야 그렇게 부르는 사람도 서문숭과 마석산, 둘밖에 없긴 했지만.

석대원이 모습을 드러냈다는 말에 좌응은 잠시 멍해졌다. 단신으로 적굴에 잠입한 뒤로 줄곧 연락이 두절되어 있던 그가 멀쩡한 상태를 유지하고 있다는 건 분명 반가운 일이었다. 하지만 몸을 일으켰다고? 마석산처럼 바보라 그러지는 않을 텐데?

좌응은 황급히 담 위로 고개를 뽑아 광장을 바라보았다. 마석산이 그의 얼굴 옆으로 머리통을 들이밀더니 의기양양하게 말했다.

"어떻수? 이 아우 말대로 석가 꼬마가 틀림없잖수."

뇌신상으로부터 그리 멀리 떨어지지 않은 곳에서 정신없이 싸움을 벌이던 여진인 둘이 거의 동시에 앞으로 고꾸라졌다. 형제를 나눠 섬긴 대가로 동족상잔의 싸움을 벌이던 두 사람이지만 바닥에 널브러진 모양만큼은 서로 다르지 않았다.

두 사람은 사지를 버둥거리며 어떻게든 일어나려 애썼지만 그게 생각처럼 쉽지 않았다. 그럴 만도 했다. 어깨를 찍어 누른 엄청난 힘에 빗장뼈가 어긋났으니, 마음먹은 대로 운신하려면 제법 시일이 필요할 것이다.

두 사람의 어깨를 계단 삼아 광장에 내려선 석대원은 두 발이 단단한 바닥에 닿는 것과 동시에 질풍처럼 달리기 시작했다.

이미 많은 사상자가 발생한 뒤였지만, 그래도 광장에는 삼백이 넘는 사람들이 남아 싸움을 벌이고 있었다. 이런 대규모 싸움의 판도를 혼자만의 힘으로 바꾼다는 것은, 몸 상태가 정상일지라도 장담하기 힘든 일이었다. 하물며 지금의 석대원은 독상과 내상을 함께 입은 몸. 본래 실력의 절반도 발휘하기 힘들었다.

그래서 석대원은 싸움의 급소를 짚기로 마음먹었다. 그 급소를 정확히 짚음으로써 싸움의 큰 흐름을 바꿔 놓을 작정인 것이다.

지금 석대원이 질주하는 방향에 바로 싸움의 급소가 있었다. 우회는 불필요했다. 그러고 보면, 뇌신상과 그 급소를 잇는 직선에 마태상과 음뢰격의 싸움판이 놓여 있었던 것은 순전히 우연의 산물이라 할 것이다.

"엇?"
"엇!"
쓰는 언어가 달라도 어떤 경우에 보이는 반응은 한 가지인 듯. 대치하고 있던 공간의 한복판을 갈라 들어오는 거구의 존재는 마태상과 음뢰격의 입에서 비슷한 경호성을 끌어냈다.

일단 한 발짝씩 물러선 것 또한 비슷한 본능일진대, 이어진 반응은 상이했다. 성정이 그대로 반영되었다고나 할까? 신중하게 자세를 가다듬으며 상황 파악에 애쓴 음뢰격과는 달리, 마태상은 불문곡직不問曲直하고 앞으로 내달으며 참홍함선검을 힘차게 내리찍은 것이다. 경호성 한마디 그리고 뒷걸음질 한 번이 허세 강한 마태상에겐 결코 용납할 수 없는 모욕이었던 것이다.

그러나 믿었던 참홍함선검이 주인의 자존심을 세워 주는 데 실패했다. 달려온 자의 검—마태상은 그 검이 자신의 소장품들 중 하나임을 알아차리지 못했다—이 허공에 한 줄기 호선을 그린 순간, 수직으로 떨어지던 참홍함선검의 검로가 괴이한 척력斥力에 말려 비스듬히 틀어져 버린 것이다.

애꿎은 광장 바닥이 비명을 지르며 불똥을 튕길 무렵엔, 달려온 자는 이미 두 사람 사이를 통과한 뒤였다. 지나간 게 사람인지 곰인지 분간하기 힘든 엄청난 거구였다. 가인佳人이 지나간 자리에 향기가 남는다면, 그자가 지나간 자리엔 조롱이 남았다.

"얼간이."

짤막한 조롱 한마디에 마태상의 눈이 홱 뒤집혔다. 그 거구며 목소리가 불쾌할 만큼 익숙하다는 사실조차 떠오르지 않을 만큼. 그러나 더욱 눈 뒤집힐 일이 그를 기다리고 있었다.

부웅!

다른 곳에 정신이 팔린 마태상을 향해 묵직한 파공성이 날아들었다. 잠시의 짬을 놓치지 않고 힘을 비축해 두었던 음뢰격이 회심의 일격을 날린 것이다.

검으로 막을 여유도 없었다. 뭉툭한 철괴에 머리통이 부서지지 않으려면 닳고 닳은 퇴기 년처럼 두 다리를 쫙 벌리고 주저앉아야만 했고, 연달아 퍼부어진 철괴의 후속 공격에는 이름을 떠올리는 것조차 수치스러운 나려타곤(懶驢打滾)의 비상수단까지 동원할 수밖에 없었다.

강적을 눈앞에 두고도 성질을 이기지 못해 한눈을 팔았으니, 수세에 몰려도 싼 일. 음뢰격의 공세는 갈수록 기세를 더해 갔다. 마태상이 승기를 되찾아 오기란 그리 쉬운 일이 아닐 듯했다.

수세에 몰린 마태상을 뒤로한 채, 석대원의 질주는 계속되었다. 공력의 소모를 최소로 하기 위해 혈랑곡주의 절학은 가급적 사용하지 않았다. 코앞의 상대에만 정신이 팔린 난군(亂軍)들을 놀라게 만들기엔 빠른 신법과 칠 척이 넘는 거구만으로도 충분했다.

삼백이 넘는 사람들로 뒤얽힌 커다란 싸움판이 한 사람에 의해 갈라지는 광경은 실로 보기 드문 장관이었다. 수풀을 가르며 달리는 산군(山君)의 위세가 이러할까. 그의 앞에는 길이 없었지만 그의 뒤로는 분명한 길이 생기고 있었다.

이제 목표한 급소까지는 불과 삼 장. 한 번의 도약으로 다다를 수 있는 거리였다. 급소에 있던 사람들도 뭔가 심상치 않은 기미를 느꼈는지 석대원을 향해 속속 몸을 돌렸다.

석대원은 바닥을 박차고 허공으로 솟구쳤다. 대붕전시(大鵬展翅)의 신법을 발휘, 두 팔을 활짝 펼쳐 허공을 가르는 그의 모습은 신화에서나 등장할 법한 거조를 연상케 했다.

사람들의 경악한 얼굴이 석대원의 시야 속으로 빠르게 확대되었다. 그의 입에서 웅장한 장소(長嘯)가 터져 나왔다.

휘이익!

석대원이 토해 낸 장소는 광장에 가득한 모든 소음들을 뚫고 좌응의 귓전에 생생하게 전달되었다.

좌응은 석대원의 행동을 도저히 이해할 수 없었다.

석대원이 지금 덮쳐 간 곳에는 뇌문의 현 문주인 민파대릉이 있었다. 비록 뇌문의 인사에 관해 아는 바가 많지 않은 좌응이지만 저 검은 전갑을 입은 사내가 민파대릉이라는 것만큼은 어렵잖게 짐작할 수 있었다. 곤충과 사람을 섞어 놓은 듯한 민파대릉의 용모는 너무도 특이해, 무양문을 출발하기 전 육건으로부터 건네받은 용모파기만으로도 간단히 판별할 수 있었던 것이다.

본디 민파대릉이 처한 상황은 매우 좋지 않았다. 그가 상대하는 푸른 유삼의 사내는—그와 동일한 검법을 사용하는 것으로 미루어 반란군의 수괴인 아리수인 듯싶었다— 무서운 기세로 그를 몰아붙이고 있었다. 만일 주위의 도움이 없었다면 두 사람의 싸움은 일찌감치 그의 패배로 끝났을 터. 주위에서 싸움을 벌이던 그의 수하들은 위기 때마다 몸을 던지다시피 하여 주군을 구했고, 그 갸륵한 희생에 힘입어 그의 목숨은 조금 더 연장될 수 있었다.

그러나 좌응이 보기에 결과는 달라지지 않을 것 같았다. 푸른 유삼의 사내는 싸움이 길어지는 것을 오히려 즐기듯 더욱 여유 만만하게 검을 휘둘렀고, 민파대릉을 위해 몸을 던지는 충성스러운 수하들의 수는 점차 줄어만 갔다.

민파대릉의 최후는 목전에 이르러 있었다. 바야흐로 좌응을 비롯한 무양문의 용사들이 모든 싸움을 평정하고 뇌문의 은인으로 등극할 시간이 다가온 것이다.

그런데 석대원이 끼어든 것이다. 민파대룡이 아직 살아 있는데!

"보고만 있을 작정이우?"

마석산이 물었다. 좌응은 마석산을 돌아보았다.

ㅡ보고만 있지 않으면 어떻게 하려고?

"석가 꼬마 속셈이야 뻔하지 않수. 애새끼들이 말랑해 뵈니까 저 혼자로도 공을 세울 수 있겠다 싶어 뛰어나온 게 아니겠수? 그러곤 제 몫을 챙겨 가려고 하겠지. 어린놈이 저렇게 약삭빨라서야, 원."

마석산이 이번 출행에 따라나선 근본적인 이유는 도박에서 잃은 돈을 만회할 요량에서였다. 딴에는 눈부신 공을 세워 그에 합당한 배당을 받아 낼 작정이었는데, 부처 눈에는 부처만 보인다고 다른 사람들도 저 같은 줄 아는 모양이었다.

ㅡ그래서 어쩌겠단 말인가?

좌응이 묻자 마석산은 보란 듯이 두 주먹을 천천히 말아 쥐었다. 뼈마디가 접히는 소리가 으드득으드득 요란하게 튀어나왔다.

"명색이 대장이 돼 가지고 밖에서 굴러 들어온 건방진 어린놈에게 공을 뺏길 수는 없는 노릇이잖수. 그러니 우리가 빨리 나가 저 말랑말랑한 애새끼들을 모조리 죽여 버리자 이거유."

이런 놈을 붙잡고 복잡한 사정을 설명한다는 것은 시간 낭비였다. 그래서 좌응은 짧게 대꾸했다.

ㅡ안 돼.

마석산이 눈을 끔뻑였다.

"방금 뭐라고 했수?"

이번엔 전음도 쓰지 않았다.

"안 된다고 했네."

좌응의 단호한 대구에 당황한 마석산이 재차 의견을 피력하는데, 그 논조가 아까와는 많이 달라져 있었다.

"그렇게 안 봤는데 형님도 참 박정한 사람이우. 아무리 우리 식구가 아니기로서니, 천지간에 기댈 곳 없는 불쌍한 꼬마 혼자 저 흉악한 호굴에 내버려 둔단 말이우?"

밖에서 굴러 들어온 건방진 어린놈은 천지간에 기댈 곳 없는 불쌍한 아이로, 말랑말랑한 애새끼들이 놀던 광장은 흉악한 호굴로 변해 있었다.

'속 보인다, 속 보여.'

좌응은 아예 고개를 돌려 버렸다.

마석산의 말에도 일리가 아주 없는 것은 아니었다. 이번 작전에 있어서 석대원이 세운 공로는 결코 작은 것이 아니었다. 문도도 아닌 몸으로 적진에 깊숙이 침투하여 스스로를 해치면서까지 작전에 이바지한 공로는, 무양문도라면 누구나 고개 숙여 감사해야 마땅할 것이다. 그런 석대원이 전장에 단신으로 뛰어들었으니 이를 외면하는 것도 도리가 아니었다.

그러나 좌응은 작전의 근간을 저버릴 수 없었다. 이번 작전에 있어서 민파대릉의 죽음이 의미하는 바는 지대했다. 그것이 전제되었을 때야 비로소 무양문은 뇌문이라는 단체를 완전히 장악하게 되는 것이다. 석대원의 공로가 아무리 크다 한들 작전의 근간까지 뒤흔들 수는 없는 일이었다.

비슷한 생각을 하고 있었던 듯, 곁에 있던 황사년이 전음을 보냈다.

−섣불리 움직여서는 안 됩니다.

좌응은 묵묵히 고개를 끄덕였다. 비록 그 개인적으로는 석대원이란 청년에 대해 호감을 가지고 있었지만, 그것은 어디까지나 사사로운 감정에 불과했다. 그는 사사로운 감정에 흔들려 작전을 망치는 경망스러운 지휘자가 아니었다.

그러나 세상일이란 원래 사람의 뜻과 다르게 흘러가기 일쑤라서, 좌응은 잠시 후 본의와 무관하게 경망스러운 지휘자가 되고 만다.

용음龍吟처럼 웅장한 장소를 토해 내며 무서운 속도로 쇄도해 온 석대원을 발견했을 때, 진금영의 심정은 뜻밖에도 담담할 수 있었다.

기다리고 있던 판결을 받은 죄수의 심정이 이러할까. 미지의 추격자가 있다는 마태상의 말을 들은 순간부터, 그리고 그 추격자에게 금청위가 당했을지도 모른다는 생각을 한 순간부터, 진금영은 내심 이 순간을 기다리고 있었는지도 모른다.

'저 남자…… 또 저런 얼굴을 하고 있구나.'

불똥이 뚝뚝 떨어질 것처럼 이글거리는 눈동자, 울뚝불뚝 튀어나온 관자놀이 아래의 턱 근육, 심중의 결의를 얼굴 전체로 웅변하는 듯한 무시무시한 표정.

그날, 그 강물 위에서도 저 남자는 저런 얼굴을 하고 있었다. 진금영은 그 얼굴을 결코 잊을 수 없었다. 쭛! 그런데 입가에 찰싹 달라붙은 저 수염은 대체 무슨 꼴이람. 마치 팥죽 그릇에 얼굴을 처박은 개구쟁이를 보는 것 같지 않은가.

보통 사람보다 머리 두 개 이상 큰 거한의 진로를 가장 먼저 가로막은 사람이 하필이면 보통 사람의 어깨에도 미치지 못하는 난쟁이라는 사실은, 진금영이 아닌 누구의 눈에라도 희극적으로 비쳤을 것이다.

몸뚱이만큼이나 작은 담을 지닌 체항이 설마 투지가 남아돌아 그런 용기를 발휘했을 리는 만무했다. 아마도 논공행상의 붓대를 쥔 아리수가 멀지 않은 곳에 있음을 의식한 모양인데, 진금영의 눈에는 수레바퀴를 향해 버티고 선 가련한 사마귀처럼 비칠 따름이었다.

"끼얍!"

체항은 사마귀의 앞발보다 그리 튼튼해 보이지 않는 도끼를 번쩍 치켜들더니, 수레바퀴보다 훨씬 무서워 보이는 석대원을 향해 힘껏 휘둘렀다. 붕, 하는 바람 소리는 제법 실한 느낌을 주었지만, 진금영은 다음에 벌어질 일을 훤히 예상하고 있었다.

아니나 다를까, 석대원은 거구에 걸맞지 않은 날렵한 몸놀림으로 도끼를 피해 낸 뒤 곧바로 후방을 급습, 체항의 목덜미를 답삭 낚아챘다. 그의 왼손에 대롱대롱 매달린 체항은 새파랗게 질려 버렸다. 버둥거리지도 못하는 것으로 미루어 벌써 목덜미 혈도를 제압당한 듯했다.

그런데 진금영의 눈에 한 가지 걸리는 점이 있었다. 반삼재反三才로 몸을 비껴 도끼를 피하고, 유서표표柳絮飄飄의 신법으로써 후방으로 돌아간 뒤, 다시 창응박토蒼鷹搏兔의 금나수를 펼쳐 체항의 목덜미 혈도를 제압하는 석대원으로부터, 그녀는 결코 가볍다 할 수 없는 허점을 두 군데나 발견한 것이다. 체항 같은 하류에게야 먹혀들지 모르지만, 상대가 만일 상승 공부를 익힌 고수였다면 그러한 허점은 곧장 치명적인 반격으로 되돌아올 것이다.

석대원 정도 되는 고수가 허점을 드러내다니?

다음 순간, 진금영은 한 가지 사실을 기억해 냈다.

'그는 아직 회복되지 않았구나!'

그럴 가능성이 컸다. 불과 하루 전만 해도 생사를 넘나들던 그였으니까.

진금영의 생각이 이어지는 동안에도 석대원의 행동은 멈추지 않았다. 체항은 그에게 있어서 더할 나위 없이 좋은 방패였다. 이름뿐인 장로라도 장로는 장로, 더구나 아리수에 의해 시작될 새로운 뇌문에서는 일인지하 만인지상인 대장로의 지위를 보장받은 체항이었다. 내일의 대장로를 향해 서슴없이 병기를 들이밀 만큼 정신 나간 사람은 아무도 없었기에, 체항을 가슴 앞에 돌려세운 석대원은 아무런 저지도 받지 않고 칠팔 보를 더 전진할 수 있었다.

그 모습을 보던 진금영은 입술 사이로 삐져나오는 실소를 참을 수 없었다. 저 곰 같은 몸뚱이에 어떻게 여우의 교활함이 들어 있는 것일까?

그렇게 칠팔 보를 전진한 석대원은 가슴 앞의 체항을 앞으로 내던졌다. 체항은 머리를 앞으로 향한 채 투석기를 떠난 돌멩이처럼 날아갔다.

목표는 바로 아리수!

이때 아리수는 그토록 간절하게 바라 온 대업의 완성을 목전에 두고 있었다. 몇 발짝 떨어지지 않은 곳에 있는 민파대릉은 이미 만신창이의 몸이었다. 팔다리에 새겨진 크고 작은 자상들은 바위처럼 굳세던 뇌문의 주인을 손가락 하나 까딱하기 힘든 혈인으로 바꿔 놓은 뒤였다.

아리수의 눈가는 벅찬 희열로 가늘게 떨리고 있었다.

보라! 천화검을 지팡이 삼아 힘겹게 서 있는 형의 모습을!

그 목숨을 취하기란 그야말로 여반장이었으니, 두어 걸음 내디뎌 대문짝만 하게 보이는 목을 향해 검을 찔러 넣기만 하면 되는 것이다. 복수! 야망! 그리고 그토록 갈망하던 가족도 되찾게 되는 것이다!

그런데 하필 그 순간에 체항이 날아오다니!

아리수는 아주 잠깐 망설였다. 민파대룽을 죽여 모든 것을 마무리 짓고 싶은 마음이야 말해 무엇하랴마는, 그는 완벽주의자요, 심미주의자였다. 기나긴 인고의 종지부를 구질구질한 상황에서 맞고 싶지는 않았다.

그래서 아리수는 민파대룽을 향한 단죄의 일 검을 잠시 보류한 채, 날아오는 체항을 향해 검을 밀어냈다. 생각 같아선 머리통부터 두 쪽을 내 버려도 시원치 않겠지만, 그는 그렇게 하지 않았다. 그의 머릿속에는 이미 새로운 뇌문이 구상되어 있었다. 공을 세운 자를 홀대한다면 그 구상을 실행하는 데 적잖은 장애가 따를 터였다.

아리수의 검술에는 과연 기특한 면이 있었다. 무서운 기세로 날아온 체항을 낭창낭창한 검신으로 가볍게 받아 내는 공부는 중원 강호에서 전해 오는 사량발천근四兩撥千斤과 유사해 보였다.

"으…… 으어어……."

검신을 타고 미끄러져 바닥에 얼굴을 처박은 체항은 겁에 질린 나머지 벙어리 시늉만 내고 있었다. 지린내를 폴폴 풍기는 품이 오줌까지 싼 모양이었다. 그 꼴이 얼마나 빙충맞아 보였던지 아리수는 한마디 호되게 꾸짖으려 했다. 하지만 체항이 날아온 방향으로부터 덮쳐 오는 거대한 그림자는 목구멍까지 올라

온 말을 쑥 들어가게 만들었다.

빡! 퍼펑!

그림자를 막아선 아리수 측 무사 두 사람이 마치 바퀴에 깔린 자갈처럼 옆으로 튕겨 나갔다. 어떤 수법에 당했는지 분간조차 할 수 없는 신쾌한 손 속이었다. 다음 순간, 다섯 손가락을 곧게 세운 손 하나가 아리수의 전면으로 날아들었다. 장심에 등롱이라도 박은 듯, 기분 나쁜 붉은 빛을 뿜어내는 커다란 손이었다.

부딪히면 안 된다!

아리수는 지체 없이 몸을 좌측으로 날렸다. 일직선으로 진격해 오는 적의 예봉을 비껴 보내겠다는 본능의 발로였다.

그런데 문제는, 그 커다란 손의 목표가 아리수가 아니라는 점에 있었다. 적의 기세에 밀려 자리를 내준 것은 결국 아리수에게 천추의 한으로 남게 되었다.

"엇!"

아리수의 입에서 외마디 외침이 터져 나왔다. 그가 있던 자리를 그대로 통과한 거대한 그림자가 민파대릉을 어깨에 둘러메는 광경을 목격했기 때문이다. 누군가에게 짐짝 취급을 당하고 싶진 않았는지 민파대릉도 짚고 있던 천화검을 들어 힘겹게 휘둘러 보았지만, 그런 저항은 그림자의 가벼운 손짓 한 번에 심연에 던져진 작은 돌멩이처럼 흔적도 없이 묻히고 말았다. 체항과 마찬가지로 혈도를 제압당한 듯, 그림자의 어깨에 얹힌 민파대릉은 연체동물처럼 축 늘어져 있었다.

이때 아리수는 한 가지 사실을 깨달을 수 있었다. 조금 전까지만 해도 그토록 위협적으로 보이던 붉은 빛은 이미 자취를 감춘 뒤였다. 그가 어찌 알겠는가! 붉은 빛을 내뿜는 커다란 손바닥은 이제 단지 위협용으로밖에 사용될 수 없다는 사실을.

민파대룽을 어깨에 둘러멘 그림자는 곧장 달아나기 시작했다. 방향은 북쪽.

"멈춰라!"

아리수는 노갈을 터뜨리며 그림자의 뒤를 추격했다. 그림자의 신법은 기이할 만큼 쾌속해, 뒤처진 거리를 따라잡기란 쉽지 않아 보였다. 그렇다면 방법은 하나뿐. 아리수는 그림자의 넓은 등을 향해 왼손을 쭉 뻗어 냈다. 포포아투를 쓰러뜨린 비장의 암기, 쌍령수리전을 쏘아 낸 것이다.

그러나 영롱한 방울 소리와 함께 모습을 드러낸 쌍령수리전은 주인의 의도대로 날아가지 못할 운명이었다. 그 진로 안으로 뜻밖의 장애물이 뛰어들었기 때문이다.

"이런!"

아리수는 급히 손목을 낚아채 쌍령수리전의 진로를 어긋나게 만들었다. 안 그랬다간 비각에서 온 귀중한 손님의 뒤통수에 정통으로 틀어박힐 판국이었으니까.

본디 병기란 펼치기보다 거두기가 힘든 법. 쌍령수리전처럼 고도의 세기細技를 요하는 암기라면 더욱 그러했다.

부자연스러운 동작으로 인해 신체의 균형을 잃어버린 아리수는 그 자리에서 두어 번 맴돈 다음에야 가까스로 몸을 세울 수 있었다. 시종일관 여유를 유지하던 그의 얼굴이 보기 흉하게 일그러졌다. 하지만 그를 낭패하게 만든 진금영을 탓할 수만도 없는 노릇이었다. 달아나는 적을 추격하다가 우연히 쌍령수리전의 진로를 가로막은 그녀를 어찌 탓할 수 있겠는가!

그러나 아리수의 짐작과는 달리 진금영이 쌍령수리전의 진로로 뛰어든 것은 결코 우연이 아니었다. 아리수의 왼손이 석대원의 등을 가리키는 것을 목격한 순간, 그녀는 아리수의 의중을 즉시 알아차릴 수 있었다.

'그를 암습하려 하는구나!'

다음 순간, 그녀는 이미 앞으로 달려 나가고 있었다. 자신의 행동이 무엇을 의미하는지 되돌아볼 겨를도 없었다. 그녀의 머릿속에는 오직 아리수가 암습하도록 놔둬서는 안 된다는 강한 의지만이 들어 있었던 것이다.

"진 비영, 놓쳐선 안 되오!"

아리수의 외침이 등 뒤에 실렸을 때에야 비로소 정신이 되돌아왔다.

'내가 지금 무슨 짓을 한 거지?'

'이래선 안 돼! 그는 각의 가장 위험한 적이야!'

진금영은 자신을 질책했다. 하지만 그녀는 이미 걷잡을 수 없는 혼란에 빠진 뒤였다. 석대원을 막아야 한다는 비영으로서의 의무와 석대원이 무사하기를 바라는 여인으로서의 소망이 그녀의 머릿속에서 어지럽게 교차되고 있었다. 그로 인해 마음이 흐트러진 그녀는 출중한 경신술에도 불구하고 석대원을 쉽게 따라잡지 못했다.

'차라리 이대로 영영 따라잡지 못했으면……'

이성과 동떨어진 바람이 진금영의 마음 한구석에 슬며시 떠올랐다.

그러나 잔인한 현실은 두 사람의 대면을 강요했다. 광장 북쪽 가장자리를 몇 발짝 남겨 둔 지점에서 누군가 석대원의 앞길을 막아선 것이다. 극적인 배신으로 민파대룡의 심신에 크나큰 타격을 준 예마가 바로 그 사람이었다.

만만한 상대가 아님을 알아차렸는지 석대원은 정면 돌파 대신 우측으로 방향을 틀었다. 하지만 예마의 투지 넘치는 삼첨도가 그것을 용납하려 들지 않았다.

"우아아압!"

예마는 석대원에게 바싹 달라붙으며 삼첨도를 횡으로 크게 휘둘렀다. 요란한 파공성과 함께 눈을 시리게 만드는 세찬 칼바람이 석대원의 전면으로 밀어닥쳤다. 제대로 걸리는 날엔 단지 피육이 베이는 것만으로 끝나지 않을 무지막지한 공격이었다. 석대원은 어쩔 수 없이 신형을 세우며 검을 쳐 올렸다.

쾅!

쇠붙이 두 자루가 충돌했다고는 믿기지 않을 만큼 요란한 폭음이 울려 퍼졌다. 근육과 뼈를 동시에 뒤흔드는 거센 반탄력이 각자의 병기를 타고 두 사람에게로 되돌아갔다. 역도 한 가지만을 놓고 볼 때엔 누가 우위라고 말하기 힘든 결과인데, 운용의 교묘함에선 석대원이 몇 수 위였다.

급륜부양急輪浮揚에 이은 춘연입소春燕入巢.

석대원은 오른손을 안으로 한 바퀴 감아 챔으로써 자신의 검을 우악스럽게 밀어붙이는 예마의 삼첨도를 허공으로 띄운 뒤, 활짝 열린 예마의 상반신을 향해 제비처럼 날렵한 일 검을 찔러 넣었다. 그 검봉이 예마의 좌측 견정혈肩井穴에 적중되었다.

착!

예마가 입고 있던 호피 조끼에 길쭉한 구멍이 뚫렸다. 하지만 그게 전부였다. 최소한 두 치는 뚫을 수 있으리라 기대한 검봉이 살갗에 작은 생채기를 만든 것에 그친 것이다. 예마가 뇌문에서 제일가는 외문기공의 소유자임을 사전에 알지 못한 탓이었다.

검을 통해 전달된 예상 밖의 감촉에 석대원이 의아해할 때,

예마가 고함을 내지르며 달려들었다. 주춤거리던 석대원은 예마의 쇠망치 같은 일 권을 가슴에 허용할 수밖에 없었다.

퍽!

충격을 이기지 못하고 한 걸음 물러서는 석대원에게 재차 예마의 몸뚱이가 날아들었다. 어깨 전체를 병기로 이용하는, 말 그대로 육탄 돌격이었다.

병기로 방어하기엔 적과의 간격이 너무 가까웠다. 석대원은 민파대릉을 붙들고 있던 왼손을 풀어 예마의 뒤통수를 내려쳤다. 그러나 이 대응 또한 조금 늦은 감이 있었다. 석대원의 가슴에 또다시 둔중한 충격이 가해졌다. 갈비뼈가 울릴 정도로 강렬한 충격이었다.

"윽!"

답답한 신음이 석대원의 입술을 비집고 흘러나왔다. 엉덩방아를 찧지 않으려면 다시 두 걸음을 물러서야 했고, 그 바람에 어깨에 걸쳐놓은 민파대릉의 몸뚱이가 바닥에 떨어지고 말았다.

하지만 예마가 치른 대가도 결코 작진 않았다. 본신 공력의 절반도 채 사용할 수 없다 해도 천하제일의 수공手功을 익힌 석대원이었다. 조금 전 일 장에는 외문기공과 상극이라 할 수 있는 침투경浸透勁의 묘용이 실려 있었으니, 예마가 코와 입으로 피를 쏟으며 고꾸라진 것은 당연한 결과였다. 요행히 목숨은 건진다 해도 당분간 침상 신세를 면키 어려울 터였다.

어쨌거나 예마는 석대원의 발길을 묶는 데 성공했다. 그가 번 시간은 그리 길지 않았지만, 진금영이 석대원을 따라잡기엔 충분했다. 마음 한구석으로 영영 따라잡지 못하길 바라던 그녀였지만 이제는 어쩔 수 없었다. 그럼에도 공격의 초점을 바닥에 떨어진 민파대릉에게 맞춘 것은, 마음속에 여전히 남아 있는 미련 때문이리라.

쐐액!

진금영의 손목에 감겨 있던 시커먼 덩어리가 한 줄기 묵선墨線으로 곧게 뻗어 나갔다. 저항력을 완전히 상실한 민파대릉이 그것을 피하기란 불가능해 보였다.

그러나 묵선이 쪼갠 것은 애꿎은 바닥에 불과했다. 다급히 몸을 날린 석대원이 민파대릉을 끌어안고 바닥을 구름으로써 그녀의 공격을 간발의 차이로 무산시킨 것이다.

진금영이 바닥을 치고 튀어 오른 채찍을 회수할 즈음, 석대원은 민파대릉을 겨드랑이에 낀 채 그녀로부터 이 장쯤 떨어진 곳에 몸을 세우고 있었다. 두 남녀의 시선이 오늘 밤 처음으로 마주쳤다.

시끄럽기만 하던 주위의 소음이 서서히 멀어졌다. 모든 것들이 정물로 변해 가는 듯했다. 그 정물의 시간 속에서 얽힌 두 쌍의 눈은 실로 복잡한 감정들을 토해 내고 있었다.

정물의 시간을 깬 것은 석대원이었다. 그는 검을 쥔 오른손 손등으로 입가를 쓱 훔쳤다. 그의 손등에 묻어 나온 검은 핏자국이 진금영의 망막을 아리게 파고들었다. 예마로 인해 내상이 악화된 것일까? 아니, 어쩌면 전권戰圈에 처음 뛰어들 때부터 저런 몸이었는지도 모른다.

"당신, 괜……."

진금영은 황급히 입술을 오므렸다. 미친년, 괜찮은 건 물어 어쩌려고. 그녀는 마음을 독하게 먹고 다시 입을 열었다.

"당신 마음대로 하도록 놔둘 수는 없어요."

말을 하는 도중 진금영은 눈썹을 찡그렸다. 목소리에 묻어

나오는 떨림을 그녀 스스로도 감지할 수 있었기 때문이다.

빗조차 안 들어갈 정도로 살갗에 달라붙은 석대원의 수염이 보일 듯 말 듯 꿈틀거렸다. 아마도 웃은 듯. 그는 핏자국이 묻은 손등을 진금영을 향해 들어 보였다.

"이런 몸이지만 할 일은 해야겠소."

진금영은 그 손등을 애써 외면하면서 이제껏 궁금히 생각해 오던 질문을 던졌다.

"금 비영을 만났나요?"

석대원은 고개를 한 번 끄덕임으로써 대답을 대신했다. 진금영의 눈빛이 어두워졌다. 금청위가 오지 못한 이유가 그를 만났기 때문이라면, 그는 그녀의 예상대로 단호한 사람이었다. 필요하다면 며칠간의 교분 따위는 가볍게 베어 버릴 만큼.

진금영은 두려웠다. 그리고 궁금했다. 석대원의 단호함은 과연 어디까지가 한계일까? 자신과 함께 보낸 격정의 밤도 그 한계선 아래 머무는 것일까?

이런 진금영의 마음을 아는지 모르는지, 석대원이 냉정한 목소리로 말했다.

"당신을 떨쳐 버리긴 어려울 것 같군. 시간이 없으니 어서 시작합시다."

"당신은 정말……!"

진금영은 말을 잇지 못하고 아랫입술을 깨물고 말았다. 기이한 감정이 그녀의 무릎을 떨리게 만들었다. 그 감정을 어떻게 설명할 수 있을까? 어느 아침, 잠에서 깨어나 주위를 둘러보니 모든 것이 낯설게만 느껴지는, 그런 기분이랄까? 그런 감정에 휩싸인 채 그녀의 공격이 시작되었다.

삐잇!

비단을 찢는 듯한 파공성과 함께 그녀의 채찍이 격랑처럼 굽이치며 석대원을 휘감아 갔다. 능히 살점을 뜯어 내고 뼈를 부러뜨릴 수 있는 무서운 공격이었다.

　석대원은 몸을 움직이기 시작했다. 현란한 편영鞭影 속을 이리저리 넘나드는 그의 몸놀림은, 거센 물결을 거슬러 올라가는 한 마리 커다란 연어를 연상케 했다. 그러나 이미 그의 운신으로부터 심각한 허점을 두 군데나 찾아낸 바 있는 진금영이었다. 더구나 지금 그에겐 민파대릉이란 처치 곤란한 짐까지 달려 있었다.

　"핫!"

　진금영의 입에서 날카로운 기합이 터진 순간, 석대원의 하의 허벅지 부근이 쩍 갈라지며 붉은 핏물이 튀어 올랐다. 그의 운신이 드러낸 허점을 그녀의 채찍이 정확하게 응징한 것이다.

　석대원이 안색을 굳히며 몸을 뒤로 빼내려 했지만 진금영은 이를 허용하지 않았다. 화우만곡花雨滿谷에서 오악사태五嶽沙汰, 그리고 일훈엄천日暈掩天으로 이어지는 화려한 수법들이 석대원을 거대한 채찍의 반구半球 속에 가둬 버렸다.

　스스스!

　채찍이 공기를 찢어발기는 소리는 인간의 가청 영역을 초월해 급기야 고막의 불쾌한 공명만으로 전달될 뿐이었다. 석대원의 신형이 편영鞭影에 완전히 뒤덮이려는 찰나…….

　탕! 타탕!

　채찍을 움켜쥔 진금영의 오른손에 탄력적인 충격이 전달되어 왔다. 석대원이 검을 사방으로 휘둘러 편영의 그물을 튕겨 낸 것이다.

　다음 순간, 석대원은 느슨해진 편영의 그물을 헤치며 진금영을 향해 돌진해 왔다. 칫. 칫. 칫. 편영이 그의 몸 주위를 스칠 때마다 종이를 찢는 듯한 소리가 울려 나왔다. 핏방울들이 붉은 삐침으로 바뀌며 뒤로 날리고 있었다. 그러나 진금영의 망막 속으로 확대되어 오는 그의 표정은 화강암으로 깎아 놓은 것처럼 단단하기만 했다.

그리고 그 단단함 속으로 떠오른 단호한 살기를 발견했을 때, 진금영은 절망하고 말았다. 그것은 석대원이 그녀에게 보내는 가장 확실하고도 무정한 대답이었기 때문이다.

결국 나라는 존재는 그에게 있어서 이것밖에 되지 않았구나. 스물여덟의 나이를 광풍처럼 휩쓴 열정이건만 그에게 있어서는 하룻밤 불장난에 불과했구나.

어쩌면 이 대답을 확인하고 싶었는지도 모른다. 그래서 그토록 거세게 그를 몰아세웠는지도 모른다. 하지만, 하지만 그래도 아니길 바랐는데…….

쐐액!

석대원이 뻗어 낸 검이 그녀의 인후를 향해 쇄도해 왔다. 그녀의 신법으로 미루어 충분히 피할 수 있는 공격이었다. 그러나 그녀는 피하지 않았다. 피하고 싶은 마음 자체가 일어나지 않았다. 사랑에 목매는 여자들을 경멸하던 그녀였지만, 지금 이 순간만큼은 사랑의 상실이 인간을 얼마나 무기력하게 만드는지 절감할 수 있었다.

진금영은 두 팔을 축 늘어뜨리며 눈을 감았다. 죽음을 바라고 그런 것이 아니었다. 삶을 바라는 마음이 사라져 그런 것이다. 결과는 마찬가지겠지만.

…….

진금영은 천천히 눈을 떴다. 검을 쥔 오른팔을 앞으로 뻗어 낸 채 석상처럼 멈춰 선 석대원의 모습이 그녀의 시야에 가득 담겼다. 그가 뻗어 낸 검은 그녀의 인후를 불과 한 치 남겨 놓은 곳에서 멈춰 있었다. 왜일까? 왜 멈춘 것일까?

그 순간, 진금영의 두 눈에 생기가 떠올랐다. 벅찬 희열이 마음 저 깊숙한 곳으로부터 솟구쳐 올라오고 있었다. 그녀를 향한 그의 대답이 이미 번복되었음을 알아차렸기 때문이다.

"당신……."

입술이 떨려 말이 나오지 않았다. 턱 밑에 들이밀어진 검이, 지금은 월하노인月下老人이 모든 부부의 발목에 매어 준다는 붉은 혼사婚絲처럼 아름다워 보였다. 진금영은 자신도 모르게 얼굴을 붉혔다.

'나도 참! 갑자기 혼사가 떠오를 게 뭐람?'

그런데 그때 날카로운 금속성과 함께 그 아름답던 혼사가 끊어졌다.

쩽ㅡ.

다음 순간, 진금영은 보았다. 허공을 가르며 날아온 금빛 광채가 석대원의 옆구리에 틀어박히는 것을.

"진 비영, 물러서시오!"

진금영은 고개를 돌렸다. 넓은 소맷자락을 펄럭이며 빠르게 달려오는 허봉담의 모습이 보였다. 제법 먼 거리임에도 불구하고 진금영은 그의 오른손 인지와 중지 사이에서 반짝이는 금빛 동전을 발견할 수 있었다.

진금영은 허봉담의 금전술이 얼마나 정교한지 잘 알고 있었다. 허봉담은 첫 번째 금전으로 그녀의 목에 대어진 검을 부러뜨리고, 두 번째 금전으로 그녀가 안전한 거리로 피할 수 있는 시간을 번 뒤, 세 번째 금전을 날려 석대원의 숨통을 끊으려는 의도가 분명했다.

　-나를 잡아요!

　진금영은 석대원을 향해 전음을 보냈다. 고통으로 인해 옆구리를 웅크리고 있던 석대원이 그녀를 향해 고개를 치켜들었다. 진금영은 다급해졌다.

　-멍청한 사람!

　진금영은 전음과 함께 석대원의 품속으로 쓰러지듯 몸을 던졌다. 석대원은 부러진 검을 쥔 오른손을 엉겁결에 내밀어 그녀의 교구를 감싸 안을 수밖에 없었다. 영문을 몰라 눈을 끔뻑이는 그의 얼굴이 소처럼 순박해 보였다. 둔하기는! 그녀는 석대원의 오른팔 안에서 교묘히 몸을 돌려 부러진 검이 자신의 턱 밑으로 가도록 만들었다.

　"이런!"

　허봉담이 낭패한 표정으로 걸음을 멈췄다. 석대원이 뭔가 수단을 부려 진금영을 사로잡았다고 생각한 것이다. 그런 허봉담의 짐작을 확인시켜 주듯, 진금영은 석대원의 품 안에서 몸을 버둥거리며 표독스럽게 외쳤다.

　"흥! 나를 인질로 잡는다고 해서 달라지는 것이 있다고 생각하느냐!"

　석대원은 그제야 그녀의 의도를 알아차렸는지 그녀를 가슴 앞으로 바짝 끌어당겼다.

　"나는 상관하지 말고 어서 이자를 죽여요!"

　진금영이 허봉담을 바라보며 비장하게 외쳤다. 허봉담은 당황한 기색을 비쳤지만, 노련한 사람답게 금방 평정을 회복했다.

　"어느 방면에서 온 친구인지는 모르지만 여자를 인질로 잡는다는 것은 너무 비열한 짓 아닌가?"

허봉담이 묵직한 목소리로 석대원에게 말했다. 석대원은 실소를 흘릴 뿐, 아무 대답도 하지 않았다. 그러자 허봉담은 수더분한 얼굴 가득 노기를 드러내며 다시 말했다.

"하나라면 모를까, 둘씩이나 데리고 이곳을 빠져나갈 수 있으리라 생각하지는 않겠지? 어서 두 사람을 놔주게. 탈명금전 허봉담이라는 이름을 걸고 자네의 생명은 보장해 주겠네."

"그러고 싶은 마음이 별로 일지 않는군."

석대원이 말했다. 그 거구며 목소리로부터 뭔가 익숙한 느낌을 받은 듯, 허봉담은 석대원을 빤히 바라보았다. 하지만 설마 중원에서부터 함께 온 전비의 다른 모습이라고는 생각하지 못한 모양이었다.

"말귀를 못 알아듣는 친구로군."

허봉담은 금전을 쥔 오른손을 천천히 움직였다. 그러자 석대원은 진금영의 목에 댄 검을 슬쩍 흔들어 보였다.

"적선은 아까의 한 닢으로 만족하오."

"으음!"

암기의 속도가 아무리 빨라도 목에 댄 검보다 빠를 수는 없을 터였다. 허봉담이 침통한 표정으로 오른손을 내릴 즈음, 아리수가 수하들을 이끌고 그의 뒤로 다가왔다.

아리수는 가짜 인질과 가짜 인질범을 번갈아 바라본 뒤, 차가운 목소리로 말했다.

"부질없는 짓이야. 전세는 이미 결정되었다."

이 말엔 강한 확신이 담겨 있었다.

석대원은 주위를 둘러보았다. 피비린내 나는 격전으로 점철되었던 광장은 어느덧 정리되어 가고 있었다. 민파대릉 측 병력

중에서 아직까지 남은 것은 음뢰격을 포함, 극소수에 불과했다. 하지만 그들의 저항도 얼마 가지 못할 것이 뻔했다. 하나를 상대하던 손으로 이제는 둘, 셋을 상대해야 하니 그럴 수밖에 없는 것이다. 아리수의 말대로 전세는 결정된 것이나 다름없었다.

"당신 말이 옳은 것 같군."

석대원이 동의를 표하자 아리수가 다시 말했다.

"이곳은 망망대해에 떠 있는 작은 섬이지. 치졸한 짓으로 잠시의 시간은 벌 수 있을지언정 이 섬을 빠져나갈 수는 없을 것이다."

"그 또한 옳은 말인 것 같군."

아리수는 눈을 가늘게 뜨고 석대원을 노려보았다.

"보아하니 목적이 그 남자에게 있는 모양인데, 전세가 이미 결정된 이상 나도 그 남자에게 연연하지는 않겠다. 진 비영만 보내 주면 새로운 뇌문주의 이름을 걸고 자네와 그 남자가 어디든지 갈 수 있도록 배를 한 척 마련해 주겠다."

석대원은 픽 웃었다.

"이름 거는 것을 어지간히도 좋아하는 사람들이군. 그런데 어쩌지? 내 귀엔 그 이름이 그리 신용 있게 들리지 않으니 말이야."

아리수의 얼굴에 살얼음 같은 냉기가 한 겹 깔렸다.

"충고하건대 기회를 저버리지 마라."

아리수는 등 뒤의 수하들을 둘러본 뒤, 장검을 쥔 손을 천천히 치켜 올렸다. 허봉담이 놀란 목소리로 그에게 물었다.

"어쩔 셈이오?"

"염려 마십시오. 놈은 절대로 그녀에게 손을 쓰지 못합니다."

"하지만……."

"아무려면 소생이 노각주께서 총애하시는 진 비영을 해치겠습니까? 소생을 믿으십시오."

아리수가 자신 있는 말투로 대답했다. 허봉담은 못내 미심쩍은 기색이었지만, 더 이상 아리수의 행동에 관여하지 않았다.

아리수는 검을 치켜 올린 채로 석대원을 향해 최후의 통첩을 보냈다.

"마지막 기회다. 어쩌겠느냐?"

석대원은 고개를 조금 숙이고 뭔가 생각하는 표정을 지었다. 그러다가 어느 순간, 고개를 번쩍 치켜들더니 엉뚱한 혼잣말을 중얼거리는 것이었다. 너무도 나직해 품 안의 진금영만이 간신히 알아들을 수 있는 혼잣말이었다.

"고약한 노인네라니까. 주인이 이렇게 고생하는데 이제야 나타나다니."

'밑도 끝도 없이 고약한 늙은이라니? 대체 누가?'

진금영이 의아해하며 석대원을 돌아보았다. 석대원의 얼굴엔 뜻밖에도 미소가 떠올라 있었다. 그녀는 기가 막혔다. 지금이 웃을 상황이란 말인가?

석대원은 그런 미소 띤 얼굴로 아리수의 최후통첩에 대답했다. 그의 대답은 진금영을 놀라게 만들기에 충분했다.

"마지막 기회라니 생각이 조금 달라지는군. 안을 가치가 충분한 여자이긴 하지만 목숨과 바꿀 수는 없겠지. 여자를 놓아주겠소."

석대원은 진금영의 목에 들이댄 검을 거뒀다. 진금영은 눈을 부릅뜨며 석대원에게 뾰족한 전음을 보냈다.

─미쳤어요? 당신을 죽일 거예요!

"하하! 하여튼 여자들이란! 보내 준다는데 그렇게 노려볼 건 없지 않소?"

석대원은 이렇게 말하며 오른손으로 진금영을 슬쩍 밀어냈다. 진금영은 애가 바짝바짝 탔지만 그로부터 멀어질 도리밖에 없었다.

진금영을 멀찍이 떼어 낸 석대원이 아리수를 향해 말했다.

"약속대로 여자를 보냈소. 이젠 당신이 약속을 지킬 차례요."

아리수의 입가에 희미한 조소가 맺혔다.

"뇌문주의 이름을 걸고 한 약속이니 의당 지켜야겠지. 자네와 그 남자가 어디든지 갈 수 있도록 배를 한 척 마련해 주겠다. 하지만……."

아리수는 음침한 눈빛으로 말을 마무리했다.

"갈 수 있는 것은 시체뿐이다."

석대원은 아리수를 빤히 바라보다가 한숨을 푹 쉬었다.

"이런, 이런…… 일문의 문주씩이나 되어 가지고 말장난을 일삼다니. 역시 신용을 기대하기 힘든 이름이었어."

"여자를 인질로 잡는 비열한 자에겐 말장난도 과분한 대우지."

석대원은 씁쓸한 표정으로 고개를 끄덕였다.

"말을 똑바로 새겨듣지 않은 내 잘못이 크니 할 말이 없구려."

아리수가 싸늘히 비웃었다.

"아쉽군. 말이 통하는 친구를 죽이게 생겼으니 말이야."

석대원은 옆구리에 낀 민파대릉을 힐끔 내려다본 뒤 말했다.

"하나가 갔으니 남은 하나를 인질로 쓰면 안 되겠소?"

아리수는 어처구니없다는 듯이 석대원을 바라보다가 웃음을 터뜨렸다.

"하하! 유쾌한 친구야! 아주 유쾌해!"

그렇게 웃던 아리수는 어느 순간 칼로 자른 듯 웃음을 뚝 그쳤다.

"자네 말대로 나는 그 남자가 나 아닌 다른 사람의 손에 죽는 걸 원하지 않지. 하지만 상황이 상황인 만큼 숨통이 끊어지는 모습을 눈으로 확인하는 것으로 만족하도록 하겠네."

"실망스럽구려. 당신이 만족하지 않길 기대했는데."

석대원은 들고 있던 부러진 검을 바닥에 던졌다. 그 모습을 본 아리수가 고개를 꺄우뚱거렸다.

"뭐지? 구차한 모습을 보이느니 차라리 깨끗이 죽어 주겠다, 이 뜻인가?"

석대원은 고개를 저었다.

"부러진 검으로는 제대로 싸울 수 없지 않겠소?"

"하지만 네겐 다른 검이 없을 텐데?"

"과연 그럴까?"

석대원은 슬며시 미소 짓더니 오른손을 치켜 올렸다.

"구하는 마음이 간절하면 하늘이 도움을 내리는 법! 검은 내게로 오라!"

이 말은 누구에게나 정신 나간 소리로 들렸다. 그런데 그 정신 나간 소리가 곧바로 현실로 이루어졌다.

"어?"

"저, 저것!"

석대원을 향한 수십 쌍의 눈동자에 경악의 빛이 어렸다. 그의 머리 뒤 저편에서 요사스러운 붉은 빛에 뒤덮인 검 한 자루가 둥실 떠오르더니, 그의 오른손 안으로 빨려 들어가는 믿을 수 없는 광경을 목격했기 때문이다.

그와 동시에 석대원의 등 뒤에서 우렁찬 함성이 터져 나왔다.

"우와아아!"

아리수를 향한 석대원의 미소가 차가워졌다.

"당신의 싸움은 이제부터 시작이오, 아리수!"

(3)

한로는 기분이 나빴다.

목숨보다 아끼는 어린 주인이 만신창이가 되어 가는 마당에 서문숭의 빌어먹을 종자들은 시기가 아니라는 말만을 앵무새처럼 되풀이하고 있으니 기분 나쁘지 않을 수 없었던 것이다. 그래서 그 빌어먹을 종자들이 짖거나 말거나 어린 주인에게 전음을 보내 자신이 근처에 있음을 알린 뒤, 어린 주인이 손을 치켜올리자 중원에서부터 신줏단지처럼 품고 온 혈랑검을 던져 주었다.

'어떠냐, 이 종자들아!'

마석산은 배신감에 치를 떨었다.

자신이 참전을 조를 땐 검결지까지 들이밀며 눈을 부라리던 그 좌응이, 한로란 늙은이가 참전을 조르자 진땀까지 뻘뻘 흘리며 쩔쩔매고 있으니 배신감에 치를 떨지 않을 수 없었던 것이다. 세상이 아무리 각박해졌기로서니 수십 년 동고동락한 끈끈한 우정마저도 이렇듯 헌신짝처럼 팽개칠 수 있단 말인가! 콧김이 거칠어지고 주먹에 절로 힘이 들어갔다.

'흥! 그러고도 잘사나 어디 두고 보겠수, 망할 형님!'

좌웅은 진이 빠졌다.

석산이 놈 하나를 만류하기에도 진땀이 흐를 지경인데 후방에 대기시켜 둔 한로까지 달려와 석대원에게 가겠다고 발광을 부리니 진이 빠지지 않을 도리가 없었던 것이다. 손짓 발짓 섞어 가며 조금만 더 기다려 보자고 간곡히 애원했지만 씨알도 안 먹히는 눈치였다. 하기야 씨알이 먹힐 리 없었다. 석대원과 민파대룡은 이미 한 덩이, 공생공사共生共死의 관계가 된 뒤였다. 둘 중 하나만 죽기를 기다리자는 말은 스스로 생각하기에도 설득력이 전혀 없었다. 더는 말릴 재주가 없어 어깨를 늘어뜨린 좌웅의 눈에, 한로가 안고 있던 길쭉한 보자기를 푸는 광경이 들어왔다. 그 안에서 나온 물건은 한 자루 검. 혈랑곡주가 사용하던 검이라고 했던가? 고인의 체취가 배어서인지, 아니면 한로의 재주가 빼어나서인지, 검은 이십 장이 넘는 거리를 잘도 날아가더니만 석대원의 손으로 사뿐히 내려앉는 것이었다.

'잘한다, 잘해. 민파대룡이 죽든 살든 나도 이젠 모르겠다!'

<hr />

"우와아아!"

하늘을 무너뜨릴 듯한 우렁찬 함성과 함께, 텅 비었을 것이라 여겼던 광장 북쪽의 건물군에서 일단의 사람들이 쏟아져 나왔다. 담벼락 뒤에서, 기둥 옆에서, 그리고 지붕을 타 넘으며 달려 나오는 무사들의 수효는 일백여. 그러나 승리감에 젖어 있던 반란군의 눈에는 그보다 몇 배 많은 수로 비칠 수밖에 없었다.

바야흐로 승자의 입장에서도, 그리고 패자의 입장에서도 꿈에도 예상치 못한 반전은 이렇게 시작되었다.

"이, 이게…… 저들은 대체……?"

아리수는 벌린 입을 다물지 못했다. 십여 년 와신상담 속에서 부단히 단련해 온 냉철함도 이런 경우엔 큰 도움이 되지 못했다.

석대원이 아리수의 의혹을 풀어 주었다.

"남패 무양문이면 싸움 상대로 부족함이 없을 것이오."

"무양문!"

아리수에 앞서 경악에 찬 외침을 터뜨린 사람은 허봉담이었다. 허봉담은 불신이 가득한 얼굴로 석대원에게 물었다.

"무양문이 어떻게 이 섬에 온 거지?"

석대원은 어깨를 으쓱거렸다.

"설마하니 바다 위를 걸어오지는 않았을 테고, 아마도 배를 타고 오지 않았나 싶소."

말장난이 분명한 석대원의 대답에도 허봉담은 화를 내지 못했다. 방죽이 무너져 봇물이 쏟아지는 판국에 화를 내고 있을 겨를이 어디 있겠는가!

"이 상태로는 저들을 상대할 수 없소! 어서 물러나 전열을 가다듬어야 하오!"

허봉담이 아리수를 돌아보며 외쳤다. 그의 판단은 정확했다. 아리수 측 병력은 광장 전역에 분산되어, 이 부근에는 일부밖에 존재하지 않았다. 흩어진 힘으로 뭉친 힘을 상대하는 것은 병가 兵家의 금기. 그러나 아리수는 그의 말을 따를 수 없었다. 민파 대릉을 코앞에 두고 그가 어떻게 물러날 수 있단 말인가!

아리수가 들은 척도 하지 않자 허봉담은 진금영에게 말했다.

"우리라도 일단 피합시다."

두 사람이 몸을 빼낸 것과 거의 같은 시각, 북쪽 전각군에서 쏟아져 나온 무양문 별동대의 선두가 석대원의 곁에 당도했다. 석대원에 목숨을 걸다시피 한 한로가 어느 누구에게도 선두 자리를 내주지 않은 것은 지극히 당연한 일이었다.

"물러서라!"

쩌렁쩌렁한 노갈과 함께 뿌연 그림자 하나가 석대원의 전면에 어른거리는가 싶더니, 한 줄기 날벼락 같은 검기가 아리수를 향해 폭사되었다. 석대원과 가장 가까운 곳에 있던 죄과로 가장 먼저 공격을 받게 된 것이다.

전면으로 퍼부어진 오싹한 냉기가 미망에 사로잡혀 있던 아리수의 정신을 번쩍 들게 만들었다.

"헉!"

혼비백산한 아리수는 주저앉을 듯이 뒷걸음질을 쳐 검기의 영역 밖으로 몸을 피했다. 그 와중에도 그의 가슴을 섬뜩하게 만든 것은 그토록 무서운 검기의 실체가 한 자루 낡고 볼품없는 지팡이에 불과하다는 사실이었다. 그는 장검을 앞으로 내밀어 지팡이로부터 날아들 두 번째 검기에 대비했다.

다행히도 지팡이는 더 이상 움직이지 않았다. 지팡이의 주인에게 있어서 초미의 관심사는 살인이 아니었기 때문이다. 지팡이는 더 이상 아리수를 추격하려 들지 않고 석대원의 앞을 굳건히 지켰다.

하지만 그 일을 과연 다행이라고 말할 수 있을까?

한로에 뒤이어 전장에 당도한 사람이, 보는 것만으로도 입맛이 싹 달아나는 대머리 흉한인데도?

"어이, 석가 꼬마, 말만 해라, 어떤 놈이 가장 괴롭히든?"

대머리 흉한이 콧김을 풍풍 뿜어 대며 석대원에게 물었다.

아리수는 입안에 시큼한 침이 고이는 것을 느꼈다. 장난스럽게 말린 석대원의 눈초리가 자신을 향하고 있었기 때문이다.

불길한 예감일수록 주로 들어맞는 법. 큰 붓대처럼 굵은 석대원의 손가락이 아리수의 얼굴을 가리켰다. 아리수의 머릿속에는 허봉담의 말을 진작 따르지 않은 것에 대한 후회가 밀려들었다.

대머리 흉한의 시선이 아리수의 얼굴에 꽂혔다.

"어이, 반쪽이, 네가 우리 꼬마를 가장 괴롭혔니?"

생전 처음 들어 보는 호칭에 어리둥절하던 아리수가 자신의 얼굴에 난 흉터를 막 떠올릴 무렵, 대머리 흉한이 두 눈을 부라리며 을근거렸다.

"넌 죽었다. 난 말이야, 우리 애가 나가서 맞고 돌아오면 가만있지 못하는 성미라고."

대머리 흉한은 누런 침을 양 손바닥에 뱉어 쓱쓱 비비더니, "이엽!" 하고 기합을 지르며 아리수를 향해 달려들었다.

달려드는 놈을 보고 있노라니 공포나 두려움과는 약간 다른 기휘감忌諱感이 일었다. 저런 놈과 싸우고 싶지 않은 것은 모든 인간의 공통된 심정일 것이다.

민파대릉의 목숨을 취하는 일은 이미 물 건너갔다. 지금은 다른 걱정을 해야 할 때였다. 아리수는 뒤로 물러나며 외쳤다.

"놈을 막아라!"

주인의 명을 받은 수하 서넛이 대머리 흉한의 패도적인 주먹질 아래에서 피 떡이 되어 나갈 때, 아리수는 본대가 있는 광장 중심을 향해 달아나고 있었다.

"이 자라 새끼야, 칼자국이 아까우니 분가루로 메우고 다녀라!"

대머리 흉한의 치졸한 야유가 고막을 긁어 댔지만 아리수는 뒤도 돌아보지 않았다.

대머리 흉한, 마석산이 아리수에게 달려든 시점을 전후해, 좌응을 비롯한 이군과 십군의 정예들도 속속 전장에 당도했다. 그들의 등장은 광장 북쪽에 새로운 전선을 형성시켰다. 이제 싸움의 양상은 무양문과 반란군의 대결로 변모한 것이다.

초전初戰의 양상은 일방적이라 할 수 있었다. 모든 상황이 종료된 것으로 믿고 있던 반란군에게 있어서 무양문 별동대의 참전은 말 그대로 청천벽력이나 마찬가지였다. 양양하던 승리감을 애서 감추며 병기를 들어 보았지만, 광풍처럼 밀어닥친 별동대의 기세를 막아 내기란 어려운 일. 변변한 대응조차 해 보지 못한 채 광장 중심 쪽으로 밀려난 것은 어쩔 수 없었다.

전선이 웬만큼 멀어지자 한로는 전방으로 오달지게 겨누고 있던 지팡이를 내리며 석대원을 향해 돌아섰다.

"소주!"

앙상한 팔을 한껏 벌려 석대원에게 매달리는 한로의 늙은 눈시울은 벌써부터 축축이 젖어 있었다.

노복의 충정이야 물론 눈물겹도록 갸륵한 것이나, 석대원은 행여 들킬세라 고개를 외로 꼬며 한숨을 내쉬었다. 대저 늙은이의 잔소리는 젊은이의 귀에 거슬리는 법인데, 한로는 늙은이 중에서도 잔소리가 많은 축에 들기 때문이었다. 아니나 다를까.

"아이고! 대체 이게 무슨 변고란 말이오! 안색이 아예 백짓장이잖소. 헉! 이 상처들 좀 보게! 그러게 내 뭐랬소. 혼자 행동하는 건 무리라고 누누이 말하지 않았소. 노복의 충간忠諫을 한 귀로 흘려듣더니만, 꼴이 대체 이게 뭐란 말이오? 선계에 드신 노주께서 만일 이 일을 아신다면 이 늙은이는 죽어도 혼백을 부지하지 못할 게요."

석대원의 입술이 땡감을 베어 문 것처럼 옆으로 쭉 늘어났다. 그는 문어발처럼 엉겨 붙는 한로의 팔을 떼어 내며 자신의 상태가 그 정도로 심각하지 않음을 설명했다.

"안색이 창백한 건 독 기운이 아직 남아 있기 때문이오. 그리고 상처라 해 봐야 몇 군데 긁힌 정도니 너무 법석 떨지 마시오."

이 설명은 불똥을 다른 곳으로 옮기는 역할을 했다. 한로는 이를 뿌드득 갈더니 뒤를 홱 돌아보았다. 필연적으로 그곳엔 좌응이 있었다.

"들었소? 당신들이 만든 독 때문에 우리 소주가 이렇게 되었다지 않소! 이 일을 어찌 책임질 거요?"

석대원의 몸뚱이가 귀하긴 귀한 모양이었다. 어린 주인을 떼어 놓고서 안절부절못하는 한로를 위로하기 위해 지금껏 좌응이 쏟아부은 정성도 그리 가벼운 것은 아니건만, 석대원의 혈색이 안 좋다는 한 가지로 인해 보상은커녕 이처럼 야박한 추궁을 들어야 하니 말이다. 좌응은 꿀 먹은 벙어리가 되어 버렸다.

석대원이 그런 좌응을 위로했다.

"소생은 별 탈 없으니 좌 군장께선 너무 신경 쓰지 마십시오."

그러니 더 얄미운 쪽은 석대원이었다. 좌응은 소태라도 씹은 얼굴로 심드렁하게 대답했다.

"별 탈 없다니 다행이구려."

기다렸다는 듯이 한로가 일침을 가했고…….

"다행? 허! 저 꼴을 보고도 다행이라는 소리가 나오는가?"

석대원이 두둔하고 나섰다.

"다행 소리도 못 들을 꼴은 아니니 한로는 애꿎은 분을 너무

나무라지 마시오."

　어린 주인과 늙은 종이 사람 하나를 바보로 만드는구나.

　좌응은 입술을 꾹 다물고 허리에 매달린 검 자루만 만지작거렸다. 그러다가 문득 '나도 할 말이 없는 건 아니지'라는 생각이 떠올라 석대원을 향해 말을 꺼냈다.

　"한 가지 묻고 싶은 게 있소. 석 공자께선 왜……."

　그러나 그 말은 끝까지 이어지지 못했다.

　"상황이 급박하게 돌아가고 있으니 세세한 이야기는 추후에 나누는 것이 좋겠습니다. 우선 이 사람을 부탁드립니다."

　석대원은 겨드랑이에 끼고 있던 민파대릉을 좌응에게 넘겼다. 축 늘어진 민파대릉을 받아 안는 좌응의 표정은 실로 볼만했다. 민파대릉을 살린 이유를 추궁하려다 도리어 민파대릉의 신병까지 떠안게 되고 말았으니 표정이 편할 리 없었다.

　"그럼 잠시 후에 뵙겠습니다."

　그런 좌응에게 목례를 보낸 석대원은 새로운 전장을 향해 걸음을 옮겼다. 하지만 그의 걸음은 세 발짝을 떼어 놓기도 전에 한 사람에 의해 가로막혔다.

　"성치도 않은 몸으로 어찌 또 나서는 게요? 소주가 아니더라도 싸울 사람이 널렸으니 이젠 제발 좀 쉬시구려!"

　지당한 말이나 석대원에겐 할 일이 남아 있었다. 그는 한로의 머리 너머를 바라보며 말했다.

　"저들 중에는 내가 아니면 상대할 수 없는 사람이 있소."

　"지금이 허세 부릴 때요? 지금의 소주라면 이 늙은이조차도 당해 내지 못할 텐데, 대체 누구를 상대한다고 이 고집을 부리시는 게요?"

　"무공의 고하를 말하는 게 아니오. 반드시 내가 상대해야만

하는 사람이 있다는 뜻이오."

"누굴 닮아 이렇게 고집이 센지…… 에잉!"

한로는 답답한 듯 가슴을 한 번 치더니 정색을 하고 말했다.

"좋소! 정히 가시겠다면 이 늙은이가 호위하겠소."

허락 따위는 필요 없다는 듯, 한로는 석대원의 대답을 기다리지 않고 앞장서서 걸어가기 시작했다. 한로가 이렇게 나오는데야 석대원도 거부할 도리가 없었다. 그는 작게 한숨을 쉬고는 한로를 따라 걸음을 옮겼다.

무양문 별동대를 맞아 일방적으로 밀리던 반란군은 광장 중심에 이르러서야 제대로 된 대응 태세를 갖출 수 있었다. 광장 곳곳에 분산되어 있던 병력들이 이 무렵에야 비로소 한 군데로 모일 수 있었기 때문이다.

개개인의 능력이 처지는 것은 부정할 수 없는 사실이지만, 그래도 머릿수만큼은 반란군 쪽이 많았다. 집단 전투에 있어서 머릿수란 결코 무시할 수 없는 요인인지라, 수적인 우위에 기대어 필사적으로 저항하니 일패도지하는 상황만큼은 모면할 수 있었다. 그 과정에서 가장 돋보인 사람은 누가 뭐래도 마태상이었다.

"늙은이 하나로 끝나나 걱정했더니만, 떼거지 몰려와 근심을 덜어 주는구나!"

마태상은 목소리가 갈라질 만큼 기진한 주제에도 여전히 허세를 버리려 하지 않았다. 그는 전장에 들이닥치기가 무섭게 왼손에 들고 있던 둥근 물체를 별동대 쪽으로 집어 던진 뒤, 그것을 따라 몸을 날렸다.

그 물체가 날아간 곳에는 십군의 간부인 호연옥이 세 명의 여진인을 상대로 싸움을 벌이고 있었다. 호연육은 자신을 향해 무엇인가가 빠르게 날아오자 오른손의 성두철편을 휘둘러 그것을 후려쳤다.

와작!

수박 깨지는 소리와 함께 뜨끈한 액체가 호연육의 얼굴에 확 뿌려졌다. 그 액체가 인간의 뇌수라는 사실을 알아차릴 겨를도 없었다. 허공에 뿌려진 액체의 막을 쪼개며 수직으로 떨어져 내린 요사한 황동 빛 섬전 때문이었다.

"헛!"

대경한 호연육은 양손의 성두철편을 십자로 교차시켜 황동 빛 섬전을 막으려 했다. 그러나 그 섬전은 너무도 예리했다. 정강精鋼을 섞어 만든 성두철편 한 쌍을 썩은 새끼줄처럼 끊어 버릴 만큼.

불행 중 다행인 것은 호연육의 반사 신경이 남다르다는 점이었다.

성두철편이 끊어지는 순간 그는 죽을힘을 다해 철판교鐵板橋의 재주를 발휘했고, 덕분에 머리통이 두 쪽 나는 횡액만큼은 가까스로 모면하게 되었다. 그러나 머리통을 보전했다고 해서 온전히 무사하달 수는 없었다. 머리통이 있던 곳을 지나친 황동 빛 섬전은 그의 전면을 그대로 훑어 버렸고, 그는 아랫배가 쩍 갈라지는 중상을 입고 말았다.

호연육은 철판교의 여력을 다스리지 못하고 뒤로 두어 바퀴 구른 뒤 대자로 넘어졌다. 그의 얼굴은 벌써 잿빛으로 물들어 있었다. 외상도 외상이거니와 요사한 검기에 내장을 상한 탓이다.

"호연 나리!"

가까이 있던 십군의 문도 둘이 호연육의 앞을 막아섰지만, 황동 빛 섬전은 제물을 기다리던 악신惡神처럼 그들의 몸뚱이를 순식간에 베어 넘겼다. 황동 빛 섬전, 참홍함선검의 예리함은 이렇듯 상상을 초월했다. 만일 강평이 재빨리 달려가 거두어 오지 않았다면, 호연육마저도 그 예리함의 제물이 되었을 것이다.

전광석화처럼 전선에 뛰어들어 걸출한 고수 하나를 반송장으로 만들어 버린 마태상의 무위는 하늘 높은 줄 모르던 별동대의 기세에 찬물을 끼얹는 효과를 가져왔다. 반면에 마태상이 처음 집어 던진 둥근 물체가 최후까지 버티던 음뢰격의 수급이라는 점까지 감안한다면, 반란군의 사기가 한껏 고무되었음은 불 보듯 뻔한 일.

아리수는 이 기회를 놓치지 않고 외쳤다.

"우리에겐 뇌신의 보살핌이 있다! 물러서지 말고 침략자들을 격퇴하라!"

마태상의 무위와 아리수의 독려는 반란군으로 하여금 젖 먹던 힘까지 끌어 올리게 만드는 기폭제 역할을 했다.

"우와아악!"

반란군은 목이 터져라 고함을 지르며 별동대를 향해 몸을 던졌다. 구성원 개개인의 단련도가 강철에 비견될 만한 별동대였지만, 흰자위를 까뒤집고 달려드는 반란군의 저돌적인 공세 앞에선 질리는 마음이 들 수밖에 없었다.

일자로 늘어섰던 전선이 양의 창자처럼 구불구불 휘어지더니, 어느 순간인가 형체를 찾아볼 수 없게 뒤섞여 버렸다. 병장기가 바람을 일으키고 핏물이 사방으로 튀었다. 언어를 달리 하는 두 무리였지만 살기에 찬 고함과 찢어지는 비명만큼은 한가지였다. 뇌신상이 굽어보는 성스러운 광장이 역겨운 피비린내로 다시 더럽혀지고 있었다.

한로를 앞세운 석대원이 전장에 끼어든 시기는 바로 이때쯤이었다.

치열한 접전 속에서도 석대원의 출현은 금방 눈에 띄었다. 눈에 띄지 않고선 못 배기는 거대한 체구 때문이었다. 자신보다 큰 상대를 경원하는 것은 종種을 초월한 본능일진대, 그러한 본능마저 초월하는 독종이 있었다.

"이 새끼, 잘 만났다!"

참홍함선검을 팔방으로 휘두르며 들끓는 살기를 마음껏 발산하던 마태상은 사람들 위로 불쑥 솟아오른 석대원의 머리통을 발견하곤, 어금니를 뿌드득 갈아붙이며 몸을 날렸다. 선비는 모욕을 결코 잊지 않는다는데, 아까 석대원으로부터 들은 '얼간이'라는 한마디를 여태껏 잊지 않은 것을 보면 그에게도 본인조차 모르는 선비 기질이 숨어 있을지도 모른다.

그러나 설욕의 길은 그리 순탄하지 않았다.

"감히!"

카랑카랑한 외침과 함께 지팡이 한 자루가 허공을 날아가는 마태상을 하방으로부터 휩쓸어 왔다. 지팡이도, 그리고 지팡이를 휘두른 왜소한 마의 노인도 볼품없기는 매한가지였지만, 지팡이가 뿜어내는 경파만큼은 결코 볼품없는 것이 아니었다.

"이런 제기랄!"

석대원의 머리통을 단숨에 갈라 버릴 요량으로 천중을 향해 높이 치켜 올렸던 참홍함선검이 지팡이의 공세를 막아 내기 위해 하방으로 내려와야만 했다.

찌아악!

참홍함선검과 지팡이가 비스듬히 교차하면서 소름 끼치는 마찰음이 터져 나왔다. 손바닥을 통해 전달되어 온 상쾌한 느낌은 참홍함선검의 검날에 뭔가 잘렸음을 말해 주었지만, 그럼에도 불구하고 마태상은 얼굴을 일그러뜨리고 말았다. 참홍함선검에 잘린 그 무엇이 왼발 복사뼈 부근을 세차게 때렸기 때문이다.

결국 목표한 석대원에게 이르지 못하고 이 장가량 떨어진 곳에 내려선 마태상은 복사뼈의 시큰함을 참으며 전방을 노려보았다. 그곳에는 끝부분이 조금 잘린 지팡이를 들어 그를 똑바로 겨누고 있는 왜소한 마의 노인, 한로가 서 있었다.

"쥐새끼 주제에 꽤 쓸 만한 검을 갖고 있군."

마태상의 얼굴이 홍시처럼 붉어졌다. 얼간이 소리도 참지 못하는 마당에 이젠 쥐새끼? 복사뼈의 시큰함이 한순간에 의식 저편으로 사라졌다.

"버러지 같은 늙은이가 누구더러……. 아가리를 뒤통수까지 찢어 주마!"

진심으로 그렇게 만들고 싶었다. 분기탱천한 마태상은 참홍함선검을 꼬나 쥐고 한로를 향해 달려들었다.

그러나 두 번째 설욕의 길도 그리 순탄하지는 않았다.

"귀신이 씹다 뱉어 놓은 후레자식이 바로 너냐?"

생전 처음 들어 보는 화려한 욕설과 함께 마태상의 측면으로 세찬 경풍이 몰아닥쳤다.

깜짝 놀란 마태상은 신형을 급히 멈춤과 동시에 금계독립金鷄獨立의 수법으로 참홍함선검의 검로를 돌렸다. 이 대응이 매우 적절했던 덕에, 그에게 몰아닥친 경력은 천 찢어지는 듯한 소리와 함께 그대로 갈라져 버렸다.

"어떤 우라질 놈이…… 흐읍!"

욕설이 날아온 방향으로 핏발 선 눈을 돌리던 마태상은 꺼낸 말을 채 끝맺지도 못하게 되었다. 눈앞을 꽉 채우며 날아오는 반들반들한 대머리가 그의 말문을 틀어막은 것이다.

　"이 개 같은 후레자식아! 네가 뭔데 나도 안 때리는 우리 애를 때려! 네가 뭔데!"

　우렁찬 고함이 이어지는 동안 자그마치 일곱 번의 주먹질과 네 번의 발길질이 마태상의 전신에 폭풍처럼 퍼부어졌다. 비록 시정잡배의 드잡이처럼 난잡한 공격이었지만, 주먹질 한 번 발길질 한 번마다에 담긴 무지막지한 역도는 외형의 허물을 덮기에 충분했다.

　팍! 투다다닥! 따닥!

　참홍함선검을 휘둘러 볼 겨를도 없었다. 마태상은 왼손의 박골마조를 정신없이 내질러 대머리의 공격을 막으려 했다. 그러나 기껏해야 요처만을 보호했을 뿐. 두 번의 주먹질과 한 번의 발길질에 팔다리 곳곳을 허락한 그는 다섯 걸음이나 밀려나고 말았다.

　"으으!"

　더욱 촘촘해진 핏발로 인해 마태상의 두 눈은 숫제 혈안이 되어 버렸다. 한마디 야유도 그냥 넘기지 못하던 그였다. 한 걸음 후퇴에도 거품을 물고 광분하던 그였다. 그런 그가 욕설의 폭풍을 뒤집어쓰며 다섯 걸음이나 물러선 것이다. 그것도 주먹질과 발길질에 얻어맞아 가면서!

　그러나 세상에 둘도 없는 독종이라 할지라도 결국엔 뼈와 살로 이루어진 사람이었다. 그는 결코 인정하려 들지 않겠지만, 음뢰격은 분명 강적이었다. 그런 강적과 한 식경에 가까운 혈투를 벌였으니 지치지 않았다면 거짓말일 터. 거기에 성질을 이기지 못하고 허세까지 실컷 부렸으니…….

……마태상, 이 독종도 마침내 헐떡거리기 시작했다.

그런 그의 귓가로 한 줄기 전음이 흘러들었다. 아까 얼간이 소리를 던져 놓고 사라진 그 밉살스러운 놈의 목소리였다.

-요조숙녀는 군자의 좋은 짝이라. 비슷한 사람끼리 잘해 보게.

숙녀와 군자가 욕보고 있었다. 저 주먹질 잘하는 대머리의 정체가 마석산, 성질 더럽기로는 마태상에 조금도 뒤지지 않는 무양문의 무쇠소가 분명한 이상, 석대원은 천하에 존재하는 모든 숙녀 군자 들의 비난을 면치 못할 것이다.

석대원과 한로는 두 마씨馬氏의 시끌벅적한 싸움을 뒤로한 채 광장 중심을 향해 다시 걸음을 옮겼다.

광장 중심에 가까워질수록 싸움은 더욱 치열해져, 이젠 아무리 날랜 사람이라도 누군가에게 부딪치지 않고선 더 이상 전진하기 힘들 지경이었다. 만일 한로의 세심한 보살핌이 없었다면, 석대원은 얼굴도 모르는 이들과 드잡이를 벌이느라 괴로운 몸뚱이를 혹사시켰을 것이다.

주인이 편할수록 종은 고생스럽다. 앞길을 트랴, 접근하는 자들을 막으랴, 한로의 지팡이는 추수철의 낫자루처럼 한순간도 쉬지 않고 움직여야만 했다.

"으헉!"

여진인 하나가 한로의 지팡이에 걸려 하늘 높이 날아올랐다. 저렇게 날아간 것이 벌써 다섯 명째. 한로는 석대원을 돌아보며 볼멘소리를 늘어놓았다.

"찾는 사람이 누구기에 늙은 종을 이토록 부려먹는 게요?"

석대원을 위해서라면 섶을 지고 불로 뛰어드는 것도 마다하지 않을 한로지만, 공연한 고생을 자처한다 생각하니 마음이 달갑지 않은 것이다.

"그게……."

석대원은 쉽사리 대답하지 못했다. 사실 그가 이 아수라장 속에서 만나고자 하는 사람은 오직 하나, 진금영이었다.

석대원은 똑똑히 기억하고 있었다. 민파대롱을 구해 내는 과정에서 자신과 진금영 사이에 오간 선명한 교감을. 어린 나이에 사천의 오지로 들어가 한창 시절을 고목처럼 쓸쓸히 보낸 그로선 그녀와의 교감이 신선한 충격으로 다가올 수밖에 없었다.

그녀는 왜 인후를 찔러 가는 그의 검을 보고도 피하지 않았을까? 그녀는 왜 인질이 되는 것을 무릅쓰면서까지 그를 살리고자 노력했을까? 아니, 그녀가 보인 행동은 두 번째 문제였다. 그로 하여금 그녀를 찔러 가던 검을 멈추도록 만든 기이한 감정의 정체는 과연 무엇이란 말인가?

석대원은 어떠한 답도 알지 못했다. 어쩌면 앞으로도 알지 못할지 모른다. 지금 그가 아는 것은 단 한 가지, 그 답을 알아내기 위해서라도 진금영을 이대로 죽게 놔둬선 안 된다는 것이었다.

"대답을 쉽게 못 하시는 걸 보니 뭔가 사연이 있는 모양이구려."

그사이 여섯 번째 장애물을 치워 낸 한로가 뜨악한 얼굴로 물었다.

"사연이랄 것까지는 없지만……."

"혹시 아까 인질로 잡았던 그 계집 아니오?"

석대원은 내심 뜨끔했지만 겉으론 그런 기색을 전혀 드러내지 않고 오히려 한로를 꾸짖었다.

"이거야말로 누가 주인이고 누가 종인지 모르겠구려. 그게 누구든 한로가 상관할 바 아니지 않소?"

이 반격이 의외로울 만도 하건만 한로는 참으로 꿋꿋했다.

"그 계집은 만나 뭐 하시려고? 다시 인질로 잡으시게?"

석대원이 참지 못하고 버럭 소리를 질렀다.

"내가 여자를 인질로 잡는 파렴치한 놈으로 보이시오?"

"오호라! 그 계집이 맞긴 맞구려."

석대원의 안색이 창백해졌다. 한로는 그런 석대원을 향해 얄궂은 미소를 지어 보였다. 네 마음 다 안다는 듯이.

"인질이면 어떻고 아니면 또 어떠오? 덕분에 살았으면 그만이지, 지나간 일이라고 덮어 버리려는 것은 장부답지 못한 짓이오."

"끄응!"

자초지종을 설명하려면 끝도 없었다. 석대원은 아예 고개를 돌려 버렸다. 하지만 이어진 한로의 말에 그의 고개는 다시 원래대로 돌아올 수밖에 없었다.

"애들처럼 토라지긴…… 어? 그 계집이 저기 있구려."

진금영은 석대원과 한로가 자리한 곳에서 우전방으로 오 장쯤 떨어진 곳에 있었다. 그녀는 지금 두 장년 사내를 상대로 숨 막히는 접전을 벌이는 중이었다.

두 장년 사내의 외모는 비슷했다. 시원한 눈매며 갸름한 얼굴선이 마치 쌍둥이처럼 닮아 보였다. 닮은 것은 외모만이 아니었다. 오른손에 쥔 시퍼런 강도鋼刀를 놀리는 재주 또한 마치 한 사람의 것인 양 일사불란해 보였다.

한 자루 채찍과 두 자루 강도가 움직이는 속도는 그야말로 번갯불을 방불케 했다. 적아를 구분하기 힘든 난전 속에서도 저 정도의 대단한 싸움은 구별될 수밖에 없었다. 세 사람 주위엔 자연스럽게 빈터가 형성되어 타인의 개입을 불허하고 있었다.

그 싸움을 잠시 지켜보던 석대원의 두 눈에 감탄하는 기색이 떠올랐다.

'목 낭자의 두 오라비가 인물이라고 하더니만…….'

비각의 사십구비영 중에서도 상위에 해당하는 진금영을 상대로 막상막하의 국면을 이끌어 내고 있는 두 장년 사내의 이름은 목호穆虎와 목표穆豹. 무양문의 제사장 목군평의 조카이자, 석대원에게 각별한 마음을 품고 있는 목연의 사촌 오라비가 되는 사람들이었다. 이군 소속 간부로서 이번 작전에 참가한 저들 형제는 소시부터 용맹이 남다르고 무재가 뛰어나기로 유명했다고 한다. 석대원은 강남 강호에 나도는 '호표쌍목虎豹雙穆 명실불이 名實不二'란 여덟 자가 결코 과장된 말이 아님을 인정하지 않을 수 없었다.

'그렇다고는 해도…… 그녀가 저렇게까지 쩔쩔매는 것은 조금 이상하군.'

호표를 이름으로 삼는 목씨 형제의 쌍도가 비록 빠르고 위력 있다고는 하나, 진금영의 신출귀몰한 채찍 공부에 견줄 정도는 아니었다. 그럼에도 불구하고 진금영이 승기를 잡지 못하는 데엔 뭔가 곡절이 있을 듯했다.

그 곡절을 파악하기 위해 시선을 넓히던 석대원은 곧 고개를 끄덕였다. 싸움판에서 그리 멀지 않은 곳에 서 있는 키 큰 노인 하나를 발견한 것이다. 노인의 손에는 손가락 하나 정도 길이의 죽편이 들려 있었다.

'그랬군.'

저 노인은 십군에서 가장 연장자로 알려진 당 노인, 당전唐全

이었다. 그가 강호에서 얻은 별호는 생사죽生死竹. 그의 손을 떠난 짤막한 대나무 점혈궐로 인해 얼마나 많은 사람들이 생사를 바꿔야만 했던지…….

그 당 노인이 지금 싸움을 지켜보고 있었다. 그의 손을 떠난 점혈궐이 누구의 생사를 바꿔 놓을지는 불문가지의 일. 그러니 진금영으로선 호표쌍목과의 싸움에만 전념할 수 없는 상황인 것이다.

석대원은 문득 궁금해졌다. 진금영이 이런 곤경에 처했건만, 그녀를 딸처럼 챙겨 주던 허봉담은 대체 어디서 무엇을 하고 있단 말인가?

현재 허봉담은 진금영이 정말로 친딸이라도 도와주러 올 수 없는 입장이었다. 그 또한 두 명의 강적에게 둘러싸인 채 목구멍에서 단내가 올라오도록 힘겨운 싸움을 벌이고 있었기 때문이다.

사천을 주름잡던 탈명금전의 공력이야 진금영마저 앞지르는 지고한 경지에 이르러 있었지만, 무양문에도 인물은 많았다. 손속의 쾌속함이 바람 같다는 십군의 부군장 만화객 추임과 이군에서도 맹장으로 손꼽히는 육지검룡六指劍龍 조대금曹代琴을 동시에 상대하려니 힘에 부칠 수밖에 없었던 것이다.

"허허, 그 계집이 혼쭐나는구먼."

한로의 말에 석대원은 눈살을 찌푸렸다. 마음에 둔 여인을 자꾸 계집이라고 부르니 화가 날 만도 했다. 하지만 한로는 석대원의 심중을 전혀 헤아려 주지 않았다.

"속이 쓰리시겠소. 계집을 상대하고자 해도 벌써 임자가 정해졌으니 말이오."

'임자'란 말을 꺼내는 한로의 표정이 어찌나 괘씸한지, 석대원은 이 심보 고약한 노인에게 주종 관계의 엄정함을 가르쳐 주기로 마음먹었다.

석대원은 혈랑검을 한로의 코앞에 들이밀며 말했다.

"혈랑검의 이름으로 명령하오. 저 싸움을 멈추시오."

한로의 눈이 휘둥그레졌다.

"소, 소주!"

한로의 전신은 일대 혈랑곡주의 검동劍童. 즉 검을 들고 따라다니는 시종이었다. 그러므로 혈랑검의 명이란 한로에게 있어서 절대적인 힘을 발휘하는, 조금 과장해 표현한다면 간뇌도지肝腦塗地하는 한이 있더라도 반드시 따라야만 하는 천명인 것이다. 하지만 말이 그렇다는 것이지, 그는 생전에 혈랑검의 명을 받으리라고는 꿈에도 생각해 본 적이 없었다. 혈랑검이 일대 혈랑곡주의 손에 있을 때에도 그랬거니와, 석대원에게 물려진 뒤에는 더더욱.

한로는 잠시 어찌할 바를 모르다가 야코죽은 목소리로 구시렁거렸다.

"이럴 수는 없는데……. 온갖 궂은 수발을 싫은 내색 한번 없이 받아 준 이 늙은이의 공을 생각하면 결코 이럴 수는 없는 일인데……."

석대원은 냉정했다.

"혈랑검의 명은 결코 번복하지 않소."

"정말 이러기요?"

한로는 일그러진 얼굴로 물었다. 그러나 돌아온 대답은 없었다.

"좋소! 하면 되지. 하면 될 것 아니오!"

한로는 빽 소리를 지르고 진금영이 있는 곳으로 쿵쿵, 걸음을 옮겼다. 싸움이 한창인 아수라장. 오 장의 거리를 헤쳐 나가는 일이 어디 수월하겠느냐마는, 그로선 거치적거리는 것들을 애써 피해 갈 마음도 없었을 것이다.

"귀찮은 놈들!"

몇 걸음 떨어지지 않은 앞길에서 무양문도 하나를 협공하던 낭숙의 문도 둘이 한로의 지팡이에 맞아 쇄골이 부러졌다. 그틈을 놓치지 않고 칼을 휘둘러 적들의 숨통을 끊어 놓은 무양문도가 한로를 향해 포권을 올렸다.

"도움에 감사드립……."

"썩 비키지 못할까!"

무양문도는 한로의 카랑카랑한 호통에 그만 자라목이 되고 말았다. 하지만 그의 수난은 거기서 그치지 않았다. 그가 그 자리에서 우물쭈물하자 한로는 지팡이를 휘저어 그마저도 내던져 버렸다. 이야말로 북문에서 뺨 맞고 남문에서 화풀이하는 격이라. 앞길을 시원스럽게 치워 버린 한로는 진금영이 싸우고 있는 곳으로 다시 걸음을 옮겼다.

훈수하는 사람이 판을 더 잘 읽는다는 말이 있다. 그래서인지 한로의 접근을 가장 먼저 발견한 사람은 절반쯤 국외자인 당노인이었다.

"엇! 어딜 가시는 게요?"

당 노인이 깜짝 놀라며 외쳤지만 한로는 귀머거리라도 되어 버린 양 눈길조차 돌리지 않았다.

"이보시오, 한 형!"

적이라면 물론 점혈궐을 날려 제지했겠지만 그럴 수 없다는 것이 문제였다. 당 노인이 난색을 떠올릴 때엔 한로는 이미 전권 안으로 들어간 뒤였다.

싸움판에 끼어든 한로가 행한 일은 별로 없었다. 끼어들었다는 자체가 이미 커다란 일이었다. 톱니바퀴처럼 정교하게 맞물려 돌아가던 호표쌍목의 쌍도합격술雙刀合擊術은 가운데 불쑥 나타난 한로로 인해 심각한 파탄을 드러냈고, 형제의 머릿속에 '이 늙은이가 대체 무슨 심보로 이러는 걸까?'라는 의문이 자리 잡을 즈음엔, 번갯불처럼 빠르던 두 자루 강도는 죽 솥을 젓는 나무 국자처럼 느려져 있었다.

물론 진금영 정도 되는 고수가 그 틈을 놓칠 리 없었다.

"얍!"

야무진 기합과 함께 진금영의 주위로 시커먼 장막이 솟아올랐다. 그와 함께 일어난 칼날 같은 경풍은 호표쌍목의 신형을 휘청거리게 만들었다. 실로 초혼귀매라는 별호에 부끄럽지 않은 매서운 반격이 아닐 수 없는데, 그렇다고 해서 합격술을 호락호락 풀어 줄 호표쌍목은 아니었다.

휘몰아치는 채찍의 경풍 속에서 호표쌍목은 심심상인心心相印의 시선을 교환했다. 다음 순간, 잠시 주춤했던 쌍도의 움직임이 다시 활발해졌다. 진여고라수금슬進如鼓螺守琴瑟이라 하여, 둘로 공격하고 하나로 방어하는 것이 이들 형제가 익힌 합격술의 요체였다. 분산된 힘을 하나로 모으려면 그에 적당한 위치가 필요했다. 그들은 채찍의 경풍을 교묘히 헤치며 눈빛으로써 합의한 지점을 향해 보법을 전개해 나갔다.

그러나 그들 형제의 보법은 금방 흐트러지고 말았다. 그들이 점하려던 위치를 냉큼 빼앗아 버린 밉살스러운 늙은이 때문이었다.

"어?"

"비키시오!"

비키란다고 비켜 줄 것 같으면 한로가 무엇하러 늙은 머리통을 굴려 가면서까지 굳이 그 지점을 차지했을까. 구부정한 등을 호표쌍목에게 돌린 한로의 모습은 마치 둥지에 웅크린 늙은 까마귀처럼 완고해 보였다.

갈 곳을 잃어버린 호표쌍목은 자연 당황할 수밖에 없었고, 그런 그들을 기다리는 것은 관이라도 주문해 놓지 않고선 도저히 맞을 용기가 생기지 않는 무시무시한 채찍의 소나기였다.

촤촤촥!

이미 엉망이 되어 버린 합격술로는 목숨을 부지할 수 없었다. 제 한 몸 지키기에 급급해진 호표쌍목은 강도를 어지러이 휘두르며 채찍의 범위로부터 몸을 빼냈다. 안 그래도 비슷한 형제의 얼굴이 참담과 분노로 얼룩져 더욱 비슷해 보였다. 공들인 합격술이 훼방꾼 하나로 인해 허무하게 무너졌으니 참담한 것이요, 그 훼방꾼을 목전에 두고도 어떠한 응징도 할 수 없으니 분한 것이다.

그런 호표쌍목을 당 노인이 좋은 말로 위로했다.

"직접 싸워 보고 싶었던 모양이네. 한번 심보가 틀어지면 되돌리기가 힘든 영감이니 젊은 자네들이 참게나."

장유유서長幼有序의 가르침을 아는 호표쌍목이기에 한로의 등짝에 바람구멍 두 개가 뚫리는 일 같은 건 생기지 않았다. 하지만 그 가르침이 두 쌍의 성난 눈길까지 거둬 가지는 못한 듯했다. 그 눈길들은 이렇게 외치고 있었다.

'솜씨가 얼마나 대단하기에 남의 상대까지 가로채 가는지 두고 보겠소!'

그 뻔뻔한 등짝의 주인은 지금 지팡이로 바닥을 짚은 채 진금영의 얼굴을 빤히 바라보고 있었다. 칼날 같은 눈빛만 아니라면 유람이라도 나온 것 같은 허허로운 자세였다.

괴이한 점은 진금영도 전혀 싸울 마음이 없어 보인다는 것이었다. 쌍도합격술을 상대하던 그 사나운 기세는 어디로 가 버렸는지, 채찍을 축 늘어뜨린 채 한로의 얼굴을 마주 보는 그녀의 표정은 심지어 애처로워 보이기까지 했다.

이 괴이한 대치는 제법 오래 유지되었다. 만일 두 사람의 나이 차가 많지 않았던들, 호표쌍목은 정분이라도 난 건가 의심했을지도 모른다.

어느 순간, 한로의 입에서 냉소가 터져 나왔다.

"흥! 이제 보니 구면이군."

진금영은 아무 대답 없이 우두커니 서 있기만 했다. 그러자 한로가 다시 입을 열었다.

"지난해 염련인가 뭔가 하는 허수아비들과 패악을 부리다가 우리 소주께 죽을 뻔한 계집이 맞으렷다?"

진금영이 차분한 표정으로 대답했다.

"기억력이 좋으시군요."

"기억력이 아무리 나빠도 무고한 선객들을 마구 죽이던 여마두의 얼굴쯤은 기억할 수 있지. 소주께서 왜 싸움을 멈추라 하셨는지 궁금하더니만, 알고 보니 직접 징계하고자 하심이었구나."

한로는 지팡이를 천천히 들어 진금영을 똑바로 겨눴다.

"그 뜻을 안 이상 가만있을 수 없지. 소주의 검을 빌릴 것도 없다. 이 늙은이가 네 더러운 목숨을 거둬 주마!"

너무도 분명한 임전 소감이었다. 이제야 시작하나 보다 싶어 호표쌍목은 눈을 반짝반짝 빛냈고, 당 노인도 대나무 점혈궐을 고쳐 쥐고 암중에서 한로를 거들 태세를 갖췄다.

그때 세 사람의 맥을 탁 풀리게 만드는 일이 벌어졌다.

"한로, 나는 싸움을 멈추라고 했지 대신 싸우라고 하진 않았소."

석대원이 이렇게 말하며 한로와 진금영 사이로 성큼성큼 걸어 들어간 것이다.

한로는 지팡이 끝에 끌어 올린 검기를 거두며 짜증을 부렸다.

"어차피 죽일 계집인데 누가 죽인들 무슨 상관이겠소?"

"그녀를 죽이려는 게 아니오. 오히려 그 반대요."

석대원의 대답에 한로의 눈가가 실룩거렸다.

"그게 대체 무슨 소리요? 하면 저 계집을 살리시겠다 이 말씀이오?"

"그렇소."

"저 계집이 과거 무슨 짓을 저질렀는지 잊으셨소? 아무 죄도 없는 선객들을 마구잡이로 죽인 계집이오! 그런데도 살리시겠다 이거요?"

석대원의 표정이 어두워졌다. 그는 물론 기억하고 있었다. 석양이 물들어 가는 강물 위에서 진금영이 무고한 양민들에게 저지른 끔찍한 만행을.

그 죄는 용서받을 수 없었다. 그것을 부정하는 것은 아니었다. 그러나 석대원이 지금 논하려는 것은 윤리가 아니었다.

"나는 그녀를 죽일 수 없소. 뿐만 아니라 누구도 내 눈앞에서 그녀를 죽일 수 없소."

석대원이 선언했다.

한로는 석대원의 얼굴을 잠시 바라보았다. 마치 그 얼굴로부터 뭔가를 읽어 내려는 듯이. 이윽고…….

"진심이구려."

한로는 몸을 천천히 돌렸다. 그의 시선이 향한 곳에는 어안이 벙벙해진 호표쌍목과 당 노인이 있었다.

한로가 그들을 향해 말했다.

"당신들은 왜 그러고 있는 거요?"

호표쌍목과 당 노인이 서로를 돌아보았다. 저게 우리에게 하는 말인가 궁금해하는 모양이었다.

한로가 냉소를 치며 다시 말했다.

"소주께서 하신 얘기를 못 들었소? 이젠 아무도 저 여자에게 손댈 수 없으니 당신들은 저리 가서 딴 상대나 찾아보시오."

난데없이 끼어들어 적도를 살리겠노라는 석대원의 말도 그렇거니와, 그 한마디에 간단히 안면을 바꿔 버린 한로의 행동은 그야말로 안하무인의 극치라 아니할 수 없었다. 혈기방장한 호표쌍목은 벌써부터 어깨를 들썩거리는데, 그래도 묵은 생강이 랍시고 당 노인은 애써 노회함을 견지했다.

"어험, 노부가 생각하기에 사사로운 감정에 휘둘려 적을 살리려는 석 공자의 처사는 경우에 어긋난 듯하외다. 게다가 저 여자는 우리 쪽 사람들을 여럿 다치게 만든⋯⋯."

한로는 끝까지 들으려 하지도 않고 손을 홰홰 내저었다.

"이미 결정된 일이니 경우는 딴 데 가서 따지시오."

"두 분께서 잠시 잊으신 모양인데, 이건 어디까지나 우리 무양문의 행사로서⋯⋯."

작전의 주체가 누구인지 상기시키려던 당 노인의 의도는 나쁘지 않았지만, 불행히도 상대는 '우리 소주'에게 목매달고 사는 고집불통 늙은 염소였다.

"우리 소주가 개입한 이상 우리 소주의 행사지, 무양문의 행사가 아니오. 우리 소주가 죽이기로 마음먹었으면 사천왕이 가로막아도 죽여야 하고, 우리 소주가 살리기로 마음먹었으면 염라전에 들어간 놈도 끌어와야 하오."

"그렇게 말씀하시면 곤란……."

"어허! 말귀 알아들을 만한 양반이 똥파리처럼 왱왱거리기는! 시끄러우니 빨리 가시오."

근자 들어 당 노인이 이렇게 빨리 흥분한 적은 없을 것이다. 뭐? 무슨 파리?

"듣자 듣자 하니까 너무하는구나! 그렇게 말하면 우리가 고분고분 들어주리라 생각했는가!"

"고분고분 들어주지 않으면? 감히 우리 소주의 뜻을 거역하겠다, 이건가!"

"갈!"

마침내 당 노인이 노갈을 터뜨리며 점혈궐을 쥔 오른손을 번쩍 치켜 올렸다. 한로도 이에 질세라 지팡이를 당 노인 쪽으로 겨눴다.

늙은이들의 분위기가 험악해지자 당황한 것은 젊은이들이었다.

"어르신, 참으십시오!"

"같은 편끼리 왜 이러십니까?"

목호는 당 노인에게, 그리고 목표는 한로에게. 형제가 각각 두 늙은이들에게 달라붙었다.

"이거 안 놔?"

"저리 못 비켜? 네놈들이 말린다고 내가 저 골샌님 같은 영감쟁이를 가만 놔둘 줄 알아?"

"뭐? 골샌님? 내가 골샌님이면 너는 허리 꼬부라진 원숭이다!"

"말 잘했다! 너 오늘 원숭이 손에 죽어 봐라!"

두 늙은이는 호표쌍목을 하나씩 매단 채 침을 튀겨 가며 육두문자를 퍼부어 대기 시작했다. 호표쌍목이 그들의 냄새나는 침방울로부터 자유로워지려면 앞으로도 제법 시간이 필요할 듯했다.

그런 호표쌍목으로선 분명 얄미운 일이겠지만, 석대원은 두 늙은이의 애들 같은 짓거리에 눈길조차 돌리지 않았다. 그의 시선이 고정된 곳에는 진금영의 다소 지쳐 보이는 얼굴이 있었다.

석대원이 입을 열었다.

"어디 다친 데는 없소?"

진금영은 살며시 고개를 흔들었다.

"다행이구려."

석대원의 대답. 이번에는 진금영이 입을 열었다.

"상황이 바뀐 것 같군요."

석대원은 고개를 끄덕였다. 누군가를 죽이지 못해 안달이 난 무리에 둘러싸여 있다는 점은 아까나 지금이나 마찬가지였다. 다만 아까는 그 대상이 석대원이었고, 지금은 진금영이었다.

"왜 나를 구하려는 거죠?"

진금영의 물음에 석대원이 반문했다.

"당신은 아까 왜 나를 구하려고 했소?"

"그건……."

진금영이 선뜻 대답하지 못하자 석대원이 대신 대답했다.

"설명하긴 힘들지만 우리는 아마도 같은 이유에서 상대방을 구하려는 걸 거요."

이 대답이 감미롭게 들린 것일까? 진금영의 얼굴에 엷은 홍조가 어렸다. 하지만 그것은 금방 사라졌다.

"당신은 원군이 도착해 있음을 사전에 알고 싸움에 뛰어든 건가요?"

"그렇소."

"내가 쓸데없는 짓을 했군요. 내가 나서지 않았더라도 당신은 어차피 죽지 않았을 테니까."

진금영의 목소리는 어딘지 모르게 자조적으로 들렸다. 석대원은 눈살을 찌푸렸다.

"그런 것은 중요하지 않소. 중요한 것은 우리가 서로를 구하려고 한다는 점이 아니겠소?"

진금영은 픽 웃었다.

"나를 어떻게 구하겠다는 거죠?"

석대원은 옆구리를 찔린 사람처럼 어깨를 움찔거렸다.

진금영이 다시 물었다.

"내가 항복하길 바라나요?"

석대원은 말문이 막혔다. 진금영의 말대로다. 그녀를 구하려면 무양문으로부터 양해를 받아야 하는데, 그녀가 항복하기 전에는 어려운 일이었다.

석대원이 대답하지 못하자 진금영이 웃었다.

"당신이란 사람, 참 이기적이군요. 내가 당신의 말 몇 마디에 모든 것을 버리고 항복하리라 생각하고 있으니 말이에요."

잠시 말을 멈춘 진금영은 표정을 엄숙히 하여 선언했다.

"나는 비각의 여덟 번째 비영. 항복이란 결코 있을 수 없어요."

"그러면 당신은 살지 못하오."

석대원은 작지만 고통이 가득 배인 목소리로 말했다. 진금영의 눈가가 가늘게 떨렸다. 하지만 그녀는 마음을 돌리지 않았다.

"일 비영님께선 죽어 가는 나를 살려 이 자리에 오르기까지 보살펴 주셨죠. 죽음이 두렵다고 그 은혜를 배신할 순 없어요."

"생각을 바꿀 수는 없소? 날 위해서?"

석대원의 말투는 애원에 가까웠다. 그러나 곧바로 날아온 진금영의 반문에 그는 얼굴을 일그러뜨릴 수밖에 없었다.

"당신은 그럴 수 있나요? 날 위해서 당신의 길을 버릴 수 있나요?"

일고의 가치조차 없는 질문이었다. 아무리 달콤한 반대급부가 기다린다 할지라도 석대원은 자신의 길을 버릴 수 없었다. 아버지가 외삼촌에게 암살당한 순간부터, 뇌옥 천장에 매달린 어머니의 시체를 본 순간부터, 그가 걸어야 할 삶의 길은 이미 결정되었다.

"우리는 너무 어린 나이에 길이 정해진 것 같군요."

진금영이 쓸쓸히 말했다. 석대원은 입술을 부들부들 떨다가 갑자기 격하게 외쳤다.

"나는 결코 당신이 죽도록 놔두지 않겠소!"

진금영은 고개를 저었다.

"어린아이처럼 떼를 쓰는군요. 당신이 할 수 없는 일을 내게 강요하지 마세요."

"하지만……!"

"선실에서 내가 마지막으로 한 말 기억하나요?"

석대원은 눈을 부릅떴다. 기억한다. 기억한다!

"우리는 서로의 죽음 앞에서 흘려 줄 눈물만 있으면 돼요. 그 이상은 운명이 허락하지 않아요."

"운명 따윈 개나 물어 가라지! 나는 결코 당신이 죽도록 놔두지 않겠소!"

석대원은 주먹을 불끈 쥐고 진금영을 향해 다가갔다.

"강제로라도 당신을 움직이지 못하게 만들겠소!"

진금영은 처연히 웃으며 오른손에 쥔 채찍을 슬쩍 들어 보였다.

"힘들 거예요. 이 대 혈랑곡주의 능력이 얼마나 대단한지는 잘 알지만, 지금의 당신은 결코 날 이길 수 없어요."

석대원은 걸음을 멈추지 않았다.

"곰 같은 사람."

진금영은 눈썹을 찡그리며 오른손을 가볍게 휘저었다.

쫙!

석대원이 막 딛으려던 바닥이 움푹 파였다. 그러나 석대원의 걸음을 멈추게 만들진 못했다. 그 부릅뜬 눈이며 꾹 다문 입술이 진짜 곰처럼 완강해 보였다.

뒷전에서 당 노인과 입씨름을 벌이던 한로가 채찍 소리에 놀라 달려왔다.

"독사 같은 계집이로다! 소주께서 상도常道를 외면하면서까지 구해 주려 애쓰시건만, 감히 이빨을 드러내다니!"

"한로!"

석대원이 성내며 제지하려 했지만, 진금영은 오히려 한로를 향해 고개를 숙였다.

"와 주셔서 고마워요. 저 사람을 다치게 하고 싶진 않거든요."

"천한 년이 감히 누굴 다치게 한단 말이냐!"

진금영을 향해 내뻗은 한로의 지팡이가 무서운 살기를 뿜어내기 시작했다. 하지만 진금영은 그 살기가 오히려 반가운 듯, 석대원을 돌아보며 빙긋 웃었다.

"이렇게 충성스러운 노복도 드물겠죠. 당신은 참 복이 많군요."

석대원은 어찌할 바를 모르다가 장탄식을 터뜨렸다.

"정말 이럴 수밖에 없소? 나더러 당신이 죽어 가는 모습을 그냥 지켜보고 있으란 말이오?"

"이것은 내 운명이에요. 당신은 자책하지 마세요."

석대원을 위로한 진금영이 한로를 향해 시선을 돌렸다.

"준비가 끝났으니 노인장께선 손을 쓰셔도 좋습니다."

"오냐, 사양하지 않겠다!"

한로는 눈을 빛내며 진금영을 향해 한 발짝 나아갔다. 그의 지팡이에서 뿜어 나오는 살기가 더욱 강렬해졌다.

아아!

금방이라도 싸움을 시작할 것 같은 두 사람을 보면서도 석대원은 애간장만 태울 뿐 어떠한 말도, 어떠한 행동도 취할 수 없었다.

친부親父

(1)

네 근도 안 나가는 연검의 무게가 천근만근 불어난 것 같았다. 민첩하게 움직여 주던 다리도 납덩이를 매단 양 무겁기만 했다. 만사 때려치우고 벌렁 드러눕고 싶은 생각이 간절했다. 그러나 그럴 수 없었다. 지칠 줄 모르고 덤벼드는 저 흉물스러운 대머리가 그것을 허락하지 않았다.

'살아서 돌아갈 수만 있다면 천하의 대머리란 대머리는 모조리 죽여 버릴 테다!'

마태상은 마음속으로 이렇게 다짐하며 피로한 팔과 다리를 필사적으로 움직여 대머리의 공격을 막고 피했다.

허탕을 친 대머리가 화를 냈다.

"거머리 같은 새끼! 진짜 끈질기구나!"

누가 할 소리를! 마태상은 기가 막혔다.

대머리와의 싸움도 어느덧 오십여 합. 결코 짧다고 할 수 없는 그 시간 동안, 대머리의 주먹과 발과 주둥이는 잠시도 멈추지 않은 것 같았다. 쇠망치 같은 주먹으로부터 가까스로 벗어나면 몽둥이 같은 발이 날아왔고, 그마저도 허덕허덕 피해 내면 저열하기 짝이 없는 욕설이 뒤를 이었다. 그러고는 다시 주먹……. 끝없이 이어지는 이 경이롭기까지 한 삼박자 합공에 마태상은 그만 질려 버리고 말았다.

물론 마태상이라고 논 것만은 아니었다. 그에겐 대머리가 갖추지 못한 놀라운 신병이기와 날랜 신법이 있었다. 연이은 격전으로 기진맥진했기는 하나 간간이 전개한 반격으로 두들기고 긁어 대기도 여러 차례. 하지만 대머리는 꿋꿋했다. 놈의 살갗은 무쇠를 빚어 만든 것 같았고, 놈의 신경은 숫제 아픔을 느끼지 못하는 것 같았다.

마태상은 그제야 비로소 대머리의 정체를 알게 되었다. 사람 많기로 유명한 무양문이라지만 저런 물건은 둘 있기 힘들었다. 더러운 성질머리에 지저분한 입, 단단한 몸통으로 구사하는 마구잡이식 싸움법. 별명도 다채로웠다. 주먹 센 대머리[禿頭鐵拳]에 얼굴 검은 깡패[黑面夜叉]에 미친 거머리[風蛭]까지.

대머리는 바로 그런 놈이었다. 인간 망종 마석산!

"이야압!"

마석산이 다시 달려들었다. 먼저 왼 주먹으로 때리고 선풍각旋風脚으로 돌려 찬 뒤, 다시 팔꿈치로 지르고 손바닥으로 올려치는데, 그중 하나라도 제대로 걸리는 날엔 무사하기를 바랄 수 없을 것 같았다. 마태상은 감히 상대하지 못하고 정신없이 뒷걸음질을 쳤다.

다시 한 번 허탕을 치고 만 마석산. 그가 오랜만에 주먹과 발을 놔둔 채 주둥이만을 썼다.

"너 마태상이지?"

마태상이 되물었다.

"어떻게 알았나?"

"불알 없는 놈처럼 도망만 다니잖아."

그러더니 제 사타구니를 손바닥으로 툭툭 치면서 말을 잇는다.

"네놈이 고자란 건 온 세상이 다 아는 사실이거든. 물건 안 서지?"

안 서는 건 아니다. 적당한 조건이 갖춰지기 전엔 안 설 뿐이다. 그러나 서고 안 서는 건 이미 중요하지 않았다.

뿌드득!

마태상의 세모꼴 눈에서 새파란 불똥이 튀었다. 아무리 지쳤다 한들 그는 마태상이었다. 그것은 남을 짓밟을 수는 있되 남에게 짓밟혀서는 안 되는 이름이었다. 남을 능멸할 수는 있되 남에게 능멸당해서는 안 되는 이름이었다. 상대가 마석산이라면, 평소 인간 같지도 않게 여기던 놈이라면 더욱 그랬다.

마태상은 새큰거리는 손가락 마디에 억지로 힘을 끌어 올려 참홍함선검을 고쳐 쥐었다. 단전에 남아 있던 최후의 공력까지 박박 긁어 퍼내는 고통은 이루 말할 수 없었다. 그래도 그는 참았다. 제대로 된 참홍검기斬虹劍氣 한 방이면 제아무리 단단한 놈이라도 두 쪽 나지 않고는 못 배기리라.

"이번엔 도망가지 않을 테니 제대로 한번 붙어 보자꾸나."

마태상이 착 가라앉은 목소리로 말했다. 건들거리던 마석산의 태도가 조금 진지해졌다.

"진짜?"

마태상은 대답 대신 참홍함선검을 천천히 치켜 올렸다. 검신을 타고 흐르는 황동 빛 광채가 빠른 속도로 짙어졌다. 주인의 간절한 뜻을 받들어 지닌바 극한의 요력을 드러내려 하는 것이다.

"진짠가 보네."

마석산의 태도가 조금 더 진지해졌다. 이제까지와는 사뭇 다른 살벌한 요기 앞에선 둔하기로 이름 난 무양문 무쇠소도 긴장할 수밖에 없었던 모양이다.

그러나 그 살벌한 검기를 상대할 임자는 따로 있었다.

"자네는 비키게."

누군가 두 사람 사이로 끼어들었다. 날카로운 눈매에 잘 다듬어진 검은 수염이 전체적으로 엄숙한 느낌을 주는 초로인이었다.

마석산이 볼멘 표정으로 외쳤다.

"형님, 이젠 내 밥도 뺏어 먹기우?"

초로인은 뒤도 돌아보지 않고 말했다.

"예사 밥이 아니네. 함부로 먹다간 이 부러져."

"그래도……."

"제수씨를 생각하게. 무사히 돌아가 그 땅을 찾아 줘야 하지 않겠나?"

"맞아! 봉가 놈에게 설욕해야지!"

마태상은 저것들이 대체 무슨 소리를 늘어놓고 있는지 당최 알아들을 수가 없었다. 그가 알 수 있는 건 오직 하나. 상대가 바뀌었다는 점이다. 그런데 느낌이 아주 좋지 않았다. 그 또한 검을 익힌 검객이었다. 검객의 눈으로 본 새로운 상대는 절대로 만만해 보이지 않았다. 누굴까, 단지 마주 서 있는 것만으로도 숨이 턱 막히게 만드는 저 초로인의 정체는?

초로인이 말했다.

"난 좌웅이라고 한다."

마태상의 눈이 커졌다. 좌웅? 분광검 좌웅?

"검만큼이나 좋은 실력이길 기대하마."

초로인, 좌웅의 자세가 한 뼘쯤 낮아졌다. 무릎과 허리를 약간 굽히며 오른손을 왼쪽 허리의 검 자루 위에 슬며시 가져다 댄 것이다.

마태상은 마른침을 꿀꺽 삼켰다. 눈알이 아렸다. 두 사람 사이에 머물던 공기가 뾰족한 바늘로 뭉쳐 그의 눈을 찌르고 있는 듯했다.

이 지독한 대치를 버텨 내기엔 마태상의 육신은 이미 너무 피폐해 있었다. 조금만 더 시간을 끌었다간 끌어 올린 참홍검기를 써 보지도 못한 채 그대로 말라죽을 것 같았다.

"으아아악!"

마태상은 비명과 같은 기합을 내지르며 좌웅을 향해 몸을 날렸다. 극한으로 끌어 올린 참홍검기가 일시에 폭발하며 주위를 온통 황동 빛으로 물들였다.

노을 같은 황동 빛 속으로 한 줄기 흰 금이 나타났다 사라졌다. 그 금이 세상에 머문 시간은 너무나도 짧아 정말로 존재했는지조차 의심스러울 정도였다. 그러나 마태상은 그 금이 분명히 존재했음을 확신했다. 자신의 가슴에서 뿜어 나오는 붉은 핏줄기가 그것을 말해 주고 있었다. 그러므로 분광검. 별호에 걸맞은 쾌검이라 아니할 수 없었다.

몸뚱이가 주인의 의지와는 무관하게 한 바퀴 맴돌았다. 생명은 갈라진 가슴을 통해 무서운 속도로 빠져나가고 있었다.

이대로 죽을 순 없어!

마태상은 좌웅이 있으리라 짐작되는 방향으로 왼손을 뻗었다. 저승 문턱에 한쪽 발을 걸친 상태에서도 저항의 몸짓을 멈추지 않는다는 것은 그의 인간됨을 보여 주는 좋은 예였다.

백골반이 그의 소매를 떠났다. 그러나 그것은 일 장도 채 날지 못하고 힘없이 떨어졌다.

쨍그랑!

얇은 금속판이 돌바닥에서 영롱한 울림을 남겼다. 그것은 독기와 자존심으로 중원 다섯 강을 지배해 온 수적의 제왕 마태상의 단말마이기도 했다.

이건 꿈이야!

체항은 눈앞에 펼쳐진 모든 장면들을 부정했다.

꿈이 아닌 다음에야 이처럼 순식간에 허물어질 수는 없는 노릇이었다. 싸움은 끝났다. 반란은 성공했다. 남은 것은 즐거운 논공행상. 몽매에 그리던 대장로 자리에 올라 새로운 문주 아리수와 더불어 이 섬을 다스리는 일만 남아 있었다.

그런데 난데없이 등장한 저 훼방꾼들은 대체 누구며, 또 왜 저렇게 강하단 말인가!

마태상의 분발과 아리수의 독려로 잠시 균형을 이루던 전세는 시간이 갈수록 일방적으로 기울어졌다. 체항이 보기에 훼방꾼들의 대부분이 자신보다 떨어지지 않는 듯했다. 개중에 몇몇은 그 무섭던 용소마저도 찜 쪄 먹을 수 있을 것 같았다.

그러던 참에 마태상이 쓰러지는 광경이 눈에 잡혔다. 대장로 음뢰격을 머리 없는 귀신으로 만든 그 마태상이 수수한 마의 차림의 초로인에게 당해 맥없이 고꾸라지고 만 것이다. 그야말로 순식간에 벌어진 일이라 초로인이 무슨 수법을 썼는지는 볼 수조차 없었다.

"큰일이군. 큰일이야."

체항은 자신이 속마음을 소리 내어 중얼거리고 있다는 사실조차 인식하지 못할 만큼 당황했다.

한 가지 다행스러운 점은, 자신의 위치가 전장으로부터 제법 떨어져 있다는 사실이었다. 집채만 한 놈에게 뒷덜미를 잡힌 뒤 던져졌을 때, 체항은 너무도 겁먹은 나머지 의식을 잃었다. 사람들은 그런 그를 광장 바깥으로 후송해 놓았고, 덕분에 정신을 차린 지금 광장 안에서 악전고투를 벌이는 숱한 동료들에게 미안할 만큼 편안한 자세로 전체의 전황을 조망할 수 있게 된 것이다.

'만일 저 속에 끼어 있었다면?'

체항은 작은 몸을 부르르 떨었다. 상상만으로 충분히 끔찍했다. 저 많은 강적들 틈바구니에서 온전할 가능성은 전무했다. 항복이라도 한다면 어떻게 목숨은 건지겠지만, 그것은 큰 의미 없는 미봉책에 불과했다. 실패로 돌아간 반란에서 무사할 반란군은 없기 때문이다.

'달아날까? 그러나 어디로?'

갈 데가 없었다. 달아나 봤자 손바닥만 한 섬. 배라도 내지 않고선 갈 데가 없는데, 경계령이 내린 지금 포구에 있는 배라고는 중원인들이 타고 온 천표선이 전부였다. 그 천표선이 나 하나를 위해 움직여 줄까? 어림없는 소리였다. 선주인 마태상을 버리고 혼자 도망쳐 온 사실이 드러나는 날엔 산 채로 회를 뜨려고 덤벼들 것이 뻔했다.

"어떻게 하지? 어떻게 한다?"

체항은 발을 동동 굴렀다. 그 바람에 허리에 매달린 물건들이 덜렁거렸다. 전공을 증명하기 위해 매단 용소와 수보의 머리통이었다.

"이크!"

귀엽고 사랑스럽던 물건들이 지금은 자신의 목숨을 위협하는 흉기들로 보였다. 체항은 단도를 꺼내어 허리에 묶인 그들의 머리카락을 잘라 냈다. 많은 눈들이 이미 죽었다. 많은 입들도 죽을 것이다. 이렇게 허리에서 잘라 내서 멀찍이 던져 버리면 그들을 죽인 자신의 행위도 감춰질 수 있으리라 여긴 것이다.

'아니야, 감추는 것만으론 부족해.'

체항의 눈이 교활하게 빛났다. 감추는 것만으론 분명 부족했다. 어차피 반란에 몸담은 것이 드러난 마당에 죄의 경중은 크게 중요하지 않을 터였다. 통쾌하게 죽으나 고통스럽게 죽으나 죽기는 마찬가지. 살고 싶으면 죄 자체를 없애야만 했다. 그러려면 전공이 필요했다. 용소와 수보를 죽인 것과는 전혀 다른 새로운 전공이.

체항의 시선이 어느 방향으로 천천히 돌아갔다. 그곳엔 회칠한 듯 무표정한 얼굴로 광장을 응시하는 포리기하와 낭란을 품에 안은 채 바닥에 쪼그려 앉은 뇌파패의 모습이 있었다.

체항은 생각했다.

'그래, 그거야.'

진금영이 쓰러졌다.

그 모습을 본 석대원은 슬프지도, 고통스럽지도 않았다. 다만 놀랐을 뿐이다.

싸움이 시작되지도 않았는데 왜?

놀라기는 한로도 마찬가지였을 것이다. 지팡이를 들어 혈랑검법의 중단직지세로 진금영을 겨누고 있던 한로는 어리둥절한 표정으로 눈을 끔뻑이다가 오른쪽을 돌아보며 노갈을 터뜨렸다.

"어떤 놈이 수작을 부린 거냐!"

아마도 그녀가 쓰러지기 직전에 벌어진 어떤 일을 목격한 모양인데, 우습게도 석대원은 그 일을 전혀 감지하지 못했다. 안타까운 마음에 감정이 격해진 나머지 이목이 어두워진 탓이다.

그 일이 무엇인지는 금방 밝혀졌다.

"지팡이를 거둬 주시오."

한 사람이 진금영의 앞에 나타났다. 탈명금전 허봉담이었다. 그를 바라보는 한로의 눈초리가 칼날처럼 매서워졌다.

"네가 한 짓이냐?"

"그렇소."

허봉담은 고개를 끄덕였다.

"네놈은 그 계집과 같은 편이 아니더냐. 왜 암수를 쓴 거지?"

석대원은 그제야 비로소 정황을 파악할 수 있었다. 진금영을 쓰러뜨린 것은 바로 허봉담이었다. 그가 암암리에 금전을 날려 진금영을 제압한 것이다.

"그저 의식을 잃게 만들었을 뿐이오. 생명에는 아무런 지장이 없으니…… 으음!"

허봉담은 말을 잇다 말고 고통스러운 신음을 토해 냈다. 그러고 보니 그의 상태는 엉망이라고 해도 과언이 아니었다. 끔찍한 검상 하나가 옆구리부터 등까지 이어져 있었고, 안쓰럽게 덜렁거리는 오른팔은 팔꿈치 윗부분이 부러진 것 같았다.

천하의 탈명금전을 누가 이런 꼴로 만들었을까?

허봉담을 상대하던 이들이 추임과 조대금임을 떠올릴 즈음, 그들이 다가왔다. 허봉담과는 딴판으로 상한 구석은 없어 보였다.

　　"싸우다 말고 이게 무슨 짓이오!"

　　조대금이 상기된 얼굴로 허봉담을 향해 외쳤다.

　　"비록 적의 입장으로 만나게 되었지만 그래도 존경하는 마음을 버리지 않았거늘, 사람을 어떻게 이렇듯 무시할 수 있단 말이오!"

　　추임도 질세라 허봉담에게 따졌다.

　　부근에 있던 당 노인이 추임에게 물었다.

　　"이보게 부군장, 무슨 일인데 그렇게 화를 내는 건가?"

　　추임은 씨근덕거리며 대답했다.

　　"우리와 싸우던 중 갑자기 그가 등을 돌려 저 여자를 향해 금전을 던지지 않겠습니까. 깜짝 놀라 손 속을 멈추려 했을 땐 이미 조 형의 검과 제 장력이 그의 몸을 상하게 만든 뒤였지요."

　　당 노인이 어처구니없다는 표정을 지었다.

　　"생사를 다투는 싸움에서 그 무슨 군자 흉내인가?"

　　"둘이서 하나를 상대하는 것만으로도 부끄러운데, 그런 식으로 이기고 싶진 않았습니다. 더구나 강호에 이름 높은 탈명금전 허 선배를요."

　　"탈명금전?"

　　당 노인은 눈을 크게 뜨고 허봉담을 돌아보았다. 그 또한 암기술로 평생을 바친 사람. 탈명금전의 이름이 새삼스레 다가온 것은 당연한 일이리라.

　　하지만 과문한 데다 강팍하기까지 한 한로에겐 그 어떤 이름도 새삼스러울 리 없었다.

"대답해라! 왜 암수를 쓴 거냐?"

한로의 지팡이가 허봉담에게로 방향을 돌렸다. 여차하면 쏘아 나가 그 목을 꿰뚫어 버릴 기세였다.

허봉담은 비틀거리던 몸을 가까스로 바로 세우며 말했다.

"항복하겠소. 목숨을 살려 주시오."

한로의 눈에 경멸의 빛이 담겼다.

"흐흐, 저 사람들의 말을 듣고 제법 괜찮은 위인이겠거니 기대했는데, 이제 보니 저 혼자 살겠다고 동료를 팔아넘기는 간인 奸人에 불과하구나."

허봉담은 고개를 저었다.

"그게 아니오."

"그게 아니면?"

"내 목숨은 주리다. 대신 이 여자를 살려 주시오. 탈명금전 허봉담의 목숨이면 여자 하나의 목숨값으론 부족하지는 않을 게요."

허봉담이 제시한 조건에 한로는 말문이 막혔다. 그때, 이제껏 침묵하던 석대원이 대화에 끼어들었다.

"목숨을 버리면서까지 그녀를 살리려는 이유가 뭡니까?"

허봉담의 눈길이 석대원을 향했다. 그 눈빛 속으로 친근한 기색이 떠올랐다.

"이제 자네가 누군지 알았네."

석대원은 흠칫했다.

"처음엔 설마설마했지. 그런데 진 비영과 마주한 것을 보고 뭔가 이상하구나 생각하게 되었네. 그리고……."

허봉담이 시선을 석대원의 오른손으로 내렸다.

"그 손."

석대원은 자신의 오른손을 내려다보았다.

"뒤집어 보게."

석대원은 시키는 대로 했다. 손등에 동그랗게 찍힌 검은 반점이 허봉담 쪽으로 향하도록.

"역시 맞는군."

허봉담은 웃었다. 조금 허탈해 보이는 웃음이었다.

"저렇게 또렷한 것을 아까는 왜 못 보았을까? 하긴, 워낙에 경황없는 중이라 보고도 무심코 지나쳤을지도 모르지."

석대원은 아무 말도 할 수 없었다. 그저 우울한 시선으로 허봉담을 바라볼 뿐이었다. 산 중턱의 관문에서 금청위를 바라보듯이 말이다.

허봉담의 얼굴에서 웃음기가 가셨다.

"금가는 죽었나?"

이렇게 묻는 허봉담의 목소리가 어찌나 처연히 들렸는지, 석대원은 차마 내가 죽였다고는 말할 수 없었다. 고개를 끄덕일 수조차 없었다. 그가 할 수 있는 유일한 대답은 침묵뿐이었다.

다행히도 허봉담은 그 의미를 몰라주지 않았다.

"그렇군."

허봉담의 눈빛이 공허해졌다. 짙은 잿빛 눈동자가 마치 커다란 동굴처럼 보였다.

"난 가족도 없네. 친척도 없지. 가까운 사람이라곤 오직 금가 놈이 전부였어. 그런데…… 갔군. 몹쓸 녀석, 늙은이를 놔두고 먼저 가 버렸어."

"정정당당한 대결이었습니다. 그는 훌륭한 검객이고 당당한 장부였습니다. 저도, 그리고 그도 후회는 없을 겁니다."

이 말을 하기 위해 석대원은 금청위를 죽일 때와 거의 같은 정도의 용기를 짜내야만 했다.

"남자 대접 받는 게 소원이던 놈이었지. 다행이야."

진심일까, 다행이란 말은? 공허해진 눈으로 어두운 하늘을 올려다보던 허봉담이 중얼거리듯 말했다.

"이번 행사에 내가 자원한 건 순전히 금가 놈 때문이었네."

"압니다."

"그런데 각을 출발하는 날, 누가 멀리까지 배웅 나와 부탁하더군. 진 비영을 꼭 보살펴 달라고 말일세. 그래서 내가 대답했지. 늙은 목숨이 떨어지더라도 그녀만큼은 반드시 무사히 돌아오게 만들겠노라고."

"누가……?"

허봉담은 하늘에 주었던 눈길을 석대원에게로 내렸다.

"후우, 누군지 자네가 알아 뭐하겠나? 중요한 건 이제 내게 남은 유일한 짐이 바로 그때 한 약속이라는 점일세. 별로 대수롭지 않게 한 약속이지만, 이 마당이 되고 보니 무척 마음에 걸리는군. 그 약속만 지킬 수 있다면 나는, 나는……."

허봉담의 후리후리한 신형이 갑자기 끈 떨어진 인형처럼 그 자리에 풀썩 허물어졌다. 그의 코와 입으로 검붉은 선혈이 꾸역꾸역 흘러나오기 시작했다. 기혈을 역류시킴으로써 스스로 심맥을 끊은 것이다.

"허 선배!"

대경한 석대원이 허봉담을 안아 일으키려고 했다. 하지만 허봉담은 손을 들어 그것을 제지했다.

"내 짐을…… 덜어 주겠나?"

허봉담이 물었다.

석대원은 손이 덜덜 떨리는 것을 느꼈다. 가슴 밑바닥으로부터 뭔가 뜨거운 것이 치밀어 올랐다. 금청위를 죽인 것으로 강호인의 슬픈 숙명을 충분히 맛보았다고 여긴 석대원이지만, 숙명이란, 그리고 인연이란 쉽게 매듭지어지지 않았다. 그것은 너무도 복잡하게 얽혀 있어서 마음대로 시작할 수도, 또 마음대로 끝낼 수도 없는 것이다.

"알겠습니다."

석대원은 고개를 무겁게 끄덕였다.

"그럴 줄 알았지."

허봉담은 피를 머금은 입술로 희미하게 웃었다. 그의 잿빛 눈동자가 점점 더 공허해졌다. 그 작고도 무한한 공간 사이로 영원이 내려앉았다.

"금가 놈이 기다리겠군. 그곳에도 분주汾酒가 있으면 좋을 텐……데…….'

달싹거리던 입술이 나무껍질처럼 뻣뻣해졌다. 눈동자는 완전히 공허해졌다. 석대원은 입술을 깨물었다.

탈명금전 허봉담.

향년 오십칠 세.

한 시대를 풍미하던 괴걸怪傑의 초라한 주검 앞에서, 석대원은 강호인의 슬픈 숙명을 다시 한 번 곱씹을 수 있었다.

외로워서, 그래서 누군가에게 정을 주지만, 그래도 외로운 게 강호인이었다.

(2)

"아직도 여기 있는 겐가?"

등 뒤에서 울린 방정맞은 목소리에 포리기하는 천천히 고개를 돌렸다. 예상했던 대로 체항이었다.

"몸은 좀 어떠시오?"

포리기하가 물었다. 체항은 목덜미를 주무르며 오만상을 찡그렸다.

"말도 말게. 그놈이 어떻게 했는지 몰라도 사지가 아직까지도 뻣뻣한 게 꼭 죽다가 살아난 기분일세."

"대추大椎를 제압당하면 마비가 제법 오래 가오. 안색이 돌아온 것을 보니 곧 괜찮아질 거요."

인체에 관한 한 전문가라고 할 수 있는 포리기하가 짤막하게 진단을 내린 뒤 시선을 광장 쪽으로 돌렸다. 체항은 그의 옆으로 나란히 서며 운을 떼었다.

"그나저나 일이 왜 이 지경으로 돌아가는지 모르겠군."

포리기하는 아무 대꾸도 하지 않았다.

"자네는 어쩔 생각인가?"

역시 대꾸하지 않았다.

"계속 여기 있을 셈인가?"

포리기하가 체항을 향해 고개를 돌렸다. 바늘 끝처럼 조그맣게 모인 눈동자가 체항의 동공을 아리게 파고드는 듯했다.

"달아나자는 얘기를 꺼내려거든 내 단극에게 물어야 할 거요."

체항은 펄쩍 뛸 듯이 놀라며 손을 내저었다.

"말도 안 되는 소리! 내가 언제 달아나자고 했단 말인가? 뇌신께 맹세할 수도 있네. 달아날 생각은 추호도 없다고."

포리기하는 그런 체항을 물끄러미 바라보다가 시선을 다시 광장 쪽으로 돌렸다.

"아니라면 사과하겠소."

그 말은, 맞는다면 자신만의 방법으로 사과를 받겠다는 소리이기도 했다. 그 뜻을 읽었는지, 체항이 잠시 머뭇거리다가 조심스러운 목소리로 덧붙였다.

"오해하지 말라고. 다른 이유가 있어서 물은 건 아닐세. 전세가 가뜩이나 불리한 판국인데, 자네 정도 되는 사람이 그냥 놀고 있는 게 아까워서 그러네."

포리기하는 고개조차 돌리지 않고 말했다.

"주인님께선 여자와 아이를 지키라고 명하셨소. 나는 그 명에 따를 뿐이오."

"허! 답답한 친구 같으니라고! 그 주인이 지금 어떤 처지인지 빤히 보면서도 그런 말이 나오는가?"

포리기하의 눈가가 보일 듯 말 듯 실룩거리고 있었다. 평소 가면을 쓴 것처럼 무표정한 그임을 감안할 때 작지 않은 갈등을 느끼고 있음이 분명했다. 체항이 그의 갈등에 부채질을 했다.

"상대가 너무 강하군. 게다가 그는 너무 지쳐 있고. 저러다간 얼마 버티지 못하겠는걸."

체항의 말은 전적으로 사실이었다.

지금 아리수와 싸우는 상대는, 그가 최상의 상태라 할지라도 승리를 장담할 수 없을 만큼 강했다. 양 팔뚝에 낀 시커먼 투수를 단봉처럼 사용하며 아리수를 쉴 새 없이 몰아붙이는데, 그 기세가 어찌나 맹렬한지 며칠 굶은 호랑이를 보는 듯했다. 게다가 아리수는 너무 지쳐 있었다. 그가 장기로 삼는 연파십팔검의 요체는 쾌속함과 유연함에 있었다. 한데 지금 그가 전개하는 연파십팔검은 빠르지도, 그렇다고 부드럽지도 않아 보였다. 이대로 십여 합만 더 흐른다면 그 결과가 어찌 되리란 건 불 보듯 뻔했다.

"안 되겠군. 나라도 가서 도와야겠어."

체항은 앞으로 나섰다. 그러나 날이 절반도 채 남지 않은 도끼를 질질 끌며 절룩절룩 앞으로 나가는 품은 그 누구도 도와줄 수 없을 것 같았다. 보다 못한 포리기하가 그를 만류했다.

"장로께선 여기 남아 계시오. 내가 가겠소."

체항이 포리기하를 돌아보았다.

"하지만 자네에겐 해야 할 일이 있지 않은가?"

포리기하의 눈가가 또 한 번 떨렸다. 하지만 그 떨림은 금방 가라앉았다.

"저들은 장로께서 대신 지켜 주시오."

체항은 잠시 망설이다가 한숨을 내쉬었다.

"별수 없군. 자네가 싸움에 나서겠다니 나라도 저들을 지킬 수밖에."

포리기하는 등 뒤에 걸어 둔 묵빙단극 두 자루를 꺼내어 그중 하나를 체항에게 내밀었다. 체항이 눈을 끔뻑이다가 물었다.

"이건 왜?"

"그 도끼로는 누굴 지키기 힘들 것이오. 이것을 쓰시오."

체항은 도끼와 묵빙단극을 번갈아 바라보다가 크게 탄식했다.

"자식처럼 아끼던 물건이었는데…… 후우!"

도끼를 바닥에 내려놓고 묵빙단극을 받아 드는 체항의 얼굴엔 애병을 버리는 아쉬움이 가득 차 있었다.

"부탁하오."

포리기하는 한 자루 남은 묵빙단극을 오른손에 꼬나 쥔 뒤 광장을 향해 걸음을 옮겼다. 그의 시선이 향한 곳엔 낭패한 몰골로 연신 물러나는 아리수의 모습이 있었다. 물고기의 것처럼 무감하기만 하던 그의 눈동자 속으로 희미한 감정의 빛이 떠올랐다. 곤경에 처한 주인을 구하고자 하는 맹목적인 충성심이었다.

그러나 그 충성심은 주인에게 전달될 수 없었다.

포리기하는 왼 손바닥으로 목을 감싸 쥔 채 몸을 휘청거렸다. 얼음물을 뒤집어쓴 듯한 냉기가 전신으로 빠르게 번져 나가고 있었다. 그는 이를 악물고 몸을 돌렸다. 그 덕분에 재차 등을 찔러 오던 섬뜩한 차가움에 가슴을 정확히 내주고 말았다.

갈비뼈가 잘리는 소리가 우두둑 울렸다. 포리기하는 조그맣게 중얼거렸다.

"오른쪽…… 여섯 번째와 일곱 번째군."

각도가 엉망이었다. 이렇게 무지막지하게 찔러 대면 곧바로 죽기 십상이었다. 다행히 깊이만큼은 그리 깊지 않았던 탓에 포리기하는 곧바로 죽지 않을 수 있었다. 하지만 결과는 마찬가지일 것이다. 절반 가까이 잘린 목만으로도 한 인간의 사인死因으로선 부족하지 않을 테니까.

"으이구, 차가워! 이래서 이 물건은 마음에 들지 않는다니까."

체항이 들고 있던 묵빙단극을 바닥에 팽개치며 손바닥을 비볐다. 조금 전이라면 저 평에 결코 동의하지 않겠지만, 지금은 일정 부분 동의하고픈 심정이 일었다. 너무 차가웠다. 이렇게 차가우니 고통이 제대로 살아나지 않는 것이다. 고통을 주기 위해 만든 물건인데…….

"빙정을 너무 많이 넣은 게 잘못이었나?"

포리기하는 이렇게 중얼거리며 풀썩 주저앉았다. 머릿속이 점점 하얘지는 기분이었다. 목을 통해 침투한 한기가 머리로 올라가는 혈류를 얼려 버린 탓이리라. 곤란하다는 생각이 들었다. 이래선 어디가 어떻게 아픈지 알아낼 수가 없었다.

체항의 얼굴이 바짝 다가왔다.

"이 순간을 위해 온갖 굴욕을 참아온 나다! 지금 너를 죽임으로써 주모님과 소문주님을 구출하게 되었으니, 이는 그릇된 것을 바로잡으려는 뇌신의 뜻이기도 하다! 원망을 하려거든 역심에 눈이 먼 네 주인 아리수를 원망해라!"

이제껏 체항의 입을 통해 들은 것 중에 가장 위엄 있는 말이었다. 포리기하는 웃고 싶었다. 그러나 어떻게 해야 웃을 수 있는지 기억이 나지 않았다.

"반역자에게 내리는 뇌신의 벌이다!"

체항이 크게 부르짖으며 두 손을 치켜 올렸다. 그 손엔 그가 아까 버린, 날이 엉망으로 깨진 도끼가 들려 있었다.

'저거라면 조금 더 고통스러울까?'

인체 전문가 포리기하가 최후로 떠올린 생각이었다.

아무리 치열한 전의라 할지라도 한순간에 꺾일 수 있다. 아리수가 품은 전의가 바로 그랬다.

마음속에 비수처럼 품은 채 십여 년을 부단히 벼려 온 전의였지만, 그들이 나란히 서 있는 것을 목격한 순간 아리수는 모든 전의가 싸늘히 식어 버린 것을 느낄 수 있었다. 검? 이젠 필요 없었다.

뎅그렁!

아리수의 손에서 떨어진 장검이 광장의 돌바닥을 조금 구르다가 멈췄다. 그를 상대로 눈부신 육박전을 펼치던 중원인이 어리둥절한 표정으로 뒤로 물러섰다.

"무슨 뜻인가?"

중원인이 물어 왔지만 아리수는 상대하지 않았다. 아리수의 시선은 그 중원인의 어깨 너머로 보이는 그들에게 고정되어 있었다. 남자와 여자 그리고 어린아이. 바로 민파대릉과 뇌파패와 낭란이었다.

"끝났군."

아리수가 조그맣게 중얼거렸다.

세 사람이 다가왔다. 제대로 가누지 못하는 민파대릉의 몸뚱이를 뇌파패가 부축하고 있었다. 그녀는 그런 상태로 낭란의 한 손을 꼭 붙잡고 있었다. 이 시간 이후로는 세 사람이 절대로 떨어져서는 안 된다는 듯이.

민파대릉이 중원인에게 말했다.

"잠시 비켜 주시겠소?"

중원인은 어깨 너머의 민파대릉을 힐끔 돌아본 뒤, 시선을 한쪽으로 돌렸다. 그곳엔 검은 수염을 단정히 기른 초로인이 서 있었다. 마태상을 일 검에 벤 자. 아마도 저들의 주장이리라.

그 초로인이 고개를 끄덕였다. 그러자 중원인이 자리를 내주고 멀찍이 물러났다.

누군가 쪼르르 달려와 민파대릉의 앞에 의자 하나를 가져다 놓고 물러났다. 바라보니 체항이었다. 실소가 절로 나왔다. 과연 늙은 원숭이다운 약삭빠름이었다. 뇌파패와 낭란을 형에게 데려다 준 것도 바로 저 원숭이의 짓이겠지. 그렇다면 포리기하는?

보지 않아도 짐작이 갔다. 그러나 기이하게도 슬프진 않았다. 가장 믿어 온 심복이긴 했지만 포리기하에게서 인간의 냄새를 맡아 본 기억은 없었다. 성능 좋은 도구. 이것이 포리기하를 바라보는 아리수의 소감이었다. 망가진 도구는 아쉬움을 줄 순 있지만, 슬픔까지 주기는 힘든 것이다.

민파대릉이 의자에 힘겹게 앉았다. 작은 움직임만으로도 얼굴을 일그러뜨리는 것이 지금의 몸 상태를 말해 주는 듯했다. 그래도 승자는 형이었다. 그리고 자신은 졌다. 아리수는 혼잣말처럼 툴툴거렸다.

"너무 어이가 없어 말도 나오지 않아. 질 수 없는 싸움이었건만, 대체 어디부터 잘못되었을까?"

민파대릉은 아무 말도 하지 않았다. 다만 아픔이 배인 눈길로 아리수를 바라볼 뿐이었다. 그것은 육신의 아픔이 아닌 영혼의 아픔이었다. 아리수는 그 눈길을 참기 힘들었다.

"그런 눈으로 보지 마."

민파대릉은 눈길을 거두려 하지 않았다.

"그런 눈으로 보지 마."

아리수가 재차 말했다. 그래도 민파대릉의 눈길은 변하지 않았다.

"그런 눈으로 보지 말라니까!"

아리수의 입에서 포효하는 듯한 외침이 터져 나왔다.

민파대릉이 입을 열었다.

"주위를 둘러보아라."

그 목소리에 담긴 가없는 슬픔이 아리수로 하여금 자신도 모르게 주위를 둘러보도록 만들었다.

광장은 이미 거대한 묘지였다. 벽돌을 촘촘히 짜 맞춰 만든 바닥은 핏물로 흥건했고, 그 위엔 많은 시신들이 버려져 있었다. 부족의 청년들이 신체를 단련하던 희망의 광장이, 문파의 큰 행사를 즐거이 치러 내던 기쁨의 광장이 지금은 망령들의 쉼터, 죽은 자들의 소굴로 바뀌어 있었다. 희망은 절망으로 덮이고, 기쁨은 슬픔에 묻혔다. 광장을 굽어보는 뇌신상마저도 절망과 슬픔에 물든 것 같았다.

"모두 너와 내가 저지른 짓이다."

민파대릉이 말했다. 꾸짖는 기미는 전혀 없었다. 다만 이 광장의 법칙에 따라 절망하고 슬퍼할 따름이었다.

아리수는 발작적으로 고개를 돌려 민파대릉을 노려보았다.

"흥! 승자의 아량인가? 암도를 알려 주던 날도 그랬지. 형은 마치 모든 것을 용서해 주겠노라는 식의 얼굴로 내게 말했어. 꼭 살아야 한다고. 어머니가 세상을 뜨실 때까지만 살아 있으면 내가 반드시 널 성으로 받아들이겠다고. 그런 거야? 또 한 번 그런 승리감을 맛보고 싶다는 거야?"

"아리수, 너는……."

"닥쳐! 무슨 말을 더 늘어놓겠다는 거야? 나더러 뉘우치라고? 반성하라고? 설마 그러면 목숨 하나는 살려 주겠다는 거야? 그때처럼? 그런 거야?"

민파대릉은 아리수를 잠시 바라보다가 고개를 끄덕였다.

"뭐라고 비웃어도 좋다. 나는 가족을 죽이고 싶지 않아."

아리수는 명해진 얼굴로 민파대릉을 바라보다가 돌연 하늘을 향해 크게 웃었다.

"가족? 가족이라고? 아하하!"

이 웃음은 곧 격렬한 기침으로 바뀌었다. 허리를 새우처럼 구부리고 기침을 토하는 아리수의 입가엔 붉은 기운이 점점이 비치고 있었다. 누적된 피로와 격발된 감정이 심맥을 뒤흔들어 놓은 것이다.

그러나 머리는 오히려 맑아졌다. 허리를 편 아리수는 머리의 절각건이 반쯤 흘러내린 볼썽사나운 몰골임에도 불구하고 예전의 차갑고 단단한 그로 돌아와 있었다.

"내가 조금 흥분했나 보군. 이해해 주길 바라. 처음 겪는 게 아닌데도 참기 힘들군. 지는 거 말이야."

아리수는 입가의 핏물을 소매로 훔친 뒤 흘러내린 절각건을 똑바로 고쳐 썼다. 그런 다음 허리를 꼿꼿이 편 채 민파대릉에게 말했다.

"한 가지 물을게. 아까는 연기한 거야?"

뇌파패를 욕한 일을 두고 하는 질문이었다. 민파대릉은 고개를 끄덕였다.

"천화검에 달린 검수는 아내가 만들어 준 것이다."

아리수의 눈동자가 흔들렸다. 그러나 그것은 잠깐에 불과했다.

"그땐 내가 너무 기분을 냈나 보군. 조금만 생각해 보면 금방 알 수 있는 일이었는데. 그녀를 그렇게 쉽게 포기할 형이 아니거든."

아리수는 문득 떠오른 생각에 피식 웃었다.

"한 여자가 만들어 준 검수를 매달고 싸운 우리나, 그로 인해 세상을 뜬 수많은 목숨들이나 모두 한심하군."

"웃어선 안 된다. 너와 나는 절대로 웃어선 안 돼."

민파대릉이 엄숙히 말했다. 문주의 권위가 아닌, 형의 권위가 배인 말이었다. 그것이 못내 불쾌했지만, 아리수는 시시콜콜 따지고 싶지 않았다.

"특별히 웃고 싶은 기분도 아니니까 그만두기로 하지."

아리수는 밤하늘을 바라보았다.

환희로 물들었던 그의 찬란한 시간은 이미 끝났다. 새벽이 머지않았는지, 멀리 동녘 하늘에선 계명성이 빛나고 있었다. 떠오르는 태양을 보고 싶은 것이 인지상정일 법도 하련만, 그는 왠지 이 밤을 넘기고 싶지 않았다.

　미련 따위는 없었다. 그러나 한 가지 확인할 것이 남아 있었다. 비록 반란은 실패로 돌아갔지만, 그 싸움만큼은 질 수 없었다. 한스럽던 지난 세월을 위해서라도.

　아리수는 하늘에 주었던 시선을 내려 민파대릉을 바라보았다.

　"이제 끝내지."

　그는 바닥에 떨어진 장검을 주워 들었다. 체항이 도끼를 꼬나들고 날쌔게 달려 나와 민파대릉의 옆에 시립했다. 허튼수작을 부리면 몸으로라도 막겠다는 태세였다. 그 모습이 어찌나 가소롭고 비루한지 단칼에 베어 버릴까 하는 충동마저 일 정도였다. 그러나 그러지 않기로 했다. 다 끝난 마당에 짐승의 피로 손을 더럽히고 싶진 않았다.

　아리수는 장검을 돌려 검 자루를 민파대릉 쪽으로 내밀었다.

　"기왕이면 이 검으로 죽여 줘."

　"아리수……."

　민파대릉은 말을 잇지 못하고 입술을 깨물었다.

　"단, 부탁이 있어."

　아리수의 시선이 민파대릉에게서 그 옆의 뇌파패에게로, 다시 그 옆의 낭란에게로 옮아 갔다.

　"저 아이의 손에 죽게 해 줘."

　이 요구에, 민파대릉은 물론이거니와 뇌파패와 낭란의 얼굴까지도 새파랗게 질려 버렸다.

　"그게 무슨 뜻이냐?"

　"나는 참람스러운 말로 문주 가계의 혈통을 어지럽힌 반역자야. 소문주가 직접 심판함으로써 그 순혈을 입증하는 것도 나쁘진 않겠지."

민파대릉이 고통스러운 얼굴로 말했다.

"그건 안 돼. 그는 너의…… 조카다."

그러나 그것은 아리수가 기대한 대답이 아니었다.

"그렇게 말하면 반쪽짜리 조카지. 우리가 반쪽짜리 형제이듯 말이야. 큰 문제 없지 않겠어?"

민파대릉은 고개를 세차게 저었다.

"안 돼! 그건 절대로 허락할 수 없어!"

그때 카랑카랑한 외침이 터져 나왔다.

"하겠어요!"

낭란이었다. 낭란이 뇌파패의 손을 놓고 민파대릉의 앞으로 성큼 나선 것이다.

"저 사람은 숙부이기에 앞서 우리 부족을 멸망시키려 한 죄인이에요! 나는, 나는 저 사람을 죽일 수 있어요! 내가 죽이겠어요!"

"낭란!"

민파대릉이 당황한 표정으로 외쳤다.

"그래선 안 돼!"

뇌파패도 끼어들었다. 아리수의 예상대로 그녀는 금방 울음을 터뜨릴 것 같은 얼굴이 되어 있었다. 그러나 낭란의 두 눈은 고집스럽게 빛나고 있었다.

"전사는 어떠한 일이 있어도 등을 보이지 않는다고 했어요! 나는 한 사람의 전사로서 내가 할 일을 피하지 않고 하겠어요!"

그것은 과거 아리수가 일러 준 말이기도 했다. 아리수는 저 아이를 진심으로 칭찬하고 싶어졌다.

"낭란, 너와 보낸 시간은 정말 즐거웠다. 내 가르침은 이제 끝났다. 조석으로 한 시진씩 천뢰심법과 전광축공신법을 수련한다는 약속은 반드시 지키고, 연파십팔검의 나머지 초식은 문주께 배우도록 해라."

'아버지'라 하지 않고 굳이 '문주'로 표현한 이유를 짐작이나 할까? 낭란은 다만 분노한 눈으로 아리수를 노려볼 뿐이었다. 그 순수한 분노가 오히려 미더워 보였다.

아리수는 들고 있던 장검을 앞으로 던졌다. 장검은 부드러운 곡선을 그리며 날아가 낭란의 발치에 떨어졌다.

"자, 찔러라."

아리수는 담담히 말한 뒤 양팔을 활짝 벌렸다. 그러고는 눈을 살며시 감았다.

광장에 모인 모든 사람들의 시선이 아리수에게 집중되었다.

잠시 주저하던 낭란이 장검을 향해 허리를 굽혔다.

"낭란, 안 된다!"

민파대릉이 외쳤다. 그러나 낭란은 이를 듣지 못한 체 장검의 검 자루를 움켜쥐었다. 아름답던 저 옛날, 뇌파패가 아리수를 위해 지어 준 바로 그 검수가 달린 검 자루였다.

그때 뇌파패가 앞으로 내달았다. 그녀는 깜짝 놀랄 만큼 무서운 힘으로 낭란의 손에서 장검을 빼앗더니 아리수를 향해 달리기 시작했다.

"엄마!"

낭란이 외쳤을 때엔 이미 모든 게 끝나 있었다. 뇌파패는 아리수의 품에 안겨 있다시피 하여 있었다.

아리수는 천천히 눈을 떴다. 파랗게 질려 있긴 하지만 여전히 아름다운 그녀의 얼굴이 그의 앞에 있었다. 그의 입가에 미소가 떠올랐다.

무엇이 뇌파패로 하여금 낭란을 대신하여 그를 찌르도록 만들었을까? 낭란이 그를 찔러서는 안 되는 가장 큰 이유는 무엇이었을까?

해답은 '진실'이었다. 그 진실은 낭란의 손에 아리수의 피를 묻혀서는 결코 안 된다고 말하고 있었다. 뇌파패는 그 진실을 좇아 낭란 대신 검을 들고 나선 것이다.

"이제야 진실을 대답해 주는구려. 고맙소, 뇌파패."

아리수가 뇌파패의 귓가에 속삭였다. 오직 그녀만이 들을 수 있는 작고 작은 속삭임이었다.

뇌파패가 소스라치게 놀라며 아리수로부터 한 발짝 물러섰다.

미소 짓는 아리수와, 그의 가슴에 꽂힌 장검과, 그 검 자루 끝에서 나부끼는 검은 수실은 기이할 만치 선명한 대비를 이루고 있었다.

아리수의 몸뚱이가 천천히 뒤로 넘어갔다.

(3)

아리수가 쓰러지자 체항은 민파대릉을 향해 털썩 무릎을 꿇었다.

"문주, 이 늙은이가 더러운 반역자의 협박을 이기지 못하고 감히 존귀하신 뇌신과 문주의 뜻에 반하는 대죄를 저지르고 말았소! 으흐흑!"

머리를 바닥에 찧으며 절절히 부르짖던 그는 돌연 품에서 비수를 꺼내어 제 목에 가져다 대었다.

"비록 막판에 정신을 차려 주모와 소문주를 구출했다고는 하나, 그렇다고 지은 죄가 사라질 수는 없는 일! 이제 구차한 늙은 목숨으로써 사죄드리려 하니, 문주께서는 부디 우리 부족과 우리 문파를 잘 이끄시어 이 같은 불상사가 다시는 벌어지지 않도록 해 주시기 바라오!"

민파대릉은 슬픈 얼굴로 고개를 저었다.

"장로께선 그러실 필요 없소."

"하지만……!"

"나는 오늘 밤 너무 많은 죽음을 보았소. 우리 부족원이 흘리는 피는 더 이상 보고 싶지 않소. 이제, 이제 그만합시다."

"크흐흑!"

체항은 오열을 삼키며 고개를 숙였다. 그러나 떨리는 어깨와는 달리, 바닥으로 향한 그의 얼굴엔 기쁨의 미소가 번지고 있었다. 아리수의 죽음 앞에서 민파대릉이 감상적으로 변했으리라는 짐작은 들어맞았다. 때를 놓치지 않고 여자와 아이를 구한 일을 들먹인 것 또한 좋았다. 그 결과 그는 공개적인 자리에서 사면장을 받게 된 것이다. 이 어찌 기쁘지 않겠는가!

생사의 갈림길을 벗어났다고 생각하니 기대감이 부풀기 시작했다. 대장로 음뢰격은 머리 없는 귀신이 되었다. 수석 제화사 포포아투도 죽었다. 어디 그뿐이랴. 수보를 위시한 장로들의 대부분도 이번 반란을 통해 유명을 달리했다. 사지 멀쩡히 남은 사람이라곤 자신이 유일할지도 모른다. 그렇다면 몽매에도 그리던 대장로 자리는 따 놓은 당상이나 마찬가지. 일인자가 누구든 무슨 상관이랴. 어차피 한 놈의 눈치는 보고 살아야 할 팔자라면, 그놈이 아리수든 민파대릉이든 무슨 상관이 있겠느냐 이 말이다.

비록 전력의 대부분을 손상당한 홑껍데기 문파가 돼 버리긴 했지만, 그래도 이 인자면 몸뚱이 하나 풍족히 사는 데엔 큰 문제가 없었다. 게다가 무양문이라고 했던가? 저들이 비각을 대신하여 든든한 후원자가 돼 주지 말라는 법도 없을 것이다. 가만! 무양문? 무양문이라고?

그 순간, 거짓 눈물을 줄줄 흘리던 체항의 두 눈이 번쩍 빛났다. 잊어버리고 있던 한 가지 물건의 존재가 떠오른 것이다.

제사장 곤필의 입을 통해 확인한 그 물건!

그 물건만 확보할 수 있다면 그는 훨씬 유리한 위치에서 새로운 후원자와 교섭할 수도 있을 것 같았다.

체항은 눈물 콧물로 범벅된 얼굴을 들어 민파대릉을 바라보았다.

"한 가지 청이 있소."

"말씀하시오."

"아리수의 시신을 이 늙은이가 거두도록 허락해 주시오. 망령된 역심으로 혈란血亂을 일으킨 죄는 죽어서도 용서받을 수 없겠지만, 그래도 전대 문주님의 고귀한 핏줄을 이어받은 사람이 아니겠소? 외인들이 보는 앞에서 저렇게 꼴사나운 모습으로 버려진 것을 보니, 전대 문주님의 은총을 입은 이 늙은이로선 차마……."

체항은 목이 메는 양 말을 잇지 못했다. 민파대릉의 두 눈이 또 한 번 아픔으로 물들었다.

"허락하오."

체항은 내심 쾌재를 부르며 아리수의 시신으로 다가갔다. 가슴에 꽂힌 장검을 뽑고, 요대를 풀고 장포를 벗기는 그의 손길은 지극히 공경스러워 보였다. 하지만 요 손이 요대 안쪽을 쓱 훑고 나온 걸 본 사람은 없겠지. 흐흐.

체항은 행여 수상히 보일까 주의하며, 손바닥 안에 감춘 차가운 쇠붙이를 발목의 각반에 끼워 넣었다. 그러고는 벗겨 낸 장포를 넓게 펼쳐 아리수의 시신을 덮었다.

모든 일을 끝낸 체항은 민파대릉을 향해 돌아서서 고개를 숙였다. 그 하해와 같은 도량에 마음속 깊이 감복한다는 듯이. 보는 이의 마음을 숙연하게 만드는, 침착한 가운데에도 정중함을 드러내는 훌륭한 몸가짐이었다.

그러나 고개를 들어 다시 민파대릉 쪽을 본 체항은 더 이상 침착할 수도, 정중할 수도 없게 되었다.

"어……."

민파대릉은 달라지지 않았다. 뇌파패와 낭란도 그대로였다. 그런데 그들 사이에 누구 한 사람이 끼어 있었다. 그 사람이 누군지 확인한 체항은 심장이 철렁 내려앉는 기분을 느꼈다.

백짓장처럼 파리한 얼굴 가득 원독의 빛을 담은 채 체항을 노려보고 있는 사람은 헐렁한 장포를 자루처럼 뒤집어쓴 묘령의 여자였다. 체항은 자신의 눈을 믿을 수가 없었다. 저년이 어떻게 살아 있는 거지?

"가증스러운 늙은이."

그 여자가 체항을 향해 말했다. 그 차가운 목소리가 여자의 신분을 다시 한 번 확인시켜 주었다. 오례해!

"지, 질녀……."

"흥! 마음대로 갖고 놀다가 손경 같은 놈에게 던져 주는 장난감을 너는 질녀라고 부르느냐?"

체항은 목구멍이 바짝 타들어 오는 것을 느꼈다. 그는 급히 민파대릉의 눈치를 살폈다. 아니나 다를까, 자신을 바라보는 민파대릉의 눈이 달라져 있었다. 이는 매우 안 좋은 조짐이었다.

"질녀, 그, 그건 오해라네. 당시엔 아리수의 심복인 포리기하 놈이 옆에 딱 붙어서 감시하고 있었기 때문에 이 숙부도 어쩔 수 없었네. 그놈만 없었다면 내가 어찌 질녀를……."

그러나 장황히 이어지던 그의 변명은 오례해의 한마디에 쑥 들어가고 말았다.

"오해? 그러면 축융에 관해 얘기해 볼까?"

이 말에 민파대릉의 눈빛이 번쩍 살아났다. 그는 오례해를 돌아보며 물었다.

"축융이라고? 네가 그 물건을 어떻게 아느냐?"

"저자는 북쪽 동굴에 제사장님을 납치해 두고서 축융의 행방을 캐내기 위해 온갖 고문을 서슴지 않았습니다."

오례해의 말에 체항이 다급히 부르짖었다.

"아니오, 문주! 질녀가 뭘 잘못 알고 하는 소리요! 제사장을 고문한 건 내가 아니라 아리수와 포리기하였소! 나는 그들의 협박이 무서워 그 자리를 벗어나지 못했을 뿐이오!"

오례해의 냉전 같은 시선이 다시 체항에게로 쏟아졌다.

"그래? 축융엔 전혀 관심이 없었다고?"

"내, 내가 어찌 그런 무서운 물건에 관심을 갖겠는가? 만일 그랬다면 뇌신께서, 저 뇌신께서 이 늙은이를 결코 용서치 않으실 걸세."

"그렇다면 각반에 감춘 건 뭐냐?"

이 말이 망치가 되어 체항의 머리를 거세게 후려쳤다. 그의 왜소한 몸뚱이가 눈에 띄게 휘청거렸다.

"조금 전 아리수의 요대 안에서 꺼내어 네 각반 속으로 집어넣은 그 물건은 뭐냔 말이다!"

아무도 보지 못했으리라 믿었건만, 아니 실제로도 거의 그랬

건만, 증오심과 복수심에 사로잡힌 단 한 사람만은 그 장면을
놓치지 않았던 것이다.

"각반을 풀어 보시오."

민파대릉이 엄숙히 말했다. 체항은 민파대릉을 바라보았다.
그의 얼굴은 흘러내리기 직전의 촛농처럼 변해 있었다.

"어서!"

민파대릉의 입에서 마침내 고함이 터져 나왔다. 심중의 분노
를 그대로 드러낸, 체항으로선 사형선고나 다름없는 고함이
었다.

'이대로 죽을 순 없어! 어떻게 지켜 온 목숨인데!'

체항은 몸을 홱 돌려 달아나기 시작했다. 그러나 몇 발짝 가
지 못해 그의 몸뚱이는 위로 번쩍 들리고 말았다.

"이 영감은 오늘 어떻게 된 게 내게 잡히지 못해 안달이 난
것 같군."

굵은 한어가 그의 귓전에 울렸다. 돌아보니 아까 그를 붙잡
은 바 있던 바로 그 거한이었다.

체항은 눈앞이 캄캄해졌다.

간인의 말로는 비참했다.

오례해는 체항의 처리를 자신에게 넘겨줄 것을 청원했고, 민
파대릉은 이를 수락했다. 전신의 혈도가 봉해진 채 사지를 결박
당한 체항은 무양문도 두 명에 의해 짐짝처럼 끌려갔다. 그곳이
어디인지 아는 사람은 앞서 가는 오례해뿐이었다.

민파대릉은 자신의 손바닥에 놓인 청동빛 열쇠를 내려다보
았다. 바로 귀천동을 여는 열쇠였다.

귀천동은 섬 서쪽의 해골단 지하에 있었다. 이주 초기, 그의

선조들은 섬의 척박한 환경과 싸우다 숨겨 간 동족들을 해골단에서 장사 지냈다. 시신을 불에 태워 그 유골을 추리고, 그렇게 추려 낸 유골을 곱게 빻아 절반은 바닷물에, 그리고 남은 절반은 귀천동에 모셨다.

그러나 지금 귀천동 안엔 누구의 유골도 없었다. 섬 생활에 적응이 된 이후로 더 이상 해골단에서 유골을 뿌리는 일은 없어졌고, 귀천동에 안치되었던 선조들의 유골 또한 화왕성 내에 건축한 번듯한 신당으로 자리를 옮겼던 것이다.

잊힌 묘역 해골단. 그리고 잊힌 신당 귀천동.

민파대릉은 바로 그곳에 천장포의 핵심 부품인 축융을 봉인했다. 죽기 전까지는 그 봉인을 깨는 일이 없기를 바라며. 뇌문의 화기술이 탄생시킨 금단의 마물 천장포가 세상에 모습을 드러내는 일이 없기를 바라며. 그러나…….

민파대릉은 고개를 옆으로 돌렸다. 그곳에는 낭란의 모습이 있었다.

낭란의 얼굴은 기이했다. 그토록 총기 발랄하던 아이가 지금은 얼뜨기 바보처럼 보였다. 민파대릉은 저 아이가 언제부터 저렇게 되었는지 알고 있었다. 뇌파패가 아리수를 찌른 직후부터였다. 그때 이후 낭란은 줄곧 저런 멍청한 얼굴로 서 있는 것이다.

'뭔가를 눈치챘겠지. 그래서 저런 거겠지.'

영리한 아이였다. 의식을 잃고 있었다 하여 아무것도 몰라주기를 기대할 수 없을 만큼. 아니, 어쩌면 훨씬 이전부터 의심하고 있었는지도 모른다. 자신의 외모가 왜 부친보다 숙부를 닮았는지에 관해 진지하게 고민해 봤을 가능성이 컸다. 그렇게 생각하니, 그 착한 아이가 제 손으로 숙부를 죽이겠노라고 나선 일

도 이해가 되었다. 낭란도 '진실'을 알고 싶었던 것이다. 아리수
처럼 말이다.

민파대릉의 시선이 이번에는 뇌파패의 얼굴 위로 옮아 갔다.

뇌파패의 얼굴도 기이했다. 그토록 부드럽고 따듯하던 그녀
가 지금은 목각 인형처럼 보였다. 낭란이 잃어버린 것이 총기라
면, 그녀는 영혼에 깃들어 숨 쉬는 모든 아름다운 감정들을 송
두리째 잃어버린 것 같았다.

그리고 남은 한 사람의 가족인 아리수는, 아리수는……!

민파대릉의 얼굴이 일그러졌다.

분노!

아내와 아들과 동생을 한꺼번에 다치게 한 적, 신의를 저버
리고 우정을 원수로 갚은 배신자 비각을 향해 늑대의 분노가 타
오르고 있었다.

그러나 그러한 분노를 실행하기엔 이미 너무 많을 것을 잃어
버린 뒤였다. 원기의 대부분을 소진한 뇌문에 있어서 비각은,
복수하고자 하는 의지조차도 허락되지 않을 만큼 극강한 집단
이었다.

그러던 참에 한 사람의 모습이 눈에 띄었다. 절체절명의 순
간, 전장에 단신으로 뛰어들어 목숨을 걸고 자신을 구해 준 고
마운 사람이었다.

민파대릉은 자신의 손바닥에 놓인 열쇠를 내려다보았다. 그
의 눈에 모종의 결심이 떠올랐다.

다음 권으로 이어집니다